西藏边防军纪事

刘洪光 ——著

中国出版集团 现代出版社

图书在版编目（CIP）数据

西藏边防军纪事 / 刘洪光著 . -- 北京 : 现代出版社，2017.4
ISBN 978-7-5143-5909-1

Ⅰ. ①西… Ⅱ. ①刘… Ⅲ. ①纪实文学–中国–当代 Ⅳ. ① I25

中国版本图书馆 CIP 数据核字（2017）第 048615 号

本书照片摄影：徐兆刚（日喀则军分区政治部原宣传科长）

西藏边防军纪事

作　　者	刘洪光
责任编辑	张　霆
出版发行	现代出版社
通信地址	北京市安定门外安华里 504 号
邮政编码	100011
电　　话	010–64267325　64245264（传真）
网　　址	www.1980xd.com
电子邮箱	xiandai@vip.sina.com
印　　刷	三河市国英印务有限公司
开　　本	710mm × 1000mm　1/16
印　　张	22.5
字　　数	354 千
版　　次	2017 年 4 月第 1 版　2021 年 2 月第 2 次印刷
书　　号	ISBN 978-7-5143-5909-1
定　　价	56.00 元

谨以此书献给我战斗过的雪域边防和战友们！

序　一

本书的作者是我的老领导，在“兵之初”“官之初”的两个重要时间节点上，我受到过他丰富政治工作经验和宝贵驻疆戍边精神的影响，那一代军人忠诚坚守、无私奉献、艰苦奋斗的足迹令人敬仰，使我深受教益。老领导退休后，满怀对军队、对西藏、对战友的热爱和深情，革命精神不减，勤奋笔耕不止，把那段艰难而光辉的历程整理成本书，为我们留下了一笔值得永远珍惜的宝贵精神财富，提供了一本我军光荣传统教育的生动教材。

本书从作者当兵入伍到西藏讲起，以自己的亲身经历，真实记录了20世纪六七十年代驻守西藏边防基层部队的工作和生活，原汁原味，语言朴实，情感真挚，文如其人。阅读这本书，把我们带到了那个激情燃烧的岁月，他们面对西藏特殊的环境条件、特殊的高原气候、特殊的历史背景、特殊的斗争方式，发扬特别能吃苦、特别能战斗、特别能忍耐、特别能奉献、特别能创业的老西藏精神，用青春和热血、健康和生命，书写了对党和人民的忠诚。他们在雪域高原、生命禁区斗严寒、抗缺氧，环境极其恶劣、物质极其匮乏，但始终充满着革命乐观主义精神和坚定的理想信念；他们在边防一线与民族分裂分子和回窜分子做斗争，随时保持准备打仗的状态，战备训练严格而刻苦，有效履行着戍边为国的神圣职责；他们官兵之间亲如兄弟，与藏族同胞亲如一家，感情质朴而真实，点点滴滴体现着人民军队的性质、本色和作风。边防战士大多十七八岁入伍，他们奉献了青春，甚至年轻的生命，有的战士在剿匪中光荣牺牲，而更多战士在恶劣自然环境的斗争中，被高山疾病、雪崩塌方、山路车祸等伤害夺去了生命，永远留在了风雪高原。还有的战士，与爱人长期分居两地，当爱人经过艰难跋涉到部队探亲时，因江水冰面融化，阻断去路，两人只能在部队安排下用望远镜隔江远望，场景感人至深，催人泪下。有位首长在西藏视察时说过一句话：“对内地官兵来说，上西藏躺着就是奉献。”是啊，山高人为峰，西藏的海拔高，但驻守西藏官兵的境界更高。这本书记录的是历史，承载的是精神，从中可以深切感悟到前辈们的思想境界、价值追求、作风素养和英雄气概。

一个时代有一个时代的主题。习主席提出建设一支听党指挥、能打胜仗、作风优良的人民军队这一党在新形势下的强军目标，发出了强军兴军的时代号角，历史的接力棒传到了新一代军人的手中。历史的更替不仅是时间的接续，更是精神的传承，前辈留下的宝贵精神财富永远是实现中国梦、强军梦的强大精神动力。老领导从岗位上退下来，用饱含深情的笔墨把老一代军人的信念、经验、作风传给后人，以激励官兵深扎信仰之根，铸牢忠诚之魂，锤炼精武之能，把我军的辉煌一代代书写下去，这就是这部作品的真正价值，我愿意为之作序。

程坚

2015 年 1 月

（程坚　总参谋部军训部政委）

序　二

在“第二故乡”磁场的引力下，两天来，全神贯注地读完了老战友刘洪光这部从合肥寄出的新作书稿。我珍重地轻轻放下手中这本厚厚的书稿，却怎么也放不下心中那当年风雪弥漫的边关，放不下那群戍边官兵和他们中间发生的一个个令人刻骨铭心的故事。它像过电影似的在我眼前闪现，进而汇聚成汹涌澎湃的浪涛，冲刷、撞击、震撼着我心海的堤岸。于是我的心灵似乎因又一次受到雪山圣水的洗礼，变得更加明亮、纯真而坚定。我相信，读完本书，不仅会使我们这些曾有相同或类似经历的战友们倾心动容，联想万千，同样会使那些从未进过西藏、与雪域边关毫无亲情瓜葛的人们，包括“90后”新生代的心灵受到震动和净化。

当然，与全西藏乃至全国漫长边防线上戍边军人群体，在不同时期、不同背景下，用忠诚，用汗水、鲜血和生命绘制出来的威武雄壮、气吞山河的伟大历史画卷相比，本书所反映的画面只能是“冰山之一角”。但这是特殊的“一角”，极具代表性的“一角”。边防团的驻地当时在部队中称为“扎东”，就是地图上可以找到的“仲巴县”。西藏被称为“世界屋脊”，而扎东则是“屋脊的屋脊”。部队驻地的平均海拔在 4750 米以上，一线哨所多在 5000 ~ 6000 米之间，是生命科学家所说的“生命禁区”。就是团部驻地一年无霜期也只有一个半月，没有一棵树，山上不长草，风吹石头跑，“六月雪”不稀罕，官兵们几乎四季棉衣裹身，顿顿菜离不了“老梭镖”（内地运来的干菜），忍受着由低气压、高寒冷、缺少氧气和维生素导致的高山疾病；因交通阻隔、信息闭塞、孤陋寡闻、亲情荒远导致的心灵寂寞等，在生理上和精神上的痛苦折磨。

虽则如此，“扎东”驻防部队广大官兵还是在各级首长和党组织的带领下，努力学习政治理论，苦练军事技术，建立起亲密无间的军政、军民、官兵、战友关系，展现出以苦为荣、以苦为乐、艰苦奋斗、边疆为家的精神风貌，涌现出许许多多感人肺腑、可歌可泣的英雄人物和模范事迹。当时西藏几乎人人都知道有个“扎东”。一位知情朋友告诉我，全藏有整团部队驻守的防区，扎东是海拔最高、环境最艰苦、斗争方式最特殊、日常边防边建任务最繁重的地方，同时也是出精神、出英模、出人才最多的地方。所以，请读者们对这“一角”千万不可小觑，更不可轻率错过领略这方胜景的机会。

本书原名《雪域忠魂》，我以为它不单指长眠高原的烈士们忠于党、忠于祖国、忠于人民的宝贵献身精神，还应包括戍边军人这个群体爱党爱国爱边疆、艰苦奋斗、不怕牺牲、忠于使命、敢于克服一切困难和压倒一切敌人的浩然正气。有人把它概括为在西藏特殊环境条件、特殊高原气候、特殊历史背景、特殊斗争方式下，所形成和彰显的“特别能吃苦、特别能战斗、特别能忍耐、特别能奉献、特别能创业”的老西藏精神，应该说是抓住了个性特征的。

有道是，“艰难困苦，玉汝于成”。而有些浅薄的人忌讳说当年艰苦奋斗的事，简单嗤之为“愚昧、落后”。这是一种严重偏见。艰苦奋斗不等于“衣衫褴褛、吃糠咽菜”，也不等于“不讲科学、盲目蛮干”，而是一种与时俱进、积极向上的精神状态和吃苦耐劳、自强不息的处事作风。无论什么时候，只要你想做成一些有意义、有难度的事情，就得经过一番艰苦奋斗，就要“苦其心志，劳其筋骨”，付出必需的脑力劳动和体力劳动的代价。从这个意义上说，艰苦奋斗是造就人才、成就事业的必由之路，是强大自己、克敌制胜须臾不能离开的精神武器。我们读这种作品，就是要通过对那个时代西藏戍边军人往事的了解，学习我党我军的优良传统，从这些传统中汲取振兴中华的正能量。

本书多有穿透时空、震撼人心的“闪光点”和“给力处”，是我所接触到同类作品中的上乘之作。作者是我同乡，同时入伍，同在一个边防团服役。他怀着对西藏边疆、对老首长老战友的深厚感情，凭借自己广博的阅历、丰富的素材和驾驭自如的文字能力，以历史的视角、人性的考量和严谨负责的写作态度，沿着自己戍边经历的时序展开，真实、体贴、生动地再现了 20 世纪六七十年代西藏边防部队全方位的戍边生活，为后人留下了一部优良传统教育的好教材。我想，不仅过世以及健在的老首长、老战友会感谢他，所有读者会感谢他，历史也会感谢他。

望这部作品早日精工出炉付梓面世。是为序。

刘世泰

2015 年元月 20 日于咸阳

（刘世泰　原西藏边防部队某部政委、现陕西宝鸡市气象局局长兼党组书记）

目录

第一章　我的班长我的班 // 001

全团部队大都驻在海拔4700米以上的边境线上，被称为“世界屋脊的屋脊”。空气稀薄，气候恶劣，环境复杂，寒冷、干燥、缺氧、风大八个字构成这里气候的全部特征，年平均气温零摄氏度以下，极端最低气温零下40℃，无霜期只有45天，一年四季风灾频繁，沙害严重，全年八级以上的大风110多天，全县人口不足8000。

走向西藏 // 002
成为一名边防军 // 008
连队的第一天 // 012
六〇炮兵 // 021
我为祖国守边防 // 026
适应性锻炼 // 030
学武精武 // 034

第二章　精神的无穷力量 // 041

双方军队观察哨近在咫尺之间，我方观察哨的玻璃结着厚厚一层冰霜，无法观察。而对方观察哨的玻璃上干干净净，一目了然。回北京后，要请科研院所研制这种不结霜的玻璃。还有，对方的柏油路直通哨所，而我方的哨所还是石子路，多数为羊肠小道，不通公路，柏油路则是奢望，远没有列入规划。听到这里，作为具有民族气节的中国军人，备感焦虑，又不免心里难过。

长期建藏，边疆为家 // 042
变关怀为力量 // 049
布置环境 // 054
“乌烟瘴气”新说 // 059
忆苦思甜教育 // 062
学以致用 // 066

第三章　在连首长身边的那些日子 // 073

不经意发现许多班长及老兵一旦受点委屈不遂己意，便上床钻进被窝里压床板，不吃不喝，自称身体某个部位不舒服，俗称“耍老总”。弄得后来真假难辨，有的人确实身体不舒服，亦被人不论青红皂白称作“耍老总”。在西藏高原睡多了不见得是好事，被窝里待久了臭气烘烘，越睡脑壳越昏沉。但这可是老兵的专利，新兵蛋子不敢模仿。

通信员的酸甜苦辣 // 074
惊魂一刻 // 079
硬骨头连长 // 083
抓生活管理 // 093

设伏 // 097
联合演练 // 105

第四章　边防连队生活一瞥 // 111

长年与漫漫黄沙、黄风、褐黄色的土地、枯黄的植物相厮守，难免引起视觉疲劳，久而久之有的战士患上“绿色饥渴症”，花红柳绿的美景如过眼烟云，在记忆中逐渐淡忘消失，退伍经过日喀则，面对郁郁葱葱的树木，就像见到久别重逢的亲人一样，不顾一切地跑过去抱住大树失声痛哭，仿佛受了委屈的孩子，把所有的苦楚都要倾泻出来。而局外人乍一看，脸上立刻显出诧异的神色，大概以为是神经不正常，或者遭受什么不幸和委屈。

捡“烟锅巴”// 112
绿色饥渴 // 116
主食的困惑 // 120
精神生活的贫困 // 122
家书抵万金 // 127
爱情和婚姻 // 130
苦中也有乐 // 135

第五章　在武工队的岁月 // 141

林、赵二位参谋渐渐转移话题，了解回窜分子近来的蛛丝马迹。不出所料，引起主人警觉。他们终究是外国人，不能简单地以“觉悟”二字相提并论。在我们无法保证其绝对安全的情况下，担心走漏风声遭到回窜分子报复，招致杀身之祸，故言谈之间处处小心谨慎，丝毫不难理解。作为另一个国家的人，你也不便苛求对方按照你的意志行事。小小事情一旦处理不好，可以撬动国与国的关系，政策性极强，必须掌握好分寸。

不一样的“武工队”// 142
除夕 // 146
走访尼民拉嘎部落 // 150
战友失踪 // 155
挖掘叛乱分子埋藏的武器 // 160
新老交替 // 162
别具一格的边境文化生活 // 167
大自然中的美味佳肴 // 171

第六章　从战斗队到生产队 // 173

经过几次长途拉练，大伙深知行军过程中跟紧的重要性，一旦一不留神与前面拉开距离，就意味着你已经体力不支。为了赶上部队，背着沉重的全副武装快步小跑，后面的部队亦跟着跑，这是长途行军之大忌。倘若不一会儿又拉开距离，顺着屁股再追，反反复复，恶性循环，本人耗费体力、越走越吃力不说，后面的同志被祸害得怨声载道，让你里外不落好。

作风整顿 // 174
拉练 // 178
换防 // 183
角色转换 // 192
养猪种菜 // 195
打柴火 // 199

第七章　在西藏人民中间 // 205

藏区老百姓一般不曾有早饭、晚饭这一习惯。白天，火炉一直点着，饿了随时吃，酥油、糌粑是主食，牛羊肉搭配着吃。没有别的，不吃就要挨饿，即使带了大米白面也没有条件做。吃饭变成硬任务，像小孩子一样，要学会自己吃，如吃糌粑是用手来抓的。部队的汉族同志常常调侃藏族同志为“糌粑坨坨”，顾名思义，是用手把糌粑捏成一坨一坨送在嘴里，无可置疑也有一个学习过程。

荆棘载途 // 206
不平静的草原 // 211
经受生活关的考验 // 213
经受极寒的挑战 // 219
多杰莫名其妙死亡 // 223
解放干部 // 229

第八章　连队建设波浪式前进 // 235

经常说，平时多流汗，战时少流血。平时与战时的根本区别在于真枪真弹，刺刀见红。练为战的道理人人都懂，但是真正到枪炮响起的时候，心理承受能力要经受一番考验。尤其第一次独自完成训练任务，面对剧烈的爆炸声，抑制不住心脏“突突突”跳，浑身血流加速。

重病缠身 // 236
感受白求恩精神 // 239
患难病友 // 245
滑坡 // 249
营长临危受命 // 260

第九章　重上仲巴边防 // 269

李波见几位从身边走过，不由得轻叹一声，讪讪地笑着说：“谁要你们嫁当兵的，没事找罪受。不安逸吗？”或许由于话题太过敏感，虽然轻声轻气，却被军嫂们听得清清楚楚，一位性格火辣的军嫂怒不可遏，冲着他来了一个绝地反击：“吃苦受罪我们愿意，安逸不安逸关你屁事！”

由战士到机关干部 // 270
我心目中的团首长 // 275
第一次休假 // 278
归队途中 // 286
老连长的“小品”// 289
边防一线行 // 294
营长最后的军旅生涯 // 299

第十章　血肉之躯震妖魔 // 303

四班长喊话一个多小时，匪首拒不投降，眼看太阳即将落山，班长瞄准其右肩将其打翻在地。立功心切的班长善待俘虏，背起匪首回到连队治疗，不料在离昆卡500公尺时，匪首苏醒后咬掉了班长的半个耳朵，演绎了一次当代农夫与蛇的真实故事，气得班长将匪首一把掼在地上。

血祭麦拉扎青山 // 304
冰山上的雪莲 // 309
山中那五十六座坟 // 317
回窜武装的最后覆灭 // 326

附录一 // 334
附录二 // 340
鸣谢 // 342

第一章

我的班长我的班

走向西藏

“丁零零。”

那部安放在我老家的全村子里的唯一老式公用电话突然铃声响起，我漫不经心拿起电话，一个熟悉的声音从那头传来，原来是在乡里工作的一位亲戚接县征兵办通知，称驻藏征兵部队因故需要临时补充一名兵员，问我是否同意应征。我不假思索，欣然答应。

我出生在陕北革命老区，从小仰慕横刀立马、威风凛凛的军人形象，村里谁家墙上相框里但凡有军人的照片，就像一块吸铁石，让我忍不住驻足流连，心驰神往。

20 世纪 60 年代，是一个崇尚英雄且英雄辈出的年代，也正是我世界观的形成时期，受雷锋、王杰、欧阳海等英雄人物光辉事迹感染，我立志扛枪保国，当一名光荣的人民解放军。从初中二年级首次在学校参加征集空军滑翔员起，每年部队征兵，我都迫不及待报名应征，但由于种种原因，每次都折翼而返。

1968 年秋天，响应号召，从学校回到广阔天地，不久抱着最后一线希望再次应征，因社会关系疑点未能通过政审关，当兵梦再一次被击碎，思想上很受伤。就在我心灰意懒，摒弃所有幻想，一心一意扎根农村干革命时，幸运之神悄然眷顾，我问自己是真的吗?

傍晚，大队支书打乡政府回来，正式口头通知我应征入伍。晚饭后，书记来我家，双手端着一升小麦，代表村党支部特意为我送行。我沉默了，小小一升小麦寄托着贫穷的家乡父老无限的深情厚谊和殷切期望。父母用家乡特有的方式连连致谢。

消息迅速传遍小山村，我激动得一夜未眠。第二天清晨，告别父母乡亲和厮守十几年的故土，步行两个多小时后，骑着乡政府事先为我准备好的自行车，迎着早春的寒风，一路狂奔 40 多公里，于下午抵县城党校新兵连驻地。

新兵班已经分妥，新兵排吴排长领着我来到班里，窑洞的炕沿上齐刷刷坐着一溜新兵，从穿着看几乎都是我们农村娃，拙嘴笨舌，不知道说些什么好，排长把我交给班长便转身离去。

班长李波英俊帅气，是县城的一名初中生，干部子弟，我不很熟悉也不陌生，打内心对其有种说不出的好感。突然有人喊我的名字，噢！是邓永贵，我初中学长，鬼使神差与我分在一个班里，让我不禁一阵惊喜，两个人紧紧握住对方的手，相视而坐，脸上泛出甜蜜的微笑。

“集合，准备换装。”是吴排长略带沙哑的声音，随着一阵哨声传来，大伙欢呼雀跃，早就有些迫不及待了，列队来到武装部依次领取服装。哈哈！里里外外彻底换新，穿上鲜艳的绿军装，对着镜子照了又照，甭提心里有多高兴！好像在做梦，自我感觉是有生以来最幸福的时刻。

大伙儿对所发每一样物品都备感新奇，拿在手里细细端详，尤其风镜、针线包、包袱皮等三样物品令人特别注目。

吴排长说，风镜在西藏部队是必备品，平时戴着防止风沙吹到眼睛里。下雪时戴着，防止雪盲，每人只有一副，切不可丢失；针线包是个人缝补衣服用的，随时都会派上用场，衣服破了要自己动手补，这也是部队的光荣传统；包袱皮则是一块约 1 平方米的白布，那些暂时不穿的衣服用它包起来。白天当行李包用，而晚上当枕头使。乖乖！难怪有人说，不值钱的东西，往往是最有用的东西。

时间定格在 1969 年 3 月 5 日，多么耐人寻味，又是多么惊人地巧合，这一天恰好是毛主席号召向雷锋同志学习六周年，正是这一天，我接过雷锋的枪，进入到解放军的行列。心中暗暗定下决心：不遗余力，不负厚望，向雷锋同志学习，做雷锋式的好战士。

第二天起，经过两天的机械化行军，于第三天深夜到达咸阳，住进西藏民族学院，与日喀则军分区新兵团会合，进行为时 20 天的军政训练，初步完成从老百姓到军人的转变，为进藏做全方位准备。

基于西藏和平解放后不久，其政治、经济、社会、交通等诸多客观因素，为尽快培养少数民族干部，在党中央、毛主席的关怀下，国务院于 1958 年在陕西省咸阳市原西北工学院的基础上创办了西藏民族学院。当时，学院同全国大中学校一样，停课“闹革命”，学生放任自流，大部分房屋闲置不用，从而为我们食宿训练腾出了一块宝地。

翌日，来自四川、甘肃、陕西等省为日喀则军分区征集的数千名新兵云集学院大饭堂，召开动员誓师大会。大伙自带背包席地而坐，偌大的饭堂立刻变成绿色的海洋。嘹亮的歌声在饭堂激荡，这些素不相识的热血男儿，为了国家的安宁，从祖国四面八方相聚在一起，既陌生又倍感亲切，一张张洋溢着青春、质朴的笑脸，一双双憧憬未来的炯炯目光，相互欣赏着每一个将要在雪域高原风雨同舟的“未来战友”。

之后，紧张的军政训练开始了！

训练期间，从首长讲话获悉，所在部队驻扎在西藏自治区仲巴县边防线上，是一支具有优良传统的红军部队，从鄂豫皖到青藏高原屡建奇功，承载着遏制叛乱分子从境外回窜的艰巨使命，亦称“反回窜”。虽然首长没有细说原委，但我清醒地意识到，此回当的不是和平兵。看来和平时期并不是太平无事啊！

4 月 1 日上午，盼望已久的进藏旅途开启了！从咸阳市到西藏仲巴县敻若千里，海拔升高了 4000 多米，还要穿越世界屋脊腹地和生命禁区。我告诉自己，即便在鬼门关上走一回，也要闯过这一关！

在咸阳火车站，再次钻进专列闷罐车，随着一声汽笛长鸣，自东向西经过 40 小时的铁路输送，于次日深夜到达青海省会西宁市。

闷罐车平时是用来装运货物和牲畜的，没有窗户，没有灯光，也没有卫生间，拉上车门，车厢里黑咕隆咚，臭烘烘的。大家在背包上席地而坐，整齐有序，排长扼守在门口，遇到有人小便，只好拉开车门任其向外挥洒，另外一个人在后面拽着衣服，以防不测。车上没有开水、热饭饮用，自带水壶、饼干，仿佛是一次带有战术背景的长途拉练。

为了逐步适应高原气候，新兵团在西宁小憩一周后，由火车改乘汽车，揭开了翻越青藏高原的序幕。

车队浩浩荡荡地沿着湟水河谷继续西行，部队一路高歌，川流不息的河水击打着鹅卵石，泠泠作响。穿过峡谷，左前方就是驰名的日月山，传说中文成公主入藏思乡的地方，坡长、弯急、路陡，放眼望去，车队宛如长蛇静静地蠕动在童话世界里，天人一景，煞是壮观。

不经意间发现三三两两的油罐车紧随在后，后来从汽车兵嘴里得知，从内地到西藏无输油管道，燃油全靠油罐车千里迢迢从西宁或甘肃柳园站一车车运往沿途各个兵站。严酷的现实是，平均每三台进藏卡车，必须有一辆油罐车随行保障。在国家经济拮据时期，为全力保证和促进西藏和平发展付出的代价可见一斑。

翻过日月山，进入广袤的青藏高原。内地春意盎然，一派生机，而人烟稀少的青藏高原仍然寒风凛冽，草木枯黄，大地万籁俱寂。

车队从倒淌河的冰上碾过，据说此水因由东向西流向而得名。也有人说，当年，美若天仙的文成公主一上日月山便不停地掩面哭泣，一直哭到拉萨，倒淌河是文成公主哭出来的。不料，山川河流开始解冻，所乘解放牌汽车两个后轮掉进冰窟窿，发动机熄火。

吴排长跳下驾驶室，命令我们下来推车，表现的机会来了！谁都不甘落后。当然，第一波跳下去的无疑是李波和几个班长，我们大家紧随其后，一个个扑通扑通跳下来奋力推车，第一次尝到高山缺氧是什么样的滋味。

之后，烦恼事接踵而至，出现了一个个不和谐音符，当年青藏公路全线为沙石路面，由于冻土表层逐渐融化，路面经受不住重压，凹凸不平，亦称“搓板路”。坐在车上，犹如舟船航行在波浪里，起起伏伏，荡来荡去。连续数日，有过去不曾或很少坐车的战友，出现恶心呕吐，不时翻江倒海，从早到晚嘴上捂着一块毛巾，一脸的痛苦。本来考虑到高原反应等因素，有意控制车速，再加上路况不佳，每天行驶100多公里往往还要起早摸黑。

高原气候变化多端，有人形容它是娃娃脸，说变就变，丝毫不留情面。这不，大家还没有从欣赏美景的氛围中反应过来，就吃了一个下马威。刚擦过水天一色、让我们兴奋不已的青海湖，接连几天，大风呼啸不止，吹得天昏地暗，睁不开眼睛，戴上风镜也看不清十几米开外人的面目。我们这些刚从内地到高原的新兵哪见过这阵势，心里已怵了几分。接兵干部说，真正恶劣天气还在后头呢！战友们不禁嘀咕，看来在青藏高原当兵，首先要与天气做斗争啊！

历经四天风吹沙打，到达戈壁新城格尔木，进驻青藏线上最大的兵站，部队进行短暂休整。

所谓兵站，顾名思义即是军人驿站。第一次听说住兵站，便联想到电影《51号兵站》，当时感到很新鲜，想知道兵站到底是什么模样。身临其境一看，嗐，其实就是几间坐落在茫茫草原上的活动房子。室内，一溜木板铺、一个烤火炉，再加上一只灯泡或两支蜡烛，非常简单。

兵站老兵热情地告诉我们，新兵在格尔木蓄势待发，做好翻越五道梁、唐古拉山的所有准备。犹如打仗一样，从格尔木发起冲锋，一鼓作气。如果高山反应严重，只好独自离开大部队退返格尔木陆军医院休养，一直待到七月草原上百花盛开，自个儿拿着介绍信搭乘便车进藏“找部队去”，年年如此。

“那怎么成啊？”心想，千万不能是我。

4月18日午饭后，翻越世界屋脊的号角正式吹响！

乘车离开兵站，蹚过格尔木河，在相距90公里处的纳赤台兵站落脚。这里是进藏军人的必歇之地。传说，当年文成公主途经此地时，提出要换轿夫，指名道姓要让一个名叫纳赤的轿夫抬轿子，由此取名“纳赤台”。

第二天起，用一周时间穿越平均海拔4700米以上的世界屋脊的特殊地带，经过无人区、生命禁区、世界最高的公路——海拔5300米的唐古拉山口，经受高寒、缺氧、恶劣气候的无情挑战。

车队沿着昆仑山脉一路上行，眼前一座座雪山拔地而起，天空不时飘着雪花，气温骤然下降到零下20℃，坐在车上冻得牙齿直打战，纷纷穿上皮大衣，仍然感到手脚冰凉。索性把皮帽拉下来，再戴上口罩、皮手套，仅仅露出两只眼睛。战友们头靠头、肩并肩，双手揣入袖筒相互依偎在一起，不知不觉之中昏昏入睡。每过一段时间汽车加水，人要下来休息，防止有人昏睡或感冒缺氧。

但是，因缺氧而引起身体不适是新兵进藏遇到的普遍性问题，越过楚玛尔河，进入海拔4800米的可可西里无人区，属于永久性冻土层，缺氧百分之五十以上，一年之中基本没有无霜期。当部队离开不冻泉，途中发生了个别新兵因缺氧造成昏迷现象，紧急抢救后送回格尔木休养。

有接兵干部窃窃私语，说五道梁是道难过的坎，不仅海拔高，氧气少，而且土壤里含汞量高。消息很快传开，夜宿五道梁兵站，战友们不免有些心惊胆战。

不料，一语成谶。半夜里迷迷糊糊中听到邓永贵在呻吟，叫喊头好疼。一会儿，仿佛爆发性传染病，整个房间呻吟声不断，许多人疼得烦躁不安，有的坐起身来双手抱着脑袋。而屋内漆黑一团，借助火柴的微弱光亮，看到个个表情痛苦，有的哼哼唧唧到天亮。我本人也不例外。早晨起来浑身无力，没有食欲，走路无精打采。上车后听说有的班、排出现起床叫不醒的情况，心里很紧张，不敢胡思乱想，又为我们班平安无事而暗自庆幸。

车队马不停蹄地在荒原高山中穿行，这时候强烈感受到天离我们好近好近，常常车在云中走，云在山腰行，天上人间似乎近在咫尺，明显感觉呼吸短促，气虚胸闷。再看看坐在我左右的李波、邓永贵等战友，个个像掉了魂似的，一声不吭，静悄悄地躺着，面无表情，渴望的目光时不时盯着车外。

越过羌塘草原和念青唐古拉山，滔滔雅鲁藏布江挡住去路。但是从周围的植被可以看出，海拔似乎降低了一些，明显感觉大伙精神了许多。在各方的协力组织下，部队迅速渡过雅鲁藏布江，像凯旋的将士直奔军分区所在地日喀则。在军分区大礼堂受到分区首长的热烈欢迎和亲切会见，文工团特意为我们表演了精彩的文艺节目，大伙别提有多开心！

此时，春风已绿日喀则，新兵团安排我们在日喀则原地休整 3 天，洗洗衣服，歇口气，放松身心。

日喀则是西藏第二大城市，后藏曾经的政教中心，也是历代班禅的驻锡之地，有著名的扎什伦布寺，人影憧憧，与荒凉的藏北草原形成鲜明对照，至今有 600 多年的历史。战友们乐得合不住嘴，纷纷请假结伴外出，一览古城日喀则独特的风土人情。但是要想洗澡绝对是异想天开，接兵干部说，整个分区部队还没有一间洗澡堂，说来让人难以置信。

从日喀则到团部所在地仲巴县尚有 600 多公里路程。三天后，汽车再一次跨过雅鲁藏布江继续向西挺进，穿梭于喜马拉雅山北麓和冈底斯山之间，奇怪！冬天与我们渐行渐远，气候反倒一天比一天寒冷，没有丁点儿春天的气息，大风刮个不停，天地间一片灰黄。

经过四天的艰苦跋涉，临近傍晚，突然排长从驾驶室伸出脑袋，大声吼叫：“马上到扎东了，同志们醒醒。”

大伙欣喜若狂。这天恰好是五一国际劳动节，我们已离开咸阳整整一个月。

成为一名边防军

仲巴县地处日喀则地区最西端，喜马拉雅山北麓，马泉河两岸，西北与阿里地区相连，东边为萨嘎县，南边同尼泊尔接壤。境内地形复杂多样，既有喜马拉雅山、冈底斯山连绵不断的雪山冰川，也有雅鲁藏布江源头的雄伟壮观。著名的雅鲁藏布江发源地杰马卓玛冰川、源头马泉河鲜为人知地驻足仲巴县。

全团部队大都驻在海拔4700米以上的边境线上，被称为"世界屋脊的屋脊"。空气稀薄，气候恶劣，环境复杂，寒冷、干燥、缺氧、风大八个字构成这里气候的全部特征，年平均气温零摄氏度以下，极端最低气温零下40℃，无霜期只有45天，一年四季风灾频繁，沙害严重，全年八级以上的大风110多天，全县人口不足8000。

县政府所在地——扎东依山不傍水，蜷缩在山坳里的斜坡上，周围沙丘连绵，毫无美感。政府机关与部队团部遥遥相对，中间隔着一条坎坷不平的石子路，汽车过后尘土飞扬。贵为县政府所在地，但羞于启齿称县城，有县无城。除了坐落在几幢泥土平房的政府机构和一间只有两名售货员的商店、3名工作人员的邮局、一个不起眼的小理发店，再无什么像模像样的房子。与其称为县城，不如称"兵城"。部队团部机关和直属分队占据大部分地盘，为县城撑起一片绿色。

扎东西南面几十公里便是友好邻邦尼泊尔，靠近我边界一侧盘踞着据称数千名穷凶极恶、配有美式装备、武装到牙齿的叛乱分子。他们伺机回窜到我境内为非作歹，亦称"回窜分子"。

之前，仲巴地区刚刚降过一场大雪，官兵们依然身裹臃肿的皮大衣等冬装，在大门两侧夹道欢迎新战友。车队在大门外石子路上一溜停好，全体新兵背着背包行李，在雄壮嘹亮的解放军进行曲伴随下，排成整齐的队伍，雄赳赳气昂昂通过团部大门，被径直带到大礼堂。

走进团部大礼堂，却没有一张桌椅板凳，冰冷空旷，这里便是全团新兵最后一晚集中就寝地。大伙依所划位置有序摊开被褥席地而憩。

第二天早饭后，分兵开始了！

瘦骨嶙峋、眼珠深陷、走路有些瘸跛的团参谋长王建英出现在礼堂的舞台上，据说前些年被回窜分子埋设的地雷炸伤了腿。首长面部严肃，用深邃的目光环视一遍台下新兵，把领兵干部逐个做了介绍。然后展开花名册，按照所念名单依次将新兵带出大礼堂。

此时此刻，每个人的心都在激烈地跳动，一霎间风雨同舟的同乡、战友将各奔前程，要说再见了，相聚容易别时难！内心有些依依不舍。

我被分到四连，与我分在一起的还有20多人，包括同乡王世全、马升民、王金山等。李波分到县中队，邓永贵去了团卫生队。

连队距离团部12公里许，汽车向南沿着凹凸不平的简易道路缓慢行进，颠得人简直肝肠寸断，战士们调侃其为"助产路"。汽车在江边停了下来，领兵干部吆喝我们带好背包行李下车，隔岸不远处就是连队驻地。

对岸江边人声鼎沸，锣鼓声声，一看便知是欢迎的队伍，不由得一股热血涌上心头，属于自己的连队终于到了！

喜马拉雅山与冈底斯山脉终年积雪，是举世闻名的固体水库，在高原太阳光的照射下，冰雪融化成涓涓细流，聚集成世界上海拔最高的大河——雅鲁藏布江。这些日子大地尚未完全解冻，洁白的冰凌依然凝集在河床边，汹涌的江水夹杂着浮冰发出"咔嚓、咔嚓"的撞击声。

眼前据称是世界上海拔最高的渡口，仅有的一条木渡船的两个滑轮套在头

顶上方的钢缆上，利用流水作用于船艄的力学原理，向对岸缓缓滑行。此时，必须越过岸边冰层爬上渡船，才能摆渡过江。我们大家互相扶挽着小心翼翼地上船下船。

过江后，大伙背着背包列队向欢迎队伍走去，我抢先一步，兴高采烈地走在队列的前头，以期引人注目。当彼此迎面走近时，我的天哪！眼前的一幕让我眩晕，滚烫烫的心顿时凉了半截。

这哪是我心目中的解放军，简直就是《智取威虎山》中崔三爷的部队从天而降，根本用不着化装。细细端详，几十个人不成行，不成列，衣冠不整，衣衫褴褛。有的穿着皮大衣，有的穿着棉袄，不穿外罩，肮脏不堪，活像叫花子；有的大衣上扎着腰带，更有甚者大衣面子撕开几个大口子，听任白森森的皮子裸露在外面，俨如电影里国民党军的残兵败将。

绝大部分人军装上缀着补丁，以双肘、两膝和领口居多，补丁和衣服的颜色迥异，形成鲜明的色差，太让人不可思议；衣着色调五花八门，有草绿色，有黄色、浅黄色，也有褐色，还有上下两种不同颜色；有的不戴领章帽徽，而有的鲜红领章上或褪色或沾上黑污。

很多人帽檐、衣服领口，尤其胸前两侧几坨黑乎乎的污垢，非常抢眼。一不小心露出的白衬衣早已不姓“白”啦；头上皮帽子花样百出，有绒的，有毛的，有褐色、黄色、绿色，也有其他颜色，长时间没洗脏兮兮不堪入目。皮帽子上的毛皱皱巴巴，毛绒脱落得若斑秃，还凑合着维持现状；脚下穿的翻毛皮鞋上的毛早已“光荣退休”，溜黑溜黑。鞋带断损后竟然用细胶皮电线替代，给人以得过且过、混世界的感觉；看看他们“苦大仇深”、惨不忍睹的模样让人忍俊不禁而又揪心裂肺。

由于长期高山缺氧，他们和青藏线上的汽车兵比不差上下，皮肤黝黑粗糙，脸上、手上的皮脱了一层又一层。脸蛋红得发紫带些淡淡的蓝色，眼角充斥血丝，嘴唇干裂；摘下帽子，个个头发乱蓬蓬的像鸡窝，不事梳理。当他们粗壮干涩的双手紧握我们手的时候，心情异常矛盾，不知道说什么好。

从渡口到连队尚有七八百米远，在欢迎队伍簇拥下，继续迈着整齐的步伐向营房而来，途中有一些不戴领章帽徽、自称是老乡的不速之客满脸堆笑，使尽巧嘴簧舌向我们索换大衣、棉帽，寸步不离，不达目的不罢休，像贴在身上的牛皮膏药，想甩也甩不掉。虽然内心很反感，但又抵御不住其软磨烂缠，心一狠，牙一咬，很不情愿地将帽子和大衣易主。换过来拿在手里仔细观看，一副脏兮兮的模样，帽檐留下厚厚一层汗渍，油光光的。这时候才恍然大悟，原来欢迎队伍中间有即将退伍的老战士，不禁对着屋顶长叹一口气。

连队没有把我们立即分到各班，而是编成两个新兵班，单独集中住宿，进行为期一周的适应性学习训练。环视营院四周，群山环绕，到处是残雪，连队宿舍除了饭堂、伙房外，一律为木板结构的活动房子，铁皮屋顶，内部陈设简陋得令人咂舌，和青藏线上的兵站一模一样，睡的是通铺，一个或两个班一间屋，仅能满足最低的生活、生存需要。

晚饭前，连长突然推门进来看望刚来的新战友，面带微笑，穿着一身褪色发白而一尘不染的人字呢军装，头顶棕色皮帽，脚下那双军用皮鞋油光闪亮，自我介绍姓邓名中全，四川人，1956 年入伍。讲话嗓音尖细，一脸的络腮胡子，浓浓的眉毛下双目炯炯有神，表情刻板，从外表看瘦骨嶙峋，但精气神十足，脸上隐约带有一股杀气，完全符合我心目中的连长形象。

连长一只手端着保温开水杯，原地站立，开门见山地告诉我们高原生活中的点点滴滴，使初来乍到的我们明白了许多。突然，连长脸上的笑容瞬间消失，将视线转移到我身上。

“伙计，你怎么戴着一顶旧帽子，是不是被老兵换去啦？”连长嗔怪地问道。

被连长一眼看穿，看来不是今天才有。我自知内心不够坚强，干了件亏心事，哑巴吃黄连有苦难言，惶恐地点头称是。

“不像话！不自觉！”连长愠怒地连续说了两个“不”，并深深地瞪了我一眼，“我看你今后如何过冬？”

说罢，一个人恼悻悻地转身出了门。

望着连长的背影，我茫然不知所措。

后来才知道，退伍兵也可怜，“从哪里来回到哪里去”，回到农村能不能填饱肚子、养家糊口还是未知数。当了几年兵攒不了几个津贴费，也没学到多少实际本领，有的甚至连套像样的军装都没有。所以，强新兵所难换个帽子、大衣，是想留个“曾经当过兵”的纪念。虽然做法不妥，但也并非“强夺”，况且是因为与部队有感情才这么做的。

远处为活动房子　战士们正在洗衣服

入夜，耳闻屋外风声大作，刮得窗户、屋顶铁皮哗啦哗啦响，感觉房子在微微颤动，睡在硬邦邦的通铺上，屋顶缝隙旮旮旯旯的沙子在风的作用下不停地往下坠，打在脸上麻酥酥的，生怕落在眼睛里，赶忙把头缩进被窝。

这一刻，想家的时候来了！闭着眼睛朦胧中脑海里浮现出母亲的身影，她老人家那瘦削的、满是皱纹的脸庞，还有那十分熟悉而慈祥的眼睛。离开家两个月没有音信回家，此时郁郁寡欢的老母亲能不牵肠挂肚，日夜思念？想起那些边塞诗，顿生丝丝乡思离情。千里迢迢镇守边关，无亲无故，无依无靠，不过沧海一粟。好不容易穿上军装，全家欢庆，但是走到这荒无人烟的边陲荒漠，遥远、寒冷、苍凉，加之白天的所见所闻，满怀悲凉感，不知何年何月才能熬出个头，自叹走对了路，入错了门……

连队的第一天

连队驻地名叫里孜，习惯称“里孜四连”，距离营部还有60余公里。营房紧贴山脚下，南面是巍巍喜马拉雅山，正前面是平坦坦的坝子，一眼望不到头，四周看不到什么人烟。

清晨，清脆悠长的起床号把我们从睡梦中惊醒，懵懵懂懂还没有来得及揉揉眼睛，就被班长“快起床，打背包集合，动作要快”的吼叫声吓得一骨碌爬起来。此时天已放亮，透过窗户，早晨第一抹阳光洒落大地。对军营生活还未入戏的我们，个个手忙脚乱，顾此失彼。越着急越慌乱，越慌乱越找不到北。

瞬间，屋外部队紧张集合的口令声、口号声和“唰唰唰”的跑步声响彻营院，寂静的军营顿时沸腾了！待我们以最快的速度跑出宿舍时，老兵们已经全副武装、荷枪实弹，有的还扛着迫击炮、火箭筒和重机枪，整整齐齐站立成四排恭候我们。这时才真正明白新兵与老兵的迥异之处。

然而，麻绳偏从细处断，四川兵亢文山在跑步行进时，背包带突然挣脱，整个被子散落在地上，引起队列中间一阵混乱。班长见状，令其出列就地重打。本来亢文山高山反应强烈，后来诊断为高山性贫血，整日脸色苍白，心慌气短。这样一来，雪上加霜，乱了方寸，急得泪珠儿在眼眶打转。

部队整齐报数，威武雄壮，值班排长一声“立正”，紧接着右后转弯“嘎”一个标准的军礼，双目平视，向连长报告全连人数。此刻，看到这么多精神抖擞、不同年龄的老兵，这么多闪着寒光的刺刀，我激动了！刺刀是刺向敌人胸膛的，下意识感到自己即将成为真正意义上的军人。

连长把部队带到大门外面的石子路上，分两路一字排开，首先进行每周一次军容风纪例行检查，今天着重检查衬衣卫生及其着装要求。大伙依照口令纷纷搂起棉衣接受本排排长检查。只见大门两侧“提高警惕，保卫祖国”“一不怕苦，二不怕死”的铁皮标语赫然墙上，摄人心魄。

检查完毕，连长做了简明扼要的讲评。

然后，早操才正式开始。

通常情况下，早操为30分钟，人员全部负重，每周爬两次山，进行适应性锻炼，其余为队列练习。在连长的率领下全连在院子里练习齐步、正步和跑步三种步伐，我们新兵紧随在队伍的后面。齐步走和正步走还能跟上节奏，当跑步时，方才知道缺氧的可怕。

仲巴地区缺氧都在60%以上，进藏途中一路乘车感受不深，开初勉强跟着队伍，一圈儿下来三三两两出现掉队，三四圈儿后没有一人能跟上部队。就像当初在学校赛跑一样，强烈地感到头昏脑涨，两眼发黑，呼吸困难，胸部憋得像刀刺一样疼，两腿发软，蹲在地上哼哧哼哧地喘粗气，伴随着声声干咳，鼻涕、口水直淌也不屑收拾。至于衣帽不整，背上的背包横倒竖歪就不用提了，一副狼狈不堪的模样。像亢文山整个儿瘫倒在地，俨然一堆烂泥，战友们连忙七手八脚把他架回宿舍休息。

环顾前后左右，发现时间久了之后，有的老兵也招架不住，零零星星落在队伍后面仰天喘气。只见邓连长阴沉着脸，喝令其快点跟上，老兵闻声连忙一阵快步紧追。

此时此刻，我内心彻悟这仅仅是万里长征刚刚迈步，后面马上面临分班，要到接近海拔 5000 米的山头上站岗，还有负重行军、执行任务、野营拉练等，一桩桩艰难曲折像一座座难以逾越的大山横在眼前，要想出色完成守卫祖国边疆的重任，并且有所作为，必须战胜高山缺氧这只拦路虎。

跑步是早操的重头戏，邓连长对其强度把握得恰到好处，觉得大伙累得差不离了，再继续跑下去可能会对身体造成伤害，便适时叫停。西藏部队体能训练须针对高海拔地区的实际情况量力而行，像内地部队经常进行的 5 公里、10 公里长跑，在西藏 4700 米的高原是无法完成的。

“立——定，各排带走——”连长一声令下，各排值班员迅速把队伍带到各自事先划好的场地上，接着一个口令，大家有次序地把枪支、背包顺手就地平放，便进行停止和行进间四面转法练习。

新兵单独练习，当初在新兵连满打满算训练了不过 10 天，基础打得不是很扎实，大伙原本又不在一个班排，所以走起来明显缺乏默契，尤其横队行进简直溃不成军，连我们自己都看不过去，气得班长火冒三丈，尖刻的言辞里带有几分讥讽。

常言道，基础不牢，地动山摇。时下，正在批判所谓的资产阶级军事路线和单纯军事观点，建设什么政治边防，训练时间、质量大打折扣，彼此只能意会不可言传。连长打旁边经过，表情木然，他亦明白冰冻三尺非一日之寒，这兵不是一天两天能够训练出来的，遂冷冷地抛下一句话：“还要好好练。”然后，负重千斤似的离开了现场。

收操后 30 分钟为洗漱、整理内务时间，热水由各班自己烧。每个班配备了一副北京牌生铁烤火炉，用来取暖、烧水。原则上取暖期间炊事班不供应开水，洗脸水一年到头自己解决。每年 9 月至第二年 5 月为取暖期，团、连只负责发放烤火炉具，烤火用的牛粪各班自己到野外捡。每个班都自备有一到两个蛋粉桶用来烧水。当年，西藏部队吃不到新鲜鸡蛋，在内地加工成蛋粉装在四四方方的铁皮桶里运进西藏边防，供官兵食用，吃剩的蛋粉桶被战士们用来烧水、储存东西。所以每天晚饭后，都能看到各班派出的战士手持麻袋，轮流外出捡牛粪，或提着蛋粉桶到井边打水。

班里把牛粪装在破旧麻袋里储存起来，即便过了取暖期，还可以供平时烧开水用。边防连队条件一时跟不上，除了连部外，各班排都没有暖水瓶，更见不到热水杯，一是没这个配备，二是压根买不到。炊事班每天只用保温桶供一次开水，一百多号人一桶水，远远供不应求。因此，饮用热水班里自给自足，成为当时部队少有的一个特例。

在内地人看来，牛粪做燃料不可思议，别的姑且不论，就说那臭味让人怎么能吃得消呢？

初次进入藏区，牛粪味、酥油味、牛羊肉膻气味搅和在一起让人掩鼻难闻，但也不是想象的那样臭气熏天，完全在可以忍受的范围内。一则气候原因；二则西藏牦牛纯粹食草动物，很少听说有吃饲料的。时间久了一般人不但可以适应，甚至能嗅到一股淡淡的青草味。更重要的是，一旦知道了它的功能后，谁都会情不自禁地接受它，还怎么可能觉得臭呢？

牛粪在当时的西藏不可以没有，“西藏一大怪，牛粪墙上晒，平时不用藏起来”，不当肥料当燃料。从部队到地方不但烤火用牛粪，做饭也用牛粪。牛粪犹如空气和水，没有牛粪一切将不可想象。

有人不禁要问：为什么不烧煤呢？ 20世纪60年代的西藏尚没发现煤炭资源，汽车不远万里从内地运煤进去，煤可能变成黄金啦！

据老兵们讲，每年八一建军节，老百姓慰问金珠玛米（解放军）的慰问品不是别的，居然是牛粪。听起来令你无法相信，真正身临其境丝毫不感到奇怪，因为部队切切实实有这种需要，它不仅有使用价值，而且有具体价格，百姓经常应部队要求，赶着牦牛驮着牛粪到营区卖钱。存在的就是合理的，部队做饭用牛粪量比较大，一旦遇到阴雨天，牛粪买不进来，连长、指导员满脸愁云，急得搓手顿脚，牛粪的功能不可小视哦！

接下来是一小时雷打不动的政治学习，即“天天读”。大伙手捧《毛主席语录》，由班长依据连队统一布置，每天围绕不同的主题，有选择地念，大伙跟着看，一二十分钟后进入讨论环节。首先，班长进行引导性发言，畅谈意义，联系实际，对照检查。之后，要求逐个发言，人人受教育。班长说，讲得好与不好是水平问题，讲不讲是态度问题。

早读结束意味着早饭临近，各排利用空隙以班为单位在院子里组织行进间四面转法练习，口号声震天价响，既有“一二三四”队列口号，也有政治口号，和着步伐边走边喊。政治口号不断推陈出新。譬如，当时十分流行的一句口号：“团结起来，争取更大胜利，中国共产党万岁，万岁，万万岁！”就是毛主席针对当前全国各地形势做出的伟大号召，被官兵立马编成队列口号。

但是，饭前走队列，上级没有明确要求，是各个连队自加压力。战士手里拿着碗筷，形势紧张时枪支弹药不离身，举手抬脚很难符合要求。

早饭主食为大米干饭，完全出乎大家意料。菜是黄豆炒肉，黄豆经过水浸泡后，与罐头肉一起炒，感觉怪可口。一日三餐大米饭，米饭吃多少打多少。吃菜则由不得自己，由炊事员统一掌勺。当时有个鲜为人知的特殊情况，为了保证驻藏边防一线部队体质，上级规定一日三餐必须吃干饭，这也是军令。一月左右才吃一次面食，令我们北方人叫苦连天。

连队有个用土坯垒成的小饭堂，想象不到地简陋，没有玻璃窗户，没有一张桌椅板凳。但具备避风遮雨的功能，地面为泥土地，坑坑洼洼，一不留神还容易绊倒，在偏僻的边防已经相当不容易啦。就这模样平时还舍不得用，遇到刮风下雨，大雪纷纷，才在饭堂里就餐。大多数时间就在饭堂门前的一块不是很平坦的空地上席地而蹲，全连圪蹴成一个大圈，连长、指导员等连队干部无一例外。军人委员会见缝插针，利用早晨、中午就餐时间指定一名战士，宣读各班送来揄扬好人好事的稿件和学习心得体会，对于鼓舞士气发挥了不可估量的作用。

饭后洗碗是一件烦心事，饭可以一顿不吃，碗不能一次不洗。一日三餐不消说顿顿都要自己洗，而且要求冲洗干净，统一放置在班里的简易碗架上。副班长负责检查，发现没洗干净者务必重洗。遇到二杆子班长，二话不说，将碗筷扔到墙外，让你心里很不是滋味。

可是，顿顿饭不离荤油，那年头又没有洗洁精，没有热水别想洗干净，每顿饭炊事班只准备一盆热水，百把人围着盆子争先恐后洗碗，你舀一碗他舀一碗，一会儿工夫盆底见天，后面没有热水的同志苦了。怎么办？只见老兵们顺手从自己棉衣衣襟角上撕一小块棉花，把碗边沾的油腥擦得干干净净。啊！原来如此，怪不得一个个棉衣角上普遍瘪瘪的，遇到刮风衣角就翘起来。

早饭后，起风了。班长通知扎腰带，新兵进行队列训练。连长特意在全连挑选了几位队列基础比较好的班长和骨干协助训练。空荡荡的操场上旋起一个个风柱，卷着尘土不断爬高，再爬高。我们被统一带到院墙外的训练场上，脚下布满沙子、碎石，边练边严格纠正动作，尤其是那些痼癖动作。经过一个上午的严抠细纠，停止间动作略有斩获，行进间却无明显起色。原因很简单，连队没有一块平坦的场地，稍有点常识的人都懂得，场地不平恁地进行队列训练呢？

午饭后，班长带着我们气喘吁吁爬到山上哨位，感受一番连队所处方位和周围环境。通向山顶有三条路，中间一条道为捷径，战士们上下岗都是沿着这条发白的小道爬上山顶，路窄坡陡。

站在山顶放眼四周，雅鲁藏布江从山边缓缓流过。山脚下，团后勤仓库坐落其间，由我们连队负责守卫。江边，渡河班的同志正在紧张地组织车辆摆渡。在连队与渡河班之间还有情报站、通信维护连等兄弟单位，其中情报站靠近江边。山背后，紧贴江边有几顶帐篷，不时听到犬吠声，据称是里孜国际边贸市场，每天有零零星星的外国商人来来往往，进行商品交易，帐篷外一切活动尽收眼底。虽然近在咫尺之间，但军人不许接近成为人人皆知的铁规禁令。

团部通往边防沿线的公路，从渡口过来经连队大门口绕山脚大半圈儿，分别向边防二营、三营方向延伸，使得我们连队成为来往人员、车辆必经之地，处在边防交通咽喉要道。

登高望远，视野出乎意料地开阔，东西两侧是一眼望不到边的草原沙丘，平坦宽阔。西北方向是雅鲁藏布江发源地杰马卓玛冰川，冰峰林立，姿态各异。从山脚以上的河道为雅鲁藏布江上游——马泉河，分叉成网状，蜿蜒曲折，在里孜汇合，然后径直向东南边的崇山峻岭间流去。河道两侧沼泽密布，水草丰茂，鸟类在自由翱翔。西南方向喜马拉雅山脉一隅冰雪皑皑，绵延数十公里，浓密的白云紧紧缠绕其间，时隐时现。远眺科里山口方向的雪峰，宛如一把出鞘的利剑刺向苍穹，晶莹剔透，海拔足在7000米以上，异常壮观。班长告诉我

20 世纪 70 年代里孜国际边贸市场

们，雪峰在邻国一侧，雪峰下就是回窜分子的营地。

下午，风越刮越大，狂风裹着沙石遮天蔽日，似乎有意给我们新兵一个下马威。班长以无奈的神情告诉我们："仲巴县处在喜马拉雅山的风口上，一年一场风，从春刮到冬，而且是进口风，不要钱，可以尽情地享用。"

连队特意安排前两小时写家信，大伙喜出望外。离开咸阳新兵连一个多月，独自身处遥远的边陲，交通不便，两地牵挂。连队首长想战士之所想，能够拿出一定时间让我们给家中父母写封平安家书，说明很懂得我们的心。然而屋子里仅有班长铺头用罐头箱子板制作的简易桌子，一人趴着都嫌小，大伙索性趴在铺沿上写家书。

最忙活的算是我啦，王世全、马升民大字不识，急吼吼地趴在跟前，手里拿着空白信封信笺纸求着我帮他们写信，能不帮吗？看他们可怜的样子，头都没来得及抬，一口气写了三封。班长在一旁静静地观察，蓦然发现我还算是"文化人"，信息很快传开，有几位班长抽空刻意找我拉呱，显然对我有点兴趣。

最后一个多小时，班长应连首长要求，向我们详细介绍了连队当前面临的形势和任务。

班长重点介绍了连队建设状况：当前全连官兵响应党支部的号召，全力以赴开展创建“四好连队”（政治思想好、三八作风好、军事训练好、生活管理好）、“五好战士”（政治思想好、三八作风好、军事训练好、完成任务好、锻炼身体好）活动，大打翻身仗。听到这里让人好不懊恼，本想锦上添花，谁知一脚踏进了后进连队，还在“翻身得解放”中苦苦挣扎。

班长细说缘由。原来，上一年连队发生两起轰动全团的事故：岁末年初，二排、四排官兵前往2号垭口设伏，一位1968年入伍的士兵不慎坠下山崖，当即殉职；年底连队在“武工队”执行任务，打死一只狼，部分战士偷吃狼肉引起中毒，大部分出现浮肿，严重的眼睛肿得看不清东西，紧急送往团卫生队救治，使连队的战斗力受到削弱，暴露出连队安全防事故抓得不到位，管理教育不够狠。连主官到团里做检查，并受到全团通报批评。

年底团党委组织年终评比，又一次与“四好连队”失之交臂，上任不久的邓连长、王指导员如履薄冰，今年憋足劲立誓要旧貌换新颜，把落后帽子甩到雅鲁藏布江里去，迈入“四好连队”的行列。号召全连指战员拧成一股劲，为实现既定目标人人增砖添瓦。

说到这里，才让我们稍稍打起点精神。

晚上，全连会餐，特意宰了一头自养的肥猪，100多公斤。据老兵们说，连队一直舍不得宰杀，专门为欢迎新战友到来而等待到今天。让我们大伙打内心十分感动，连队首长完全像居家过日子一样，无论老兵还是新兵，不分先来的或者是后到的，都看作是自己的亲兄弟，点点滴滴想得格外周全。虽然连队条件不尽如人意，但第一时间觉得很温馨。

连队一人一副碗筷，几乎都是进藏前在内地买的，自备、自用，自己保管。炊事班没有任何供个人使用的餐具，会餐时以班为单位打回宿舍享用。

那么，没有餐具怎么办？在当时的西藏边防，没有条件让你讲究，横竖不能让尿憋死人。每当节日会餐，各班把所有洗脸洗脚盆子、战备锅等能用的家当洗刷干净，用来盛菜盛汤。洗脚盆摇身一变成了菜盆，实属无奈。其实习惯了，没什么不可以，洗干净无任何异味，照吃不误，没有人胡思乱想，“不干不净，吃了没病”嘛！能吃到嘴里就不错了，完全是心理作用，无所谓。

菜肴在我看来格外地丰盛，有红烧肉、粉蒸肉，肉丁、肉丝、肉片、花生米炒肉，既有咸味的，也有放糖的甜肉。炊事班战士大部分来自四川，自然具有浓郁的川菜特色。

西藏边防吃不上新鲜蔬菜，蔬菜在内地压缩成干菜再运进来。所以，除了花生米、皮蛋外，为清一色猪肉荤菜。

开始，大家围坐在一起吃得有滋有味，狼吞虎咽，心里头美滋滋的，不一会儿腻得难以下咽。荤素搭配，才算美味，少了素菜，的确美中不足。

傍晚八点，连值班员一声哨音响过，通知全连政治学习，各班自己组织。班长信手捡来一张报纸念给大家听，念完后组织讨论，每个人不着要领地结结巴巴说一通。熬到快要熄灯，冷不防班长大喝一声：

"站起来，面对主席像汇报一天工作。"

汇报什么，如何汇报？大家没有一点感性认识，一时慌了手脚，站在原地干愣着，你瞅着我，我瞪着你，畏畏缩缩，谁也不知道从何说起，希冀从对方身上找到一点启发。

"哑巴啦，今天干了些啥子？哪些做好啦，哪些做得还不够，明天怎么办？给伟大领袖一五一十地汇报，这也要我教。"班长看大家半天沉默不语，没好气地说。

与新兵连比较，老兵班长处事方法、态度、原则性明显不同，感觉有些六亲不认。

经过班长点拨，大伙茅塞顿开，像念经似的嘴里嘟嘟囔囔半天，可是到底说了些啥？只听到嗡嗡嗡的声音，宛如蜜蜂叫，压根谁都没听明白。班长自己也没用心听大伙说得怎么样，到底哪一句是真哪一句是假，只要你嘴里嘟囔，没有闲着，至于讲得好与差，都能过关。

一会儿，一声哨响，连值班员大声吆喝：

"各班派一人到炊事班打醪糟。"

醪糟是四川人家家户户都会酿的一种米酒，味醇可口，应该算是地方名小吃。连队炊事班每过些日子给大伙做些醪糟，或者豆浆，调养调养胃口，增加点热量。各班用蛋粉桶打回宿舍喝，有幸第一次品尝，甜到嘴里，暖在心间。

晚 10 点，熄灯号响彻旷野，紧接着传来几声哨子响，值班员声嘶力竭地大喊："熄灯"！

自幼十分欣赏电影里部队司号员吹军号时那般英姿飒爽的威武形象，今天目睹了好几回，冥冥之中给营区增添了浓烈的军事气息。

连队一日生活皆由司号员发号施令，故要求新兵人人能够熟记和辨别各种不同号谱。有些号谱如在战场上使用的集合号和冲锋号的旋律有些相似，容易混淆。据一些干部和老兵讲，在训练与实战中曾经出现过由于将二者搞错而导致严重后果的事情。所以，不但要求指挥员搞明白，每一名战士也要弄清楚，实战中对于双方同等重要。

连队有灯无电，点的是进口蜡烛，有人说是印度的，也有人说是尼泊尔的，总而言之不是中国的。上面的外文大家都不认识，无法考证。蜡烛没有怎么办？只好点着老家那样的煤油灯，对于我们农村兵而言，没有什么不习惯的。

本来团里给连队配发了一台柴油发电机，供驻里孜部队统一照明，每天仅管两小时左右，熄灯后10分钟熄火关机。仅有的一名发电员去团里培训没有回来，发电机闲躺着睡大觉，其他人不敢“无证上岗”瞎捣鼓，只好暂时受点委屈。

片刻，透过窗户见手电筒的光亮在闪动，班长轻声告诉我们是连长在查铺。

回眸忙忙碌碌的一天，有苦涩也有甘味。

六〇炮兵

一周训练结束，分班在即。大伙心里咯噔着，可是表面上却出乎意料地平静，照常说说笑笑做出若无其事的样子。谁都明白，分到哪个班不是任由自己选择，当初也不兴送礼打招呼之类乌七八糟的东西，况且一个步兵连队，不论干何种工作看不出有什么明显的差异，听天由命呗！我倒倾向于去炊事班，当一名炊事员，学点退伍后的实用技术。

上午，分班开始了。无风的高原给人以洁净清爽的感觉，强烈的太阳紫外线照得眼皮难以抬起来。邓连长带领部队外出训练，由指导员在家负责分兵。全体新兵被带到院子中央依大小个儿一字排开，各班班长在一旁整齐站立。

指导员与连长的风格截然不同，没有做自我介绍，但是昨日大伙通过班长之口，知道他就是连队年轻英俊、大名鼎鼎的王指导员。只见其手持名册，身穿崭新的军装迎面站在队列中间，头上那顶乌黑光鲜、与众不同的兔皮帽的绒毛随风微微抖动，异常招眼。在鲜红的领章帽徽的衬托下，更显红光满面，神采飞扬，同其一米七五左右的笔直身材相衬托，加之不经意间散发出的书生气质，甚是风流倜傥。为我到连队后鲜有见到的不穿补丁衣服、心目中标准的军人形象。

“是初中生、高中生的请出列。”

指导员一声命令如雷贯耳，给我们大伙以居高临下的感觉。当年，初、高中学生在部队毫无疑问被称为知识分子。大学生在团一级部队基本没有，即便有也是凤毛麟角，镀镀金而已。若是战士提干，要求必须具备小学文化程度。所以不可否认对初、高中生的到来，部队首长总体抱以欢迎的态度。

我瞬间环顾左右，一种莫名的自豪感涌上心头。匆匆走出队列，用余光瞄了一眼，有七八位的样子。没料到连首长对初、高中生还情有独钟，心里乐滋滋的，天降大任于斯人也，兴许会有什么美差事蓦然降临。大伙面对指导员整整齐齐站立好，个个脸上洋溢着欣喜，充满了期待。

“你们中间有没有人当过造反派头头的啊？”指导员突然间一个回马枪，像一盆冷水劈头盖脑，把我们的心浇得冰凉冰凉，半天回不过神来。原来黄鼠狼给鸡拜年，企图引蛇出洞，纯粹吊胃口，把我们当猴耍。

从穿上绿军装那天起，我注意到新兵连干部对个别不听招呼，不守规矩，与众不同的新战士冷眼睥视，动辄冠之以“造反派”的头衔，张口闭口“你个造反派的脾气”。大家清醒地察觉到，此称谓在部队已经成为贬义词，似过街老鼠，不好使了。谁还在这时候吃饱撑的，给自己挖个坑往里跳，除非是脑残。何况入伍前都经过严格政审，难道还有“漏网者”？所有同志保持沉默。沉默是金哪！

“有没有？”指导员见大伙沉默不语，紧追不舍地重复一句。看来事出有因，要来个刨根问底。

大家异口同声拉开嗓子大声喊：“没有！”

但是，林子大了什么鸟都有。一位甘肃籍新兵毫不掩饰自己的优越感，声称自己为所在地区医院的革命委员会副主任，在场人员无不啧啧称赞。小小年纪如此出息，给人以鹤立鸡群之感。唯有指导员表现得很淡然，意味深长地略微点点头。

殊不知，部队不是生活在真空，地方那点事谁人不知谁人不晓。事情很快传到老兵们耳朵里，大家表现得很不屑，认为：一个乳臭未干的愣头小子，才吃了几碗干饭，恍然不知自己置身何处，以为给自己穿上一件美丽的外衣便能够博得首长的青睐，不识相！骑驴看唱本走着瞧，显然有点嫩。

指导员依据名单公布了每个人的分配去向，我被分到炮班，当一名六〇炮兵。突然想起来我们新兵连吴排长就是炮连一位副排长，进藏途中无意之中听他没事自我调侃，说什么“威风凛凛当骑兵，精精干干当步兵，怕死鬼当炮兵”，看来我算怕死鬼一类喽，心里暗暗好笑。

连队除了战斗排，另外还有一个炊事班，一个杂务班，归司务长领导。所谓杂务班，顾名思义属于勤杂人员。

抑或基于炮班有一定的技术含量，需要有些文化知识的人来掌控，所以班长几次来新兵班探底，都把我列为首选。同我一起分到炮班的还有甘肃兵朱昌、张新文。

我们携带自己的背包和生活用具，紧随班长来到炮班。

进入房间首先映入眼帘的除了整洁的内务，紧贴在屋顶的小包裹架外，就是蹲在简陋兵器柜里那两门矮墩墩的六〇迫击炮。

室内条件简陋无比，一进门是一块6平方左右的活动空隙支着火炉，搁在上面的烧水桶热气袅袅，炉管直插房顶。火炉旁的破旧小罐头箱里装着烤火牛粪，炉子和炉管上分别扎着数道铁丝，挂着洗过的袜子和鞋垫，气味着实难闻。

东西放置整齐有序，没有床，睡的是通铺，酷似家乡的土坑，呈对称形。中间是通道。床单连在一起，形成一个铺一块整床单，铺沿用钢板压实，以防床单打皱。

屋子顶头虽然有个小窗户，慑于风沙和寒冷空气的淫威，蒙上一块厚厚的毛毡并干脆钉死，平素根本不用。

房间内没有衣帽柜、鞋柜，多余且暂时不用的衣物打在小包裹里，统一放置在包裹架上，每人一个。抬头仰望包裹架，哪个包裹大，一般说明兵龄长、资格老。换洗内衣统一装入枕头套。

连队宿舍一律为木板结构的活动房，外观别致，由内地一家兵工厂生产，不远万里运到西藏边防。所谓活动房，顾名思义可以拆卸，可以随时移动搬迁。基于当时边防缺乏建筑材料，部队戍边任务重，为临时性应急。虽然保暖性能

枪架、碗柜连为一体，最上面放置洗漱杯

比不上土木结构的房子，但明显优于单层帐篷。

为了保暖，木板墙体中间隔了一层毛毡。内墙被厚厚的报纸糊着，既保护墙体，又防止大风通过墙缝旮旯灌进来。

地是泥土地，天长日久地面凹凸不平，然后再填上新土。整个房间没有一件制式桌凳，唯独在班长睡觉位置，靠着墙用罐头箱板做了个半平方米左右的简易固定木桌子，悬在空中，没有桌腿，没有抽屉。以及只供班长凑合着坐，不到半个臀部大的小方木凳，被视为班长的特殊待遇。

白天，在班里大伙或坐在铺沿上，或围着火炉坐在背包上。铺沿下方凹进去一块，供每个人放点杂物，为了美观，统一用旧方块雨布遮挡着。靠近门口的墙脚下，左侧孤零零地摞着两三个洗脸盆，还有背包及铁锹、十字镐。因为没有脸盆架且不能满足每人一个脸盆，故大伙洗脸时都蹲在地上几个人同时使用。另一侧放着名义上的兵器柜和碗柜，碗柜同时承载洗漱用具、喝水缸子。没有专供搭洗脸毛巾的地方，洗脸、洗脚毛巾仅此一块，合二而一，洗漱后叠得方方正正统一塞在洗漱杯子里。一人一只陶瓷大碗，一双筷子，没有盘子，吃饭时菜直接打在碗里。

扫地用的扫帚最具创意，竟然为柴火堆里捡来的爬地松枝丫，百分之百的原生态，经济实惠，经久耐用。一切都是那么简简单单，堪与战时营房媲美，用家徒四壁来形容，以我之见恰如其分。

训练结束，部队返回营房，一声“解散”，寂静的军营顿时一片喧闹。

瞬间，一个个勾肩搭背推门而入，精神抖擞，浑身灰头土脸，待把手中武器放到原来位置，纷纷跑到屋外，用牦牛尾巴制作的刷子拍打干净身上的尘埃。

他们个个朝气蓬勃，神采飞扬，长期在缺氧状况下风吹日晒，有的面部呈酱油色，脸色灰暗，缺少光泽。有的仰着黑红分明的红脸蛋，即“高原红”，有人戏称“红二团”。显然是雪域高原留给他们无法拒绝的纪念，给人一种怯生生的感觉。但是，精神状态与内地兵比较，丝毫不差。

之后，班长彼此逐一做了介绍。7 名老兵来自祖国的四面八方，除了班长与老兵钱义财超期服役外，其他均为 1968 年入伍第二期兵。

全班业已满编，由 10 人组成。相互之间虽然萍水相逢，但为了一个共同的梦想相聚在雪域边防，几位老兵笑吟吟地迎上来握住我们的手，亲切地问长问短，纷纷给我们泡茶倒水，帮助放置东西，让我们瞬间感觉部队就是不一样，素不相识，却一见如故，心里热乎乎的，仿佛回到家里一样，生疏感倏然退去。

这是一个人均年龄不到 20 岁、血气方刚的集体，是一个青春励志、放飞梦想的集体。

班长王一平，1966 年入伍，身高一米八以上，浓眉大眼，英俊帅气，沉稳中充满激情的北方男儿。副班长张学明，1968 年入伍的甘肃“洋芋蛋”，走路晃晃荡荡，做事风风火火，浑身上下活力四射。表面上愣头愣脑，内心特细。据班长介绍，为连队先进典型，全团学习毛主席著作标兵。

晚上，班里迎接新战友，从老兵们饱经风霜的脸庞上看得出来，他们为每年一批新战友的到来而兴奋不已，争相打开自己珍藏多时的水果罐头款待我们，每人一筒（1 斤），一股暖流瞬间漫过我的心间，从老兵们身上感受到有一种巨大的精神力量在激励着我们。

大家放开嗓子纵情歌唱，“我们来自五湖四海，为了一个共同的革命目标走到一起来了……”用歌声表达新老同志朴素的感情和共同的理想追求，一边品尝甜美的罐头，一边敞开心扉促膝交谈，相互勉励，相互祝福，气氛坦诚热烈。

最后，第一次听班长讲话，虽然不是那么抑扬顿挫，但是句句朴实无华。我用心聆听，句句铭记。

他说，战斗班是部队战斗力生成的基础，就好比刀锋上的尖。不仅要求每个士兵成为一块“好钢”，而且彼此必须坚强团结，拧成一股绳。团结，刀锋更锐利，更具杀伤力，团结就是胜利嘛！新同志要尽快熟练掌握手中武器，提高杀敌本领，向老同志看齐，关心班里建设，主动担责，譬如捡牛粪、提水、扫地、烧水这些琐琐碎碎的事情，都要抢着干、主动去做，力戒“骄、娇”二字；老同志要关心、爱护新同志，热心帮助他们尽快成长，谨防倚老卖老；革命不分先后，贡献不分早迟！新老同志都要互相关心、互相爱护，互相帮助，发扬炮班的老传统，全班团结如一人，试看天下谁能敌！

噢！我明白了，原来一个班就是一把犀利的尖刀。

我为祖国守边防

初来，班长见缝插针、争分夺秒组织我们几位新兵练习叠被子、大衣，整理内务，打背包，学习缝补衣服等，也叫“补课”，以尽快适应紧张的军营生活。

一周后，传来新兵开始站岗放哨的消息，激动之情溢于言表。生活在党的阳光雨露下，从小在学校接受爱国主义、革命英雄主义教育，梦寐以求当一名解放军，能为祖国守边防，第一时间感觉是一件很光荣的事，只有为数不多的同龄人才有这个机会。

站岗放哨是边防军人的基本职能。连队站岗任务很重，白天有山上观察哨和山下弹药库两处。晚上，增加营房门岗。情势吃紧时再增加营房后面垭口哨位。老兵退伍后，猛一下少了几十人，亟须新兵尽早到位。

在仲巴边防站岗放哨，当面是回窜分子，身后是亿万父老乡亲，还真有点临战味道，诚所谓“眼睛里有凶残的敌人，脑子里有消灭回窜分子的任务，肩膀上有保卫边疆安宁的责任”。

熄灯之前，连部通信员手持写有口令的纸条到各班逐个递给班长过目，然后由班长低声告诉当晚有站岗执勤任务的哨兵。

口令为军事绝密，一天一换，一般仅供熄灯后使用。每天傍晚由团机关有关部门通过无线电台发送到各连、分队。哨兵必须熟记口令，在换岗交接班时务必使用口令。

人所共知，口令一般由词组组成，被换岗人答第一个字，换岗人答第二个字，千万不可答错。否则，哨兵有权开枪，毫不含糊，团里曾经发生过此类事件。乍一听有点吃惊，冷静下来想想，没有什么奇怪的，完全属于常识性的东西。处在战争状态下，敌我双方兵戎相见，都想消灭对方。敌人择机摸岗、偷袭随时可能发生。因此，不论兵当得有多么久，谁也不敢掉以轻心，当作玩笑开。

站岗时，一律荷枪实弹，形势吃紧时要求子弹必须上膛，关住保险。事实上，夜晚站岗绝大多数人子弹上了膛。

下岗时，当即验枪，退出子弹，以防走火。连队值班员、连首长随时检查，发现不符合要求者，坚决予以纠正。

基于新兵无站岗经历，不熟悉情况，需要做好精神、意志、心理、处置方法等方面充分准备和磨炼，第一周连队拟安排以老带新，与一名老兵结成对子，带着我们一起站岗。

站岗放哨全连一盘棋，以排为单位，施行大推磨。恰巧轮到我们排在山上站岗，适逢气候逐渐回暖，枯草吐出幼芽。山是独立山包，垂直高度估计在200米左右，虽然不是很高，但本身海拔高，哨位接近5000米。山高缺氧，加上坡度陡峭，越往上空气愈稀薄，爬起来异常艰难。

班长安排朱花豹与我结对子，第一次身挎半自动步枪、背着一百多发子弹和4颗手榴弹，提前30分钟摸着黑夜踉踉跄跄向山顶攀登，长年站岗遛出一条白花花的陡直小道，即使茫茫夜色也看得很清楚，机械地蠕动着两条腿一步一步前进，每向上迈出一步，都非常吃力，仿佛两腿拽着多么沉重的东西，胸部憋得气都喘不过来，像患上严重的气管炎，心脏“咚咚咚”地剧烈跳动，震得耳膜又疼又胀，到后来索性一步一息。当使尽全力爬上山顶时，竟然用了40多分钟，被接岗的重机枪班同志等得心急上火。

时间到点，若无人接岗，兀自在漆黑的夜晚站立山头，一分一秒都是那么地漫长。战友们之间时不时因为你晚来了几分钟，我多站了几分钟而发生不愉快。交接岗后花豹同志连连道歉赔不是，仍旧未博得对方谅解，见其扭过头一言不发便悻悻离开，嘴里嘟嘟囔囔说着什么，一句听不懂，无意之中给我上了必须遵守时间的一课。

有老兵在身边陪伴，不仅没有丝毫畏惧和寂寞，而且觉得充满乐趣。白天两小时一班岗，可以在山顶随意走动，远眺喜马拉雅山脉，细心品味巍巍雪山冰川的俊俏，雅鲁藏布江上游的透迤曲折。你瞧，山坡下旱獭在洞口追逐，机灵的草原鼠瞪着圆圆的眼睛四处张望，灰尾兔撅着浑圆的屁股蹦蹦跳跳。沙丘上赤麻鸭、斑头雁在嬉戏、觅食，让人赏心悦目。同时可以名正言顺逃避连排组织的诸如匍匐前进、刺杀、投弹等艰苦、枯燥的军事训练。遇大风袭来，一溜小跑到碉堡里躲避起来。

夜晚部队熄灯后一小时一班岗，我们两人瑟缩在狭小的碉堡里，装有子弹的枪口始终对着碉堡外。深夜，风势渐弱，我们瞭望着迷乱的星空和模糊的山峦，打开话匣子拉家常。花豹同志年龄比我大几岁，1968 年从工厂入伍，见过的世面多，自诩工人阶级，心灵手巧，是连队首屈一指的小能人，修个锁，卷个炉筒，划个玻璃什么的，各班但凡有点技术含量的活，都会恭请他“高抬贵手”，什么事都难不住他，木工、电工、钳工样样精通。

他压低声音慢慢悠悠向我讲述家乡和连队的其人其事，很少有我插嘴的时候。娓娓道来，有声有色，让我百听不厌，十分佩服老兵有一张会说话的嘴。

下一次站岗接着说事，如同电视连续剧，依旧话题多多。一眨眼工夫半个月过去了，连队通知新兵开始独立站岗，消息传入耳际，心里真还有点发怵。

午夜，在热乎乎被窝里正酣然入梦时，最不情愿的一刻来到了，带哨的班长蹑手蹑脚推门进来，轻轻地击打腿部，把我从酣睡中唤醒，新兵的尴尬处境令我不敢怠慢，揉巴揉巴眼睛，连忙穿好衣服，背上枪支弹药匆匆走出房间。

夜，静悄悄的，遥望苍穹月朗星稀，环顾左右四野寂寥，唯有风吹着饭堂、仓库屋顶的铁皮不时发出“咣当、咣当”的巨响。与朱花豹一起站岗已经成为历史回忆。茫茫旷野，茕茕孑立，禁不住打了个寒战。脑海里忽地闪过一个个不祥的念头，越想越怕，越怕越想，这一小时怎么个熬法？自己心里也明白：当兵不是弱者的职业，贵为军人贪生怕死是最大的耻辱。只有勇往直前、不怕牺牲，才算军中男儿。常言道，困难像弹簧，你强它就弱，对待敌人也同样。于是狠下一条心，硬着头皮径直往前走。

打气归打气，脑后头皮还是一阵发紧。路过弹药库故意咳嗽几声给自己壮胆，沿着发白的陌生小道一步一个趔趄爬上山顶，多么企盼被换岗的同志能留下来陪我拉拉呱，显然是一厢情愿。独自站在碉堡口，大脑一片混乱，不知道胡思乱想些什么。紧紧抱住自动步枪，不顾一切把子弹推上膛，右手指紧紧扣住关上保险的扳机，双目一眨不眨注视着碉堡外面，严阵以待。一旦有情况，毫不犹豫将子弹立即出膛。

月色逐渐凄迷，昼夜不息的高空风“啾、啾”从耳边扫过，宛如吹哨子一般怪异，此时此刻能听到心脏“咚咚咚”地剧烈跳动。不由得想起《沙家浜》《平原游击队》等电影里英勇的我人民军队智擒敌人哨兵，一把扼住脖子，将其制服的镜头，越想越怕，紧张得心都要跳出来了，总觉得背后有人盯着自己。

受热胀冷缩自然现象的影响，冷不防山下不时传来汽油桶“嘭、嘭”的巨响，更衬托出夜晚的静寂。旷野里饿狼“呜、呜”撕心裂肺的嚎叫，令我浑身陡然一怔，头发根子直往上竖。全凭手中那支枪，有道是枪杆子里面出胆略。我寻思，这大概是新兵的通病。

有的新兵精神过度紧张，在哨位上匆忙开枪，造成全连一场虚惊。依据作战预案，一旦哨所传来枪声，不论白天或者晚上，不管是否有敌情，必须迅速集合部队占领阵地，然后弄清真相再做进一步处置。

二排甘肃籍新战士童某，平时集合站队动作总是慢慢悠悠的，反应比较迟钝，张口闭口地方方言“你这个熊”。大伙听着好笑，便依其谐音给他起了个绰号叫“尼克松”。一个神情有些木讷的小伙子，老实巴交，胆小如鼠，每次紧急集合都紧张得两腿发抖，心理素质几乎等于零。有一天晚上，深更半夜在哨位上开枪，连长率领全连官兵全副武装紧急占领山头。然后，派排长询问究竟，自称疑似看到回窜分子。经查验踪迹，确认由于心理紧张，造成视觉错乱。一向不容出错的邓连长怒发冲冠，日娘倒老子狗血喷头臭骂一顿，第二天赶忙将其调整到炊事班当了一名炊事员，避免全连同志再吃“二遍苦”。

时间长了后，难免产生厌烦心理。不怕艰苦，就怕站岗！局外人眼里，站岗的士兵紧握钢枪，庄严肃穆，威风凛凛，好不神气。其实，在荒无人烟的风雪边防站岗放哨，谁也看不到，纯粹是忠实履行保卫祖国的神圣使命。

仲巴地区四季如冬，由于连队哨位多，几乎每天都有站岗放哨任务，煞是折磨人啊！

室内仅靠牛粪取暖，白天站岗不觉得什么，而晚上刚刚熟睡，站岗时间到了就得立刻起床。下岗回来房间冰冷透骨，被窝半天焐不热，好不容易焐热入睡，不大一会儿起床号响了。年轻人本来瞌睡就多，休息不好，始终处在疲惫状态。

听老兵讲，严冬来临，大雪纷飞，气温急剧下降，常常在零下三四十摄氏度，用四川兵的话说，拉尿都用棒棒敲，穿上毛皮鞋脚下毫无暖意。为防止冻伤，换成肥大的毡靴。原本山高缺氧行走困难，另外穿上这玩意儿走起路来呼哧呼

哧像狗熊，大半天爬不到山顶上。

下山时满地冰雪，坡陡路滑，携带枪支弹药极易摔跤，索性蹲在地上一溜下山。特别同情那些老战士，当了四五年兵，站了四五年岗，长年以哨所为家，与风雪为伴。连队人手紧张，往往在退伍前几个小时还坚守在哨所。长年累月生活在边防线上，除了哨所、军营、战友，还有终年陪伴自己的雪山、荒漠。外面的世界与他们似乎毫不相干，直至退伍才匆匆忙忙经过团部扎东，算见到了大场面，变成名副其实的“傻大兵”。

有些班长工作方法粗放，挠着脑门想不出好点子，于是把站岗当作惩罚手段，特别是新战士稍微有点毛病，为了让你留住记忆，防止犯重复性的错误，不由分说罚你站岗。这一招犹如老师体罚学生，虽然简单粗暴，真还有点管用，不怕批，就怕站，让你闻站色变、心有余悸。所以，事事都要悠着点，千万不能犯那些低级错误，让班长揪住小辫子哦！

适应性锻炼

战胜高山缺氧，适应高原气候，是摆在我们新战士面前的一项艰巨任务和严峻挑战。

不少一起来的战友空着手走路都喘粗气，出操或快速行军没有走几步，便开始掉队，怔怔地望着前面的队伍，要死不活的，一副狼狈相，无奈成为被收容对象。要是长期没有一点起色，落一个掉队“老油条”的名分，不消说班长不给好脸色，自己面子上也下不去。

反回窜任务是艰巨的，不论查踪、设伏还是巡逻，都要背着沉重的武器弹药、干粮、主副食、柴火等快速前进，更不用说遇到敌情，翻山、急行军是常有的事。由于气候冷，随身穿的棉衣、皮大衣、毛皮鞋臃肿不堪，身体承受的负荷超乎想象。所以，在高海拔地区当兵对体能提出了特殊要求。基于仗怎么打兵就应该怎么练，加强适应性锻炼成为新战士尽快适应反回窜斗争需要的头等大事，任何人不可以漠视。

什么叫适应性锻炼？一言以蔽之，就是适应高原气候对身体素质的要求，从实际出发，因地制宜。那么，能否负重行军、爬山是一个主要指标。众所周知，行军爬山最能检验体能好差，同时也是部队在高原地区作战的最大障碍和难题。

连队把新兵适应性锻炼提到议事日程，邓连长、王指导员逢会必讲，连里抓，排里抓，班里抓，层层加码。出操时练，八小时之内练，晚饭后休息时间接着练，形势逼人，不达目的誓不休。

开初，吃过晚饭，班长一脸认真地说："今天你们几个新兵先去适应性锻炼。"副班长张学明吩咐我们背好背包、带上武器弹药，由他领着我们沿着出操爬山的路线，在站岗的山顶上爬一个来回。从此，我们明白爬山就是适应性锻炼。

几次过后，吃过晚饭休息片刻，没有特殊情况，不需要班长吩咐，也不需要副班长率领，几个人不约而同背好背包，然后把炮弹箱放在背包上，排成一行，像帮助游客登山的挑夫，向哨所的山头趑趄而行，速度不能慢但也不可能快，循序渐进，锻炼耐力，增强身体对气候的适应程度。一个来回四十分钟，这是班长设定的底线。

起初，有一回副班长有别的事，班长指定由1968年入伍的老兵陈元带我们爬山，陈为人憨厚，不擅辞令，虽然比我们早当了一年兵，在大伙眼里不容置疑也算是老兵。年轻人谁不贪玩，爬到山顶大伙一起玩了半个小时才回来，班长恼羞成怒，冲着陈老兵歇斯底里："是不是逛公园去啦？……"

把我们几个新兵吓得谁也不敢吱声，你望着我，我望着你，心里盘算这里还有公园？！是望梅止渴，还是自己抬举自己？！从此，聪明绝顶的班长设定时限，时不时走出房间向山上张望，一切都在其掌控之下。

三个月下来，其效果出乎意料，除了王彦正，几个人爬山行军一点不逊老兵。

苦了同乡王彦正。初来，曾经是团机关一名军马饲养员，亦称马夫，也算团首长身边工作的机关兵。因为个矮体弱，常常被威风凛凛的军马拽着跑，担惊受怕，眼泪没少流。团首长不忍心看其过着"非人生活"，中途从机关调整过来，患有轻微的气管炎，背驼驼的，每次爬山心慌气短，声声咳喘，活像小老头。本不是当炮兵的料，不知道是谁随心所欲将其摁在炮班，说不清楚为什么这么背时。经常说人尽其才，实在是用人之短。

班长套用从伟人嘴里拾来的一句话："革命尚未成功，同志仍须努力。"金口玉言，谁敢违拗，每天晚饭后自个背着炮弹箱踽踽独行，不吭不哈，像个小毛驴。一直到连队换防离开里孜，体能始终不能完全跟上全班的节奏。对于他来说，身体上的痛苦还能忍受，最为痛苦的是天天生活在班长的阴影下，数不清挨了多少次冷嘲热讽，自尊心受到极大的伤害，常常在同乡战友面前长吁短叹。

一般来说，体质状况对于适应高原气候有一定关联，要是不幸患上高山病，再好的体质也是白搭。

1968 年入伍的兰州籍战士辛文华就是典型例子。身高一米八，体壮腰圆，力气过人，掰手腕、摔跤令战友们无不甘拜下风。但是每次行军爬山，偌大的块头彻底蔫了，和我们一样背着一箱六〇迫击炮弹吭哧吭哧爬不了几步，脸色紫得真有些吓人，眼睛严重充血。嘴巴张得老大老大，口鼻并用，就像浮在鱼缸水面上大口吸气的金鱼，一步三歇，每向前挪动一步都是那么费劲。

眼瞅着要掉队，班长两眼射出凶光，一瞬不离盯着他，不时转过身冲着其背上的背包猛推一把，恨不能一把推到山顶。但是一切能想的办法都用上了也无济于事，副班长张学明常常亡羊补牢，接过其弹药箱扛在自己肩上。此时此刻，适应高原气候给人带来的快慰和不适应高原气候给人带来的惆怅，无情地在这片荒山上互为映照。

开初，我深感诧异，是何原因导致高大威猛的老兵如此力不从心？同为老兵，彼此差别怎这么大呢？怀着好奇心向朱花豹悄悄探听究竟，方知患上什么高山红血球增多症，血液里的浓稠度大幅度增高，流动缓慢，引起身体各方面组织缺血缺氧。恍恍惚惚之中意识到高山病不是一般的凶猛，它不仅摧残人的身体，更让你丧失斗志。

不久，连队首长也失去耐心，看到其高山病缠身，继续在战斗班待下去，对连队、对其本人都没有好处，只好将其调整到炊事班当了一名炊事员，一直工作到退伍。

打背包在当时的仲巴边防也是适应性锻炼的内容之一，不同于爬山的练意志，它旨在练作风。

打好背包，在西藏边防有特殊要求、特殊妙用，岂不可就事论事。常常深更半夜接到设伏、查踪的紧急命令，必须摸着黑快速把背包打好，3 分钟全副武装跑到集合场。从团到连，要求特别严格，随机抽查。而打背包是难点，最令大伙头痛，其占用的时间也最长。

完成设伏任务，一般要赶在拂晓前秘密撤出阵地，必须迅速打好背包尽快集合离开，绝不允许也没有条件点着灯让你打背包。因此，能在黑灯瞎火之中将背包打得结结实实，也是硬任务、硬功夫。

同时，连队没有小板凳。平时，连、排学习开会，背包当小板凳使，从早到晚离不开它。

所以，早晨起床第一件事就是把背包打好，全班统一放置在墙角。考虑到背包在边防的特殊用途，补入连队当天，司务长给每人增发一床旧军被，上面还补着补丁，晚上盖在身上用来驱寒，白天专门打成背包当小板凳用，退伍时务必归还连队。

打背包作为一项经常性训练内容，从新兵连穿上新军装便开始练习，看谁的动作快，看谁打得好，符合要求，什么被子横竖叠成四折，背包带横三竖二，且必须三压二，基本要求大伙牢牢铭记在心。来到连队，排里、班里即刻进行强化，天天练，反复练，把你折腾得没有丁点脾气。每隔几天，利用午休或晚饭后，把我们几位新战士组织起来，用毛巾蒙住眼睛，进行打背包比赛，班长、副班长督战，以赛促练，要求一分钟内必须打起来，越快越好。

后来，随着时间的推移，脑子也活泛了。为了应付紧急集合，免得措手不及，丢人现眼，几个人灵机一动，晚上将背包放回原处，不予解开，凑合着盖一床被子睡觉。本想偷个懒，没料到此行为不符合战备、练兵要求，很快被班长察觉到了，冲着我们几个大发脾气，“你们几爷子想偷懒，兵没当几天，胆量不小，新兵‘老油条’”！说罢，气冲冲地将一个个背包扔到院子里。我们几人吓得夹着尾巴跑出去将背包拾回来，从此再也不敢耍小聪明，规规矩矩地解开背包睡觉。

学武精武

当兵不学武，不算尽义务。六七十年代，步兵连队要求熟练掌握三大军事技术，即射击、刺杀、投弹。另外，熟悉单兵战术，包括俯卧前进，徒手用炸药包炸坦克，防原子，等等。补到班里不久，连队不失时机组织新兵进行实弹射击第一练习，炮班亦不例外，要同时掌握这些基本技能。

春天的里孜，风害最为严重，每天上午迎着大风和漫漫沙尘，携带枪支弹药来到距连队数百米的平坝子上进行瞄靶练习；回到宿舍，立即擦拭武器，务必将枪管里的沙子擦得干干净净，一粒不留。第一次使用诱人的真枪实弹，兴奋不已。但是日复一日进行空枪瞄靶练习却感到越来越枯燥乏味，在地下一趴便是半天，累得腰酸腿疼，精疲力竭，瞄好打准不是想象的那么简单。

训练是相当严格的，按照实战要求和邓连长口授，从验枪、卧姿装子弹开始，定标尺，枪托抵肩窝，缺口、准星对准 100 米以外沙堆上的胸环靶，而且要恰到好处地运用好吸气、憋气、避开虚光和瞬间击发等技术环节，一切依照规定的动作要领，反复瞄准，不断体验，循环往复几百上千次。排长、班长不间断催促，让你没有歇一口气的工夫。

连、排干部现场组织指挥，跟班训练。三排陈排副辅助邓连长讲解示范射击要领，邓连长亲自督促检查，一天不落，不时用瞄准检验镜随机督察练习效果。发现问题须及时改正，几次下来若老是不见改进，少不了一顿批评。大伙默默祝愿接下来有个好运气。因为打靶成绩要与四、五好挂钩，要是打个不及格，邓连长面前日子就不好过，当兵也不容易呀！

卧在身下的沙石地面硬邦邦的，半天下来胸口压迫得喘不过气，两肘、膝盖被石子垫得隐隐作痛。半个月下来，有的新兵的衣服肘子、膝盖磨出了洞。肆虐的风沙，整天呼啸不止，空气中弥漫着沙尘，不得不佩戴风镜。沙石扑打在脸上火辣辣的，嘴里、耳朵、鼻孔里都是沙子，训练结束浑身上下蹭得都是土，一个个变成“灰溜溜”。

一周下来，经过寒风吹拂和强烈的紫外线照射，一个个白皙的面孔逐渐变成古铜色，和老兵差不了多少。

由于长时间趴在地上，有的人高山反应严重。有一天上午，二班战士朱国平在训练时，趴在地上脸压在两手之间纹丝不动。排长自以为其睡着了，指着他大声喊叫：

“这家伙太不自觉，好大的胆子竟敢在训练场睡觉，快给我起来瞄准。”

走过来用脚踹他的屁股却毫无反应，弯下腰摸他的脑袋，发现已经昏厥过去。急忙叫来卫生员，送回连队治疗，折腾半天仍然不省人事。凑巧运输主副食的汽车从连队经过，紧急送往团卫生队抢救。很遗憾，此一去“三年两载不回还”。后来听说送到日喀则八一医院治疗，效果不尽如人意，酿成周身瘫痪。

四年后，我调团政治处工作，有一天，在组织股办公室的桌子上无意间发现一封从四川老家寄给他的书信，并已经启封，信封上“朱国平”三个字赫然在目，令我十分纳闷。心想，战友们议论纷纷，都说他已经回家了，时隔几年，到底身在何方？满腹狐疑的我背着他人斗胆地将来信抽出来偷偷浏览，不禁两眼濡湿。

“平儿：你入伍后，全家人为你感到骄傲，可自从你到部队，家里只收到一封来信，之后几年杳无音讯，不能不让妈妈朝思暮想，寝食难安。你工作忙妈妈理解，可是忙里偷闲抽空给妈妈写个信，报个平安可好，免得妈妈惦念。妈妈想知道，你现在到底在哪里？还好吗？……”伟大而不幸的妈妈。

在我的印象当中，依稀记得这位小伙子是我们同年入伍最讨老兵喜欢的一位，身高体健，憨态可掬，堪称美男。多少年过去了，蓦然回首，不晓得后来是否回到妈妈身边？

经过一个月的苦练，终于迎来在部队第一次实弹射击，谁都热切盼望开门红打出好成绩，给自已脸上增点光，给领导留一个好印象，心里难免有点忐忑不安。

靶场就在垭口下的山坳坳里，胸环靶插在坑道上方。之前，连长经过几次试打后，结合自已的切身体会，反复强调避开虚光，巧妙地运用吸气、憋气和瞬间击发几个关键环节。全连统一行动，俯在沟壑里等待现场指挥员下命令。

顷刻，打靶开始了！分组射击，每组 2 人。

轮到我了，心“怦怦”直跳，在指挥员指示下，迅速进入射击位置，卧倒、装弹匣、子弹上膛、关保险、定标尺、出枪，等着指挥员下达开始射击的口令，屏住呼吸，对准缺口、准星，“砰”的一声，强大的后坐力、震耳的枪声及刺鼻的火药味从来没有经历过，心里暗暗觉得过瘾。只见报靶杆圆面左右摆动，显示9环、10环，我顿时心花怒放，信心倍增。一股脑儿打完其余子弹，听到指挥员喊“起立，验枪”，迅速做完动作信步回到出发地，不一会儿报靶员报出72环的良好成绩，绷得很紧的心绪终于松开了，并有一种莫名的快意。

同班几位战友亦打出漂亮的成绩，班长的脸上绽开出少有的笑容。

一分辛劳，一分收获。实弹射击结束，成绩揭晓，全连平均成绩达到良好以上，连首长很兴奋。是啊！功夫不负有心人，经过严格训练，子弹像长了眼睛一样，20多名新兵第一次打实弹，仅2人不及格。其中非常不幸，居然有那位号称医院革委会副主任的“领导”同志，歪嘴照镜子，当面丢底，遭受许多莫名的耻笑。从此，在连队首长心目中留下了不良记录。

接着，强化本职技能训练。全班一共装备两门六〇迫击炮，指定由我担任二炮手，朱昌任一炮手，张新文任三炮手。一炮手负责扛炮，架炮，装弹，发射；二炮手负责瞄准，这是最富技术含量的一环，同时，背一个炮弹箱3发炮弹；三炮手负责传送炮弹，从班长口中复述瞄准数据，同样背一个炮弹箱3发炮弹。分工明确，各负其责，协调一致。班长下达口令后，要求炮手立即单膝跪地，一炮手迅速架炮，不管何类地形，须尽量保持炮的支架相对平衡，对准目标，这对后面瞄准至关重要。二炮手操作瞄准镜，根据三炮手传达的瞄准数据，迅速对准方向和标尺，关键的关键是要以最短时间把瞄准镜上的水银泡调整到中间框内，瞄准速度和准确性决定对敌毁伤效果。至于判断射击距离，计算瞄准数据则是班长和副班长的事情。

炮班在步兵连队的位置可谓举足轻重，连队在通盘考虑人员配备时，兼顾其特殊性，尽量挑选身体棒、综合素质好的战士。在步兵连队能当好一名炮班长不容易啊！比如步兵班半自动步枪的操作使用比较直观，技术含量相对偏低，遇到技术、战术难题有连长、排长掌舵，他们都是行家里手，不需要耗费太多心思。而炮班则不同，连首长很少有懂炮兵的，一切靠自己发挥主观能动性，独立完成任务，不断积累经验。当时，瞄准仪器比较落后，没有计算器，射击诸元计算基本上依靠主观判断，叫作拇指测距法，先闭左眼，后闭右眼，然后根据二者之间的距离进行测算，误差率高，完全靠经验。教材基本上是空白，缺乏骨干培训。实弹射击，步兵一般一年进行3至4次，而炮兵充其量一次，

没有下次。若是打不好，班长、副班长压力可想而知。

相传，经过1967年浪荡沟战役，团营对连队炮兵这一块相对器重，在首长眼里，炮兵在反回窜斗争中的火力作用非同小可，每逢下基层来连队，势必要到炮班走一走。

炮班的日常训练与连队同步，由连队值班员统一带到营区外面的训练场，然后分开训练，互不干扰。只有组织连进攻训练时，方才进行步炮合训，此类规模的训练在当时的连队极少有过。每过些时间也要学习掌握步兵技战术，如刺杀、投弹、班进攻等，都是基于实战考虑的。训练结束，一声哨响，紧随大部队返回。

新兵主要着手基础训练，班长一个口令，大伙扛着炮和炮弹疯了似的迅速占领相对平坦的有利地形架炮，等待班长发出瞄准数据。

班长虽然仅有高小文化程度，但凭借其聪颖和勤奋，几年的工夫对六〇炮射击理论和技巧运用自如。感觉连长每次与班长相遇，都会比别的班长例外多一点“宝贵”的微笑。他信口给出一个标尺、方向数据，我作为二炮手，以最快的速度扭动方向和标尺。班长板着脸，一边看手表，一边眼睛滴溜滴溜看瞄准镜的水银泡，要是跑偏或者超出规定时间较多，起初冷言冷语，多次练习仍然反反复复，不见长进，那两颗铜铃般的眼珠恶狠狠瞪着你不放，甚至暴跳如雷：

“你脑子怎么进水啦，笨得斧子都砍不进去，等你瞄好，敌人早把你脑袋搬走了。”

我们几个经常被他数落得如龟儿子一样，一到训练场心里直打鼓，只要听到他声嘶力竭的吼叫，就心发慌，手发抖。愈心慌则愈手忙脚乱，愈易出错。

每到训练开始前，独自默默祷告：谢天谢地，能够顺顺利利熬到天黑。

我是二炮手，让我最感伤痛脑筋的是，瞄准具水银泡来回飘忽不定，不易驾驭，恨不能用什么特殊的魔力让其定格不动。在我离开炮班之前，始终未能运用自如，记不清挨了班长多少次咆哮，很有挫折感。从此，更加懂得练就一身过硬的杀敌本领绝非想象的那么容易，在电影里看到的神枪手、神炮手，他们所展示的仅仅是结果而不是过程。

古人云：“不经一番寒彻骨，怎得梅花扑鼻香。”做任何事情皆然。王指导员经常联系战例语重心长地告诫我们，平时多流汗，战时少流血。道理浅显易懂，一听便明，面对寒冷、缺氧、漫漫风沙，真正要做到持之以恒，锲而不舍，对每个人的信念、意志、毅力等方面都是实际考验。

然而，正是由于日复一日千锤百炼，严格要求，舍得下苦功夫，炮班人人军事技术过硬，连年实弹考核，次次优秀。年终评比，年年被评为“四好班”。在营、连首长心目中，炮班各项工作呱呱叫，是全连的一副标杆。

据老兵们说，上一年班里自个组织迫击炮实弹射击，选择在坝子与山边接壤处。在仲巴茫茫草原戈壁，哪里有绿草哪里就有野生动物。一贯做事谨慎、德才优秀的老班长突发奇想，将处在射击范围的野驴作为射击目标，用来检验训练真实效果，其出发点无可非议，心想来一次刺刀见红。炮弹按照预定目标不偏不倚落在野驴群中爆炸。可是压根不曾想到当地藏族群众的几头“倒霉蛋”牦牛混迹其中，同样难逃噩运，与野生动物一道被炸得血肉横飞，横七竖八倒在草地上。

事情被捅到团部，深受大伙敬畏的老班长弄巧成拙，惹上麻烦，团营经过慎重调查，不仅给老百姓按价赔偿，老班长自己也因此背上处分，一贯深受营、连领导器重的老班长令人失望地脱下军装，退伍离开风雨同舟的战友和可爱的边防。每每提起老班长，老兵们总是心生流连，耿耿于怀。

从此，不再有人出花花点子，而是老老实实在远处画个圈得了。

老班长走后，王一平班长延续了老班长的进取精神，严格训练，敢抓敢管，见红旗就扛，见荣誉就上，对连队组织的每一次竞赛，每一次评比，每一次总结讲评都当作硬仗，用他的话说：“不要荣誉的士兵不是好士兵。”争强好胜，两头冒尖，这些正是许多班长所欠缺的。虽然方法简单，个性偏激，甚至于斤斤计较。但是在连首长尤其是邓连长眼里，班长富有激情，不甘平庸。从连队建设出发，确实需要“一根筋”之类的人物，金无足赤，人无完人，只要不是朽木，都可以雕琢，何况年轻可塑性大，所以连里把他当作干部苗子不遗余力加以培养。

第二章

精神的无穷力量

长期建藏，边疆为家

兴致勃勃踏上边防，一路过来不经意间发觉一件特别有趣的事情，高原上所到之处铁皮屋顶比比皆是。无论兵站、部队营区，还是地方单位，只要不是帐篷，几乎千篇一律为铁皮屋顶。在太阳照耀之下，银光闪闪，格外引人注目。由于当地不能生产预制板，只好用木板封屋顶，上面镶着铁皮，防腐防漏，保护房屋；铁皮油桶随地堆积。青藏高原没有铺设输油管道，部队、地方燃油皆装在油桶里运到沿途兵站及部队和地方单位，再加上食用油也靠内地供应，同样装在铁桶里，天长日久，每到一地铁皮油桶堆积如山。受热胀冷缩自然现象的影响，每到晚上时不时听到油桶“嘭嘭”巨响，不知情者冷不防会被吓一跳；铁皮罐头盒随处可见。驻藏部队主副食几乎百分之百靠内地供应，肉类、水果和部分蔬菜、副食为了防腐保鲜，在内地加工成罐头源源不断运到边防，随吃随扔，又无人回收，所以遍地都是罐头盒。这“三种”现象构成了青藏高原一道独特的风景线。

边防官兵废物利用，在驻地哨所的大山上、营区里，在空罐头盒里填上沙石，摆成各种健康向上、催人奋进的标语口号，或者用罐头盒铁皮剪成字钉在墙上，不怕风吹雨打，经久耐用，格外醒目。第一感觉，雪域边防尽管环境艰苦，但政治空气浓，精神富有，真是“人在阵地在”。官兵良好的精神面貌无不让我肃然起敬，开始觉得高原上还有很多有意义的东西值得我们去欣赏和追求。

这些标语口号里尤以“长期建藏，边疆为家，以苦为荣，以苦为乐”四句话最为常见，且最能激起战友们思想上的共鸣。这极有分量的十六个字，为当年背着背包进藏的“老西藏”向党、向祖国和人民的庄严宣誓。后来知道这是十八军党委于1950年下半年正式提出的，作为共同的价值观和精神追求，鼓舞、鞭策着一批又一批进藏军人扎根边疆，热爱西藏，献身国防，造福藏族同胞，成为激励官兵卫国戍边的座右铭。这些过去陌生的字眼，现在离我们那么近，那么亲切。每每看到这熠熠生辉的几句话，不由得浑身热血沸腾，强烈地感受到我军长期培育出来的革命英雄主义精神触手可及，威力无比。

从新兵连起，党组织便不遗余力地进行长期建藏、边疆为家的思想灌输，使之扎根在每个人脑海里，渗透在血液中。

补到连队，指导员给我们新兵班上的第一堂课，便是“牢固树立长期建藏、边疆为家思想”。

那天上午，我们全体新战士齐聚饭堂，指导员联系实际，深入浅出地向我们阐述长期建藏的极端重要性。指出，“长期建藏是党组织对每一个官兵的第一要求，必备的”。旗帜鲜明地剖析了与长期建藏思想格格不入的离队倾向和临时观念，诸如入伍动机不纯，动力不足，不安心边防工作，日思夜盼脱下军装回家过安逸生活，在工作中表现为精神萎靡不振，怕苦怕累。更有甚者小病大养，无病呻吟等。由于言之有物，讲得入耳入脑，我们大家听得很投入，不时可以听到“沙沙沙”记笔记的声音。

理想是丰满的，现实是骨感的。年轻人都有自己的梦想，有梦想才有不竭的动力。当我们怀着梦想与老兵打成一片，融入士兵圈子后，方才发现像指导员所说的形形色色离队思想、临时观念无处不在，面对眼前发生的一切，感到很茫然很无解。

多少年来，官兵们百无聊赖，搜肠刮肚地编撰了许多顺口溜、打油诗，在军营里广为传诵，许多人张口就来，以抒发内心的困惑和郁闷，有形容仲巴残酷自然条件的，如“山大不长草，风吹石头跑，天上无飞鸟，四季穿棉袄，饭菜煮不熟，氧气吃不饱”；有描述物质生活匮乏，反映精神世界空虚孤独的，什么“女人看不见，家信收不到，顿顿‘老梭镖’，睡觉没热炕，问我为什么？人类要解放”“当兵来站岗，站到脱军装，白天兵看兵，晚上数星星”；等等。真真切切，听来感同身受。

全班只有钱义财与班长是同年入伍超期服役的老兵，班长前程被看好，装得一本正经，事事紧跟，处处体现出正能量。而钱老兵则不同，虽然工作兢兢业业，为大伙心目中的老大哥，但只要背着班长在一起闲聊时，可以处处感觉到同许多老兵一样，对枯燥、艰苦的边防生活有种刻骨铭心的厌倦和排斥。上一批老兵刚刚脱下军装回到内地，来年还很漫长，自以为下一批退伍铁板钉钉该轮到自己，盼星星盼月亮总算有了盼头，拿出退伍老战友们从内地写来的信看了又看，闭着眼睛憧憬未来。每过些日子，掐指算计，念叨距离退伍还有多少多少天，自言自语地描绘回到内地时的美好情景，仿佛回到内地等于上了天堂。三句话不离“退伍回家”“娶媳妇”，“长期建藏”在老兵嘴里仅仅是人云亦云而已。

有的班长、老战士一门心思想着服满现役，尽完义务解甲归田，过“三十亩地一头牛，老婆娃娃热炕头”的小家庭生活。要是突然听闻来年未必能退伍，顿时脸色煞白，好像离开边防便是跳出虎口。

有的战士德才都很优秀，压根不想在西藏边防多服役一年，被列入预提干部名单，内心惶恐不安。为了能够退伍离开仲巴又不得罪领导，左右逢源，编织种种“合法”而美丽的谎言以达到个人目的。

尤其是一些城市兵功利思想比较重，如朱花豹同志入伍前是二级工，幼年丧父，与母亲相依为命，一心想着服满两年义务回厂里上班，顺理成章搞个三级工，成家立业，报答母亲的鞠养之恩，可谓名利双收，纯粹把入伍当作跳板。要不是当兵，还不知道要在二级工岗位上熬多少年。所以，难免动力不足，情绪不稳，工作标准打些折扣。

一贯追求完美的班长理所当然不能容忍其情绪化工作状态，对其思想深处的诡异想法摸得一清二楚。为防其动摇“军心”，影响班里建设，瞅准机会、逮住其尾巴，动用权力给点颜色瞧瞧，每次遇到不愉快，哪能在班长面前不折腰，憋着一肚子闷气，还不得不装孙子赔笑脸，时时小心，处处谨慎，为的都是两年后能够胜利大逃亡。

有干部休假回来，只见老兵们一拥而上，将其团团围住，如饥似渴地询问打听内地的千变万化，仿佛“仲巴一日，世上百年”，抑或生活在另一个世界。偶尔遇到不顺心的事，或者相互之间打闹调侃，有一句习惯性的口头禅：“怎么啦？看不惯叫你们连长把我拉回去。”借机发泄内心的郁闷。

回到哪儿去？当然指内地的家乡。

我们是新兵，脚下的路还很长，没有资格胡思乱想。

回想这段日子的所见所闻，强烈地感受到老兵们的思想并非空穴来风，身处仲巴边防距离内地太遥远，每日生活太单调，精神世界太孤独，战士服役虽说两年义务期，一般要干四到五年，没有探亲假，其间个人问题没法解决。干部两年休一次假，结婚后两三年才见一次面，困难重重。当下国家经济匮乏，官兵遇到的许多实际问题难以解决，没有想法，只是嘴里不便说而已。

想法归想法，保卫祖国，守好边防，当一个好兵，年底把“五好战士”的喜报寄回家，不可否认是绝大多数人的梦想和精神追求，谁都不甘落后。在是非问题上，大多数人的头脑非常清醒，别看没有多少文化。

“不恋家乡景色美，扎根边疆写春秋。”这是指导员经常勉励大伙献身国防的一句习惯性用语，乍一听有些文绉绉的。

6 月末 7 月初，半年初评，开展“爱边防、爱军队、紧握手中枪”的主题教育活动。指导员以史为鉴，痛斥当年英帝国主义侵略西藏的累累罪行，阐述今日西藏特殊的战略地位，使大伙渐渐懂得“国不可以无防”的基本道理。

有一天上午，高大威猛的营长关华荣出现在大家面前，像一座铁塔。首长为 50 年代初背着背包进藏的老兵，听说连队进行长期建藏教育，心系新战友，特地从 60 公里开外的郡加营部骑马赶过来，向大家追溯当年十八军进军西藏的坎坷历程。指战员们遵照党中央、毛主席的指示，以钢铁般的意志一边行军，一边筑路，一边还要剿匪、野营野炊、开展群众工作。长途跋涉，历尽千辛万苦，寒冷、缺氧，饥饿、死亡时时困扰着每一名官兵，其艰苦程度令人难以想象。他们严格遵守“三大纪律八项注意”和党的民族政策，不拿群众一针一线，到了藏区，人烟稀少，物资运输主要依靠畜驮人背，赶不上趟，没有粮食吃，只好挖野菜，吃田鼠。进军西藏是非常艰苦的，这种困难、艰苦程度事先谁也预料不到。要翻越大雪山，跨过两三百里都见不到人的大草地。而且气候异常恶劣，没有路，没有避风躲雨的地方。但指战员凭借着坚定的理想信念，与天斗，与地斗，与人斗，不断战胜自我，圆满完成了进军西藏的光荣历史使命。

邓连长和大家一样全神贯注，被营长动人心弦的报告深深吸引，营长话音刚落，不等掌声散去，便径自站起身来，面向大伙，大发感慨：

“伙计们，太让我感动了！大家想一想，当兵到底为了啥子。我们经常说‘苦了我一人，幸福千万家’，不是一句空洞的口号，有实实在在的内容。当兵打仗，当兵吃苦、吃亏，该牺牲的时候就是要勇往直前，天经地义。养兵千日用兵一时，否则国家养我们这些军人做啥子，是摆着好看的吗？享乐不属于军队，怕苦、怕累、怕死就不要来当兵……‘升官发财请走别处，贪生怕死莫入此门’。”

最后这句话分明是从哪儿临时捡来的，感觉出自某个秀才之口。从他嘴里讲出来，好像不是那回事，让大伙感觉周身痒酥酥的，很不自然。

邓连长发自肺腑，越说越激动，对连队出现的一些离队思想苗头给以针锋相对的回击，“总是有少数同志不是很安心，迷迷瞪瞪，整天拉起个嘴巴在背后东说西说，打个人小算盘，怕苦怕累，甚至动不动压床铺，耍老总，才当了几天兵就这副屎劲头，要认认真真找差距。吃了一点苦，受了一点累，挨了一些冻，就像母鸡下蛋尽叫唤。我们起码没有饿着肚子干革命，没有背着背包走路进藏的嘛。啥子叫苦？以我的体会，没有饭吃那才是真正的苦，不相信可以试一试，伙计啊！要你三天不吃饭，你行吗？要你吃田鼠你吃吗？整天大米干饭还好意思叫苦连天。与前辈们比较，我们缺的是啥子？是精神，是一股革命劲头”。

接着，他环视两边，放慢语速，以身边的典型为例，进行两种服役观的对比：“在我们身边还是有许许多多安心边防，长期建藏，乐于吃苦的好同志。如一排长陈重顺同志，1959 年入伍，参加过自卫反击战，立过战功。当兵十几年，至今还是排长，在全团为数不多。住在班里，与大伙睡在一个通铺上，不哼不哈，不曾讲过一句牢骚怪话，像个老黄牛勤勤恳恳，一心一意干好本职工作。还有四排季排长，与指导员是同一年兵，不比职务比贡献，任劳任怨。榜样就在身边，我号召我们的共产党员、共青团员行动起来，向这些同志看齐，安心服役，长期建藏，在边疆贡献青春，还要与形形色色离队思想做斗争。”

是的，长期建藏，边疆为家，连队干部为大家树立了榜样。从连长指导员做起，个个都是长期建藏的标兵，一级做给一级看，一级带着一级干。尽管气候恶劣，条件艰苦，每个人家里都有一本难念的经，但是个个精神饱满，脸上始终挂着乐观的笑容，极少能听到他们叫一声苦，说一句家中的长长短短。干部与战士昼夜二十四小时泡在一起，干部的喜怒哀乐、一举一动大家一目了然。查踪、设伏、行军走在最前面的肯定是干部，哪里有危险，哪里就有干部的身影。军事训练，干部都是行家里手，教练、指导和督促检查样样在行，不管气候千变万化，全部出现在训练场，战士训练多长时间，干部便跟班多长时间，从来看不到哪个干部溜边边，当甩手掌柜。老指导员在内地休假，获悉转业的通知，专程回来办手续，与大家告辞。在连队小住两周，照样给大家讲课，到各班促膝交谈，参加班里学习讨论，好像没有转业似的，临行前与战士们难舍难分，抱头痛哭，让我们新兵目睹了在艰苦环境下结成的革命友谊真挚纯洁，毫无杂质。干部身先士卒，这是无声的命令，无法估量的巨大能量。

然而，战士们毕竟都是成年人，不是生活在真空里，理想与现实存在巨大落差，思想深处难免发生各种碰撞，产生各种纠结，并通过言语行动表现出来，发生一些思想反复也并不奇怪。

党支部、连首长加强思想领导，时刻紧紧追踪官兵的思想变化轨迹，大力发挥政治工作的威力，不断强化军魂意识，打牢长期建藏的思想基础。

读书活动强调带着问题学，理轮联系实际。批评与自我批评必然将离队思想当作第一靶子，经常照镜子，使之没有藏身之地。

大力开展谈心活动，许多思想问题通过谈心得到有效解决。根据战士的思想状况，各班发挥党员骨干作用，结成帮学对子，互帮互学，开展“一帮一、一对红”活动。重点人，连排干部亲自出马结对子，做重点帮助。我与钱义财结为一对，老兵像老大哥一样满腔热忱，在思想上给予我巨大帮助。依连队规定，每周至少谈一次心，进行思想交流。所以，每到夜幕降临，房前屋后谈心的人影比比皆是。

每过一些时日，开展苦乐观教育，“苦不苦想想红军两万五，累不累比比革命老前辈”，引导大家正确对待苦与乐、得与失、奉献与索取，树立正确的世界观、人生价值观。

党团活动无话不可对党言，每月一次思想汇报，重温入党志愿书，首先查看“长期建藏思想牢不牢，临时观念有没有”。努力解决思想上入党的问题。

研究讨论入团、入党，是否确立长期建藏思想，作为加入党团组织的必备条件和誓言。

评比五好战士，是否具备长期建藏思想，实行一票否决。

总而言之，事事都与长期建藏思想挂钩。

班长为能在连里大放异彩，对全班思想上的管理相当严格，谁也不敢轻易在他面前说句落后泄气的话。

钱义财与班长在一个班风雨同舟四五年，有一天，鬼使神差，两人矛盾突然爆发，让我们这些新兵惊愕之余经受了一次“长期建藏、边防为家”的反面教育。

一个星期日的午饭后，考虑到辛辛苦苦一周难得休息一整天，让大伙放松一下痛痛快快睡个够。在边防战斗连队，能睡个安然觉在指战员眼里仿佛是最好的享受和福利。一觉睡到下午 4 点，班长感觉差不多了，吆喝大伙起床，将洗干净的床单用针线连起来，整理好内务，迎接新的一周开始。

大伙闻风而动，一骨碌从铺上爬起来，各尽其责，唯有钱义财睡在铺上揉来揉去，就像没有听见一样。班长压低声音喊："钱老兵起床。"

班长的个性犹如锥子一般尖锐，只念其是全班入伍时间最长的老兵，同年入伍的战友，多少也要给点面子，不便立马翻脸。见钱老兵漫不经心，一点儿不买账，于是火气顿生，突然提高嗓门，带有命令式的口吻连喊两声。

岂料，钱老兵家在农村，当兵四五年了，还没有谈上个对象，想媳妇想得抓狂，急吼吼地等待来年退伍。常言道，闷来愁肠瞌睡添。蒙头大睡几个小时，仍然睡眼蒙眬，一副意犹未尽的样子。本来就有点心烦气躁，被班长叫喊声无端激怒，睡在被窝里裹着半边脸，斜着眼睛看班长，阴阳怪气地回答道：

"喊个啥？不得了嘞，当了个芝麻官，姓啥都忘记了，狗肉上不了台秤。"让人感觉在故意寒碜。

私下，钱老兵就对班长不以为然，认为其本事不大脾气大，官迷。

班长原本话语来得慢，被钱老兵几句话呛得结结巴巴半天说不出一句话，脸涨得通红。

"你给我立即起床，我、我命令你。"班长尖着嗓子大喊。

钱老兵毕竟是老兵，不怕官，就怕管，军队的规矩都懂得，慢慢悠悠爬起来，嘴里还振振有词："有什么看不惯的？看不惯，叫你们连长把我现在就拉回去。"

第一次在正式场合听到这句口头禅，如同触犯天条，暗暗为老兵担忧。

班长越发气得眼珠子简直要蹦出来，嘴唇发紫，"床单不连了，开班务会，处理钱义财的问题"。

全班立即围坐在铺沿上，班长首先组织大家学习毛主席关于加强组织纪律性的论述，情绪异常激动，就钱老兵所犯错误事实、原因及危害性进行了牵强附会的陈述和分析，虽然语句有些不太连贯，但句句都是炮弹。尤其针对那句与离队思想有关的话，反复痛批，上升到阶级立场、政治觉悟，党性观念，什么逃跑主义、享乐主义、半截子革命的思想等，帽子大得吓人。

紧接着大家帮助，人人都要上纲上线数落一通。

先是副班长，接着老同志，最后轮到我们新兵。我们才当几天兵，有什么资格批评老同志，算老几？抹不开面子，下不了手，借口上厕所心想躲一躲，被班长一眼看透，责令先发言再上厕所。于是不疼不痒说了不到两分钟便没词了，遭班长一顿白眼，“这叫批评？是挠痒痒，轻描淡写，不讲原则，一团和气，丧失立场，必须和错误思想划清界限，重来一遍。帮助不到位，别想上厕所”。

突然之间，指导员满脸微笑推门而入，把班长紧张得不知如何是好。

“嗯哈，你们是在学习？”指导员冲口而出。

“是的，是的……”反应灵敏的班长随口应答，显得有些语无伦次。

“那我不打搅。”边说边转身退出门外，显然没有什么重要事情。指导员走后，班长愣了半天，惊出一身虚汗。

最后由钱义财同志做检查，闪烁其词，强调客观，企图蒙混过关，没有那么便宜。第一次检查没有通过，连续检查两遍，方才勉勉强强达到班长要求，一脸疲惫。

好在班长向成熟靠近一步，没有向连队如实道来，让老兵有幸躲过连首长的板子，不惟没有降低自己的威信，反而无形之中赢得了尊重。

翌日，连队在饭堂晚点名，表扬一周以来的好人好事。不料歪打正着，指导员特别夸奖炮班牺牲休息时间抓政治学习，号召全连向炮班看齐，做到领导在与不在一个样，周末与平时一个样，会上和会下一个样，利用一分一秒加强思想武装，不仅埋头拉车，而且要懂得抬头看方向，令班里的战友们掩鼻而笑。倒是班长受之有愧，脸上没有一丝笑意。

钱老兵是个直性子人，心里不藏事，与班长朝夕相处几年也是缘分，年轻人谁都有脑子发热的时候，事后追悔莫及。时隔几天，恢复原有状态，主动找班长谈心，承认自己的过失，俩人迅速弭除风波之后留在心中的疙疙瘩瘩。有一天晚上，心情沉重地与我拉开话匣子，对自己的所作所为深表懊悔，让我越发感受到老兵宽广的胸怀。

变关怀为力量

补充到连队的第三天，司务长手提着小木箱来到新兵班，不待班长介绍身份，便笑呵呵地冲着全体新兵大声喊：

“发津贴喽，伙计们！”

大伙初来，显得有些腼腆，半推半就走过去，从司务长手中接过事先用曲别针别好的一沓钞票，全部是一元、两元一张的，掩饰不住内心的激动悉数清点，哇！21元，从来不曾见过这么多的钱。内地部队第一年每月仅发6元津贴费，而我们每月却发11元，多出接近一倍，加上前两个月的，一夜变成王老五，有点一时找不着北的兴奋。

当兵离家之前，我和二哥都快到了男大当婚的年龄，尽管日子紧紧巴巴，迫于无奈父母硬着头皮筹划着盖窑洞，并破土兴建，一盖就是三孔，这在当年的家乡农村简直就是“三座大山”。

已经懂得疼家的我深知父母囊中羞涩，财力不济，急着用钱，也该到为家庭做贡献的时候了，省吃俭用积攒到岁末年初，第一次就汇给家中90元现金，这是一个多么激动人心的时刻！父母收到汇款单简直不敢相信自己的眼睛，忍不住两手发抖。消息很快传开，在贫困的山村掀起轩然大波。这在当时可是一笔令人想都不敢想的可观收入啊！90元寄回农村是什么概念？可以至少买到1000斤小米。在当年的农村，可是不得了的事。父母都是庄稼人，跌倒拾不到一分钱，哪里一次见到过这么多的钱？

后来，二哥来信称，当初为了盖几孔窑洞，全家节衣缩食，无奈变卖口粮。加之二哥结婚花费，雪上加霜，春天青黄不接，生活陷入难以为继的窘境，父母愁得常常夜半三更从梦中醒来，仰天长叹。是我一纸汇款，雪中送炭，不仅付清了匠人的工钱，还买了日常需要的米面柴油，一扫沦为赤贫的阴霾，忧心忡忡的父母那张饱经风霜的脸从此舒展开来，露出了久违的笑容。看完家信，止不住的泪水模糊了我的双眼。我意识到，自己对于家庭而言，不再是一个纯粹的消费者，更感谢党对于驻藏部队的特殊关怀。

令我们为之兴奋的事接踵而来。几天里，连队依照规定，同老兵一样，向我们先后补发了每人每月应发的两筒1斤装水果罐头、两瓶复合维生素和蜂王浆。之后，逐月按期发放。此举为总部基于西藏边防吃不上新鲜蔬菜，空气中氧气不足，易发指甲凹陷、口腔溃疡、牙龈出血、头发脱落等疾病，给以特殊调养，意在补充身体所需维生素，另外还有茶叶、肥皂等日用品等，可谓关怀备至。我们这些从土疙瘩中滚大的农村兵乍一看竟然不知为何物，拿在手中激动地看过来，看过去，心情久久难以平静。直至后来休假回到内地与城市的亲戚朋友攀谈中才恍然大悟，原来都是高级滋补品，是特供给高级干部享用的，纵然有钱也难以买到。感叹要是不穿这身军装，什么维生素、蜂王浆，可能与我终生无缘。

当年，国民经济困难重重，社会上物资供应严重匮乏，城镇居民副食品需求普遍采取票证制定量供应，远远达不到温饱标准，为保证驻藏部队指战员身体健康，精神饱满地守卫疆土，把鸡、鱼、猪羊肉加工成肉罐头，鸡蛋加工成蛋粉，不易压缩的蔬菜如黄瓜、豆角、西红柿做成蔬菜罐头，还有成片的冻猪肉、火腿，成筐的腊肉，从遥远的内地源源不断运往边防连队。许多物品在内地非常紧缺，在商店的货架上几乎看不到，有的作为内供，一般干部、职工根本吃不到，也吃不起。有的凭借“后门”侥幸弄到点儿只够满足眼前一时之快。可是，在西藏边防连队并不稀罕，我们食堂仓库里屯有整箱整箱的肉、蔬菜、水果罐头和蛋粉等，林林总总，琳琅满目。

每当吃到这些东西的时候，我暗暗告诫自己，眼前国家经济乏力，老百姓的日子拮据，而对我们如此厚爱，更应该紧握手中枪，站好边防岗！

我们这些农村兵对有的副食品知之甚少，甚至闻所未闻，经常被一些老兵尤其是城市兵乘机取笑，拿我们当喜剧看。

有一天晚上熄灯前，我下岗路过发电房，杂务班卫生员、理发员、发电员几人正在发电房撅着屁股鬼鬼祟祟煮香肠吃，虽然还没有甩掉新兵身份，因为宿舍一前一后，低头不见抬头见，彼此已经熟悉了。看到我，热情地招呼进来。我平生第一次吃到香肠，圆圆的，用刀切成薄片，肉瘦且香，不知道为何物，只管埋着头吃。发电员朱国强一脸坏笑，问我：

“好不好吃？小伙子。”

我如实相告。岂料，这厮一肚子花花肠子，料我这个来自穷山沟的土包子没有见过这玩意儿，便问：

“那你说说吃的是啥子东西？”

我想来想去猜不着，这厮穷追不舍，执意要我猜了再走。我执拗不过，从形状、味道分析判断，估计是猪尾巴。

几个人忘情地开怀大笑，笑得前俯后仰，眼泪都流出来了。

第二天起，几个人幸灾乐祸，俨然发现什么重大新闻，个个变成小广播，逢人便讲，并很快在全连传开。之后每当过节炊事班炒香肠吃，喜欢搞点噱头的老兵便会冲着我喊：“吃猪尾巴了。”我十分尴尬。

干部的待遇更不要说了，仅工资一项比同级的内地干部多百分之四十至百分之五十，另外每天还有0.6元的伙食补助费，回内地休假，照样发给本人，与内地干部比较，高出一大截。听休假回来的干部议论，副连职以上干部进藏一般都在成都等飞机，一等便是一个多月，无所事事在商场、摊铺转悠，当地群众见多了，对西藏军人的基本评价是：“脸黑脾气大，买东西不问价。”虽然有些夸张，但不可否认在西藏工作经济上相对要宽裕一些，这是不争的事实。

不久，总后勤部首长冒着严寒来西藏边防视察工作，特意提出要到几个最艰苦的边防点走走，瞧瞧边防官兵战备执勤、精神物质生活究竟是什么状况。首长一行沿国境由东至西过来，辗转上千公里，最后来到仲巴。

首长一路心情沉重，目睹邻国抓紧军事变革和边防建设，迅速扩充军备。而我们孤芳自赏，闭关锁国，还闷着头搞“文化革命”，搞内斗，诸多方面与邻国拉开了差距。

在大礼堂聆听首长做报告，万分兴奋，第一次看到从北京来的大首长，心想派头一定很大，相见时第一印象是其人和蔼可亲，精神矍铄。讲到边防建设欠账太多时，首长感慨万分，用其浑厚的嗓音，不无担忧地向在座的官兵畅所欲言，直抒己见。我侧耳聆听，心潮起伏，在脑海里留下永不磨灭的深深记忆。

首长说，双方军队观察哨近在咫尺之间，我方观察哨的玻璃结着厚厚一层冰霜，无法观察。而对方观察哨的玻璃上干干净净，一目了然。回北京后，要请科研院所研制这种不结霜的玻璃。还有，对方的柏油路直通哨所，而我方的哨所还是石子路，多数为羊肠小道，不通公路，柏油路则是奢望，远没有列入规划。

听到这里，作为具有民族气节的中国军人，备感焦虑，又不免心里难过。

到了仲巴边防哨卡，首长惊愕地发现，官兵们一年四季有10个多月棉衣不离身，大头皮鞋不离脚，头上捂着皮帽子。终年一件棉衣裹身，不到两年里面的棉花露了出来，脱掉外罩既破又脏，活像叫花子，惨兮兮的，没有一点军人的威严，毛皮鞋里面的羊毛脱得没有几根了。

指战员肩负着繁重的反回窜任务，不仅从早到晚在沙石冰雪地上训练执勤，多数连队还要到野外打刺柴做饭、烧水，自己背着回来，一般都脱掉外罩，几次下来，棉衣面子就开了花。当年，服装一律为纯棉质地，穿在身上感觉倒很舒服，几个月后好端端的衣服膝盖、肘子磨出了洞，袖子边、衣领开了线。每逢星期天，战士们两腿一圈，盘坐在铺上聚精会神干起了婆娘们缝衣补袜的活儿。

补丁没有统一发的，完全靠自己想办法，找到什么样的缀什么样的，反正比脱皮露肉好。从连长到普通战士都穿着补丁衣服，甚至补丁缀补丁。由于缝补技术有高有低，补丁色差有大有小，队伍集合起来后，五花八门，要不是领章帽徽的点缀，真不好说是什么部队，与整齐划一的要求格格不入。幸亏仲巴地广人稀，几乎见不到老百姓的影子，否则绝对有损我军光辉形象。

直面此种状况，首长百感交集，在大会上当即表示要增加服装发放，让边防干部、战士生活得舒服而体面。并说，换下来的旧军装别上缴，全部送给藏族群众御寒。在国家困难时期，时刻心系边防官兵，心系人民群众。

首长戎马倥偬，虽然人过中年，仍然痴心不改。徒步来到哨卡，执意登上观察所看望站岗的战士，亲身体味守卡官兵的辛酸苦辣。途中，头上的帽子被大风吹跑，多亏随行人员跑得快追了回来。兴冲冲爬上观察哨，突然发现鼻孔出血，随从考虑到首长的健康，没有让其久留。

回到团部扎东，首长深有感触，心疼地对着团长、政委讲，不要过多苛求战士，在这里生存是第一位的，能生存下来就是胜利。你们这些当干部的，能把战士们平平安安交给人家父母就算立大功了。

讲话传达下来之后，像一股暖流，在官兵心间涓涓流淌，战友们激动不已，想不到这么大的首长知兵爱兵，能深入到偏僻艰苦的边防哨所，亲身体会我们边防军人的生活，了解士兵的疾苦，把党的温暖送到戍边战士心坎里，我们有什么理由不安心服役，守好边防？

当年年底，总部机关毅然决定给西藏边防官兵每人每月再增加一斤肉罐头、一斤水果罐头和一瓶维生素。夏装由原来两年一换改为一年一换。棉衣、外罩由原来三年两套改为一年一套，称得上历史性变化。为弥补先天不足，当年每人增发一套，并在全军提前两至三年率先换成耐磨的涤卡冬装和的确良夏装，“补丁”部队从此今非昔比，旧貌换新颜。

借此机会，全团上下开展了一场“化关怀为力量，缺氧不缺精神”的大讨论。

事实最有说服力，指导员不失时机用事实教育大家，组织全连官兵静下心来如数家珍地逐条梳理党和人民对驻藏官兵无微不至的关怀，一桩桩一件件，看得见摸得着，感人肺腑，催人奋进。

反思自己为祖国做了哪些贡献？通过摆事实，讲奉献，人人受教育，查找思想上、行动上的不足，从而看到了自己身上沉甸甸的责任，有些牢骚怪话的同志不再好意思昧着良心口若悬河，说长道短。

官兵们潜意识达成一种共识：边疆再艰苦也是祖国不可分割的一部分，作为共和国的同龄人，我们不保卫让谁来保卫，我们不吃苦让谁来吃苦？保家卫国，是每个当代青年应尽的职责和义务，当兵光荣，当一名边防战士更光荣啊！

布置环境

60年代末，受“文革”极左思潮影响，一个时期流行布置环境，搞什么“红色海洋”，在当时的政治气候下推波助澜，升华为全国军民的共同行为。

正是在此种尴尬的背景下，我们走进了军营这所大学校。

连队正在创建“四好连队”，打翻身仗，理所当然要有点不同凡响的新花样、新气象。标新立异，首先不能没有面子工程，这些活要有合适的人来干，最心急火燎当数王指导员啦，抠着脑门在全连逐个摸排一遍，最后把目光聚焦在新战士身上。但是新战士刚刚补充到连队，屁股还没有坐热，谁能挑起这副担子？指导员像雾里看花，一片茫然。

一天晚上，夜幕刚刚降临，全班在宿舍自由活动，门“吱”的一声开了，大伙还未回过神，王指导员闪身进入我班宿舍。

大伙不约而同慌忙站起身来，班长没来得及报告，指导员已经在铺边落座。不善言辞的班长被指导员突如其来的举动弄得手足无措，两眼直勾勾望着指导员半天没有吐出一个字来。

在指导员示意后，大家纷纷各找各的位置坐下。

始料未及的班长摸不清指导员的来意，百无聊赖地没话找话说，指导员心不在焉地搭讪，显然没有切入正题。

一会儿，指导员发话了，“炮班长，环境布置你们炮班有什么想法？你们班可要带个头。”

“马上行动，马上行动，我们正在商量，正在商量。”班长有点受宠若惊，眨巴眨巴眼睛，支支吾吾地说。同时把脸转向副班长张学明，看得出底气不足，胸中无数。

指导员苦着脸喃喃自语：“在团里开会，别的连队动作很快，都行动起来了。我们连不能拖后腿，要立即找几个人搞，谁能行呢？”

这当然不在我们考虑范围，大家默不作声。片刻，指导员转过头对着我：

“小刘，你是初中生吗？”

“是的。”我连忙答道。

“哪一届的？”

“六六届。”

“唉，六六届算是正儿八经的初中生，‘文化大革命’开始前基本学完了所学课程，对吗？”指导员问。

“哦，是的。”我简单搪塞着，没想到指导员对学校的情况了如指掌，不愧为高中毕业生，名不虚传哪。

“有什么特长啊？譬如吹拉弹唱，打球照相什么的，写写画画怎么样？”说到这里，指导员突然开怀大笑。

这一笑，令我不知所措。自己能干什么心里清楚，纯属什么都知道，什么都不精通的那一类。俗话说，一瓶子不满，半瓶子晃荡。一刹那心里忽然涌出一股莫名的自卑，少壮不努力，老大徒伤悲啊！心想，是“文革”断了求学路，一个农村出身的孩子，只念了几年初中，能有什么特长？于是，红着脸不无遗憾地向着指导员摇了摇头。

指导员下意识挪动了一下身体，涩涩地笑了笑，将目光转向班长：“炮班长！”

“到！”班长大声紧急应答。

“张学明同志出席团里学习毛主席著作积极分子代表大会，事迹材料让小刘整理。”

“是。”班长连连点头，面对我粲然一笑。

指导员站起来转身而去，我一脸的茫然，神思一阵恍惚，不为人察觉地深看了指导员的背影。心想官大压死人，也不问我会不会写，就王八的屁股——（龟腚）规定了。上学时写的是作文，与写事迹材料是两码事，素来没有涉猎此类文章，从何处涉笔？

班长脸色凝重，沉思半晌，好像嗅到点什么，用诡异的眼神望着张学明和我：

“咱们班做主席像怎样？”“小刘，你行不行？”看穿了，班长想来个不显山不露水，一鸣惊人。

说实在的，我对这玩意是擀面杖吹火一窍不通，哪敢贸然允诺，说不定费力不讨好，落个猪八戒照镜子——里外不是人。但是碍于班长的权威和面子，不便断然拒绝，诚惶诚恐地说：“我从来没有做过，毫无把握，恐怕做不好。”

班长以为我是故作谦虚，一拍桌子说：

“就这样干，小刘负责，大伙配合，木工活什么的找朱花豹，说干就干。”

说干就干！本以为随便说说，没想到班长来真格的，有点追悔莫及。班长说得轻巧，怎么个干法？他自己也没个谱，把一切希望寄托在我的身上，自责不该信口开河，打肿脸充胖子，有种闯乱子的不祥预感，内心犹如十五只吊桶打水——七上八下。

第二天起，部队外出训练，将我一人留在班里独守空屋，可见班长决心之大。待在屋子里倒是挺舒服，少吃许多风沙，免了摸爬滚打，屋子里生着火炉，暖烘烘的，抽抽烟，喝喝茶，像活神仙。但是留下来干吗？心里彻底明白：不是让你休闲养生，全班战友焦虑的目光看着你呢，肩膀上有担子啊！

事到如今，华山一条路。没有退路，只有思路。经常说，有条件要上，没有条件创造条件也要上。于是，托着脑袋愁眉苦脸一上午，经过反复思虑，雏形出来了。决定因地制宜，土法上马：用木板和罐头皮两种材料制作。木板锯成 15cm × 25cm 的长方形木牌，用油漆涂成桃红色。罐头皮采用水果罐头内皮，且必须为金黄色。然后把罐头皮剪成领袖头像，固定在木牌上，大小、空间距离要求恰到好处。木牌四周边缘用罐头皮镶嵌，须美观、得体。

虚拟的主席像牌朦朦胧胧中横空出世，要付诸实践，变成现实，最困难的莫过于领袖像如何做得像领袖。若是做得不好，说小了是水平问题，说大了是政治问题，这个玩笑可是开不起呀。在“文革”时期流行揪辫子，打棍子，扣帽子，如果厄运缠身遇到有人较真，给你上纲上线，跳到黄河也洗不清。这是关键的关键，务必慎之又慎。自己的政治前途事小，株连九族事大。宁可颗粒无收，也不能亵渎伟大领袖的光辉形象啊！

从小在学校里很少学习美术，缺乏兴趣和天赋，做梦都不敢想象凭自己的本事能画出什么领袖像。但是，天无绝人之路，不怕有困难，就怕没办法，坚信办法总比困难多。只要有信心就有解决困难的办法。

于是，从连部找来《解放军画报》和《解放军报》，漫无边际翻阅，从中寻找灵感。色彩斑斓的《解放军画报》异常吸引眼球，尤其主席在天安门检阅部队和民兵的照片令我注目多时。触景生情，勾起当初有幸在北京亲眼见到伟大领袖毛主席时的美好情景。不知不觉一天昏昏悠悠过去了，毫无进展，简直急得要发疯。班长看到我眉毛紧锁，一改往日动辄横眉竖眼的恶劣情绪，轻声轻气地说：

“不着急，看把你愁成啥样，宰相肚里能撑船。朱昌去帮小刘把饭菜打回来，这几天值日、站岗和公差勤务大伙代替，专心致志给咱做布置环境。”

我初次觉察到班长在职权范围内敢作敢为，比较靠谱，显露出些许领导能力，日后说不定能成大器。

一夜之间享受老兵的待遇，越发让我如坐针毡。再无收获，何以面对班长与战友们一片诚心？

功夫不负有心人。翌日上午军报头版左上方领袖头像映入眼帘，类似版画，轮廓清楚。端详片刻，突然之间灵光一现，笃定以所需尺寸大小，用数学函数比例进行临摹绝对事半功倍。

办法来了，立即动手，用铅笔严格按照比例关系一丝不苟地在空白纸上画出小方格，然后精心临摹。一个多小时全身心投入，领袖像跃然纸上。审视良久，真不敢相信自己的眼睛。

随后叫来朱花豹，贴在罐头皮上用剪刀小心翼翼地剪裁，一会儿工夫金光闪闪的领袖像展现眼前。反复比照让我惊叹不已，啊！简直如出一辙。一种巨大的成就感，令我俩兴奋得不能自已，抑制不住大喊一声，就地跳将起来。

院子里，部队训练杀声震起，丝毫没能影响我和花豹心智，经过整整一下午的悉心捣鼓，首个主席像牌终于如愿以偿出笼了。

班长人在训练场，心却在宿舍里。每隔一阵子局促不安跑回来看看究竟。当目睹成功在即时，浑身莫名地亢奋，说话面如春风，一看心头准有按捺不住的喜悦。要是果真万绿丛中一点红，他在连队首长的天平上的分量无疑又添加一个可贵砝码。

样板有了，全班忙得不亦乐乎。副班长张学明指挥大伙分工协作，有的寻找、精选罐头皮，有的剪字。朱花豹任务最重，剪像、锯木板、固定一肩挑，不知疲倦奋战三天，终于大功告成。人手一个领袖像，整整齐齐一溜挂在枕头上方的墙壁上，中间窗户两边是用罐头皮制作的语录牌。班长、副班长左看右看，怎么看怎么舒服，兴奋得乐不可支。你瞧，大伙笑得脸上开了花。

"叮叮咣咣"的声音惊动了相邻的七班、机三班，两位班长无事不登三宝殿，相约溜进来一看蒙了，同在一片蓝天下，为什么别人能办到自己却办不到？不怕慢就怕站，两人用艳羡的目光默默地左顾右看，笑盈盈走过来拽住我的臂膀，示意帮帮忙。

到这份上应该是举手之劳，但是问题没有那么简单。我们班长一向争强好胜，一言九鼎，这时候刻意瞅准机会，要在全连凸显自己，大放异彩，哪能容得别人与他并驾齐驱。同行是冤家，好像天底下都是这么说的，容易产生芥蒂。没有班长点头，我本人一介新兵蛋子，奢想越雷池半步，漠视自家的田，耕种别人家的地，让班长发现那不死定啦？我压低声音倒出苦衷。

不出所料，当他们直面求助时，班长态度暧昧，背过他们却反复叮咛我不许胳膊肘往外拧，我辈哪敢违拗，令两位班长十分失望。

但是，就这么大点天地，大声咳嗽一声全连都可以听到。消息不胫而走，晚饭后王指导员笑呵呵不请自来，目不转睛地仔细端详，捂着嘴"哧哧"笑起来，连声称赞道："不错、不错。"

班长喜形于色，紧紧陪伴在左右，一边聆听指导员的点评，一边细说原委，字里行间少不了归功于党支部的"正确领导"。

"你们班领导有方，行动迅速，要立即推广你们的做法，在全连依照你们的布置进行统一，要让环境布置在你们炮班开花，在咱们全连结果。”指导员果然如班长所愿，毫不吝啬溢美之词。

“好，还有好多不尽如人意，指导员多多批评指正。”班长激动不已，瞬间脸上泛出桃花般晕泽，以从未有过的谦虚，诠释了一回王者的风范。

王指导员深邃的眼神盯着班长说：“朱花豹、小刘这一个月内不要安排太多的事情，集中精力协助各班排尽快打造环境，这是大局，你们班要继续做贡献。”

“没问题，应该，指导员尽管吩咐，首长指向哪里，我们打到哪里。”此时此刻班长陶醉得五体投地，完全换了一副谄媚的神态。

朱花豹和我由名不见经传的丑小鸭，瞬间变成座上宾，频繁徘徊于各班排和连部之间，经过全连官兵齐心协力，环境布置得有条不紊：山头上用罐头盒摆放巨大的长期建藏“四句话”，围墙、饭堂内外用罐头盒铁皮钉上鼓舞士气标语口号，格外耀眼。室内，领袖像跃然墙上，全连沉浸在浓浓的政治氛围之中。

目睹此情此景，王指导员春风得意，自我感觉很有面子，经常独自欣赏，满脸微笑。

在军人大会上他慎重宣布：环境布置仅是形式，要持之以恒抓好长期建藏，边防为家活动，紧握手中枪，誓死保卫祖国边疆，让党中央和毛主席他老人家放心。

“乌烟瘴气”新说

参军伊始，斗私批修像一股风吹到新兵连。起初，绝大多数战友对此颇感困惑，从“四清”和“文革”过来，对斗和批都很敏感，一个“斗”字不解恨，再加上一个“批”字，简直等于打翻在地，再踏上一只脚，思想上很紧张。私下嘀嘀咕咕犯自由主义，一个新兵刚入伍，领章帽徽还未佩戴，仅一只脚跨入部队，就斗什么私批什么修，哪有那么多的事情，纯粹没事找事。

指导员是一位具有丰富政治工作经验、十分敬业的老政工，像我们中学班主任老师一样诲人不倦，循循善诱，仰着一张慈祥的脸。他语重心长地告诉我们，“私”字是产生修正主义的温床，修正主义则是对社会主义、共产主义的叛逆，无产阶级要解放全人类必须首先解放自己，铲除“私”字这个万恶之源，改造非无产阶级世界观，在灵魂深处爆发革命，狠斗“私”字一闪念。我们是新兵，没有什么理论水平，第一次听到这么多的新名词，虽然有点抽象，听得朦朦胧胧，但是感觉很新奇，句句都在字眼上。看来问题很严重！

指导员见我们两眼迷离，毫无反应，索性电线杆子穿胡同，用直白的语言告诉我们：“私心杂念人人有，深藏不露是毒瘤。”比如训练时暴露出怕苦怕累的情绪啦，有时想家，多多少少有不安心服役的思想苗头啦，工作中拈轻怕重啦，以及铺张浪费、贪图享乐啦，等等，都是“私”字在作祟，斗私批修是痛苦的，同时也是治病救人。

听后，茅塞顿开，噢！不说不知道，一说还真吓一跳，原来私心杂念与生俱来，不斗不得了。套用当时流行的热词，叫作“只有改造红，没有自来红”“出身好，不等于觉悟高”。至于批修，则专指业已公开的所谓赫鲁晓夫代理人的“黑谬论”，这比斗私来得省力些，因为批判的对象不是自己，革命最怕革自己的命嘛！

到了连队，斗私批修已经成为思想政治建设纲领性口号和经常性工作，早读、党团日、政治学习，只要联系实际讨论，势必斗私批修，自己对照检查，大家互相帮助，没有什么新花样，其内涵与新兵连指导员说的大差不差，所不同的是，长期建藏成为斗私批修的标志性内容，私下战友们交头接耳：“斗私批修是个筐，什么都往里面装。”蓦然觉得其实就是主席一贯倡导的批评与自我批评的作风，“文革”前在学校里，班主任老师也组织我们学习《反对自由主义》，相互开展批评与自我批评，不是今天才有，故意搞得神乎其神，玩文字游戏，编些新名词。

“文化大革命”特别兴个轰轰烈烈。正值所谓斗批改席卷全国，各行各业都醉心于跟风，搞什么大批判开路，似乎大批判能够包医百病，包办一切。团支部利用宣传栏、广播稿批判所谓赫鲁晓夫代表人物的“黑谬论”，每过几天派人到各班、排收集批判稿件。班长文化程度不高，嗅觉却相当敏锐，把这些光荣任务交给我啦，今天给班里写，明天给班长、排长写，忙得不亦乐乎。一个新兵能有多高点水平，想方设法找些报纸东抄抄，西抄抄，七拼八凑，反正天下文章一大抄。

有一天下午，连队在饭堂召开批判大会，据说已经酝酿了些日子。会前做了精心准备，每个排举荐两名同志发言，并在全连范围海选两名嗓门洪亮的战士，专门带着大家呼口号。恰巧王指导员因事去营里开会，邓连长主持会议。

批判大会开始了。全连坐在背包上把饭堂挤得满满当当，会场庄严隆重，依照编制序列挨个发言，个个口诛笔伐，上挂下联，声情并茂，中间掺杂呼口号，喊声雷动，一波高过一波，貌似怒火中烧，罄竹难书。

批判大会持续了两个小时，大家始终精神饱满。连长主持会议深受感染，最后也带头进行总结性发言。只见他不慌不忙从兜里掏出发言稿一字一句地念，神态严峻有余却顺畅不足，明摆着是文书代写的。对于他而言，很多字是生僻字。虽然结结巴巴，但是自我感觉良好，正当全身心投入，念得有声有色时，突然坐在第一排的一班李副班长“扑哧”一声笑打断了他的发言。情绪正在高涨的邓连长脸色瞬间沉下来，浓黑的眉毛下一双圆睁的眼睛像熊熊燃烧的火焰，势不可当，令人感到窒息。原来连长把乌烟瘴气读成“鸟烟瘴气”。

半晌，气急败坏的邓连长操着满口的四川话质问：“你个龟儿子笑啥子？”

此时，老实巴交的李副班长一下子蒙了，吓得脸色苍白，张口结舌，话到嘴边又咽下，显然有些欲说不能。

“今天是啥子时候？啊……大家批判资产阶级，这么大的罪状，你给我恨不起来反而笑，我要查你们祖宗三代，查你的阶级立场。”说到这里越想越气，便厉声大喊：

“给我站起来。”

李副班长畏畏缩缩地站将起来，意识到闯下大乱子，触犯了连长的尊严不说，把好端端的批判大会搅浑了，耷拉着脑袋两眼怯生生地望着连长，像做贼似的，尽量避免与连长对光，听任连长数落。

“说呀，笑个啥子？我要抹掉你这个副班长，不信杠一下（注：四川方言试一下的意思）。”连长继续穷追猛打。

李副班长被连长一顿狂风暴雨式的猛批，吓得浑身如筛糠，一副失魂落魄的样子，自知依连长的火暴脾气不说清楚不会罢休，与其被冤不如捅破，于是略带点委屈嗫嚅地说：

“连长，您念错了，您把‘乌’念成‘鸟’，不是鸟烟瘴气应该是乌烟瘴气。”说完，眼皮惶惶然耷拉下来。

邓连长听其一番解释不但怒气未消，反而火冒三丈。心想，我好歹也是个连长，素来说一不二，没有人敢于当面说长道短，即使错了亦将错就错，恁地也不该在众目睽睽之下，受一个小小副班长揶揄，太没尊严。气得两眼直冒金花，扯开公鸡嗓子暴跳如雷：

“你读了几天书，识了几个字，孔夫子鸡儿——文吊吊的。你知道啥子，乌烟瘴气能和鸟烟瘴气一样吗？鸟飞到空中又拉屎又打屁，不叫鸟烟瘴气叫啥子？见过吗？难道不比乌烟瘴气更厉害些？老实告诉你，我过的桥比你走过的路多，信不信？”

人在屋檐下，不得不低头。副班长哭丧着脸，无奈地点点头，默不作声。

“秀才不识字，只认半边字。”现场噤若寒蝉，大伙个个瞠目结舌，心中暗暗好笑，说得和真的似的，瞬间纷纷偷偷弓下腰，两手捂着嘴巴，生怕笑出声来，招致更严厉的怒斥。

邓连长气得两眼直瞪，瘦骨嶙峋、胡子拉碴的脸颊上肌肉不停搐动，嘴角两边冒着白沫。

“我的肚子都让你气爆了。”连长稍微消消气，继续一如既往坚持把批判稿子念完，余气仍然未消。又不紧不慢地把稿子装进口袋里，不依不饶地面对李副班长愤愤地说：

“今天很好的会让你给搅了，完了后一班开班务会，给我做深刻检查，从阶级立场、思想根源上深挖细找，大家要好好帮助。检查不深刻，要严肃处理。”

时隔不久，“鸟烟瘴气”一词作为歪理正说在全营迅速传开，成为茶余饭后令人捧腹的笑料。

忆苦思甜教育

60 年代以来，全国先后涌现出雷锋、欧阳海、王杰、焦裕禄等一大批英雄人物，综观他们漫漫成长过程，无不有着斑斑血泪史，是党和毛主席把他们从苦海里解救出来，获得了新生。走上工作岗位后，怀有一颗感恩的心，把满腔的热血倾注在党的事业上，创造出惊天动地的不朽业绩。从中诠释了一个共同的结论：要时刻牢记阶级苦民族恨。因此，忆苦思甜普遍被视为防止蜕变，永葆革命青春的良药，被当作宝贵经验在全国各行各业推而广之。每年，连里都要开展一两次忆苦思甜教育活动。

然而，绝大部分官兵生在新社会，长在红旗下。旧社会啥模样，只是从电影、报章和父母闲聊时懵懵懂懂略知一二，没有经历过的东西就不会有深切的感悟，因之始终处在朦朦胧胧的状态之中。

第一次参加以班为单位的忆苦思甜会，心里虚虚的。曾记得上中学时，适逢讲求家庭出身、阶级成分的年代，当兵、考学、招工、提干等，事事都要与出身、成分挂钩。语文老师给我们班出过一道作文题，叫作“我和爸爸比童年”。全班四五十名学生，阶级成分不尽相同，出身贫下中农者能比出幸福，比出新旧社会冰火两重天。非贫下中农出身者怎么比呢？于是别出心裁地说假话，编故事。回想起来，令人啼笑皆非。翻开作文几乎千篇一律讲的是同一个故事：

除夕晚上，全家人济济一堂吃年夜饭，忽然“吧嗒”一声，是爷爷磕烟灰的声音，并若有所思地仰天长叹，我问爷爷怎么啦。爷爷两眼凝视窗外，用沉重的语气痛心疾首地告诉我，在旧社会某一年的今天晚上，外面爆竹声声，万家灯火。我带着你爸爸在地主家门口要饭，地主家小兔崽子放出恶狗，照着你爸爸的小腿上叼了一口，鲜血直流，你爸爸抱着腿失声痛哭，恶毒成性的地主家兔崽子自鸣得意，在一边咧着嘴狂笑。你年幼的小姑被活活饿死在逃荒的路上，说到这里爷爷泣不成声，语重心长地告诉我：孩子，千万不要忘记万恶的旧社会，忘记过去就等于背叛呀！

然后历数今天的幸福生活。大体上大同小异，显然从某家书报上抄袭的。许多人包括我自己爷爷奶奶早逝，压根就没见过面，阴阳两隔。为了故事的需要，把子虚乌有的事情编成美丽的谎言，拿逝者说事，自欺欺人却不以为然，不能不说是教育的悲哀。

可是我家偏偏出身中农，旧社会勉强能吃饱饭，饿不死，撑不死，既不属“红五类”，也不是“黑五类”，如何忆苦，心里很矛盾，不编些美丽的谎言看来过不了这道关。

忆苦那天，王指导员要求每个人带着阶级感情，痛陈旧社会遭受“三座大山”残酷剥削和压迫的血泪家史，老兵带头忆苦思甜，个个声泪俱下。我侧耳恭听，恁地这么熟悉呢？难道天下的爷爷、爸爸不干点别的，都靠逃荒要饭维持生计，养家糊口，都被地主家的恶狗咬了？不由得想起上初中时的那篇作文，嗯！原来军内外皆然。

轮到我发言了，想躲是躲不过去的。也顺着此思路继续编故事，但是不能没有眼泪呀，我是有泪不轻弹的那一类，哪怕是假惺惺的也要挤一点。要不然与主题不符不说，扣你一个没有阶级感情的帽子受用不起。此时我迅速特地用余光瞟了一眼左右，大伙都心情沉重地耷拉着头，弄不明白到底是发自肺腑还是逢场作戏。我趁机一瞬间用手把嘴角上的唾沫抹到眼眶上，假装擦拭眼泪并哽咽着，成功结束了自己的忆苦思甜，圆满了不易蒙混过关的发言。事后，让我如释重负，浑身沁出一身冷汗。

在各班忆苦的基础之上，连队隆重召开忆苦思甜大会，精心挑选了一部分同志，进行充分准备。

当天中午特意安排全连吃顿忆苦思甜饭配合教育活动。此时，入伍离开家乡前的那顿忆苦思甜饭的情景在脑际浮现，忆苦饭是用家乡的大锅煮的，原料由高粱渣子和烂白菜叶子混合而成。高粱的颗粒碾碎后连同外壳一起倒在锅里煮。接兵干部吩咐我们当作政治任务，毕竟只是一顿早饭而已，吃后所剩大半。

部队吃罢早饭碗都没有洗完，惊人的一幕发生了。原来早已静候在四周饱受饥饿之苦的市民自带碗筷蜂拥而至，争吃锅里的剩菜剩饭，大家面面相觑，目瞪口呆，脸上热辣辣的，老革命根据地的天晴朗了几十年，人民仍然生活在贫困状态下，心里很不是滋味。

连队的忆苦饭却截然不同，当时，炊事班压根找不到吃糠咽菜的原料，没有青菜哪来烂菜叶子，于是煮了一大锅稀饭，清汤利水，能照见人的影子。不料，因为顿顿大米干饭大家早就吃厌了，战士们看到稀饭个个笑逐颜开，简直像风卷残云一般，一扫而光，战斗力超乎想象，显然无以达到吃忆苦思甜饭的初衷，令连首长很失望。

忆苦思甜大会同样在饭堂召开，最感人肺腑，催人泪下要数邓连长那番诉苦场景。邓连长才真正是地地道道从旧社会过来的苦孩子，小时候家里贫困潦倒，整日衣不遮体，食不果腹，逃过荒，要过饭，真的被地主家的恶狗咬伤了腿，苦大仇深，是共产党、毛主席把他们全家从苦海里拉出来。解放后翻了身，参了军，提了干，对党的感情历久弥坚。连长仍然是最后一个登台，此前的发言多少都带有编的成分，尽管口号声声，也不能催人下泪。邓连长的诉苦则不然，当他诉到跟随老母亲到地主家门口要饭时，低头弯腰两手用力把裤腿拉起来，露出被恶狗咬伤的累累疤痕，抑制不住内心的悲愤，放声大哭。哭声如一把利刃刺痛了每个官兵的心窝，在场所有人的嘴唇、鼻尖不由自主地翕动，瞬间饭堂一片哭泣声，随即“打倒万恶的旧社会”和“共产党、毛主席万岁”之类的口号声震耳欲聋。

此次忆苦思甜邓连长以自己的亲身经历现身说法，真实感人，很有冲击力，使全连官兵思想上受到很大震动：不晓得旧社会之苦，就不懂得今日之甜。特别对于我们这些生在新社会的“50后”，意义深远，能知道幸福生活来之不易，便是成长进步的开始。

然而，也有适得其反的时候，团直属队一位名叫张六斤的战士因忆苦思甜声名鹊起。

据称，出生于中华人民共和国成立前夕，正所谓黎明前的黑暗，因家境贫寒，在逃荒要饭的路上降生，长到一岁体重仅有六斤，父母没有什么文化，随口给其起了个名字叫“张六斤”。

50年代末60年代初，家乡又经历了三年严重自然灾害，家庭生活拮据，年少遭遇诸多不幸。入伍前，不曾读过一天书，双手画不成一个八字。参军来到边防部队，换了一番天地，倍加珍惜，拼命工作，任劳任怨，在他看来只要能吃饱饭再苦再累也心甘，浑身有股使不完的劲。

恰逢部队组织忆苦思甜，虽然没有文化，却口齿伶俐，以自己的亲身经历，痛诉万恶的旧社会，讲到动情处，发自肺腑泪水涟涟，让现场的官兵无不动容，对部队的教育效果非同一般。起初在连里讲，后来到团机关讲，再后来前往各个连队巡讲。加上其工作表现突出，被评为全团学习毛主席著作标兵，很快成为全团人人皆知的风云人物。提起张六斤，谁不竖起大拇指刮目相看，理所当然列入提干对象。

有一天，张六斤同志扛着背包在边防一线学习交流后，夜宿我们连队，住在连部副职宿舍。此时我正当通信员，负责为其料理吃住，战友们闻讯，争先恐后要目睹标兵的风采，七班长与其是同乡，趁连长不在连部，一部分老同志相约七班长推门而入。张六斤同志正襟危坐，两眼一瞬不离地看着手中的毛主席著作。见大家进来，连忙起立，笑脸相迎，十分谦虚随和。见其看书学习的认真态度和手中那本厚厚的书，真不该打搅，估摸入伍来到军队这所大学校认真看书学习认识了不少字，谁还能相信其是文盲大老粗呢？

由于部队分驻两地，老死不相往来，不经意间一年又过去了，突然想起来张六斤其人，有人称退伍了。真不敢相信是真的，这么一位名噪一时的标兵怎么能说走就走呢？

后来偶遇团机关一位干部，由其细说原委：在一次有上级领导参加的忆苦思甜大会上，已经提拔为副排长的六斤同志被推选走上讲台，不料在诉苦过程中，其文化低的缺憾暴露无遗，加上缺少帮助指点，在没有事先示讲和不识字的情况下，既控诉了黑暗的旧社会，也顺带诉说了家中在三年自然灾害期间遭遇的暂时困难，把两种截然不同时期的事情混为一谈，犯了概念上的错误，让在场的团首长紧张得头上冒汗，不等会议结束，上级首长便借故离开。

从此之后，但凡召开忆苦大会，再也见不到他的身影，第二年便让其脱下军装，出现在退伍回乡的路上。

一位以喜剧登场，以悲剧画上句号的积极分子就此昙花一现，并悄然消失，谁能不为之感到深深遗憾。

学以致用

读毛主席书，做毛主席的好战士。这在当年可谓深入人心，渗透到部队建设的角角落落。

与全国、全军一样，全团掀起学习毛主席“三篇”著作的新高潮，即《为人民服务》《愚公移山》《纪念白求恩》，汇成合订本，人手一册。要求不分干部还是战士，人人熟背，自觉应用，搞好思想革命化。突然之间军营仿佛变成了学校，书声琅琅，声声入耳。

战士中文盲占据一定比例，背书比登山都要费劲。晚饭后常常风沙弥漫，横竖没处逛游，天黄黄，地黄黄，足不出户、蹲在屋子里为最佳选择。于是大伙关住门，坐在铺沿上双目紧闭，眼睛骨碌碌往上翻，嘴里念念叨叨背书，真是悲催！踌躇满志来到部队保卫祖国，竟干些学生娃娃干的事情。每隔一段时间，班、排还要随机抽查，给你添加无形的压力，若是背不下来，还要受班长、排长的奚落，众目睽睽之下，憋得脸色像猪肝，很伤自尊。

令人恼火的是上级层层加码，原来的“三篇”背得磕磕巴巴，又增加《反对自由主义》《关于纠正党内错误思想》等两篇。这“五篇”生疏得像八月的柿子，没过几天又通知背毛主席诗词。反正学海无涯，就尽情地游吧！

最难堪的是那些没有文化的战士，给未婚妻写封情书这样浪漫而隐秘的事，迫于无奈，都要找人帮忙代写，这洋洋洒洒五篇何年何月能背下来呢？太勉为其难了，犹如茫茫大海中迷失方向的小船，不知哪天才是彼岸。王世全从新兵连开始背，一直背到连队，几乎花了大半年空暇时间没能搬动这“三座大山”。虽然从早到晚任劳任怨，排里、班里把他当牛使，但是一丑遮百俊，因为只能勉勉强强背一篇，差距甚远，一票否决，年底“五好战士”评比与他不沾边。

很多战友背了今天忘记昨天，背诵了后面又忘了前面，心头拔凉拔凉的。这种状况连队首长心里也清楚，可就是无计可施。时下有句流行语：小车不倒只管推。只要上面不撤回硬性规定，谁都不敢轻言放弃。

学习、背诵毛主席著作，反复强调联系实际，学用结合，带着问题学，学以致用，搞好思想革命化。“三篇”著作的精髓是为人民服务，互相帮助，对工作精益求精。

党支部号召全体官兵学雷锋做好事，加强世界观改造，在反回窜斗争中建功立业，做雷锋式的好战士，争创“四、五好”。

可是，驻地周围方圆几十里看不到几个老百姓，要想学雷锋找不到做好事的地方，英雄无用武之地。山背后有一个国际边贸市场，又明令禁止军人前往。显然，像雷锋那样时刻为人民群众送温暖不切实际。于是，连队的厕所、饭堂成为大家学雷锋活动的首选。空隙时间，团小组、新战士发扬雷锋精神，手持扫把、铁锹，把卫生清扫了再清扫。一个不起眼的土厕所天天有人打扫，甚至一天打扫几遍，经常会出现两三个班同时抢着打扫，为之争得面红耳赤，不欢而散。

团结友爱是炮班的一贯传统，老班长退伍后，隔三岔五来信勉励全班团结一致，扎根边疆。

结合“四好班”建设开展学雷锋活动是一大特色，战友们以炮班为荣，视炮班为家，互相关心，互相帮助蔚然成风。早晨起床号未响，下岗晚的同志放弃休息，提前把火炉点着，把屋子烧暖和，为使战友们起床时不至于缩手缩脚。水烧开，首先把班长和老兵的茶泡好；训练回来争着打洗脸水，拍打对方身上的尘土；床单脏了，抢着洗，抢着缝。不论谁遇到公差勤务和值日，大家摩拳擦掌，一齐上阵，一个人的活几个人干。

晚饭后，只要有空暇，不需要班长吩咐，大伙主动拿着麻袋外出捡牛粪、拾柴火、提水等。虽然事小，不以事小而不为，事事有人做，以小见大。

相互之间无话不说，亲如兄弟，收到家信，家里有什么好消息大家争相浏览，分享快乐。有一阵子，朱昌父亲身体不好，家庭生活出现困难，班长、副班长凑钱寄回其家中，帮助其父母渡过难关。

有一天，朱花豹突然感冒发烧，上吐下泻，卧床不起，全班同志争先恐后为其顶岗，大小便由大伙背去背回。晚上站岗辛苦，副班长张学明先入为主，争持不下，最后由班长拍板。几天里，因病不思饮食，炊事班做不出什么像样的病号饭，班长、钱老兵用空罐头盒在班里的火炉上为其煮稀饭吃。

人心都是肉长的，没有真诚和善良化解不了的东西，从此花豹同志与班长的隔阂迅速弭除。常言道，在家靠父母，在外靠朋友。战友之间互爱、互敬、互助、互帮，使全班战友找到了归属感，这既是传承，又是物质条件无法代替的软实力，兄弟般的官兵关系、兵兵关系是我军克敌制胜的传家宝。

年末岁初，钱义财退役，战友们表达离别之情苦于无什么东西相送，只有多余的军装，你送一件衣服，他送一双鞋袜，小包裹膨胀得像十月怀胎的孕妇。

团支部、军人委员会每天早、晚在开饭现场宣扬在学习、训练和学雷锋活动中涌现的好人好事，持之以恒，对搞好学习活动起到巨大的推动作用。各班争先恐后送广播稿，生怕落在后面。要是几天听不到本单位的声音，排长、班长寝食不安。

建军节来临，借助学习毛主席著作的东风，连队渴望搞一次自娱自乐的文艺演出，展现学习成果和官兵的精神面貌，宣扬身边的好人好事，也叫兵演兵，自编自演自己看，官兵同乐，借此挖掘大家的潜能，活跃活跃连队沉闷乏味的军营生活，鼓舞士气。同时，也为新老战士提供展示才华的舞台。

连首长把任务交给军人委员会，由连里周副指导员牵头，在全连矮子里面选将军，挑来挑去选了10多位被认为有些娱乐爱好的新老战士进行排练。

连首长并不寄予多高期望值，只要大伙聚在一起图个热闹就得了。第一次磨合，大家的心情颇为纠结，扭扭捏捏集合起来，叽叽咕咕地抱怨，自叹难堪重任。

周副指导员逐个盘问，欲摸清每个人的特长，以便量体裁衣，人尽其才。结果，万万没有想到，除了3位同志略知点皮毛外，其他人均五音不全。个个五大三粗，压根就不是玩点儿文艺的料，仅有点滴喜好，从来没有搞过什么演出，身上的文艺细胞估计挖地三尺也挖掘不出多少。虽是未开垦的处女地，却是寸草不长的戈壁滩。

周副指导员抿抿嘴，无可奈何地长叹一声，人到用时也方恨少啊！好歹就这些人，瞎子养儿凑数，能凑合几个算几个，自娱自乐到什么程度，顺其自然呗，巧媳妇难为无米之炊。

我负责编排舞蹈，面对从来不曾沾过舞蹈边的战友，硬胳膊硬腿，一时半会不知该从何处入手。

在硬件方面更是羞于细说，全连地毯式地彻彻底底过滤了一遍，找是找到一把二胡，可惜只剩一根弦。有一把笛子竹管裂了一条缝。没有电灯，连灯泡都没有，何谈灯光，只好在白天演出。服装道具为随身衣服，若是节目需要，自己动脑筋想办法。

当时，排练新疆舞《毛主席的话儿记在俺心坎里》《亚克西》，为了渲染气氛，强化演出效果，从炊事班借来白色工作服和帽子，将其洗干净，贴上五颜六色的的纸条，当作维吾尔服饰。演出那一天，穿在身上惟妙惟肖，收到意想不到的表演效果，大家笑得前俯后仰。表演三句半，锣鼓破了，因陋就简，就地取材，用空蛋粉桶和铁簸箕代替，很有战地气氛，同样博得战友们一片喝彩，实现了自娱自乐的艺术效果。

排练工作紧锣密鼓，最后冲刺阶段每天下午挤出两小时精雕细刻。有一天下午，不知道刮来什么风，班长突然出现在饭堂门口，脑袋向里张望片刻，冲着我喊：

“小刘出来，我有话要说。”

我放下手中的活，匆匆跑到门口，听候班长吩咐。

“班里有事，你跟我回去。”班长说。

我不管三七二十一紧跟在班长后面，没迈出几步，不料，周副指导员在身后一声大喊：

“干吗？给我回来。”

班长头都不回，答道：“我们回去有事。”

副指导员总负责，重任在肩，眼瞅着建军节临近，在这个节骨眼上有点急火攻心，见班长连声招呼不打，就把人带走了，简直太没规矩，不可理喻，顺势大步流星跑过来拽住我的胳膊：

“给我回来，今天我说了算，不能说走就走，这是部队。”

班长翻过身瞟了副指导员一眼，不屑一顾地说：“不行，今天来这里没有给我这个班长请假，必须回去。”说罢，用力拉住我的另一只胳膊。

此时此刻，我一人夹在中间，左右为难。

周副指导员万万不曾想到班长一点不给面子，我行我素，纯粹拿我副指导员不当干部，一时心急上火，气势汹汹地说：“炮班长，你算老几？当了几天兵，吃了几碗干饭？目中无人，骄傲自大……”像连珠炮似的，切中班长要害。

班长平素本来就没有把副指导员放在眼里，听副指导员以教训的口吻揭其痛处，于是一时丧失理智，毫无顾忌地大爆粗口。

两人正嚷得难解难分，连长闻声从连部出来，背着手，耸着肩膀大喝一声：

“住口，炮班长你想做啥子？给我站好。”

常言道：一物降一物。班长虽然在有些人看来大大咧咧，趾高气扬，走起路来把头仰得老高，目中无人。但在连长面前一向唯唯诺诺，言听计从，像个乖孩子。目睹连长浓浓眉毛下那双摄人心魄的眼睛，顿时立刻甩开我的胳膊，两手下垂，端端正正原地站立。我见状，一溜烟跑回宿舍。

部队正在课间休息，闻声纷纷站立在宿舍门口侧耳倾听，只见连长怒不可遏地指着班长的鼻子大声斥责：

“炮班长，你尾巴翘到天上了，不把你的傲气打掉，不知道天有多高，地有多厚。做出一点成绩，就丈二和尚摸不着头脑，飘起来了。我老实告诉你，差远了。”

此时此刻，班长酷似犯了错误的孩子正接受大人训斥，自讨没趣地怔怔站在饭堂屋檐下，不晓得是委屈还是悔恨，两眼噙着泪水。

“我问你，是不是共产党员？”这是连长对犯了错误的战士惯用的诘问。

“共产党员应该怎么样？要不要遵守纪律，要不要顾全大局，党性到哪儿去啦？连队搞台节目抽你一个兵，你就不愿意了，当着全连撒野，天老大，你老二？兵是你家私有财产？告诉你，我把他调出去。”说罢，气冲冲转过身拂袖而去。

傍晚过后，军号响起，连队集合在饭堂点名，没有灯光，一片漆黑，相互之间看不清面目。大伙揣测连里八九不离十要开“杀戒”，紧张得屏住呼吸。

不出所料，王指导员就班长顶撞、辱骂副指导员所犯错误的起因、危害性进行了深刻剖析，代表党支部宣布给予炮班长连警告处分，以儆效尤。同时，调整我和另外一名新战士小邓到连里当通信员。

第三章

在连首长身边的那些日子

通信员的酸甜苦辣

连队点名刚刚结束，尚未与班里的新老战友推心置腹话别，杂务班文书、卫生员面带微笑，破门而入。

老兵钱义财明知故问：“乖乖，做啥呢？要逮人了。”

“给小刘搬东西。”文书气喘吁吁地说，并冲着我，“小刘，把东西收拾一下，今晚到杂务班睡觉，床铺都留出来了。”

指导员宣布完连队决定，前脚刚跨进门，后脚就进来搬铺盖，始料未及。我瞬间扭过头瞥了一眼睡在铺上的班长，还未等我开口，他便从被窝里伸出脑袋，红着脸不无伤感地对我说：

“你去吧，迟早留不住，这事与你无关，你甭想得太多，都是我班长的错，去了后好好干。”

我连连点头称是，顿生恻隐之心。此时此刻，班长内心五味杂陈，我完全理解他的心情。好汉不吃眼前亏，此时的他是多么无助。本想宽慰班长几句，可惜拙嘴笨舌不知从何说起。转念一想，从辩证法的角度看，物极必反，班长太过年轻气盛，碰碰钉子，挫挫锐气，对于他日后的成长不失为好事。

原来，班长在成绩面前听的表扬多了，有些飘飘然，严重助长“娇、骄”二气，目中无人的偏执个性迅速膨胀。被连长众目睽睽之下毫不留情收拾了一顿，羞愧难当，一头倒在铺上捂着被子痛哭流涕。连里点名，自感无地自容，丢人现眼，故称病告假。人睡在被窝里，辗转反侧，心事重重，哪能合上眼睛呢？

之后不久，不经意发现许多班长及老兵一旦受点委屈不遂己意，便上床钻进被窝里压床板，不吃不喝，自称身体某个部位不舒服，俗称“耍老总”。弄得后来真假难辨，有的人确实身体不舒服，亦被人不论青红皂白称作“耍老总”。在西藏高原睡多了不见得是好事，被窝里待久了臭气烘烘，越睡脑壳越昏沉。但这可是老兵的专利，新兵蛋子不敢模仿。

既然大局已定，再待在班里于事无补，于是嘁里咔嚓把被褥和其他物品收拾在一起，在副班长和朱花豹的护送下，当晚来到杂务班报到，正式成为连队一名通信员。

又是一个陌生的集体，又是一个新的起点。除了同我一并调来当通信员的小邓外，其余均为1968年入伍的四川兵，虽然仅仅比我们早入伍一年，无可非议也要喊老兵。部队有部队的规矩，即使比你早当兵一天，在他们面前你也是新兵蛋子，这也称得上行规。任何人破了这个规矩，则会落一个“老油条”的称谓，在士兵圈里得不到应有的尊重。

我刻意察言观色，个个面相纯朴善良、热情洋溢，明眸中折射出睿智，落落大方地向我们伸出温暖友谊的双手，争先恐后帮我们铺好被褥，迅速将物品各归各位，使初来乍到者亦有种家的温馨。文书伴随爽朗的笑声快言快语：

“你们两位通信员的到来，我们打十二分的欢迎，我们比你们早当一年兵，只不过比你们多腾了几个大米袋子而已，其实也是新兵蛋子。”

“哪里哦？你说的啥子。他们来了我们就是老兵，正儿八经的。还是新兵蛋子？少客气，你是我不是，会不会说话哟！”理发员宋之义接过话题耍贫嘴，不屑地说。

他们几位来自同一个地域，彼此间说话很少戒备，遇事常常冲口而出，争得面红耳赤。小宋在几个当中唯一结婚成家，性格直率，短小精干。虽然成家立业，但难掩青涩，仍然像个天真活泼的孩子，肚子里藏不住一点事，成天乐乐呵呵，稀稀拉拉。自己斗大的字不识一麻袋，基本不见与媳妇有封书信往来，纯粹属于一人吃饱全家不饿的“小快乐”那一族。

“少啰唆，就你小子不落教。”小宋打岔并未影响文书的谈兴，接着直来直去地说：

“今后伙计们要拧成一坨坨，把各自的工作做得巴巴适适，让连长、指导员看着我们安逸些，千万不能干那些没屁眼儿的事，多给咱们大家脸上添些彩哟。”

大伙被逗得哄然大笑。一语泄露天机，我猜摸近些日子工作不怎么尽遂人意，遭受批评不老少，有点瓜兮兮的。

杂务班名不虚传，真还有点杂。一个班7名同志六样“工种”，即文书、卫生员、司号员、理发员、发电员和两名通信员，一旦遇到战备紧急，从特务连临时补充一名电台收发报员，加入“六大员”队伍，规定文书兼任班长，每人独当一面，各司其职。在一个狭小的空间里朝夕相处，做到和衷共济，绝非易事。

就说东西放置，每个人因为工作性质不同，各自都经手一定的物资器材，要别无选择地陈放在丁点大的同一间屋子里，并要求放置整齐有序，内务整洁，本身就是矛盾。

文书经管全连的弹药、机动枪支、士兵档案、各种文书、杂志。

卫生员经管各类药品、医疗器材。

通信员、理发员、司号员、发电员都有遂行本职工作的手段器材，不可避免存在地盘之争，磕磕绊绊。

再说工作任务，早晨起床号一响，各忙活各自的事情，往往老死不相往来。通信员整天围着连首长转，忽隐忽现。司号员掌控全连作息时间，一刻不可离开闹钟。理发员的工作一般都在战士休息时间，一旦需要，随叫随到。卫生员负责全连医疗保健，一会儿这个头痛感冒，那个咳嗽缺氧，量体温，送药，巡诊。连队就一个卫生员，还要跟随连队外出训练、执行任务，一天到晚忙不出个头绪。文书更是忙得简直连裤子都提不好，上情下达，总结、汇报、工作安排，训练物资管理清点，等等。还要协调和掌控班里的方方面面，一旦某个环节出现不测，连队首长首先拿他是问。只有发电员相对规律一些，白天擦拭擦拭机器，发现问题修修搞搞，等到天黑像夜猫子才开始工作。大伙整天忙碌不迭，只有吃饭和晚上熄灯后才能相遇到一起。这些事，这些人要黏合成一坨坨，文书施展了其不俗的组织能力和人格魅力。

翌日，立刻进入工作状态。

上午，文书与我们俩单独约谈，细致入微地逐一阐述连队通信员工作的点点滴滴。之后，对我俩做了明确分工，对号入座，由我负责指导员，小邓负责连长，分工不分家。此时此刻我内心沾沾自喜，有一种逃出虎口的感觉。

从第一次见到连长，就感受到一股咄咄逼人、不怒自威的震撼。本来面目长得有点可畏，再加上一脸络腮胡子，战士们给他起了个绰号叫“络二胡”，背地里张口闭口称“络二胡”，以我的理解与性格粗鲁、暴躁齐名。这些日子和老兵们私下交流，不断听到有人在背后捅连长的脊梁骨，可谓仁者见仁，智者见智，有褒有贬。谁都承认他是一个称职的连长，但其执着、较真儿以及暴躁的坏脾气，谁提起来都感到十分恼火，生怕看到他。批评人一点不讲情面，眼睛里容不得半粒沙子。战士们普遍对其有一种压抑、排斥感，倘若连长从连部出来，身影出现在大伙视野，人们立马凭借本能，像草原上的小鹿面对食肉动物，闻风而动，时刻保持敏锐的警惕，相互纷纷提醒，“注意，络二胡出来了”。能躲则躲，能溜则溜，怕不起躲得起。

在边防连队担任通信员，说白了平时是连长、指导员的勤务兵，负责首长的吃喝拉撒睡，同时兼顾所有的连队首长。执行任务时则是首长的警卫员、通信员，负责首长的安全，及时、准确地传递首长发出的各类指令。当好一名通信员必须果敢、灵敏、勤奋，同时要有相对结实的体魄。

“报告”。我和小邓两位涉世未深的小伙子面带羞涩，疾步来到连长、指导员宿舍门口，谒见首长，接受教诲。原来 6 名连首长分居两间活动房，连长与指导员住一间，其他连队首长合住另外一间。

“进来。”是连长熟悉的声音。

门虚掩着，轻轻推门蹑手蹑脚跨进房间，原来房子隔成里外间，中间挂着黑色棉门帘。我们小心翼翼掀开门帘，连长赫然出现在面前。

“嗯，是你们俩，通信员可以自由出入连部，以后进来可以一般不喊‘报告’，文书没有给你们详细交代？”看见我们进来，完全出乎意料，连长两手撑着桌子，从座椅上起立，笑容可掬地说。

“是，交代过了。”我们矜持地答道，不由得一阵阵心跳耳热。

连长满意地点点头。

连长独自一人在屋子里喝茶，两眼不时忽闪、忽闪地瞟向窗外，显得有些心不在焉。桌子上横放着腰带，看来要外出检查部队训练。

连长走后，我俩赶紧打扫房间卫生。连长、指导员的宿舍同样简简单单，靠窗户左右两侧摆着各自的单人木床，床与床之间空隙拼凑着俩人的简易活动办公桌。所谓活动办公桌，可以折叠，携带方便，都是基于实战考虑配发的。每人一把折叠椅恰好放在桌子与床之间。进门两步左右竖着烤火炉子，桌子上摆着一部黑色手摇电话机和各自的喝水杯。在床单的遮掩下，床头底下两端横搭着一块木板，放置着鞋和零七八碎的日用品。墙角下孤零零放着一副洗脸架，两人合用，没有多余的桌椅板凳，有客人来只能坐在床沿上。同战士一样，换洗衣服同样装在枕头里，不同的是战士有小包裹，他们却有一个废弃的罐头木箱子，放在床下，装些暂时不用的物品。

外间空空荡荡，堆放着烤火牛粪和清扫卫生的工具。房间既是宿舍，又当办公室、会议室、接待室。另外4名副职住在另一间屋子，没有隔断，没有电话。其实有无电话都差不了多少，要么半天摇不通，要么吱吱啦啦听不清。电台倒是能派上用场，可是连队属于机动分队，不装备电台，只有遇到情况紧张时，团里临时调派电台来连队值几天班。通信不畅在边防部队是很挠头的事情，若是干部、战士有个紧急疾病，连队首长急得抓瞎。最好平安无事，否则遇到突然事情，没有汽车，信息又不通，只有干着急。

连队干部只有邓连长、王指导员和周副指导员在位，其他回内地休假。规定干部在西藏海拔4700米边防地区每工作满两年可以休假四个月。由于西藏经济落后，交通不发达，进出藏途中主要靠搭乘顺便车。如果赶上好运气，往返路途也得折腾两个月，休一次假至少半年，八个月不为过，一年也不稀罕。所以，总部确定干部编制考虑到这些因素，配双副职，既保证边防部队干部在位率，又照顾到干部的切身利益和实际困难。

自从干上通信员，我注意到，战友们常常投来一种异样的眼神，心里老觉得怪怪的，据我揣度其中不乏酸葡萄心态。在大伙眼里，干通信员这一行，一般都是经过首长百里挑一对上眼的。近朱者赤近墨者黑，在当时生长干部主要从士兵直接提拔的情况下，十有八九成为干部苗子。此种看法反映了一定的真实性，但有些过高，我估计三到四成比较靠谱。无形之中，人们对你的要求比过去高了，过去有点毛病别人能够包容，现在则不同了，稍有些小闪失就会有人窃窃私语，在官兵中间逐渐放大掀起波澜，慢慢反馈到连队首长耳朵里。所以，当通信员有风险，做事须谨慎。水可载舟亦可覆舟，千万不能犯那些为官兵不齿的错误。

可是，不当通信员不知道通信员的酸甜苦辣，每天两眼一睁忙到熄灯。早晨，起床号一响，全连第一个爬起来，顾不得洗漱，匆匆跑到连部，把首长的被子叠好，床铺收拾整齐。在连队首长出操回来之前，把火炉子点着，室内卫生彻底清扫干净。洗脸水准备好，毛巾泡进盆里。牙膏挤好，刷牙缸盛满热水。开水烧好，泡上茶或者冲好奶粉放在火炉上。等待首长洗漱完毕，把洗脸水倒掉才能回到班里洗漱。

部队开饭了，遇到刮风下雨和特殊情况，帮首长把饭打回去吃。部队训练和首长外出，像宠物一样紧随其后，寸步不离，完全变成传声筒。最让你胆战心惊的是不慎传错话，遇到邓连长，轻者招致白眼，重则一顿训斥，你还必须装作若无其事，把一肚子委屈埋在心底。每天还有轮流值班，听电话，上传下达，频繁地穿梭于连队首长与班排之间，穿针引线。由于连队地处交通要道，团首长、机关和友邻部队的领导经常打此经过，吃饭、住宿、喝水、结算伙食费等一手操办，像蜜蜂一样从早忙到晚。

熄灯前，到各班逐个跑一遍，传递当晚口令。给首长倒好洗脚水，挤好牙膏，撑开被窝，捂上热水袋。首长洗漱，自个儿凝神伫立在门口。等待把洗脸水、洗脚水倒掉，首长说一声回去，方才拖着疲惫的身体淡出首长视野，整日忙得昏天黑地。回到宿舍，部队已经熄灯，料理完自己的事情，一头倒在铺上酣然入睡。星期天，大伙休息，我们照样要值班为首长服务，和牛一样不知疲倦、默默无闻地忙碌着。

惊魂一刻

指导员王治民，1963 年入伍的高中毕业生，全团最年轻的优秀指导员之一，从一名普通战士一步步提拔上来，干过机关工作，温文儒雅，知识广博，能言善辩，各方面的经验忒丰富。与连长一个唱白脸，一个唱黑脸，互为补充，相互尊重，堪称绝配。论军龄，在连长面前还是新兵，寻常事顺着连长的性子。在是非问题上，大智若愚，常常凭借其三寸不烂之舌和学识功底，旁征博引，让没读过一天书的连长听得如云里雾里，摸不着头脑。既避免了正面矛盾，又哄连长开心。无怪乎连队战士们给他起了个绰号叫“麻子”，背后开口闭口称“王麻子”。

开初，我以为脸上真有麻子，后来当通信员近距离接触多了，发现纯属子虚乌有。私下刨根问底才恍然大悟，原来大伙公认为其点子多，俗话说，麻子点子多嘛，因此而得名。

任通信员不久一个星期六的早饭后，我奉命随同指导员外出看地形，这是第一次跟随指导员外出执行任务。

我是指导员的忠实“崇拜者”，在我的心目中，指导员浩气凛然，浑身都是闪光点。

第一次离开单色调的营区，精神上感觉一身轻松，一种难以描述的优越感涌上心头。我俩携带武器、望远镜和干粮越过坝子，气喘吁吁地爬上南面与连队哨所几乎同高的山脉垭口，眼前是一条狭长的山沟，沟底下枯草茂密，三五成群的藏野驴、藏羚羊闻到脚步声，像箭一般四散逃窜。

我俩沿着山腰缓缓而行，指导员不间断地手举望远镜停住脚步，从各个方向聚精会神地观察。

接近中午，就势蹲在地上吃罢干粮，两人不慌不忙下到沟底寻找羊圈，以供冬天烤火、拉练执行任务露宿。

突然，沼泽地边一堆牛粪火的灰烬映入眼帘，毫无疑问有人在此地小息烧过茶，走上前去仔细一瞧，地上扔下标有外文的烟蒂，举目四望看不到牧羊人的踪影，草地上没有牛羊走过的任何痕迹。机警的指导员收住脚步，敏感地察觉到这一带地形复杂，位置偏僻，容易隐蔽，断定近期曾经有回窜分子出没，进入危险区域。吩咐我提高警惕，注意观察周围动静，子弹上膛并立即撤离。否则一旦与回窜分子狭路相逢，寡不敌众，无法与连队取得联系。

见指导员面部严峻，我紧张得心跳加速，似乎回窜分子就在眼前。两人一前一后迅速返回，只听到“嚓嚓嚓”的衣裤摩擦声。指导员闷声不语，警惕的双眼里始终有回窜分子的影子。回到连队，将此情况立即报告了团司令部。

最令我敬畏的是指导员那双洞察人情世故的眼睛里，深邃得让人捉摸不透。平时谨言慎行，废话不多却掷地有声。很少见到他红着脸大嚷大叫训斥人，而战士们却对其敬畏有加。其城府之深似乎与年龄不相称，给人以老成持重的深刻印象。

有一天下午，全连在山后面的草坡上瞄靶，准备打第二实弹练习，我使用的是由文书统一保管的半自动步枪。在瞄靶过程中，当日连值班员、一排长来到我的身位检验瞄靶效果，然后他毫不客气地说：

“小刘你休息一会儿，让我来瞄几枪。”

说来也巧，偏偏这时候连长吩咐我回连队取靶纸，在我手拿靶纸返回靶场时，一排长看到我后，自以为我会继续瞄靶，未提醒我便把枪放在原地径自离开。

我忙于贴靶纸，处理连长交代的事情，与排长的想法一样，以为步枪由排长随身携带或托他人管理，阴差阳错，一对头脑简单的主。

训练结束，部队集合带回驻地，点验枪支弹药时文书发现少了一支自动步枪，经查证是我经手使用的那支。我当即告诉文书，是一排长中途用这支枪瞄准。此时，我看到连长脸色突变，感觉事情不妙，指导员连忙派人唤来一排长询问。一排长自知责任重大，以老同志自居，故作镇静，千方百计撇清自己，称已把枪归还于我。

事到如今可以断定枪仍然留在靶场，处在失控状态。距离靶场三四百米便是里孜边贸市场，尼泊尔边民络绎不绝来往于两地进行商品交换，不排除有回窜分子混迹其间。万一落在回窜分子手中，后果不堪设想，责任大于天啊！此时此刻，在场的官兵无不意识到问题的严重性，连长惊骇不已，脸色煞白，冲着我恼羞成怒：

“迷迷瞪瞪，怎么搞的？瞄准能把枪丢了，还不快去找，找不回来，恐怕你的脑袋没了。”

指导员站在一旁神情不卑不亢，用平缓的语气说：“赶快去找回来。”

我，一个卑微的小战士，纵有十八张嘴也无能为自己洗脱。早已吓得魂不附体，六神无主，自感大脑发涨，思绪混乱，心脏在狂跳，脸像炭火一样发烫，阴霾一下笼罩在心头，造孽啊！甭想什么进步，弄不好身陷囹圄，恐怕祖宗三代不能安生。

于是，慌不择路地拔腿向靶场冲去，什么缺氧、困顿，一切置之度外。靶场距离驻地约一公里，一口气跑到靶场，发了疯似的四下寻找。

天不灭曹，终于在草丛原地找到了那支万金难买、事关重大的自动步枪，在万劫不复之时，侥幸地峰回路转，又看到一丝晨曦，万念俱灰的我本能地将枪支紧紧抱在怀里，仿佛悬在脑袋上的刀柄轰然落地，激动、恐惧一起袭来，整个人瘫倒在地，直至后面纷纷赶来的文书等人把我从草地上扶起来，恍如一场梦魇，眼前一片昏暗，不禁潸然泪下。

此时此刻，心像火烧火燎，扛着一身晦气，无精打采地回到连队，等待组织处理。一样惊魂未定的连首长、一排长在杂务班静候，看到枪支安然无恙，大家都舒了一口气。这时候一直保持沉默的指导员面对一排长，不等连长发话便平心静气地说：

“枪不在了，作为干部缺乏主动担责的勇气，心安理得地把自己洗刷得干干净净，令人无法理解。我们是老同志，不能沾沾自喜于一得之功，要立足于更高的标准。若是与一个战士等量齐观，怎么指望有所进步。干部要给战士做表率，通常说的传帮带。说穿了，你俩都是马大哈，试想想，倘若你用完这支枪，多说一句话，事情完全可以避免。经常提醒我们干部带兵要有婆婆嘴，豆腐心，要克服惰性，在节骨眼上一句话说不到，要捅大娄子、误大事的。”

寥寥数句，针针见血。一排长比指导员入伍早，又上过火线，与同时期兵比较官运不畅，一直以来耿耿于怀。常言道：凤凰落架不如鸡。不料，遭到指导员和风细雨地针砭，自感理屈词穷，背着手攒眉苦思，两只眼睛不时从指导员身上飘过，仿佛仔细忖量着指导员每一句话的真实用意。而指导员一席话对我来说，仿佛阴霾的天空突然出现了太阳的光芒！

谁料，你方唱罢我登场，枪支失而复得，连长回嗔作喜，接过指导员的话茬轮番轰炸：

“一排长啊，老同志不应该出现这种事情，再不能稀里马哈，要切切实实吸取点教训。否则，危屌险哪。”

一排长一脸尴尬，若有所思地点点头，站也不是，坐也不是，不知道应该说些什么。本以为指导员批评后就此打住，不曾想到连长接着敲打，自感颜面顿失，实在有些憋不住，斗胆打断连长的话，以恳求的口吻说：

“连长，你们首长批评，我诚恳接受，错了我也知道，还有什么话最好咱们单独讲，千刀万剐我认了。”

此时，连长似乎悟过来点什么，欲说戛止，阴沉着脸目送一排长推门离开杂务班。

毋庸讳言，是指导员在非常时刻拯救了我，让我侥幸逃过厄运，内心惶惶不安。虽然两位连首长仅对一排长提出严肃批评，是领导艺术使然。刚刚跨入部队，有幸在首长身边工作，出现如此大的纰漏，险些铸成大错，枉对首长苦心栽培，确信无疑给首长心目中留下阴影。愈想愈失落，愈想愈惭愧。连夜书写检查，找原因，谈危害，表决心。

第二天一大早当面送达连长、指导员手中，连长接过检查，用一种冷淡的表情看了我一眼，一本正经地说：

“伙计，你这样粗枝大叶要不得喽，这次算你走运，想想是多么可怕！枪要是真的丢了，或者落到回窜分子手中，我只有送你到监狱里待着。干啥子事情可不能毛毛躁躁，丢三落四。当通信员若是不改掉这种坏习惯，今后可要吃苦头的。”

我羞愧难当，诚恳聆听，每一句话都牢记心间。塞翁失马，焉知非福。现在回想起来，之所以不断成长进步，正是这次沉痛教训像刀劈斧削般刻进自己的记忆。

硬骨头连长

不久，接团机关通知，指导员赴内地履行接兵任务，担当新兵营政委。

就在指导员离开连队不久，组织确定副指导员转业。所以，有更多机会围着邓连长转，加深了相互之间的了解和磨合。

与连长零距离接触后，深感连长挺不容易的，能够从一个贫苦农民家孩子走到今天这一步，已经很不平常了，其中包含着几多艰辛，几多汗水。由于先天性营养不良，人整个一副骨头架子。冬天穿上棉衣还有个人样子，天气转暖换上夏装，让你忍俊不禁，没有肥臀的支撑，走起路来，屁股后面好像挂着窗帘，荡来荡去。身边人员无人斗胆询问过其体重。身体确实是单薄了些，用瘦骨嶙峋形容恰如其分。但别看他骨瘦如柴，弱不禁风，骨子里却异常刚烈。走路行军两裆夹得忒紧，脚下轻盈如燕，迈开步子快捷如风，无人不俯首称臣。无论出操、爬山还是长、短途行军，只要是他带队，大伙心里直犯怵，谁能料到他偏偏长着两条飞毛腿，行军老是跟不上他的脚步，把你拖个半死不活，而他该干啥干啥，一点看不出疲态。

在我当通信员期间，从来没见他倒下过，浑身充满能量。有一天患感冒，清鼻涕长流，喷嚏一个接一个。不巧赶上连队准备打三练习，部队正在靶场瞄准，外面寒风凛冽，卫生员婉劝他按时服药，卧床休息，力阻他前往训练场。因为在仲巴高海拔地区感冒不易恢复，一般情况需要卧床一周，千万不可以怠慢，否则极易引发肺水肿、脑水肿等并发症。一旦不幸染上并发症，抢救都来不及。为此，官兵们编了句顺口溜形容患上感冒的困惑：“头痛感冒，阿司匹林两包。吃了不见效，十字镐圆锹。”通俗易懂。四川人把铁锨称作“圆锹”，意思是说有致命的危险性。

谁知他心系训练场，忌惮打不出好成绩不好向上下交代，一点不买卫生员账，把胳膊肘一甩：“去、去、去，有那么娇气？小病大养，越养越娇。”卫生员一脸无奈，吓得两脚直往后退。

也许正是这种倔强的个性，铸就他遇到挫折不气馁，遇到重压不弯腰的铮铮铁骨。年初，他当着团长的面拍胸脯，立下军令状，铆足了劲要改变连队落后面貌，跨进先进行列，让“四好连队”的红旗在连队高高飘扬。

把脉连队薄弱环节，管理教育失当是主因。在去年他休假回内地期间，连队相继发生伤亡人事故和违纪等问题。他发誓要从整肃军纪、强悍战斗作风抓起。

可是，眼下连队有几个“刺头兵”，人称“鬼不惹”，大错误不犯，小错误不断，一门心思闹退伍，站岗放哨不时误岗，行军拉练怕苦怕累老是掉在队伍后面，吃饭嫌弃伙食不好故意撒饭，集合站队总是晚半步，动辄同班长瞪白眼，“怎么啦？有什么看不惯的，看着不顺眼叫你们连长把我拉回去”，成为连队的老大难。别小瞧区区几人，能量却不小，让连队总是不能安生。要是不能及时遏制，落后面随时可能蔓延。令人不可思议的是，与我们一起入伍的那位“革委会副主任”，居然也掺和到此行列，被戏谑为“新兵老油条”。

其中最棘手当属 1968 年入伍的炊事班副班长重庆兵柴某，入伍前是一名中专毕业生，自称文化程度在全连无人比拟，钢牙利齿，聪明过人，有一点文艺特长，擅长说四川清音。入伍第一年积极上进，很快入了党，当上副班长后，戍边动力不足的缺点彻底暴露，时常口若悬河地散布消极情绪，在这股人中间有一定号召力，特立独行，怕苦怕脏不安心炊事班工作，日谋夜算服满两年现役退伍回家过小日子，用他的话说“干得好走不了，干得坏一脚踹”。为了达到这一目的，发牢骚，讲怪话，无病呻吟，小病大养，谁都拿他没法子，司务长、班长说理说不过，打又不可以。

黄副连长刚刚休假回来，支部分配给他的第一件事情，便是代表党支部找其谈话，勒令其定期改正错误，悬崖勒马。副连长不是能说会道的那种人，性子比较急，一急便说话结巴。这厮摸清副连长命门，专门揭短往副连长伤疤上撒盐，拿副连长2号垭口带队摔死战士说事，气得副连长吹胡子瞪眼，脑袋青筋直冒，一筹莫展，半天说不出一句话，真是病入膏肓，不可救药。

歪风不除，正气难树。连长的眼睛里素来容不得半粒沙子，恁地让几个人搅了连队建设的好局，于是来个迎难而上，针锋相对，痛下决心要挫挫这些人的锐气，还连队一片蓝莹莹的天。他号召，共产党员、共青团员勇敢地站出来，与不良倾向坚决地做斗争。

首先枪打出头鸟，拿柴某开刀。这天连队组织各班排进行刺杀训练，连长指示我把柴某传唤到连部，连长一脸的严肃，决意敲山震虎，遂“如数家珍”地逐一挑明他的错误，令他猝不及防，一时不知所云。

我见状，连忙退出房间，不一会儿听到屋子里一阵唇枪舌剑。柴某以高山缺氧，红血球增多，身体不适应西藏边防工作为由搪塞错误，为自己开脱。

缺氧是客观事实，缺精神才是实质。连长抓住七寸，点破死穴，据理力批，驳得其哑口无言。末了，指出三条路径供其掂量：其一，建议党支部延长其预备期，以观后效；其二，表现不好，不得退伍，不能把问题交给地方，直至改正错误，获得全连上下首肯；其三，撤销副班长职务，调离炊事班，到战斗班当一名“新兵”，一切从头开始。

俄尔，他独自神情恍惚地走出连部，一脸懊丧，可以断定连长没给好果子吃。想来这几条放在他身上，条条如同唐僧赐给孙悟空的紧箍咒。就说这第一条，关乎政治生命，在极左年代谁都不会麻木不仁，拿政治生命开玩笑。第二条最令他心悸。柴某入伍前下放到四川达县一个林场当了一名工人，父母家人和未婚妻都在重庆市，为了曲线回城，入伍来西藏部队镀金，动机显而易见，压根就没有长期建藏、边防为家的思想念头。加之年龄偏大，未婚妻拉后腿催促其回城完婚，整天精神萎靡不振，得过且过。若再多留一年，对他而言简直等于世界末日，这是他最讳莫如深的切肤之痛。

不出所料，当日晚上，他急匆匆来到连部，一把鼻涕，一把眼泪向连长保证痛改前非，重新做人。连长并不为之所动，很淡然地表示：不但听其言，更要观其行。

紧接着，连长借作风纪律整顿和整党契机，组织全连一事一议，分清是非界限，勒令所有“问题兵”限期改正错误，依照军人管理规定，拟对屡教不改者施行强制措施，延长了柴某的预备期，撤销了其副班长职务，枪打出头鸟。根据情节给以每人相应的纪律处分。用连长的话说，打鼓须用重锤。几锤砸下去，抑恶扬善，立刻见效，使不良倾向丧失了存在的条件和土壤，正气压倒了歪风，全连官兵齐声叫好。

同时体现治病救人的初衷，千方百计挖掘他们身上的闪光点，变消极因素为积极因素。邓连长工作有粗也有细，指导员不在家，充当起政工干部的角色，几次派我唤柴某等人到连部促膝谈心，对他们每一点进步都给予充分肯定，最大限度地调动其积极性。

譬如，发挥柴某的文化、文艺特长，让其在连队演出、学习交流等场合频频露脸。柴某终于找到兴奋点，浑身上下都是劲，工作积极性前所未有高涨。连队大凡组织活动他都是积极分子、热心肠，逢人说话喜形于色，与以往的苦瓜脸形成鲜明对照。

浪子回头金不换，后来柴某由预备党员转了正，恢复了副班长职务，并被临时抽调到团业余演出队说快板，代表团里参加了日喀则军分区文艺会演，将其特长发挥得淋漓尽致，兴奋得乐不思蜀。

照顾到其年龄偏大等实际困难，超期服役一年后批准其退出现役。离开部队那一天，他紧紧抓住连长、指导员的手，依依不舍，两眼饱含热泪。

落实毛主席“要准备打仗”的指示，面对反回窜，连长自感身上的担子沉甸甸的，他不避“单纯军事观点”的嫌疑，带领连队官兵苦练军事技、战术，提高杀敌本领。在条令条例被废止但实际上还在起作用的情况下，经常看到他独自见缝插针在房间里一字一句阅读那几本破破烂烂的条令条例，并始终珍藏在身，尽管有些页码已经残缺不全。考虑到自己文化低，便笨鸟先飞，事先反复学习实践，有些字不认识，搞不懂其含义，便不耻下问，主动向我们杂务班几位同志请教，直至完全融会贯通为止。

不论白天或者夜间射击，连长首先一丝不苟体验瞄准要领，掌握每次射击的不同特点和具体方法，然后耐心示范讲解，严格要求所属人员弄懂知识点，掌握关键环节，全身心苦练巧练，不得避重就轻，偷工减料。他经常深有感触地告诫大家："我们反反复复强调消灭敌人，保存自己，二者是捆绑在一起的，缺哪一个都不可以。只有打得准，将敌人一枪撂倒，才能真正谈得上有效消灭敌人，保存自己。试想想，你一枪整不死他，敌人还会等你补二枪吗？打起仗来这样温柔，你把敌人都当成孬种、傻儿，真是那样就不需要趴在地上练了，大家睡大觉好个安逸啰。"

练习期间，最忙碌的肯定是连长，你看他手里拿着瞄准校正器，一刻不停地趴在地下检查每个人瞄准效果，发现问题，随时纠正，训练下来蹭着一身土。单兵战术训练，他又第一个趴在地下做示范，敢于说"照我学""跟我来"，从战士到干部一样严格要求，一视同仁。八小时之内抓紧练，晚饭后继续加练一小时。每到傍晚，营区杀声震天。

强将手下无弱兵，连长对军事训练严格到每个细枝末节，使全体指战员练就一身好武艺。就说这一年，连队圆满完成了一到四练习，即新兵 100 米半身靶实弹练习、200 米立跪卧三种姿势半身靶实弹练习、侧身跑步靶实弹练习、夜间实弹练习和机枪射孔靶、双人胸靶实弹练习，不论气候多变、是战斗班还是勤杂人员，一样严格训练，严格要求，全连平均成绩都在良好以上，一百多号人，达不到及格成绩者只是个位数，在全团名列前茅。我本人仅仅是极其普通的一员，射击成绩亦不菲，均在良好、优秀范围内。要是打不出好成绩，顿时思想负担沉重，仿佛多少只雪亮的眼睛在睥睨着自己。团里下达给连队的急重险难任务，次次出色。在团营首长眼里，邓连长、王指导员为信得过、靠得住、能打硬仗的好干部。

在带领全连执行任务过程中，连长把每一次机会都当作实战，潜心锻造部队吃、藏、走、打硬功夫，做到拉得动，拖不烂，打不垮。

有一天，接团司令部命令，我首次跟随连长前往昆木加方向与巴巴扎东结合部执行查踪任务。这一带防御空隙较大，列为重点查踪区域。所谓查踪，是指根据获悉的情报，察看有无回窜分子经过的踪迹，将相关信息提供给机关、首长，做进一步军事决断。

天麻麻亮出发，全副武装，全程徒步行军，我第一次亲身领教到其长途行军的厉害，让我使尽了吃奶的劲，累得半死不活。从此，只要派我随同连长行军，心里就犯怵，老是担心跟不上遭白眼。

部队到达指定地域扫描似的察看一遍。查毕，已经是下午 2 点钟左右，没有发现可疑行踪。这时候因为连续行军，途中只是吃了点干粮，大伙口干舌焦，饥饿劳累，行走颇为吃力，有的同志身体极度虚弱，不少班出现掉队现象。部队返回行进到公路附近的小河边，传连长指示，停止前进，各班在河边就地野炊，旁边是一片开阔的湿地。

此时，正值高原百花盛开的季节，一朵朵、一簇簇令人炫目的格桑花洒落在绿茵茵的草地上，有红的，有黄的，有深蓝的，也有红黄蓝相间的，在微风吹拂下散发出沁人心脾的清香。蔚蓝色的小河像一条丝带，从色彩斑斓的草地、沙丘穿过。一条条褐色小鱼在清澈的河水里无忧无虑地游来游去，水鸟在展翅觅食，鸣叫声尖脆悦耳。

规定从做饭到吃完饭共 60 分钟时间。大家无暇顾及欣赏这难得一见旖旎景色，各班按照事先的分工，争先恐后地选择合适场地，用小铁锹挖开一个个小沟壑，架上行军锅。柴火是自劈的松木条，为了尽快点燃，那些脑子开窍的同志，在柴火上倒少许擦枪油助燃。主副食亦为自带，副食是现成的肉、菜罐头，只要加热即可食用。主食为大米、白面，吃什么自便。一时间炊烟袅袅，煮饭的煮饭，和面的和面，忙碌得头都顾不得抬起来。我们杂务班最悠然自得，不单独开伙，分到各班吃饭，谁做得快吃谁的。60 分钟到了，不差分秒，连长一声令下：

“出发！”

这时候，不约而同“哇”一声惊叫，原以为连长多少会打点折扣，负重行军大半天，好歹填饱肚子，也不缺少这几分钟的时间。再说，饭都是半生不熟，因为没有高压锅什么样的饭都煮不熟。没想到连长说到做到，一点不迁就含糊，很多人用奇异的目光望着连长，嘴上不便说，心里暗自嘀咕着，恨不能踹他一脚。重机枪班几个人端着碗，还在狼吞虎咽，犹豫不决，连长气得七窍生烟，大步走过去飞起一脚将锅踢翻在地。回到连队队前讲评，把重机班长批得几天打不起精神。

大家再一次看到连长是一个严格要求部属服从命令的指挥员，无论吃饱或没吃饱的，稀里哗啦将剩余饭菜倒掉，就地掩埋，背起全副武装头都不回继续急行军。这下让我们设身处地领略了连长雷厉风行、一诺千金的军人作风。

返回途中，一边行军，一边不失时机进行排进攻战术训练，一路摸爬滚打，士气高昂，各种动作完成得很到位。

第二天，连长带着问题，向我们讲述了 1962 年自卫反击作战进行到反攻阶段，某部奉命抓捕敌第四军中将军长考尔，部队因迷路晚到 3 分钟，致其乘直升机从我军眼皮底下逃逸。而另一部及时赶到，俘获了准将旅长达维尔，使敌人土崩瓦解，战局急转直下。从正反两方面的战例教育大家牢记时间决定战争成败的基本道理，强化时间观念。从此，无论平时训练，或者行军拉练、执行任务，人人严格遵守时间，谁都不敢在连长眼皮底下磨磨蹭蹭，做事的效率以及战备工作与以往相比有了质的飞跃。

邓连长属于典型的直性子人，有人说他死脑筋，也有人说他是冷血动物。他在自己认为的原则性问题上从来不拐弯抹角、迁就包容，甚至寸步不让。一直以来，有两件事情无法在我脑海里消失。他与指导员刚柔相济，配合得游刃有余，但是遇到关节点并不会因为都是一把手而绕道走，和稀泥。

王指导员接兵之前想沾点荤，但苦于在连队不能多吃多占，自个琢磨到江里弄点鱼，在宿舍火炉上炖着吃。

一天下午，阳光明媚，遵照他的旨意，我打枪的不要，悄悄地在文书处索要了 3 颗手雷，陪同指导员在雅鲁藏布江炸鱼。我们来到距离连队两公里左右江边山洼洼里，先后将水雷投入江中，顷刻之间几条不到一斤的小鱼露出白花花肚皮漂出水面，显然被炸晕了。出乎意料的是鱼儿随着缓缓流水漂流而下，我们手中无任何打捞工具，束手无策，眼睁睁望着即将到手的小鱼被江水冲走。说时迟那时快，指导员迅速脱下衣服，只剩裤衩，纵身跳入河中，令我惊得目瞪口呆。我是名副其实的北方旱鸭子，从来不曾游过泳，掏心窝不敢打肿脸充胖子，倘若显摆跳下去，准定变成鱼食。

此时，接近初冬，身着棉衣，最高气温 10 度左右，河水冰冷刺骨。指导员生长在烟雨迷蒙的南方水乡，其水性在连队早有所闻。但是在仲巴的江里游泳，大伙从来不曾听说，要是没有几把刷子，谁敢贸然下水？

只见指导员如鱼得水，左冲右突，一会儿抓一条扔上岸，几个来回抓了四五条鱼。兴许江水太过冰冷，难以为继，任由其他鱼被江水冲走便游出水面。

上岸后，急急忙忙穿上衣服，冻得嘴唇发紫，浑身颤抖，牙齿抖动得连话都说不清楚。看到几条鱼太小，不忍下手，索性放生江里。辛辛苦苦忙活半天，一条鱼没有逮着，我俩垂头丧气返回连队，在大伙面前故意挺胸收腹，昂首阔步，装得和平常没有什么两样。

但是，终究没有逃脱自然规律的惩罚，指导员连续几天感冒吃药，咳嗽不止。尽管讳莫如深，还是未能瞒过连长的火眼金睛。在一般人看来，作为搭档，此时此刻会主动装个糊涂，睁一只眼闭一只眼算了。人常说，难得糊涂。而邓连长则不同，第二天早饭后，我去送药，连长当着指导员的面，有点皮笑肉不笑地说：

“老王啊，咱们俩在连队当着大家的面郑重宣布过，不允许任何人私自下水撒网捕鱼。团里有规定，不准在江里炸鱼，你老几沉不住气，自己‘扑通’一声却下去了。打铁自身都不硬，让我们今后在全连怎么个搞法呢？”

指导员一时噎得说不出话来，只是哧哧地笑，想来还能说什么呢？

之前，团司令部在里孜举行战术演练，团首长、机关、直属分队和各营部分连队参加。演习期间，团首长、机关的同志在我连炊事班就餐，其他连（分）队则把吃饭作为一项演练科目，自己动手。演习结束需要结算伙食费，机关一位股长由于公事繁忙，演习结束匆匆离开连队，忘却结算伙食费。走后，一贯颇长心眼的连长询问司务长机关同志缴纳伙食费的事情，司务长当场核对，确定这位股长欠缴，就餐两天应该缴纳伙食费 1.2 元，粮票 3 斤。连长满脸的不悦，责备司务长欠缺责任心。司务长支支吾吾、语无伦次地强调客观，为自己辩解。

“你是典型的败家子，还给我狡辩，”连长怒气冲冲地说，“公家的你不心疼，要是吃你家呢？你家是地主还是富农？告诉你，若是要不回来，你自己补上。”

然后转过身来，冲着我毫不犹豫地大声喊：

“小刘，你给我去追，看在不在渡口。”

我二话不说，一溜小跑到渡口。凑巧股长正准备登船，见我一人匆匆忙忙赶来，料定有事，于是满脸笑容，带点疑惑的口吻轻声轻气地问我：“有什么事，把你给急的？”

股长，河南人，高高的个头，长得玉树临风，仪表堂堂，很有气质。多次来我们连队，与我颇有眼缘，他平易近人，说话和蔼可亲，每到连队都要深入到班排，听大家学习讨论，和战士们广交朋友，平等交流，话题十分广泛。上至天文地理，下到鸡毛蒜皮，无话不说，深得大家青睐。

为防惊动别人，我竭力压低嗓门，婉转提醒他欠伙食费的事。股长侧耳恭听，不禁大惊失色，要我转告连长，深表抱歉，顺便从兜里取出钱和粮票，塞在我手中。

现在看起来太抠门，有点过了，显得过于寒酸小气，让人不可思议。但是在当时的历史环境下，再正常不过。在连长心目中，吃饭付钱，天经地义。否则，多吃多占，就意味着和平演变，并不存在谁对不住谁的问题，公事公办，一码归一码。

邓连长一贯躬行俭朴，与他“饿其体肤，空乏其身”的身世不无关联。平素，他巴不得一分钱掰成两半花，能省即省。黄军装穿成泛白色舍不得换新的，破了补，补了穿，再破了再补，反反复复就一套衣服，四季轮回，换季不换装。在他的生活词典里只有一，而没有二，包括衬衣、衬裤、袜子都是独一无二。所以，给他当通信员学问可深啦，必须摸透其秉性，跟上其思路。就一套衣服如何对接呢？特别是衬衣。晚上，连长上床钻进被窝，抓紧时间洗好搭在火炉上，但是必须保证火炉彻夜不熄。有人说，仲巴那地方气候寒冷，赤条条怎么能够入睡，这就不需要您操这份心啦，在连长心目中都不算问题，什么样的磨难没有经历过。

曾经记得刚刚当通信员那阵子，傻乎乎不知道深浅，自以为连长好歹是个令人羡慕的军官，走在大街上不乏回头率，有一份与自身价值相匹配的工资待遇，一个月的收入是我们中学教师两倍还多，算是高工资了，脑子里鲜有节俭这个概念。第一次漫不经心地帮连长挤牙膏，比正常情况稍微多一点，不料连长脸上的表情严峻而矜持，很是不爽：

“挤那么多牙膏做啥子嘛，又不是吃牙膏，一瓶牙膏能换多少谷子你知道不？四斤多。不得了伙计，省着点！”

邓连长家在农村，上有老母，爱人拖着俩孩子，住的还是茅草房，生活过得紧紧巴巴，甚至饔飧不继。靠他每月寄钱养家，所以事事都要与稻谷做比照，取舍利弊得失。当时规定，干部内衣、袜子需自己拿钱买，每一次他都以稻谷来计算，念叨着又等于少了多少斤稻谷。嗜好抽点香烟，六七十年代物资紧张，香烟实行定期供应，连长可以满足购买。但每次他都是犹犹豫豫，算来算去，买个半条或者几包。抽完没辙了，烟瘾发作，难受得坐立不安。可是，好不容易等到下一次供烟时，应该吸取血的教训多买些，可是又在算计徘徊，迟疑半天还是外甥打灯笼——照旧。有人开玩笑说他是老财迷，他苦涩着脸，责怪别人不当家不知柴米油盐贵，唠叨家里老婆孩子用钱地方多，不够花。

王指导员却截然相反，由于不同的境遇和不同的心路历程，生活理念迥然不同。很少能看到他穿补丁衣服，十分讲究着装、仪表。该花钱的时候毫不犹豫，该出手时就出手。为使枯燥乏味的精神生活变得丰富些，在无法及时看到报纸的情况下，能尽快知道点国内外新闻，自己花180元买了台日本进口半导体收音机，出差、开会随身携带。在连长看来太过奢侈招摇。团、营首长和机关的同志来连队，一般都会打开他的收音机听听，并报之于羡慕的目光，指导员亦喜欢在别人面前显摆，炫耀自己的收音机性能、性价比多好多好，让大家分享他的快乐。而连长表现得很不屑，虽然住在一起，从来没有摸过他的收音机，也许根本就不会使用。

连长不仅自己艰苦朴素，而且把连队视为自己的家，处处精心管理，精打细算。身为一连之长，从来不搞一点特殊，不占连队哪怕一点点便宜，堪称廉洁奉公的楷模。常言道，人到无求品自高啊！

有一天，八面玲珑的炊事班班长风闻连长患感冒、胃肠不舒服，特意精心做了一盆手擀面放点罐头肉、豆瓣酱，端到连长房间，让连长开开胃口，出出汗。下级关心上级亦是我军的光荣传统，不料，拍马屁拍错地方，好心变成驴肝肺。殊不知，在仲巴高原做一次手擀面多么不容易，由于气候原因，面粉里需要掺和一定数量的蛋粉，擀出来的面条筋道口感好。面条擀好后，要放在高压锅里煮，否则再好的面条也煮不熟。连长不但不心生感激，反而一脸的不可思议，用鄙视的眼光看着炊事班长。在一般人看来，有点不识人抬举，过了。他责令其立即端走，嘴里还喋喋不休：

“我有点头痛感冒，就给我送病号饭，特殊照顾，要不得啊！是谁要你们擀的？谁没有个伤风感冒时，全连战士们生了病是不是都能吃到面条？如果不能，就因为我是连长，可以搞特殊化，一个连还分三六九等。开了这个头，今后怎么办？”

炊事班长被连长搞了个大红脸，进退两难，灰溜溜地回过头把香喷喷的一盆热面条端回炊事班，让谁闻着都嘴馋。我两眼一瞬不离看着班长背影越来越小，觉得连长的形象却越来越高大。

抓生活管理

“生活管理好”是创建“四好连队”的内容之一。在边防连队盛行一种说法，即“办好伙食等于半个指导员”。

邓连长、王指导员不辱使命，为了保证全连同志在现有条件下吃好吃饱，有个健康的体魄，精神饱满地投身到反回窜为中心的各项任务中来，在全连遴选能够任劳任怨、责任心强的优秀士兵担任炊事班班长。

所谓任劳任怨，是指既能吃苦耐劳，又能忍辱负重，具有其特殊的内涵。直白一点说，即“吃得了苦，咽下去气，收得住泪”。

在连队谁都明白当炊事班长是个挨骂受气，费力不讨好的苦差事，过去称“伙夫”，仿佛天生矮人三辈，是公认的“受气包”“出气筒”。一日三餐都要接受大伙的评点，始终处在矛盾的焦点。俗话说众口难调，一百多人个个都是上帝，谁都不好伺候，稍微有一点点不周，立马反应出来。譬如饭煮得硬了或软了，菜味道重了或淡了，打菜他多了我少了，哨兵站岗回来饭菜凉了或量少了，等等，处处充满矛盾。还有南方人与北方人之别，口味与生活习惯的差异。遇上有点修养的则冷嘲热讽，故意贬损，张口闭口称你“炊二哥”，有什么了不起，听着心里很不舒服；碰到二杆子不讲道理者，头上长角，身上长刺，百般挑剔，满口脏话，把你的肺都能气炸，你都不能把他怎么样。

尤其邓连长这位先生更不好对付，猴精猴精的，只要有一点空暇时间便神不知鬼不觉往炊事班钻，像居家过日子似的，婆婆妈妈，管得简直细到每一个毛孔，每天生活在他的阴影下，什么事都瞒不过他那双鹰一般的眼睛。仓库里有多少大米白面，多少大肉香肠，多少花生米白糖，多少罐头干菜，多少柴火牛粪，摸得一清二楚。每次开饭，第一个拿着碗来到饭场（堂），两眼直盯盯看着饭盆、菜盆，饭菜做得好与差，一目了然。每过些日子要司务长、炊事班长把仓库门打开进去查看虚实，倘若发现哪样东西明显少了，你必须随口说明出处，思想上的弦始终绷得很紧。全连挨剋最多恐怕当数炊事班长冯喜生，让他批得像龟孙子似的，饭做软了、夹生了或者做煳了要挨批，剩菜剩饭多了要挨批，不够吃或不能按时开饭也要挨批，整天夹着尾巴，像过街老鼠，看到连长就头大。

但是骂归骂，批归批，千万不可当真，甚至于一蹶不振。当初在“文革”的浓雾笼罩下，批判什么资产阶级人性论，也不讲什么人权，倒是流行一种说法，叫作“在骂声中成长”。只有恨得深，才能爱得切。事实应验了这种说法，大凡与炊事班发生不快，连长始终认为炊事班是弱势群体，旗帜鲜明地站在炊事班一边，倍加呵护。

有一次，机二班长与打菜的炊事员话不投机，发生一点口角，本不是什么了不得的事。谁都想不到机二班长一反常态，气急败坏地将碗中的饭菜喷撒在地上，转过身愤愤离开饭场，在场的全连同志一片惊愕。

不料，一举一动被邓连长看得清清楚楚。连长本来对浪费行为就恨之入骨，目睹其借题发挥把气撒向起早摸黑辛辛苦苦做饭的炊事员，火冒三丈，疾步向机二班长方向快步走来，大喝一声：

“机二班长，你给我站住，想做啥子？”

机二班长平时逢人不笑不说话，战友之间谁有难处，只要力所能及，他都热心帮助，曾经给前任连长当过通信员，彼时连长还是副连长，没有少为邓连长倒过茶水、洗脚水什么的，常人看来不会有什么过节。而连长没有料到，机二班长已不是以前的通信员，随着时间推移、年龄增长，脾气也在发生变化。直面连长来势汹汹，性格倔强的机二班长火从心中起，恶向胆边生，来了个针尖对麦芒，不但不端端正正站好，反而转过身毫不示弱，两人在院子里你来我往，吵得不可开交，在场的全连同志惊得目瞪口呆。敢和连长短兵相接，公开顶碰，真是吃了豹子胆，不想好啦！

指导员和正在连队蹲点的营副教导员还在宿舍切磋工作，碗筷没有来得及带，便闻声匆匆赶来，怎么也得给一贯所向披靡的连长一个台阶下，厉声呵斥机二班长目无组织纪律，作为一班之长，当着全连同志的面撒野，口无遮拦地顶撞领导，故意给连长上眼药，简直和尚打伞无法无天，令其立即住嘴，否则代表营党委行使组织权力，当场宣布纪律处分。

机二班长毕竟当过通信员，知道利害关系，到这个份上谁都不肯拿鸡蛋往石头上撞，心理防线瞬间崩溃，任凭副教导员如何训斥，站在院子里默默无语两眼泪，猛男转眼间变成“乖乖女”。

连长气得吹胡子瞪眼。心想，素来运筹帷幄，不曾有哪个战士敢当面顶撞，偏偏今天半路上杀出程咬金，遇上一块难啃的骨头，令其在全连同志面前大跌眼镜。饭吃了一半便横竖咽不下去，径自回到宿舍，坐在凳子上一言不发，让积压在心中的闷气慢慢散发出去，双手捧着茶杯两只眼睛直瞪瞪瞅着墙壁，面部毫无表情。

不出所料，两周后指导员宣布营党委决定，给予机二班长留党察看一年的处分，全连一片哗然。

原来，不久前机二班长家中弟弟发生不幸，收到父母来信顿觉天旋地转，两眼发黑。作为长子想着借机请假回趟家，安慰父母于痛苦之中。但是主观愿望与客观实际严重不符，上级明文规定，战士在服役期间一般不准请假回家，此类情况在连队时有发生。加上时下国际形势紧张，军委发出一级战备动员令，落实伟大领袖“要准备打仗”的重要指示，一阵子干部、战士吃饭、上厕所都背着枪支，战备、执勤、反回窜任务繁重，此时提出请假回家显然不识时务。为此，整天心情烦躁，少言寡语。眼瞅着来年可以退伍回家尽一片孝心，如今必须继续留队一年，接受党组织察看，都是一时冲动惹的祸，看来冲动真是魔鬼。

我们是新兵，第一次看到顶撞领导被处理之严厉，机二班长与我是球场好友，被我尊为老大哥，在战士中间口碑不错。我嘴上不敢说，打内心对其抱有强烈的同情，上级的处理似乎高射炮打蚊子，有些小题大做。一些有见地的老班长告诉我，军队是执行特殊任务的武装集团，要在战场上硬碰硬见分晓，服从是第一位的；有铁的纪律的军队才不可战胜；处在反回窜第一线，更须令行禁止。我注意到，当年有一句名人名言在军营叫得特别响，叫作：理解的要执行，不理解的也要执行，执行之后再去理解。说明服从是不可以商量的。此事，给我思想上以极大的震动。

杂务班和炊事班纠葛最多，从早到晚有千丝万缕的联系，连队首长喝开水、用热水，外面来人吃饭、用水事事都离不开炊事班。我们当通信员的整天提着水壶出没于伙房，一来二去彼此揣摩得一清二楚。有的炊事员见到我们就反感，尤其是负责烧火的同志，费了半天劲水刚刚烧开或烧热，就被我们提走用了，于心不忍，长此以往眼不见心不烦，看到便觉得不顺眼。

大伙近水楼台，经常借机以首长名义假公济私讨点热水，如洗衣服，洗脸、洗脚，谋取仅仅属于连首长的一点点福利待遇，也是顺理成章的事情。时间久了，谁都不傻，哪能躲过炊事班同志的眼睛，搞得他们心里很不平衡。有一阵子文书企图挟连首长之威对炊事班的工作指手画脚，双方发生了不可调和的矛盾冲突，引发“群体性”口水战。

炊事班班长忍无可忍告发到邓连长耳边，连长并不因为是身边工作人员而袒护包庇。而以大义灭亲的精神，毫不客气地把文书和我们几个叫去大声训斥一顿，对我们两名通信员提出口头警告。

理发员小宋是导火索，此间又并发临时帮助战斗班站岗误岗一事，连首长一气之下忍痛割爱将其逐出杂务班，到战斗班当了一名普通战士。事后责成副连长亲自组织杂务班开会，人人做深刻检讨，长炊事班志气，灭杂务班威风，令文书沮丧得几天像霜打的茄子一般，无精打采。

炊事班班长冯喜生由于工作出色，深得连首长赏识，后来提拔当了排长，一路高歌猛进，令很多人看着眼红，心生嫉妒。

有经验的带兵人都知道，防浪费、堵漏洞，是抓好连队伙食的重要环节，正所谓“开源节流”。一个连队百十号人吃饭，浪费现象如洪水猛兽，不堵住不得了。连长一边倾全力抓生活改善；一边像抓严打一样堵浪费之漏，两手同时抓。

有的战士娇气十足，吃不下，喝不下，刻意挑剔。尤其令人费解的是一些农村兵，大米、白面吃腻了，忘记了吃糠咽菜的生活，饭吃不完顺手倒在猪食桶里，眼睛都不眨。更有甚者干脆撒在院墙外，自己不吃就得了，不给猪吃，有点过分。连长对这种恶劣行为一概不予容忍，时不时瞥一眼前后左右，一旦逮住瞋目切齿，丝毫不讲情面，让你歪嘴照镜子——当面下不了台。他经常深有感触地说：

“伙计们啊！白花花的大米饭，我们一些同志随意把它倒掉，多么痛心，简直造孽啊！我们摸着良心想想，我们在家的父母兄弟姐妹是不是每顿都能吃到大米白面，我们的农民也是我们的亲生父母披星戴月，面向黄土背朝天，辛辛苦苦打点粮食养活我们，淌了多少汗水，容易吗？更别说世界上还有三分之二的劳苦大众在饥饿中挣扎呀。千万要懂得珍惜，同志们！”

最后不忘把世界上未解放的劳动人民扯在一起，飙一回政治。语颇隽永，耐人寻味。久而久之，谁都不再把浪费粮食当儿戏。连队主副食月月节余，执行繁重任务给大家集中改善改善伙食，提高点标准。重大节假日杀头猪，会会餐。每隔两周烧点豆浆或者醪糟，我们这些农村兵过去从来没有喝过这玩意，心里从头甜到脚。干部、战士调出连队，连长、指导员千叮咛万嘱咐炊事班另外单独加个菜为其送行，一直成为连队的传统。

邓连长经常当着炊事班同志们的面说，不仅要大家吃饱，而且尽可能吃好。他十分注意生活民主，军人委员会专设生活管理组，每季度收集反馈一次群众意见，每周拟定一次食谱，每月安排各排帮一次厨，让炊事班的同志们歇口气，洗洗衣服。连队伙食管理步入制度化良性循环，根本上避免了好一阵、差一阵的痼疾。

设伏

从穿上绿军装的那一刻起，一个罪恶的地名——“木斯塘”便像幽灵一样在脑际萦绕。

木斯塘，是尼泊尔一个县，人口稀少，南北长约 80 公里，东西长约 45 公里。北边与西藏自治区仲巴县、萨嘎县接壤，是该国最偏僻的地区。

在藏语中木斯塘是肥沃的平原之意，平均海拔 2500 米，植地荒漠多样，人口稀少，交通闭塞。是印度平原通向喜马拉雅山最便捷的通道，战略地位和经济地位十分重要。虽然隶属于尼泊尔，但居民百分之九十五以上为藏族，信仰藏传佛教，至今保留着传统的藏民族生活方式。边境两侧居民同文同种，生活习俗相似，历史渊源深厚，一向保持着密切的经济、文化联系。双方边民在两地之间自由往来，进行宗教活动、商品交换和游牧，被称为“西藏边境之外的西藏”，长期以来是一条和平安详的边界。

然而，只要有霸权主义存在世界就没有和平。从 1949 年中华人民共和国成立起，美国从其反华、仇华的战略需要出发，一刻也没有停止过培植国内的分裂势力。20世纪50年代中期，西藏上层反动集团首先在四川西部藏区（通称康巴地区）发动了大规模武装暴乱。美国中央情报局认定康巴叛军是其在西藏行动的可靠盟友，不惜血本，从1957年初开始在科罗拉多州等地对康巴叛乱分子进行特种训练，专门设立了“康巴游击队员训练基地”，学习使用现代化武器，操作无线电台。科罗拉多为该国地势最高的州，这里的自然环境与西藏类似，更适合今后的活动。第一批学员当年就空投到了西藏。

据可靠资料统计显示，美国为支持西藏叛乱，从1957年到1961年的5年时间里，空降经美国中央情报局训练过的藏籍特务分子共8批55人次。从1963年开始，美国中央情报局决定利用在海尔营接受情报、通信及游击训练的133名藏人，从而在西藏境内建立起一支纵深情报力量。从1957年开始到1968年止，美国中央情报局共训练了藏籍特务分子188人。

在人民解放军的有力打击下，到1957年底康巴暴乱基本被平息，叛乱分子纷纷逃到西藏，被以第十四世达赖为首的西藏上层反动集团收留，并重新武装，在拉萨成立了反动组织“四水六岗”。

1958年4月，从四川、青海、甘肃等省窜入西藏的叛乱分子正式与西藏上层集团结为同盟，将所有武装力量统一于“四水六岗”组织之内。6月，头目贡布扎西带着美国中央情报局训练的特务和电台窜到山南地区，组织了叛乱武装“卫教志愿军”。当年夏天，美国中央情报局向该地区空投大批武器弹药。

美国中央情报局的援助计划，助长了西藏分裂分子的嚣张气焰，进入1959年，西藏叛乱逐步升级，不仅袭击部队，而且对手无寸铁的藏民劫掠烧杀，强迫他们反对中央人民政府。3月10日，西藏上层集团发动了全面的武装叛乱。失败后，第十四世达赖喇嘛一行在美国中央情报局特工帮助下逃到印度。印度政府不愿为其武装提供基地，他们便将目光转移到他处。经过一番挑选，看中了尼泊尔半独立的封建领地木斯塘：山高林密，地方首领信藏传佛教，紧邻西藏边境渗透方便。

1960年9月，乘尼泊尔国力不济，叛乱分子便在木斯塘地区重建“四水六岗卫教军”，1962年组建了印藏特种边境部队，从此盘踞在该地区，开始了在中国边境的军事袭扰。美国中央情报局通过靠近该国首都专供其使用的军用机场，向叛乱分子大量空投武器、电台、无线电操作员、装备和生活物资。一向

接受美国中央情报局培训的康巴叛匪（图片来源：徐焰）

“四水六岗卫教军”叛匪队员（图片来源：徐焰）

名不见经传的木斯塘因此闻名遐迩，一个时期曾经引起世界瞩目。

美国中央情报局给叛乱分子下达的任务是，进攻解放军分散营地，并在拉萨通往新疆的交通干线上破坏运输。

但是，美国中央情报局不提供“免费的午餐”，回窜出战才给钱。这伙惨绝人性的武装回窜分子卑躬屈膝，以国界线为护身符，趁西藏和平解放不久，我边防点空闲大，基础设施差，借助喜马拉雅山脉复杂的地形和气候，伺机越过边界，在仲巴等边境地区丧心病狂地袭击我哨所、零星军车、部队执勤官兵，破坏交通，杀害地方干部，抢劫群众牛羊，等等，严重危及我边境安全和边民的生产、生活秩序。仅 1961 年 7 个月的时间里，回窜几十次，抢劫边境藏民牛羊达 1.5 万多只，先后多次对单独执行任务的我驻藏部队军车乘员实施突然袭击，手段之残忍骇人听闻，美国中央情报局驻尼代表大为赞赏。

遵照党中央、中央军委的部署，从1961年起，我部移师仲巴、萨嘎、吉隆边防一线，部队分别驻守在靠近边界十几个边防点上，像一座座岿然屹立的山峰，形成一道铜墙铁壁。严密堵击、彻底粉碎叛乱分子回窜，是党和人民赋予每一名指战员光荣而艰巨的使命。

9月初的一天深夜，我被邓连长从梦中唤醒。称接团司令部紧急通知，回窜分子有回窜迹象，命令我连火速赶往拉嘎沟设伏，消灭、阻击匪众。连长指示我立即前往江边情报站，传达上级命令，通知情报人员同行。

我匆忙起床穿好衣服，携带半自动步枪走出房间。此时草原上大雾弥漫，夜色茫茫，能见度低到伸手看不清五指，旷野里死一般的寂静。记忆中，从未半夜三更独自走这么远的路程，何况身处带有敌情的边境地带。当兵不到半年第一次一个人单独执行任务，难免忧心忡忡，神情一阵恍惚。但是，军人的职业使命不允许我畏葸不前、想三想四。此时自己告诫自己豁出来了，完全把生死置之度外。经过坍塌已久的喇嘛寺，脚下遍布碎石瓦砾，凭着感觉直奔江边方向，将步抢紧抱在怀，右手指一刻不离扳机，两眼不间断地左右来回扫描，脑后一阵阵发紧，心脏“咚咚”乱颤。

站里头仅仅十来个人，住在江边低矮的土坯屋子里，除去一名炊事员都是清一色干部，平时无人站岗放哨，以狗代岗。闻到远处沙沙作响的脚步声，机灵的小狗一阵狂吠，倒使我顿生莫名的欣喜，从愁云惨雾中平添几分胆略。同乡王虎兴恰好在情报站当炊事员，空闲时经常去串门，蹭几个馒头吃，这狗逐渐由陌生到熟悉。有人说，狗通人性，一点不假。接近情报站，闻我一声吆喝，小狗立马停止狂吠，摇摆着尾巴缓缓跑过来依偎在我的腿上，用鼻子舌头一会儿舔舔我的手，一会儿嗅嗅我的腿，殷勤得让我一刹那差点忘记本是一介畜生。

值班的赵参谋闻狗吠声料到事出有因，披着大衣歪歪斜斜地迈出房间。待我把详情交代明白，又一声吆喝，小狗温存地紧紧跟随在身后一直陪我回到连队，真是可爱极了。

顷刻，扎指（军分区驻扎东指挥部）派出的值班卡车渡过雅鲁藏布江，摸着黑夜鱼贯抵达连队。与此同时，一阵清脆短促的紧急集合号划破夜空，全连同志早已众志成城，蓄势待发，迅速全副武装整整齐齐在院子里集结。连长进行了简短有力的战前动员，一种磨刀霍霍、战争在即的气氛笼罩在每个人心头，个个义愤填膺。

一排、二排在家留守，三排、四排在连长的率领下，顶着寒风乘敞篷卡车，沿着昆木加方向的简易公路向前行驶。在聚光灯的照射下，只见备受惊扰的灰尾兔在车前来回穿梭，疲于奔命，个别倒霉蛋命丧滚滚车轮。心想，要是把可怜的小兔换成回窜分子，那是多么解气。真是该死的没死，不该死的却死了！为防止暴露目标，汽车沿着山边行驶到接近开阔地带处停了下来，部队由汽车输送改作徒步行军。

所谓拉嘎沟，指在团军用地图标出的由科里山口通过亚热乡，紧靠雪山边的一条狭长沟壑，两面是山，沟长、平缓、便于隐蔽，历来是回窜分子深入到我境内骚扰的一条不受季节约束的通道。下车后，到达拉嘎沟的山脊上埋伏起来，还要跨过一条小河和一片坎坷不平的草地，沼泽纵横。此时，夜色茫茫，肉眼看不见任何参照物，脚下的路在何方，一旦迷失方向，或者误入沼泽地，不但不能够按时抵达指定位置实施有效埋伏，而且人员面临生命危险，作为指挥员不得不周密考虑，指挥若定。连长派我把三排副陈刚叫到跟前，低声私语一番后，指派他带领一个尖兵班在前头探路。

三排副是1965年入伍的老兵，多次来拉嘎武工队执行冬季驻防任务，军事、思想素质过硬，熟悉地形。排长在外地支农，由他负责排里工作，各项工作抓得有声有色，深受连长、指导员赏识。平时连队训练，大多由他讲解示范。执行重要任务，连长首先想到的就是他，在连队首长心目中的地位，无人能够与其攀比。带兵、管兵也是一把好手，是我心目中的偶像。可惜被大家异口同声看好的干部苗子，多次体检因患有高山病未能提拔。也有人说他一向城府深，留恋内地舒适生活，故意谎称身体有病而造成体检不合格，好人恶人他都做了，令连首长深为惋惜和失望。

在邓连长的带领下，部队排成一路纵队，紧紧尾随尖兵班模糊的身影快速前进。由于天气寒冷，大伙身着皮大衣、毛皮鞋，背着沉重的武器弹药、被褥和干粮，脚下是坑洼不平的草丛和细软的沙石，还有小河，必须绕过密如蜂房蚁巢的沼泽地，高一脚、低一脚，一不当心绊倒在地，将会影响整个队伍的前进速度。尤其到后来爬山时，海拔越来越高，每向上挪动一步，都是那么艰辛，严重高山缺氧使整体行军速度受阻，感觉呼吸十分费力，整个心脏都要被拽出

来，仿佛在攀登悬崖峭壁，胸部憋得气都喘不上来，两条腿像灌了铅似的，软弱无力。

艰难地到达设伏阵地的山坳里，部队停止前进，顾不得休息，进行紧张的布防。首先在制高点设置观察哨，为防止暴露目标，不许站立，而是卧岗，像一条虫趴在地下通过目睹和耳闻，密切关注山下沟里的动静。部队就地露营，气温骤降到零下 10 多度。大伙以最快的速度解开背包，以班为单位，把方块雨布垫在下面，铺上褥子，在被子上面加盖皮大衣。有的为了暖和，或把皮大衣铺在身下，或两个人结伴抱在一起睡觉，把雨布对折扣死，形成一个口袋似的，钻在里面。为防止冻伤和感冒，大多数同志戴着皮帽子，穿着毛皮鞋和身入睡。彻夜手脚冰凉，基本无人能够入眠。

夜，静悄悄的，天空时而有流星划过，被夜幕笼罩着的山野高空风萧瑟，刺得人脸手隐痛，偶尔听到几声猫头鹰的哀鸣，更增添几分凄凉感。其实，仅仅从露营的角度考虑，爬起来活动活动身子还会热和些。可是，此行的任务特殊，不许走动，不许见到火光，更不允许大声喧哗，否则，一旦被敌人察觉，便瞎子点灯白费蜡。没有其他好的招数，只能或两眼怔怔地盯着苍穹，数数天上有几颗星星；或闭目养神，漫无边际地遐思，一分一秒坚持。好在人常说“小伙子睡凉炕，全凭火力壮”，赌就赌个年轻，大家用超人的坚毅熬到天边泛起鱼肚白。我环视周围的战友，个个眉毛、胡须结上一层白白的冰霜，嘴里喷着白雾，一脸的疲惫。渐渐地，天大亮了，一轮红日从地平线冉冉升起，到了该吃饭的时候，不能野炊，相继取出随身携带的压缩饼干，吃在嘴里像木屑，没有水无法下咽，水壶的水还是在连队灌的，已经冰凉冰凉，没有冻成冰算幸运。

可喜可贺的是，上午风和日丽，躲在被窝里偷偷地抽几支香烟不碍事，排解一下心中的郁闷也叫爽。一会儿，阵地上传来窃窃私语声，大伙来了精气神，意味着新的一天开始了。我们连部睡觉的位置紧挨三排。三排副陈刚压低声音提议九班长吴元明、外号“吴快板”，来一段顺口溜，调节调节阵地凄冷气氛。这厮早就迫不及待了，见副排长如此高看，毫不推诿，随口而来。

“好！弟兄们。不客气了，听着。”说罢，故意装腔作势，咳嗽一声清清嗓子，以期吸引大伙的注意。

“我说，一块被子两人盖，

四个蹄蹄（注：指脚）都朝外。

穿皮鞋，戴皮帽，

这算睡屌的什么觉。

被窝冰得像风箱，

一夜眼睛都没合上。

天亮了！口干舌燥想喝水，

可水壶冻得硬邦邦。

喂！我说同志你别乱想，

灭完回窜分子准补偿。

到那时，连长顶替你站岗，

要你睡成‘醒不了’……”

“我才不干哩！且不变成‘睡佛爷’，那活得有什么意思。”张学明接过他的话茬反唇相讥道。

大伙同声称绝。不料，把邓连长吵醒了，睡眼惺忪的他半天才睁开眼睛，两眼皮之间还连着眼屎，气吁吁地质问：

“你们几爷子给老子嚷嚷啥子？是吃多了不好消化怎个。要是把回窜分子吓跑了，给老子脱不掉爪爪。”

张学明吓得涨红了脸，连连否认：“没嚷什么，没嚷什么！……”

倒是三排副陈刚有这个胆量，全连敢于与连长正儿八经开几句玩笑的屈指可数，他笑嘻嘻地说：

“刚才是你连长说梦话，说想你家娃他娘，大家全都听到了！连长，您泄露机密，动摇军心。”

“给老子放屁，狗嘴里吐不出象牙。别说话了，继续好好地睡觉。”连长清楚三排副纯粹借机拿他穷开心，没事找乐子，翻了个身又双目紧闭睡他的觉，也不看几点了？

连长睡的是团里配发给连队唯一的一床军用鸭绒被子，专供连队主官执行战斗任务时露营使用。落实规定毫不含糊，副连长、副指导员从来不会染指，甚至不屑看上一眼。做工精致，平时用拉链拉着，卷成水桶形装在套子里，悬挂在墙上，谁都不会动它一指。我作为通信员从来没有打开过，在我的眼里很神秘很奢侈。你想想，一只鸭子身上能有多少绒，谁敢动，只有连长、指导员有这个小小的权利。

这是连长今年以来第一次使用，他钻进去后，由我小心翼翼地把外面拉链拉好，人整个身子钻进睡袋里，用皮帽子裹着脑袋。以他的话讲，好不安逸哦。一晚上，仅仅见他一人正儿八经睡着了，时不时隐隐传出怪怪的打呼声，像小猫咪叫，让战友们好生羡慕。

经过一个上午阳光普照，被窝里渐渐有了丝丝热气，不少战友迷迷糊糊睡着了。中午，太阳当头，阵地上传来声声鼻鼾。

时针运转到下午三点多，没有发现回窜分子的影子，连长瞅了瞅手表，瞟了一眼四周，指示电台发报员报告团司令部，命令三排副通知部队打好背包，处理善后，岗哨撤出，返回连队。

一声令下，大家早就急不可待了。

说实在的，真正和回窜分子面对面真枪实弹交锋，大伙信心爆满，丝毫不会畏惧胆怯。可是，这些讨厌的家伙老是躲在阴暗的角落里咋咋呼呼不肯露面，让我们天寒地冻趴着躺着，眼巴巴地在那守株待兔，真有些消磨人，着急上火，把你折腾得没一点脾气，犹如捏紧拳头打苍蝇，苍蝇没打着，把拳头捏疼了，这对年轻人的耐心是一个考验。遇多了，容易滋长麻痹轻敌心理。据情报披露，经过多年的较量，回窜分子也学得狡猾狡猾的，一般来说，慑于我方的强大堵截，不太可能成股回窜。于是，呼呼啦啦打好背包，清点收拾好武器弹药，把地下残存物品打扫干净，就地掩埋。

各班、排全副武装迅速集合在连长的麾下。此刻，依然负重行军，但心情不一样啊。白天行军，天气晴好，心情舒畅。下山与爬山的感觉完全两码事，基本没有高山反应，于是不知不觉越过小河，一眼窥见团里派来的卡车停在昨晚下车的地方，大伙心情像炎热的夏天吃雪糕一样畅快。

联合演练

1969 年 10 月，西藏高原进入隆冬，上旬的某一天，接团司令部紧急通知，团首长命令我连派出一个加强排前往阿里地区改则县措勤区（注：1970 年改为措勤县），在司令部一名副参谋长带领下，与司令部作训股、直属炮连等单位一道，执行一次与反回窜有关的特殊任务。部队自带武器弹药、被褥和主副食，由公路输送到萨嘎县，然后，徒步行军，风餐露宿，昼夜兼程，要求七天必须抵达指定地域，整个时间预计一个月。

措勤地处藏北羌塘高原大湖盆地带，属于高原丘陵型和高原宽滩型地貌，区域内山峦起伏叠嶂，湖泊河流众多，草原广阔，平均海拔 4600 米，极端最低气温零下 35℃。途中，要跨越连片的无人区和草原沼泽，地形、道路复杂。部队负重行军时间长，要经受恶劣气候、高山缺氧、野外住宿、野炊、疾病等方面的无情挑战，不仅对连队建设是一次全面检验，而且对每一个官兵精神意志亦是一次实际锤炼。尤其与机关、炮兵协同完成任务，对于锻炼官兵的团队意识、协调协同意识、联合作战意识是一个十分难得的机会。

邓连长天生军人的坯子，听说使命特殊，精神比往常更加抖擞，激动得像打了鸡血一样，从这个班里进那个班里出。他力排众议，决定亲自率领二排、重火力排大部前往改则县执行任务。我十分欣赏他雷厉风行的军人作风，别看没什么文化，遇事闻风而动，胸有成竹，做事有板有眼，立即把班、排长召集起来，一口气把出发前的各项准备工作布置得巴巴适适，滴水不漏。各班、排仅仅用半天时间一切准备就绪。第二天上午一声哨响，全体人员全副武装在院子里紧急集合，进行出发前的物资点验。连长一脸的认真严肃，挨个儿检查武器弹药、野炊物资和鞋袜等携带情况，神情是那么专注和一丝不苟，摸摸弹药是否按照规定带足，捏捏粮食、罐头和柴火能否满足野炊的需要，看看鞋袜可否保证长途行军的要求，帐篷杆带没有带够，一切都在他的掌控之下，任何一点点疏忽和偷懒都逃不过他鹰一般的眼睛。当检查到四班长时，突然停住了脚步，两眼一瞬不离地望着他的后背。片刻，以疑惑的口吻说：

“四班长，你所要携带的物资都带够啦？”

“带够了。”说话语气与平时明显不同，让人感觉有点底气不足。

“那好，请你把弹匣取出来让我看看。”连长严肃地说。

四班长是全连数一数二超期服役的老兵，各项军事技能无不让大伙俯首称臣，作为战斗骨干保留至今，正是派上用场的时候。平时，性格热情奔放，很懂幽默，张口排比句，闭口歇后语，什么事在他嘴里都可能变成笑话，时不时给军营平静的生活激起一些浪花，人称“活宝”。临近退伍，考虑在部队来日不多，说话、办事没有原来那么认真负责，对自己的要求有些放松。但到这个节骨眼上，作为军人，谁都不敢敷衍塞责，麻木不仁。他看出来连长肯定发现了点什么，以为自己是即将退伍的老兵，连长多少会给点面子。心存侥幸的他企图采取拖延的战术，不了了之。但是如意算盘打错了，竟然忘记连长是个喜欢较真的人，向来做事毫不含糊。尤其在紧要时刻，只对事而不对人。别看平时见到四班长老兵长，老兵短，客客气气，表现得尊爱有加。但是在兵戎相见的非常时机，对每一个细微环节的疏忽，每一个人的放纵可能会铸成大错。

见四班长无动于衷，一贯要求部下令行禁止的邓连长瞋目而视，嗓门突然抬高：

“放尊重点，取出来让我看一看。”

四班长见连长来真格的，知道要是不识趣绝对没有好果子吃，识时务者为俊杰，只好乖乖就范，把弹匣取出来交到连长手中，顿时脸色刷白。

连长接过弹匣，轻蔑地瞥了一眼四班长，然后随手选择了其中一个，高高举过头顶，“同志们！大家看看，这是啥子玩意儿”？

啊！是空弹匣，大家伙感到太不可思议，也不看是什么时候。顷刻，一片嘘声，只见四班长敛声屏气地站在队伍前头，一脸的懊丧。

当时，步兵连队战斗小组长以上的配发冲锋枪，人称“口口朝下的”，含150发子弹5个弹匣。冲锋枪的弹匣与自动步枪的弹夹截然不同，装子弹量相差3倍。把子弹取出来，装个空弹匣，只要不留心检查，很容易浑水摸鱼蒙混过关。那些老班长经常玩这种“空手道”鬼把戏，把无聊当有趣，把无知当有为。每次出操、行军总喜欢打些折扣，背着空弹匣在领导面前招摇过市，而领导却浑然不知，久而久之成为一些人习惯做法，甚至于为此而津津乐道。尤其行军拉练，少一斤是一斤的轻松，四班长只不过走别人蹚过的路，并非原创。他带了 3 个空弹匣，等于少带了 90 发子弹。自以为几个小小的回窜分子能怎么的，小泥鳅还能掀起大浪，简直是蚍蜉撼树，犯不着牛刀杀鸡。岂料，战术上藐视敌人是军中大忌，失败往往在于轻敌，是多少鲜血换来的惨痛教训啊！

邓连长本来自感心里不是很有数，眼看部队就要出发，箭在弦上时发现此类轻敌麻痹苗头令他始料未及，是可忍而孰不可忍。此时此刻，心情焦炙万分：

“大家看到了吗，仗还没打，回窜分子的毛都没有见到，我们有些同志就刀枪入库，马放南山了，打个锣鼓仗。尤其让我无法理解的是我们的老同志，竟然在关键时刻掉链子，怎么给新同志做表率，怎么让党支部放心。同志们啊，我们去改则县做啥子？消灭回窜分子靠啥子？子弹，连三岁的娃儿都晓得。没有子弹打个屌，靠口吹？你有魔法，你是孙悟空？恐怕自己的脑袋掉了都不晓得怎回事。几发子弹能压死人？这是典型的怕苦怕累。四班长的问题二排先开会解决，以观后效，执行任务回来再做处理。各班、排出发前严格自查，发现少一发子弹，我要你扛一箱，治治这种懒骨病。”

事后，各班同仇敌忾，纷纷向党支部递交决心书，请战书，表示为了祖国边疆的安宁不惜流血牺牲，不畏艰难险阻，坚决完成任务。各班之间进行挑应战，开展杀敌立功竞赛倡议，是英雄是好汉，消灭回窜分子比比看。大家把劲鼓得足足的，形成浓厚的战前舆论氛围。

当天晚上，二排召开军人大会，连长亲自莅临，四班长一脸愧疚，多少年，多少苦都走过来了，目下正是接受考验的时候，遂痛心疾首地对擅自违反规定，思想深处存在的轻敌麻痹、临时观念进行了深刻解剖和反思，并向连长坚决地表示，在部队一天干好一天，牢固树立战斗队思想，在执行任务中站好最后一班岗，诚恳接受组织考验。

起初，连长拍板定夺由我跟随其去改则，我异常兴奋，愉快地接受了任务。当时，意识到自己将第一次走上火线，面临生与死的考验，和大家一样紧锣密鼓准备出发前的物资。除了我和连长的背包、枪支弹药、碗筷等一应俱全外，另外由我负责携带和使用的还有信号弹、信号枪和信号旗。第二天早晨一觉醒来，不知道连长做了什么梦，突然翻手为云改变了主意，决定我仍然留在家，由五班副班长兼任通信员。

五班副曾经于上一年担任连长的通信员，机智灵敏，身体敦实，无疑用起来得心应手，显然连长对我体能能否坚持下来缺乏信心，当即心里有一股莫名的失落，无奈将信号弹、信号旗等物品原封不动交给了五班副。

第三天一大清早，扎指派来的解放牌卡车在院子里静候。早饭后，连长率领一、二排的全体指战员，全副武装，迎着凛冽的寒风，踏上执行特殊使命的征程。上车之前，连长操着尖细的声音做了简短有力的动员，面部严肃得令人望而生畏。

部队乘车抵萨嘎县稍事停顿，便踏上漫漫负重行军之路。一路要么是草原和密如蜂房蚁巢的沼泽，要么是冰川大山，还有众多的湖泊需要绕行。步兵与炮兵一起行军，炮兵配备有军马，火炮、弹药全部靠军马驮运，比步兵略为轻松一些。背着背包赶着马，人马同行，一路浩浩荡荡。我连另外还要负责途中和夜晚岗哨警戒。大炮不能上刺刀，这时候才比较出炮兵之优越性，为了争时间，赶速度，保证按期抵达目的地，每天起早摸黑，三次野炊，每人负重 40 公斤以上，大家咬紧牙关坚持行军，第一天下来，不少同志脚下打起了血泡。晚上，找一个避风的地方露营，其中一夜必须在马鲁布扎冰山上宿营。为保暖防止冻伤，两人一组体位错开抱住睡觉，谁也无法顾及对方的脚板是什么味道。肯定不是什么好味道，但没有条件让你讲究。

经过七天的艰难跋涉，大部队如期抵达措勤区，受到当地政府和人民群众热烈欢迎，方知是一次以反回窜为目的、与兄弟部队共同导演的步炮联合演练，阿里军分区也派出相应规模的部队在改则县城等候。

起初单独练技术、练战术，后来联合演练，最后圆满组织实施了带有敌情背景的实弹综合战术演习。末了，作为反回窜斗争的一项重要内容，利用 10 天左右的时间，协助地方革委会维稳，建立了民兵组织，并进行了训练。

一月过去，完成演练任务，为适应反回窜斗争需要，指挥部决定骑马返回萨嘎，并作为一项演练科目。

大家无不喜出望外，可是到了骑马行军的那一天，恍然大悟，方才晓得并不比步兵轻松多少。由于马是从各家各户百姓家雇用来的，彪悍程度参差不齐，绝大多数同志原本骑马还是大姑娘坐轿头一回，半天骑不上去，骑上去又下不来。尤其，每天骑着马爬陡坡、过冰河，马掌打滑，一不留神一个倒栽葱，整日提心吊胆。

有的马瘦小跑不动路，与大部队落下一大截，为了赶队拼命抽打，半天下来腰酸腿疼、屁股火辣辣的，苦不堪言。

到了宿营地，卸下马鞍，马休息人还不能休息，拴马喂马样样不能少，首次尝到骑马的辛苦。

六班战士范小明第一天行军便从马背上栽下来，不慎将脚上穿的大头毛皮鞋套在马脚镫上，人整个被受惊的坐骑拖在地上跑，幸亏人多势众，及时将惊马制服。大伙看在眼里，能不忧心忡忡?

大部队骑着老百姓的马行军，毕竟不是经过训练和特别饲养的军马，还要悠着点，累死要照价赔偿，木桶理论只能照顾迁就跑得慢的。历尽千辛万苦，用了五天的时间才抵达萨嘎，比负重步行强不了多少。由于骑在马背上缺少活动，不少人的脚被冻肿了，走起路来一瘸一拐。

苦于当时通信联络手段落后，连长一行走后再无音信。

接司令部机关通知，那天，连队在家的全体官兵迎着寒风在渡口欢迎连长率队返回，出乎想象的是，连长黝黑的脸庞上胡须彻底修剪了一番，精神焕发，并不时有爽朗的笑声传来，不难猜测，任务完成得应该圆满。

在团司令部组织指挥下，排除万难，顽强拼搏，与兄弟连队密切配合，辗转上千公里，经受了风雪严寒、艰难困苦的考验。团首长、机关表扬四连是一支“能打硬仗、拖不烂的连队”。

四班长因为充分发挥自身特长和优势，认真履行职责，表现突出，将功补过，免除了处分。

时值岁末年初，巧逢团党委开展年终工作总结，进行四、五好评比，我连因完成重大任务突出，全面建设异军突起，被评为“四好连队”。

喜讯传来，奔走相告，全连上下欢欣鼓舞，每个人的脉搏都在激烈地跳动。党支部、连首长不负众望，身体力行，在很短时间里实现了打翻身仗的目标，受到团党委通令表彰。

邓连长高兴得满面春风，在宿舍里独自哼起四川小曲。全连有 40 多名战士被评为“五好战士”，我本人也包括其中，喜事连连，当年入团入党，当年被评为“五好战士”，喜报即将寄回家乡，给平凡的一生留下了光辉的一页，心中感到由衷的欣慰。

邓连长、王指导员被团党委评为优秀干部，坊间传说 2 人均列入破格提拔对象。

第四章

边防连队生活一瞥

捡“烟锅巴”

自打上了青藏高原，单纯计划经济带来的萧条无处不在，尤其日用品极度匮乏。每到一处，商店门可罗雀，低矮的土坯房子，破旧不堪，窗户不明，电灯不亮，黑咕隆咚，货架上稀稀拉拉摆放着一些供当地藏族群众购买的诸如砖茶、肥皂、毛巾、罐头之类的日用品，而且凭票、凭条子供应。售货员打着深长的哈欠，悠闲自得地蹲在火炉旁边烤火，或闭目养神，或旁若无人地勾着头织毛衣。心想，到部队应该有所改观，可是善良幼稚的我们哪知道事情与想象的完全背道而驰。

分到连队当日，第一时间想着给家里写封信报平安，买块肥皂洗洗衣服、手帕什么的，抽烟的同志想买包烟过把瘾，兜里有钱打听哪里有商店可以买点东西，老兵们一脸的苦笑，不是摇摇头就是摆摆手。

啊！原来如此，感觉上当受骗了，接兵干部应该把真相如实相告，不至于落到今日这种地步。里孜驻有三家部队单位，竟然没有一处商店或军人服务社，有钱无处买东西，内心非常失望。深感买不到东西的钱不叫钞票，只是张纸而已。

究竟为什么呢？后来随着时间的推移端倪渐显，根本原因为“文革”对工农业生产的破坏持续发酵，造成空车出不去，有货进不来。首先，商品短缺不是西藏个别地区，而是全国性的。其次，运输线太长，汽车本身稀缺，加上基础设施条件差。西藏制造业除了毛线、毛毯外，几乎是空白。日用品基本依赖内地，有限的公路运输重点保障工农业生产、国防建设物资和部队的主副食。最后，仲巴这地方着实太偏远，距离自治区首府还有近千公里。从拉萨过来要经过十几座险峻大山，两次跨越雅鲁藏布江要实施船渡，车队来一次，翻山越岭，长途跋涉，实在是伤筋动骨。

为尽力满足指战员对基本生活用品的需求，团机关没有少费脑筋，派人常年频繁奔波于扎东与日喀则、拉萨之间，求爷爷告奶奶，和上级军需部门苦口婆心交涉，与汽车部队拉关系，培养感情。全团两三千人完全依靠计划供应，其压力可想而知。

连队司务长每过一段时间接团后勤通知，兴高采烈地前往扎东团后勤处拉回香皂、信笺信封、邮票、牙膏、香烟、水果糖等日用品。长则两三个月，短则个把月。其中，香烟、水果糖实行按级别定量供应，最引人注目。

香烟大多数为上海生产“光荣牌”“飞马牌”“大前门”之类的，一条 2 元到 4 元多不等，干部每人卖给一条，班长半条。战士就惨了，到我们新兵手里最多摊上两三包，甚至说“新兵蛋子抽什么烟”，一包没有。

在边防，没有别的东西供你消费，抽抽香烟为最高境界的享受，也是男人魅力所在，四川人常说“女人爱吃酸麻辣，男人爱吃烟酒茶”。香烟来了痛快一阵子，吞云吐雾，乐得不知道姓啥为老几。一旦进入断顿期，想偷都找不到地方，那些班长和老兵烟瘾发作，急得抓耳挠腮，魂不守舍，甚至丑态百出。于是，情急之下，一幕赤裸裸的“捡烟屁股”大战在连队上演。

烟屁股亦称烟头、烟蒂，四川人叫“烟锅巴”。因为连队四川人多，大家都习惯称“烟锅巴”。我们是新兵蛋子，毫无悬念成为这出戏的主角，谁都可以把你指挥得团团转。中午、晚饭后，班长信口开河，以一副不容置疑的神态一声令下：

“你们几个闲着没事，每人出去给我捡几个‘烟锅巴’回来。”

我们几个新兵哪敢违拗，像社会上的流浪儿，猫着腰两眼直勾勾地瞅着地下来回扫描，不声不吭频繁出现在操场、靶场、哨所、饭堂、墙角处。在垃圾堆里找，在厕所里找，无所不用其极，绞尽了脑汁，各班亦然。五班的王金山，七班的王世全都是捡“烟锅巴”的能手，被班长免掉了不少公差勤务，大伙经常凑在一起交流“经验”，偷偷地发表些牢骚怪话，一泄心中不快。

一旦任务达标或者超额完成，班长一脸的难以置信，大大的眼睛乐得眯成一弯细月，“扑哧”一笑，嘴里振振有词：

“好样的！不错，不错，还要继续捡。革命尚未成功，同志仍须努力。”

真是站着说话腰不痛，我们容易吗？“烟锅巴”越捡越少，到后来，捡一个“烟锅巴”往往像大海捞针，看来像愚公移山没有穷尽。为了博得班长的欢心，我们扑下身子，时不时设法找个把“烟锅巴”回来投怀送抱，班长狡黠的眼神中总是流露出一丝得意。

不少烟头纸质都已经变黄，糟兮兮的。但是不要紧，只要能抽几口，好坏是个烟头，“三个烟屁股，抵得上一个肥鸡母”，这是四川老兵们经常爱说的一句风趣话。当下很多人都有一个用子弹头做的烟嘴，若是碰上好运气一次能捡五六个“烟锅巴”回来，自己“贪污”几个留着做备胎，闲暇时同好友们分享几口，把快乐带给大伙也不枉哥们义气。

班长“烟锅巴”在手，你看那神气劲，好像淘到什么宝贝，眉飞色舞，趾高气扬，可以在班、排长及老战友面前炫耀或直接送其所需，把大伙撩拨得浑身痒酥酥的，立即委身跟随在班长后面套近乎。一个小小烟头竟然有如此神奇的魅力，始料未及。吸烟酷似吸毒，一个忠实的烟民对于香烟的依赖性达到如此程度，只有在西藏边防屡见不鲜。从此不经意发现一支香烟能折射出人们形形色色的内心世界，战士为能得到一个“烟锅巴”，宁愿舍弃宝贵的休息时间，不惜担惊受怕，深更半夜帮助战友站岗放哨；班长得到一个“烟锅巴”，可以丧失原则，给战士多一次表扬，少一次批评，多一次休息，少一次公差；连排首长得到一个“烟锅巴”立刻喜形于色，可能多一次廉价的笑脸相迎和面对面的直接沟通。正所谓“小小‘烟锅巴’，牵动你我他”。

连“烟锅巴”也捡不到的时候，急得个个像热锅上的蚂蚁，吃饭不香，睡觉不甜，坐卧不安。

老兵钱义财是杆老烟枪，别出心裁，居然把连队发给自己的茉莉花茶用纸包来当烟抽，一些班长和老兵如法炮制。我也试着抽了几口，我的乖乖，确实难抽，感到一阵恶心和头晕。

消息很快传到连长耳朵里，怒气冲冲前来查问究竟，表面上摆出一副泰山压顶的格斗气势，虎着脸目不转睛地看着钱义财。大伙临危不乱，神态自若地矢口否认。反复盘问查无实据，径自百无聊赖地站立片刻摔门而去，并狠狠地甩下一句话：

“要是让我看到你们几爷子抽茶叶，给老子脱不掉爪爪。”

吓得大伙谁都不敢吱声。望着连长远去的背影嘿嘿一笑，相互告诫：“小心着点。”

后来，烟瘾发作实在憋不住，欲故技重施，务必保持高度的革命警惕性，派我们这些新兵站岗放哨，事先约好暗号，也称消息树，有备而无患。看到连长从屋子出来了，一个暗号立马把烟熄灭，确保平安无事，以防不愉快的事情发生。

其实，连长自己故作镇静，烟瘾发作时，一样心里痒痒的，甚至比谁都狼狈。当通信员那阵子我曾目睹他无烟抽时的那副窘态：坐立不安，在房间走来走去，搓手挠腮，莫名其妙地发脾气。平时只要闻到香烟味就走魂，司务长每次批来香烟需要出手时连长心里却很矛盾，他把钱看得比命贵，恨不能一分钱掰成两半花。令人难以置信的是连长素来刚正不阿，但在香烟这股“香风”面前却打了败仗。自己的烟抽完了，你看他魂不守舍的样子，一会儿撅着屁股跑到文书、司务长那里讨一支过过瘾。一会儿借检查工作之名溜达到班排，大伙见连长来了，连忙殷勤地递上一支香烟点着，他半推半就一本正经接受了。尤其看到连长满脸不高兴，估摸“大祸临头”时，投其所好，赶快主动送上一支香烟，连长可能出乎意料地转怒为笑。

至于捡“烟锅巴”，连长放不下面子，不便明示，臭美！死要面子活受罪，背地没有少抽。

四排重机枪班有位老兵叫赵二登，外号“赵儿子”，1966 年入伍的老兵，文盲大老粗，五短身材，平时稀稀拉拉，油腔滑调，敢于和连长黏糊开几句玩笑，时不时黏着连长摸其口袋要烟抽，连长也爱逗他开心。见连长没烟抽了，隔三岔五给连长送个“烟锅巴”，也不晓得从哪儿捡来的。人没有到，声音首先到了，连长一听是“儿子”，马上笑脸相迎，一看是“烟锅巴”，雪里送炭正是时候，二话不说，照抽不误。可是，“儿子”是个没脑子的主，稀拉惯了，大错误不犯，小毛病不断，一旦被连长逮住，丝毫不照顾点情面，比一般人修理得还要狠些。修理完，连长悻悻而去，他兀自站立在那里斜着眼睛敢怒而不敢言。作为旁观者，实在于心不忍。那些老兵和同乡战友经常当面嘲讽他拍马屁拍错地方，拍到马腿上了，没讨到好处反倒被马踢了一脚，活该！其实，都是玩笑的话，“儿子”心地很善良，在连队颇有些人缘，他向来不在乎人们说什么，我行我素。而连长抽归抽，在是非问题上一般不会因为抽了你的“烟锅巴”放弃原则。

也有人经受不住长期断烟的精神折磨，摸着脑门想点子，让内地亲友不远万里邮寄香烟。可是，不晓得何故，常常是还没有到手，就被“不法分子”中途打劫了，当时没有什么投诉机构，盼星星盼月亮，好事没有盼到，生了一肚子闷气。杂务班文书、理发员、发电员小小年纪，都是瘾君子，靠山吃山，乘副连长、副指导员外出训练，经常偷偷溜到其宿舍，摸几支香烟回来过几口烟瘾。尽管大伙装得一本正经，不事声张，但长此以往，终于有一天发觉有人进来拿烟抽，但又不好明察，只好请铁将军把门。但是连长的香烟没有人敢于随意染指，谁都晓得连长是位老狐狸，财迷兮兮，一包烟抽了几支还有几支，小葱拌豆腐一清二楚，时不时要清点一番。

绿色饥渴

绿色是青春活力和生命的象征，西藏高原是世界第三极，为世界上海拔最高的高原，气势恢宏，生态环境复杂而脆弱。而仲巴处在第三极的顶端，最稀缺的资源便是绿色植物，方圆几百公里不曾见一棵树，百分之八十为不毛之地，一年仅有可怜巴巴一个多月在沿河谷地带看到一点绿草，而且稀里哗啦，犹如患脂溢性脱发病人的脑袋，还没茁壮成长，严酷的冬天便来了。长年与漫漫黄沙、黄风、褐黄色的土地、枯黄的植物相厮守，难免引起视觉疲劳，久而久之有的战士患上“绿色饥渴症”，花红柳绿的美景如过眼烟云，在记忆中逐渐淡忘消失，退伍经过日喀则，面对郁郁葱葱的树木，就像见到久别重逢的亲人一样，不顾一切地跑过去抱住大树失声痛哭，仿佛受了委屈的孩子，把所有的苦楚都要倾泻出来。而局外人乍一看，脸上立刻显出诧异的神色，大概以为是神经不正常，或者遭受什么不幸和委屈。

令人唏嘘不已的是压根吃不到绿色蔬菜，一日三餐尽是在内地将蔬菜脱水后加工成一片片四四方方的压缩干菜。由于路程遥远，为防止霉烂，并考虑到运输方便，把绿油油蔬菜里鲜活的水分硬生生挤掉或晾干制成干菜，维生素和其他营养成分荡然无存，和烧火柴没什么两样，一点火就着，官兵们为它起了一个非常贴切的称谓，叫“老梭镖”。包括海带皮和干粉条“三合一”，形容像梭镖一样既没有水分，又缺少营养，中看不中用。为此，老战士们特意模仿歌唱“老三篇”的歌词，编了一段用来调侃“老梭镖”，以表达生活的艰苦和对绿色植物的渴望：

"'老梭镖'不但战士要吃，干部也要吃，'老梭镖'天天吃，吃了不顶饿。吃得下要吃，吃不下也要吃，吃时嚼不烂，屙屎一大串。"

虽然下锅之前，经过长时间浸泡，成倍地膨胀，但怎么也不能恢复到原来的性状和口感，顿顿压缩干菜炒罐头肉，或者海带烧罐头肉、黄花菜烩粉丝，好不好就一顿一个菜，像干柴火一样干涩难咽，爱吃不爱吃就是它。没有几菜几汤一说，从来没有烧汤的习惯，一来没有新鲜蔬菜和鸡蛋；二来天气寒冷，饭没吃完汤早就凉了。高原空气稀薄，再好的美味佳肴没有足够的氧气相随也索然无味。日复一日顿顿"老梭镖"，甭说吃，看见就饱了，但是不吃怎么能保存体能，战友们一筹莫展，硬着头皮往下吞，吃饭成了一块形影不离的心病。

刚到连队那会儿据称"老梭镖"也不多了，炊事班把黄豆煮熟炒罐头肉当菜吃，平生从来不曾吃过，开头觉得很爽，吃得有滋有味。那些老兵早就吃腻了，白花花的大米饭吃不完连饭连菜倒进泔水桶里，一点不觉得可惜。在那个缺吃少穿的年代，令我们这些刚刚从内地来的新兵疑惑不解。时间一长那股新鲜劲过去了，感到吞咽困难，吃多了肚子胀气，风一吹叽里咕噜叫。晚上睡在铺上，肚子直打鼓，不停排气，下岗的同志回来，闻到满屋子一股臭味，简直让人窒息。

由于长期吃不上新鲜蔬菜和水果，缺乏维生素，加上山高缺氧，紫外线强，风吹日晒，几个月下来，我们这些从内地来的年轻小伙子，步老兵后尘，指甲凹陷，稚嫩光鲜的脸蛋逐步变得黝黑粗糙，皮肤逐渐失去了光泽。有的嘴唇干裂，嘴角溃烂，手脸脚脱皮。严重的口腔溃疡，牙龈出血。90%的人头发脱落，早晨起来枕头，掉了一层头发，严重的竟然脱顶，年轻的心逐渐变老。

邓连长、王指导员心系全连官兵，为填补绿色蔬菜的空白，待到高原上夏天来临，动员全连帮助炊事班不失时机发豆芽，潜心改善菜肴结构。

豆芽菜也应该归属于绿色食品，各班闻风而动，纷纷利用废旧罐头箱子装上土，把黄豆埋在土里浇点水，白天放在室外晒晒太阳，晚上搬回屋内保持温度。

发豆芽是个技术活，大老爷们儿在家谁还管发豆芽这类婆婆妈妈的事。开初，我们大家只是闹着玩玩，抱着试试看的态度，能不能发出来豆芽随它而去，谁都没有把握。四班发的豆芽既长又嫩，时间又快。见到鲜灵灵的豆芽，终于梦想成真，王指导员在全连大会上情绪异常激动，不吝溢美之词夸奖四班干得好，言辞尖刻地批评了一些班做事不上心，同样从炊事班领走豆子却没有发出一根豆芽，眼瞅着豆子烂在土里，变成一堆垃圾仍然心安理得，满不在乎。一贬一褒，几位班长坐在前排羞得脸上红一块、紫一块，手脚不知往哪儿搁。

连队首长特意安排四班长到各班传授发豆芽的奥秘。看来干事情仅有热情还远远不够，必须把科学精神结合起来。于是，借鉴四班的经验，忙活得昏天黑地，一时间捷报频传，一波又一波个头饱满鲜嫩的豆芽出现在炊事班的菜盆里。

尝到了发豆芽菜的甜头，再接再厉，自己动手尝试做豆腐吃。大家心目中豆腐是营养价值很高的食品，连队不知从哪里弄来一个外观丑陋的小石磨，在这遥远的雪域边陲能见到石磨也是一件新鲜事，石磨上方嵌了一个小木把，用来推磨的，只能一个人用手推。

磨出来能够供全连吃一顿的豆腐，在缺氧条件下自然要付出大量艰辛。连首长毅然决定各班轮流帮助炊事班磨豆腐。

做豆腐也要有相当技术，豆子倒在水里浸泡，在磨上磨碎后进行过滤，变成豆浆。豆浆烧开点上卤水，结成豆花。然后再过滤并放在模子里经过一定时间挤压，大概就是豆腐了。道道工序不能少，每个环节都须小心谨慎，叫作质量控制。

连队清一色年轻人，找不到一个有过做豆腐光荣经历的战士，都是摸着石头过河，边干边摸索，一步不慎，前功尽弃，炊事班长的压力可想而知。倒是邓连长这时候表现得宽宏大量，鼓励大家放下包袱，轻装上阵。这就是领导艺术，炊事班同志们由此越发感到身上的担子沉重。其实邓连长心里比谁都着急，只是不便表露而已，他竭力掩饰内心的忐忑不安，人在训练场，心在炊事班，一有空闪身来到做豆腐现场，东瞅瞅，西望望，毫无保留地与大伙交换一己之见。

费了一番周折，豆腐首次出锅了，令人格外地失望。凑合着与粉丝、干白菜混合在一起，做成豆腐烩菜。豆腐粗得如豆渣，带有一丝丝酸味，炊事班长一脸的落魄和惊恐，唯恐连长骂娘刮鼻子，吓得手里拿着勺子头都不敢抬，两腿微微颤抖。谁料邓连长一反常态，全连几乎没有不皱眉头的，唯有邓连长笑呵呵的，边吃边自言自语：“安逸，安逸，比‘老梭镖’强多了！”

连长大唱赞歌，谁还敢多嘴多舌，强捏住鼻子往肚子里咽。

失败是成功之母，事后揣摩缘由，问题出在两个环节，一是过滤纱布质量差，纱眼过大；二是缺乏点豆腐技术。同时还有无法克服的气候、水质等方面的原因。连队首长对症下药，一方面及时给在内地休假的副连长发电报，让其代买质量好、密度高的纱布；另一方面积极与团后勤处联系，委派一名炊事员专门到拉萨学习做豆腐技术。

同时，不失时机抓紧蔬菜种植。俗话说，一年之计在于春，而仲巴这地方一年最好的季节却在夏季。名义上为夏季，盛名之下，其实难副，丝毫没有夏天那种炎热的感觉，以气温而言，充其量算是春天或深秋。战友们习惯把本地的一年划分为穿绒衣和穿棉衣两个季节，倒是非常贴切。

每年 6 月到 8 月正是种菜的季节，在连队大门口南侧不远处有十几亩菜地，是老西藏一镐一锹辛辛苦苦挖出来的，菜地四周特意筑起一道约一米多高的防风挡沙墙。经过多年精心管理，一块块田垄整齐有序，沟渠纵横。连队把菜地分包到班，各班在菜地旁普遍挖了水井，以作平时浇菜之用。

不曾想到仲巴虽然无霜期仅有几十天，粮食作物无法成熟，却十分适合种植几种蔬菜，如萝卜、菠菜、小青菜。尤其萝卜长得又大又粗，一个足有好几斤。青藏高原地下水出乎想象地丰富，当年的里孜谷地只要用铁锹下挖一米，地下水便会喷薄而出，种植蔬菜可谓得天独厚。冬天来临前，连队把收获的青菜一串串挂起来晾干，留着冬季偶尔吃一顿，让大家感受绿色蔬菜的独特味道。

部队把种菜当作落实伟大领袖“五七指示”的实际行动，“军队向前进，生产长一寸，加强纪律性，革命无不胜”时时铭记心间，依照领袖的教导，军队不但要会打仗，而且要亦工亦农，还要批评资产阶级。每天晚饭后，战友们不约而同出现在菜地的田间埂头，精心浇水施肥，不失时机加强田间管理。望着眼前一块块久违了的绿油油蔬菜一天一个样地茁壮成长，心情畅快得如入九天云霄。有事没事相约在菜地里，边干活边忘情地聊天，凉爽的夜风轻轻地吹拂着面颊，仿佛在城市的公园里徜徉休闲，给大家以无限快慰，不知不觉待到夜幕降临方才依依不舍回到宿舍。

主食的困惑

主食的单一化令北方人很不爽。

高原上空气稀薄气压低，水的沸点由标准大气压下的100摄氏度降到70摄氏度，看着开水“咕咚咕咚”冒泡，手指触进去不会烫伤，一般情况下水烧到沸腾后至少再煮5分钟方能饮用。因此，在青藏高原，除了炒菜外，蒸米饭、蒸馒头必须使用高压锅。离开它，米饭蒸不熟，馒头发不起来，即便有高压锅，掌握不好技术，做出来的饭不是清汤利水，便是半生不熟，这就是为什么西藏高原所到之处，随时可以听到高压锅穿透力极强的排气声震耳欲聋。

在仲巴边防，一日三餐大米干饭，或许基于馒头本身需要发酵，用高压锅蒸费事费力。也有人说面粉不易消化，上级后勤部门在主食配置上以大米为主，面粉只是附带的，偶尔吃上一顿，全连一个月充其量吃一次馒头，质量还没有保证。

习惯势力是最可怕的，生活习惯也是如此。我们这些北方兵设身处地领教到长时间远离面食那种难以名状的精神痛苦，既翘首以盼又无可奈何。四川人把白面叫灰面，开玩笑寒碜北方兵为“灰面脑袋”，三天不吃脚干发软。虽然没有说的那么严重，但是朝思暮想一点不假。每隔几天跑到炊事班打听有无吃馒头的伟大计划，一旦听说从团部拉来面粉，获得吃馒头的确切消息，激动得笑逐颜开，好像小时候期盼过生日一样，做梦都惦记着。吃馒头那天，放开肚皮狼吞虎咽，实在撑不下去才善罢甘休。乘连队干部不备，兜里、碗里等凡是能装东西的地方塞满馒头，带回宿舍留着慢慢吃。

考虑到蒸一次馒头不容易，炊事班同志辛辛苦苦蒸一次全连吃两顿。可是，一会儿的工夫几大筐馒头不翼而飞。连长恼羞成怒，愤懑地指派副连长带着司务长和炊事班长挨班搜查没商量，将流失到班里的馒头一个不漏地物归原处。搜归搜，下次吃馒头时仍然冒天下之大不韪，不惟不见收敛，反而变本加厉，更加有恃无恐。上有政策，下有对策，要使馒头不被轻而易举搜到，必须拿出对付日本鬼子的那一套办法。但是，每次都很难逃过司务长黠慧的双眼，令大伙格外沮丧，背后颇有微词。

朱花豹这厮不愧为城市泡大的，见多识广，绞尽脑汁想出了一个金蝉脱壳计。以防不虞，诡异地用报纸把馒头包好，分别塞在臭烘烘的大头毛皮鞋里。大伙豁然开窍，照着他的办法不妨一试。果然，聪明绝顶的司务长被耍了一把，搜查时压根不曾想到馒头居然会藏在这般龌龊腌臜的地方，待司务长一伙身影消失，大伙乐得捧腹大笑，称赞朱花豹是今日“李向阳”，纷纷把藏好的馒头取出来，装到挂在墙上的挎包里。有道是道高一尺魔高一丈，群众才是真正的英雄。

班长也是北方人，同样长着一张爱吃馒头的嘴巴，特意提醒大伙说话时嘴上吊把锁，严守秘密，保护好“专利”，不得外泄玄机。接着，只要遇到吃馒头就故技重施，侥幸地躲过连队一次又一次铁面无私的搜查。

后来发现不少人想馒头想得难以抑制，拜托在团机关炊事班工作的战友带馒头解馋，别的同志看到后，跟在屁股后面苦苦哀求，有的甚至以帮助站岗为交换条件。一旦蹭到一个两个，内心一阵窃喜。

人哪，说来也真有点贱，一日三顿干饭不也挺好吗？在缺吃少穿的岁月，顿顿干饭是多少人日思夜盼的梦想，曾记得小时候听大人们说，“共产主义就是大米干饭，猪头捣蒜；楼上楼下，电灯电话”“点灯不用油，耕地不用牛”。如今美梦成真，穷毛病来了，身在福中不知福。其实，存在决定意识，人们对膳食的需求不仅仅吃饱，而且是多样性的。南方人对于一日三顿干饭也并非好评如潮，一成不变的东西终究难以受到人们持续热捧。中国人习惯早晨吃稀的，劳累困乏后喝点稀饭像活神仙。在仲巴边防部队，从机关到连队一日三餐必须吃干饭，这叫王八的屁股，上级有明确规定，带有一定的强制性，不是你想吃不想吃的问题。听说有个连队偷偷吃了一次稀饭，被团后勤处发现，遭到通报批评，罪名可是不轻啊，为削弱部队战斗力。这大帽子扣的，谁还敢再犯？

稀饭被列为病号饭，只有病了并被卫生员确认才能摊到一次稀饭。每锅米饭蒸出来，锅底下就是由漏米和熬锅水煮成的稠糊稀饭，病号和炊事员吃剩下的，炊事班盛在一个小盆里，放在外面，成为大家虎视眈眈争夺的美餐，必须身手敏捷，而且不是顿顿都有。

精神生活的贫困

物质生活上的困惑是相对的，而精神上的困惑则痛彻肌肤，必须保持相当的意志力。

对于官兵心灵最具杀伤力的不是凶恶的回窜分子、恶劣的自然条件，而是寂寞、孤独和意想不到的飞来横祸。连队扎根在喜马拉雅山深处，听不到鸡鸣狗叫、人声鼎沸，举目是裸露的雪山荒原，还有终日相伴而栉风沐雨的哨所。全团最小的哨所只有一个班，几年时间里，生活在无声无色、空旷寂寞的边防，洗不到澡，很少见到绿色，看不到异性，成天看到的就是那几张脸，谁脸上有几颗痣，身上有什么特征，哪一天生日，家里有几口人都记得一清二楚。由于长期封闭，不与外界沟通交流，大部分同志对外界情况一无所知，从而导致一些同志变得少言寡语，性格逐渐古板暴躁，甚至逻辑思维混乱，语言功能退化。退伍回到内地与人交流时，思维和语言状态仍然停留在原来的基础上，说起话来上不着天下不接地。别人觉得这些大兵有些稀奇古怪，仿佛刚从外星来到地球上似的，当了几年兵没有一点长进。心理专家介绍说，这种情况很常见，随着环境的变化和人群的广泛接触，会逐渐回归正常。

与此同时，连队精神文化生活确实令人难以置信。除了连部门口那个声音沙哑的直流电小喇叭要死不活地播放一些与“文革”相关的新闻、“样板戏”外，文化设施和器材寥若晨星，官兵喜闻乐见的文化娱乐活动或因缺少硬件设备而望洋兴叹，或因被贴上封资修的标签而引颈长望。

人的需求包括精神与物质两个方面。青年人正是长身体、长见识，世界观形成的关键时期。战士大多数来自落后的农村，渴望精神食粮的滋养，文化知识的阳光雨露，以期跟上时代前进的脚步，实现自己的人生梦想。自幼听说部队是个大学校，学军事，学知识，学文化。但是，同志您不要忘记，那是一个知识无用，噤若寒蝉的年代，知识和文化往往与资产阶级画上等号，谁不心有余悸？官兵业余文化生活枯燥得令人发指，仿佛回到愚昧的中世纪。战友们深有体会地说：“从自然沙漠到文化沙漠，全让我们一一领略了。”

连队业余生活没有文化娱乐的位置，或叫作有娱乐没文化，即使有那么一丁点也是局限在“突出政治”这个狭小的范围内，不可越雷池半步。如背背最高指示，唱几首语录歌曲和报纸上业已公布的革命歌曲。京剧太难唱，没有专业水平、专家指导，唱不了。大部分业余时间放任自流，战友们围着火炉大眼瞪小眼吹吹牛，摆摆龙门阵，话题越来越少。或者洗洗衣被鞋袜，补补衣服。要不合伙外出捡点牛粪回来烤火，出了营房就是荒漠丛山，见不到一个人影。然后，百无聊赖地面壁三思，回味有生以来萦绕在脑际的那些人，那些事，白白地浪费着宝贵的青春年华。

团电影队一年到基层连队轮回放映两三次，放来放去总是《南征北战》《地道战》，台词都能背下来。还有每次必放的《新闻简报》，都过去一年了，简直没得放。后来情急之下弄来一些兄弟国家影片，又翻来覆去地巡回放映，看腻了，聪明的战士编了一段顺口溜奚落一番："朝鲜的哭哭笑笑，越南的打打闹闹，阿尔巴尼亚的莫名其妙，中国的新闻简报。"太有才了，无奈的真实。

补充到连队不久，幸遇团电影队来连队放电影，放映员耀武扬威胸挎老式照相机，免费为大家服务，使用的是早期 120 和 135 的黑白胶卷。大伙用一种异常羡慕的神情望着他，争先恐后排队拍照，期盼立此存照寄回家，让家中父母亲人一睹在西藏当兵的不俗英姿。照完后，个个乐得合不上嘴，好像天上突然掉下来馅饼，自我感觉精神上一下充实了许多。临别时为表示感谢，你送一筒水果罐头，他送两瓶维生素。放映队走后，大伙早也盼，晚也盼，盼望电影队的同志能够早日把照片洗好带到连队。半年过去了仍然石沉大海，拜托与那位放映员同乡的连队战友私下催问，对方回话称底片曝光了，大伙甚感失望，如一盆冷水浇在身上，心都凉透了。八班一位四川籍老战士闻之伤心地抱头痛哭，泣不成声地说：

"当兵四年多了，没有戴着领章帽徽照过相，父母亲人没有见过自己在西藏当兵是啥子模样，再过几个月就要退伍离开西藏，这兵算白当了。"

在场的战友深有感触，郁闷得不知道说什么好。

当年，整个扎东没有一个照相馆，照张相要千里迢迢跑到日喀则、拉萨，对绝大多数战士来讲只能是白日做梦。也有一些老战士痴心不改，退伍时把领章帽徽珍藏在身，回到内地将其缀上去在照相馆补拍一张留作纪念。

私底有知情人爆料，压根没装胶卷，纯粹瞎胡弄，讨大家一时欢心，让大伙狗咬尿脬空欢喜一场。战友们如梦初醒，纷纷谴责其做人不厚道，品行太差，纯粹不把弟兄们当回事，拿我们当猴耍。消息传开，连长、指导员也坐不住了，发誓要找团首长理论，为全连同志讨回公道，以正视听。谁料，这老兄不知走了什么狗屎运，祖坟埋进去什么贵人了，还没来得及反映，居然产房传喜讯，调到上级机关提干了，只好不了了之。

书籍是传承历史文化和科学知识的精神食粮，读书是实现梦想的必经之路，也是丰富业余生活的不可或缺的一部分。当下许多历史和科普书籍的作者被打成资产阶级反动学术权威，作品惨遭封存。小说凡是带有爱情故事的均被视为毒草，绝大部分明令禁止出版。期刊停刊闹革命，仅有《红旗》杂志堂而皇之大量发行到几乎所有的基层党支部，供干部理论学习使用。舍此，找不到一本可供浏览的书刊，闲暇时觉得无聊想找本书来消遣，那是可望而不可即的事情，连队没有一本新旧图书。团里倒是给连队每月订发一本《解放军画报》，光彩夺目，格外吸引眼球，但由文书保管，干部优先阅览，难得轮到普通士兵，更何况我们是新兵蛋子。

有一天，张学明与朱花豹交头接耳，听同乡战友传闻七班长手里有一本《青春之歌》。这可是爆炸性新闻，很多人将信将疑。

我在上中学时曾经阅读过，这部创作于20世纪50年代的长篇小说，讲述的是抗日战争时期青年学生林道静如何走上革命道路，并成为无产阶级战士的曲折过程，情节跌宕起伏，引人入胜，深受青少年读者的青睐，在广大读者中产生了广泛、持续的影响，在当代小说文库中堪称上佳之作。其中包括了坎坷的爱情故事。因为年幼，对男女之间的那些事没有引起太多兴趣。从正面视角积极品味作品内涵，不失为一本有益于青少年健康成长的好书。然而，因其故事情节涉及男欢女爱，“文革”伊始，不分青红皂白，劈头盖脸被扣上资产阶级大毒草和黄色书籍的帽子，以散布资产阶级人性论、毒害青少年为主要罪名，受到公开批判和无情鞭挞。若是发现流入部队，可是了不得的事情。

但是，物极必反，往往越是被禁锢的东西，越易招引人们猎奇，甚至铤而走险。炮班长与七班长为同年入伍的老兵，言语比较投机。几个人鼓动炮班长打枪的不要，索要来让大家浏览一番。

炮班长本人并不喜好看书，但经不起大伙鼓噪，硬着头皮鬼鬼祟祟把七班长拉到一边，经他一番巧嘴簧舌婉言相劝，果然没有枉费口舌。

书拿到手仔细一看，天哪！面目全非，斩头去尾仅剩破破烂烂几十页。就这夙样还订下君子协议，限定一周时间必须物归原主。

大伙比哥伦布发现新大陆还要兴奋，争着嚷着要抢占先机，唯恐把自己落下，没有一个表现出高风亮节。

班长瞧大伙都是看书学习积极分子，拍板定夺，每人一天。

为防走漏风声，招来不测之祸，按照约定，背着干部晚上偷偷躺在被窝里用手电筒照着品读，劲头十足。

我看到，有人特意把书中描写男女之间那些令人销魂的情节用蓝笔勾画出来，以一种莫名的快意，绘声绘色地念给班里战友们听。

连队唯一可供娱乐的项目便是打篮球。

连队营房外西南侧不远处，老兵们煞费苦心动手修建了一个简易的沙土篮球场，战士中的能工巧匠自制了一个木头结构的篮球架，竖在两端，大风吹来球架随风摇曳，发出“嘎吱”“嘎吱”刺耳的响声。虽然简陋破旧，却凝聚了老兵们集体心血和他们对边防生活的热爱，成为战友们业余活动的首选。晚饭后、星期天云集球场，一片欢声笑语，青春的旋律在此炽烈地跳动。如今老兵们绝大多数早已离开了边防，把欢乐留给后来的战友，使连队篮球爱好者有展示肌肉的场所，丰富了业余生活。

球场旁边连队自己挖了一口水井，供全连饮用，炊事班同志从早到晚挑水，穿越球场而过，长此以往，球场中间走出一条白花花的小道。班排的同志们平时烧开水，洗漱、洗衣服也从这口井里取。班里没有正规水桶，一律都用蛋粉桶装水，第一次与几位新战友抬水从球场穿过，不禁哑然失笑。球场简陋得难以形容，与老家偏僻农村小学校的篮球场相比还要略逊一筹，心里顿时凉了半截。心想这也算篮球场，地无一寸平，满地皆是大大小小圆圆的卵石，溜光溜光的，在这种场地能打好篮球，将来前途无量。篮球架不像篮球架，又小又矮，柱子歪歪斜斜，一推就倒。篮筐无精打采随意耷拉着，不讲究什么角度，纯粹凑合着玩。但转念一想，边防条件差，什么都要自己动手，有总归比没有好。

连队痴迷篮球者众多，然而称得上篮球健将的凤毛麟角。机二班长是为数不多的篮球“热心肠”，大家一致推荐他担任召集人。但凡休息时间，只要他一声吆喝，大伙闻声直奔球场而去。补到班里没几日的一个星期天上午，阳光明

媚，机二班长兴冲冲地来到炮班，带着挑战的口吻提议四排与二排进行一次排际篮球赛。

排长在外地执行任务，排里工作由班长临时牵头。班长白长了个大个头，从来不怎么玩篮球，但有请不到非礼也。四排为全连人数最少的排，班长从全排左挑右挑选了七八个人，自己也亲自带头上阵，张学明为我方队长。大伙脱掉棉衣，一股风似的来到球场，第一项准备工作为捡那些洒落在球场的石块而不是活动手脚。战友们一起动手，捡是捡不干净，能够凑合着玩就得了。这次捡了，下一回外甥打灯笼——照旧。然后用小木棍画线，凭借直觉在沙土地上划出一条条边线和三秒区。

比赛紧张激烈。第一次经历这种具有西藏边防特色的球赛，急于表现自己，控着球不顾一切往前冲，谁料一不留神篮球砸到地上卵石，球不听使唤变向了，从手中脱落，真让人哭笑不得。新兵与老兵比较，最大的不同不是技术，而是在缺氧状态下，适应高原气候状况的差异，我们新兵 10 分钟下来累得只顾原地吁吁喘气，汗水涔涔，而老兵却照跑照跳，耐久力明显优于新兵。

然而，最难堪的算裁判，谁都不情愿自告奋勇干这费力不讨好的活。用木棍划出的边线称为“良心线”，经过一阵子踩踏，场地的沙土都松软了，边线自然无踪无影。大伙对比赛胜负看得超乎想象地重，你称出线了，他说没出，嚷得不可开交。于是裁判便成为众矢之的，老鼠钻进风箱里——两头受气，埋怨之声不绝于耳。

比赛还未见分晓，“嘭”的一声，球的接缝崩开一个大口子，露出里面内胆，大家最不希望看到的事情发生了。原来，篮球还是老式的那种一块一块皮子拼起来的，带有内胆瓤子系带子的，需要充气时，把带子解开。由于气比较足，皮子之间的接线崩裂，需要修补。于是比赛胜负变成悬念，大伙抱着衣服，带着无比遗憾离开球场。更令战友们心焦的是连队仅此独一无二的篮球，在仲巴没有修补篮球的地方。一个破篮球千里迢迢送到拉萨、日喀则修补，还不够麻烦的。新球还不晓得何日能到连队报到，彻底没辙了。从此，一向喧闹的篮球场悄然无声。

不久，打篮球的黄金季节过去，冬天来了，没办法伸手。寒风狂飙，篮球架被吹得摇摇欲坠，篮球场几乎被厚厚的沙土覆盖，乱石遍地，惨兮兮的面目全非。

家书抵万金

处在与世隔绝的封闭环境，家信是寄托亲情，与外界联系，获取信息的主要渠道。日思夜盼兀地收到一封家书，给苦涩平淡的生活添加一点甘味。毫不夸张地说，边防战士盼家信犹如婴儿期盼妈妈乳汁，孩子盼望过年一样急不可待。每当司务长到团部办事回来，大家的目光寸步不离地追随着他，急切地询问有无书信带回。

不带则已，但凡带回便是沉甸甸的一麻袋。于是关起门来悉数分发，此时，战友们已无心思干别的事，心事重重地呆立在院子里、宿舍门口，拉长脖子焦急地等待。看见排里派出的代表取信回来，一窝蜂将其团团围住，急吼吼地期盼喊出自己的名字。若是有幸收到家信，丝毫按捺不住内心的喜悦，春风得意。有的甚至一次收到十几封，写信时间相差两三个月。若是非常不幸没能收到一封家书，顿时灰溜溜的，失望的眼神茫然盯着天空和模糊的地平线，眼里旋转着泪水，喉咙上堵塞着哽咽。心里暗自思忖：再次能够看到家书不晓得等到何年何月？要是几次不见音信，心理防线轰然坍塌，晚上爬在被窝里掩面哭泣者大有人在。真是“烽火连三月，家书抵万金”哪。

收不到信者备感困惑，收到信也有难言之隐。我当兵走后第二年，二哥也被招工离开家乡，村子里识字人寥寥无几，能够凑凑合合写封信的人屈指可数，只有请学校老师高抬贵手。农村学校老师除了上课外，还要在自家地里干农活，晚上怯生生请人家代笔，事后心眼颇多的母亲还要以礼相待，送代笔人一点点土特产。母亲是个不擅辞令的农村妇女，她说什么，人家就写什么，常常一张纸写不满，半张纸又觉少了些，轻描淡写，除了问候，再没几句家里的长长短短，看后感到十分不解渴，心生许多郁闷。

不少战友收到信后爱不释手，心里装满了甜蜜，一口气看好几遍，并时常藏在身上，站岗、执勤、训练间隙见缝插针反反复复地用心看，字斟句酌，仿佛是一座永远也挖掘不尽的宝藏。一个班，同乡兵，谁有未婚妻大伙一清二楚，一旦风闻收到来信，争着抢着要看人家未婚妻写来的情书，一点也不觉掉价。有未婚妻的同志感到由衷的自豪，甚至于有点儿得意扬扬，一般有求必应。“妻文”共欣赏，毫无隐私和秘密可保，大家把这种在西藏边防特有的现象称为“精神会餐”，打虎亲兄弟，上阵父子兵，“有福同享，有难同当”嘛！为了安抚那些没有收到信的同乡战友，老乡们不时聚在一起传阅家书，共同分享家乡的变化和家中喜事带来的快慰，哪怕是谁家买了一只羊，猪下了几个崽，妹妹出嫁了之类的家庭琐事都感到很有趣，很新奇。

诚然，收到信后的一瞬间，并不都是喜气洋洋，时不时耳边传来哭泣声。生老病死，自然规律。家中遭遇不幸，也属在所难免。所不同的是两地相距甚远，往往噩耗传来已经是几个月后的事情了，幽明两隔，一时间心里难以承受。同乡战友王彦正，为家中长子，入伍不到一年，人到中年的母亲撒手人寰，留下年幼的弟弟、妹妹。在城里工作的父亲深知儿子是个成熟懂事的孩子，为国戍边，距离遥远，收到一封信要几个月，请假回来奔丧显然不切实际。事隔半年后，其父给连队首长来信，请求首长婉转转告王彦正其母亲病逝的消息，做好思想稳定工作，使其安心服役，以优异的工作成绩告慰母亲在天之灵。语言朴实无华，情真意切，字里行间洋溢着一位普通公民对军队和国防建设的关心和支持。多么伟大的父亲，为支持儿子安心戍边，化悲痛为力量，把家中所有问题一肩扛。指导员阅后备受感动，在做好小王思想工作的同时，召开全连军人大会，把这封信一字一句读给大家听，会场先是鸦雀无声，而后响起雷鸣般的热情掌声，经久不息。一封家信激起官兵思想上的强烈共鸣，变成激励官兵献身国防、扎根边疆的活教材，称得上“革命家书”。王彦正同志本人则把悲痛默默埋在心底，擦干眼泪，安心如初，仍然是那样兢兢业业，任劳任怨，不久光荣加入中国共产党。我不仅为指导员是做思想工作的高手而佩服，更为军人有这样崇高的父亲而感动。

相比之下，有的战友心理承受能力差，显得有些相形见绌。有一次，二排一位四川籍副班长的奶奶病逝，收到家中来信，悲痛交加。据称，从小由奶奶带大，感情甚笃，闻此不幸，禁不住在宿舍捶胸顿脚，号啕大哭。撕心裂肺的哭声惊动了全连官兵，连长徘徊在连部门口急得直跺脚。排长见状千安慰万开导，也难以抚平“永别”之伤。这位副班长饭不吃，茶不思，借机向连队提出回内地给老人家送终。请假未遂，终日像霜打的茄子一般，情绪嗒然若丧。经过各级耐心劝导，思想虽然日渐稳定，然而工作劲头，精神状态明显大不如前。连长一贯是非分明，对于违背常理的事情一般不会听之任之。即使当时不说，适当时机总会爆发出来。过了些日子，连队组织夜间实弹练习，全连骨干中唯有他成绩不及格。夜间射击是检验每个官兵军事技能的主要指标之一，对于出色完成反回窜任务至关重要。连长见其射击水平严重退步，顿时勃然而怒，当着全连官兵的面，丝毫不照顾情绪狠狠击打一顿：

“看你迷迷瞪瞪的劲头，简直乱弹琴，家里死了一个人，了不得了，给我叫唤得哦豁连天，至今提不起一点精神，毛主席老人家怎么说的？死人的事是经常发生的嘛，谁家不死人，就你家金贵。还说革命不是请客吃饭，不是绘画绣花，什么温良还恭俭让（嚷），嚷嚷什么？打江山，闹革命，牺牲了多少革命先烈，啊！你知道吗？有的死无葬身之地，他们为了什么？你给我说说。共产党员，革命战士都像你这㞞样儿女情长，革命还能成功吗，啊？国家还有人保卫吗，啊？回窜分子还能消灭吗，啊？同志！要猛醒哩，再这样迷迷瞪瞪下去，你这个共产党员够呛哩。”

一连串的诘问一声高过一声，像打机关枪似的，让该副班长哑口无言。

忠言逆耳利于行，良药苦口利于病。连长的一席话振聋发聩，给大家及时注入了一服警醒剂。

作为当事人，入伍后突然间失去亲人并成为永诀，实属人生憾事。深表悲切，当在情理之中。为使亲人入土为安，回家奔丧本不为过。忤逆不孝，亦人言可畏。但是，由于距离遥远，交通不便，戍边责任重大，难以如愿以偿，类似事情在连队屡见不鲜。重要的是直面现实，“人有悲欢离合，月有阴晴圆缺，此事古难全”，将悼念默默留在心底，做好本职工作，不负亲人养教，不负人民重托。这一切完全靠自我调整，自我解脱。既然穿上军装，忠孝难以两全，这是军人职业特殊性所在，必须有足够的心理预期。

由于“两地书”来往过于漫长，心急火燎的不仅仅是我们，家中亲人同样寝食难安。进藏后，西藏的“文革”仍然“轰轰烈烈”，一切处于非正常状态。邮车何日来，天晓得？进藏前我给家中写了平安书信，半年过去，家里再未见到一封信，儿行千里母担忧，父母的心在颤抖。

至亲至爱的家人日日盼，月月盼，终不见音信。半年时间是多么漫长，父母由不得胡思乱猜，当时国际形势吃紧，珍宝岛硝烟弥漫，是打仗牺牲啦，出什么事故啦，还是生病啦？工作再忙，不至于连写封信的时间也没有，越想越不敢想，越想越害怕。想主动写封信，发一份电报，可是搞不清确切通信地址，发到哪里呀？全家人愁眉不展，不知道如何是好。

父亲无奈放下农活，到一起当兵的战友们家里四处打听，回答几乎彼此彼此。农村人吃饱肚子热衷茶余饭后娱乐是非，各种谣言纷纷扬扬，母亲是个小鸡肠子，经常以泪洗面。直到终于有一天收到我的来信，知道儿子安然无恙，悬着的心才像巨石一样轰然落地。

爱情和婚姻

战士们平均年龄 20 岁上下，正所谓花季少年，血气方刚。与内地同时代青年人一样，曾经有过一些美妙绮丽而又略显天真的幻想，包括对异性开始产生爱慕、爱情和朦胧的性意识，被称为青春萌动期。

“文革”时期谈性色变，斥之为反动的资产阶级人性论，把人的正常心理、生理需求百般丑化，再丑化，形成整个社会对性的舆论围剿和巨大的心理压力。

然而，战友们聚成一堆，往往少不了有关异性的话题。张学明、孙金成等人已经有未婚妻，令大伙好生羡慕，经常有战友死缠硬夺要看人家未婚妻的照片和情书，猎奇谈恋爱的男女双方说些什么样的甜言蜜语，一点不觉脸红，好像是自己的一般理直气壮。风闻近期《解放军画报》有漂亮女孩儿靓照，想方设法弄来瞧瞧，拿在手上反复端详，眼睛都直了，浑身有一种莫名的燥热，久久不肯离手，生怕一不小心被别人抢走，完了还要在女孩儿脸上亲一口。二排长、四排长新婚燕尔，就寝后一些老战士死赖着其低声回味与妻子恋爱、成婚甚至入洞房的精彩片段，饶有兴味探求男欢女爱的些许奥秘。

8月的里孜，气候宜人。有一天午休起床号响过不久，我从杂务班推门而出，看见院子东南角围墙边人头攒动，密密麻麻围成一圈儿，时不时有人向那边跑去，无疑发生了点什么非同一般的事情，遂凑过去踮起脚伸长脖子看热闹。哇！在解放牌卡车旁边，一位身材修长、风姿飘逸的女郎从天而降，长着一张异常乖巧的瓜子脸，两根乌黑发亮的长辫子撩到身后，明眸皓齿，莹亮白皙的脸膛透着红晕，身着时髦的紧身裤，花色上衣盖过臀部，更衬托出少妇朦胧迷人的曲线美，显得既青春又性感。走起路来步履袅娜，气质卓尔不凡，使人感到有种如沐春风的醉意。

美丽少妇的突然出现，彻底征服了在场每一个老兵，大伙以苍凉的目光静静而一瞬不离地跟随着她，面部呆滞，毫无表情，我留意有的老战士嘴角流出一丝口水。

片刻，少妇以优雅的姿态爬上驾驶室，一举手一投足似乎将空气搅得眩晕起来。汽车开动了，大伙屏气凝神，怔怔地目送人车离开院子驶出大门口，直至从视野消失仍然傻傻地站在原地，不肯离去，明显意犹未尽。

现场静谧得连呼吸声都听得清清楚楚，犹如生怕美丽小鸟受到惊吓在眼前飞走。

之后，听连队干部爆料，系边防五连一位四川籍副连长的新婚妻子。经过特批，在连队暂住几日。大伙闻之，感叹边防干部也能找到如花似玉的美貌妻子，谁说边防军人可敬而不可爱。

望着这些呆立的战友，顿时感慨万千：弟兄们离开异性毕竟时间太久太久了，在女性寥若晨星的里孜，少妇的突然出现像彗星一样稀罕，难怪对所有人有如此大的杀伤力。

说到这里，连队官兵的恋爱、婚姻问题，是一个忌谈而又绕不过的话题。

哪个男子不钟情，哪个女子不怀春，这是人性的至真至存。边防官兵也一样，随着年龄的增长，发育的成熟，自然而然地会产生对异性的追求和向往。

然而不幸的是，在绝大多数战士心目中不过是美丽神话和匆匆而过的梦想。

连队和排里干部从来没有爱情观的引导，哪怕是革命爱情。由于压根接触不到女性，加之谈情说爱被认为是异类，因此对于大多数战士而言，爱情是最辛苦的等待，爱情是最遥远的未来。

据我所知，大多数新老战士没有初恋，少数战友入伍前或奉父母之命，媒妁之言，临时抱佛脚，草率定下终身；或与同窗好友海誓山盟，永结秦晋之好。

初恋是瑰丽的，临行前缠缠绵绵，心照不宣。本以为距离产生美，到西藏边防后天隔一方，距离拉开了，完全靠鸿雁传书联结双方情感，表达倾慕之心。享受不到内地年轻男女那种花前月下，卿卿我我，情意绵绵的浪漫情侣生活，几次收不到千里之外的未婚妻含情脉脉的来信，便魂不守舍，黝黑的脸庞上布满了愁云，饱受相思之苦。

由于分别时间超乎预期，感情基础难以承受漫漫岁月的冲刷，有的女友失去耐心，或担心青春易逝，夜长梦多，来日婚姻平生变数，毅然中途提出分手，婚约无果而终；或长时间收不到书信，心生疑窦，不知不觉之间移情别恋，苍白的书信像宝贵的野生动物越来越珍稀，直至绝迹。听闻女友投入他人怀抱，情何以堪。当初，战士服役期间明确规定不许谈恋爱，面对尴尬处境和巨大的心理打击，无力向组织陈诉，内心深处那种刀绞一般的痛苦只能靠自我安慰，或者向要好的战友倾诉，让时间冲淡记忆。

最令人纠结的是服役期间难以经营爱情，严峻挑战男女双方生理心理承受极限。二班战士小夏和通信员小李入伍前年纪轻轻便草率成婚，怀着对未来生活的美好憧憬，踌躇满志穿上军装，寻找属于自己的梦想，再现了当年妻子送夫上前线的动人场面。可是劳燕分飞，一飞就是两三年，妻子独守空房，日思夜盼，不见夫君归来，耐不住寂寞，经不起异性诱惑，红杏出墙了。消息传来，一瞬间感到天崩地裂。

人生中还有什么打击能比得上爱妻出轨呢？悲愤交加之后，在“公检法”被砸烂的当年，走投无路，上诉无门，无奈之下，不惜把隐私公开，颤抖的双手拿着家信让连队领导过目，经向团政治处汇报，通过组织程序，严厉惩罚了破坏军婚者，好端端的一对鸳鸯被无端伤害。

干部的婚恋问题同样一言难尽。规定在边防工作满两年可以休一次假，连队几位新提拔干部在边防烟熏火燎了几年，设身处地领悟到没有婚姻的生活如一碗清澈透亮的白开水，平淡无味。

好不容易等到组织批准休假，巴不得一步跨到内地。受饥渴心理驱使，普遍急于成婚，盼望感受另一种生活的滋味。为不使这千载难逢的机会擦肩而过，回到内地，通过亲朋好友，发动左邻右舍，紧锣密鼓地寻找另一半，吹响与异性牵手的集结号。在短短的四个月休假时间里从认识到结婚甚至怀孕一蹴而就，不管白猫黑猫，抓住老鼠就是好猫。当时有个说法："当兵三年，老母猪当貂蝉。"甭提什么择偶标准，用战友们的话说，只要是个女的，会过日子、会生孩子，不傻、不残就行了。完全省略了恋爱这个环节，先结婚，后恋爱。也有人叫作先通车，后典礼。回到部队，战友们阔别相见，首先必问是否结婚，把夫妻合影照晒给大家瞧瞧。倘若无功而返，一等又是两年，一脸失落，不但心里酸溜溜的，还要被战友们背地里指指戳戳，说连一个老婆都找不到，还能干什么大事？

新婚过后，一时热情过去，温度慢慢降下来，回归理性，方才察觉双方兴趣、爱好和个性相差甚远，既成事实，只有听天由命。

结婚是终身大事，本来值得庆幸。可是身处仲巴一旦结婚，意味着天底下又多了一对牛郎织女。牛郎与织女每年七月七日还有一次鹊桥相会，而仲巴军官两年才能回一次家，还不算往返途中花掉至少两个月时间。遇到突发事件，还不能按时休假，一拖几个月过去；若是有紧急任务，假还没休满，一封电报，立即提前归队。刚刚找到家的感觉，孩子也习惯叫爸爸了，便带着无限的离愁别恨踏上进藏的征途。

当年，女青年能找个军人尤其是军官做配偶是令人羡慕的事，流行一种说法，一军二干三工人，死都不嫁受苦人（"受苦人"指农民）。谁家门口挂着政府颁发的"革命军属"的牌匾，全家人脸上光彩，心里甜滋滋的。身为军人妻子，让别人刮目相看，将来生了孩子，也是"红五类"，阶级出身没问题。不幸的是嫁给仲巴的边防军官仿佛掉进美丽的陷阱，活守寡，承受难以想象的生活、精神上的巨大压力。

就拿连长、指导员为例，他们独身在边防，全身心扑到连队建设上，仿佛连队就是他们的家。王指导员年轻，婚后还没有来得及生育。而邓连长家在偏僻的四川农村，妻子两腿一撇，连续生了两个娃儿，一个女同志肩膀的力量能有多大，独撑门面，拖家带口，地里、家里的活一身挑，得不到丈夫哪怕一丁点温暖和帮助。一年收不到几封信，难得丈夫一句问候和安慰，上上下下，里里外外大小事情忙得衣服都穿不整齐。遇上什么头痛的事无人商量，缺少依托和帮手，真不知道幸福在哪里。在依靠工分吃饭的年月，还要和男人一样卷起裤腿下田干活，尽量多挣些工分，比一般的农村妇女多付出多少，谁人知道？光环的背后隐含着多少辛酸的汗水和泪水。

规定女方可以探亲住在日喀则军分区招待所或者团部，但是自幼农村长大，从来没有离开过自己的窝窝，辗转数千公里，气候复杂多变，拖着年幼的孩子东倒西歪赶到西宁，还要自己找便车继续赶路，没有文化，农村妇女缺乏这个胆略。

也有少数胆识过人，尤其是生活工作在城市的军人妻子，不愿白白浪费一年一次探亲机会，或跟随进藏同乡军人，或斗胆独自长途跋涉，千里迢迢到仲巴探望丈夫。夫妻相聚本来是高高兴兴的事，常言道，小别胜新婚，可是当年没有避孕手段，提心吊胆害怕怀孕。据说内地人在高海拔地区怀孕，婴儿极易畸形和患先天性心脏病，故时时担惊受怕。

有的长途跋涉到达团部假期已到或所剩时间不多，不幸遇上大雪封山，江水暴涨，无法相聚，只有在团部独自待上些日子，眼巴巴望着近在咫尺，犹隔天涯的丈夫，两情不能相悦，让谁都一时无法承受。因此，对许多进藏探亲的家属来说，在与丈夫漫长的分居生活中，第一次探亲往往意味着最后一次探亲。其中，不乏令人肝肠寸断，难以置信的感人故事：

有一位四川籍新提干部，入伍前已经结婚成家，一晃几年过去了，妻子朝思暮想等待丈夫归来，望穿秋水，总不见踪影。凭着女人特有的直觉，怀疑丈夫负心另有所爱。在爱情力量的牵引下，她不顾老人的婉言规劝，撇下两岁孩子，毫不犹豫跟随老乡进藏，决心一探究竟。一路上，她对战友们的耐心解释当作耳边风，反复琢磨如何核查丈夫在信中所写的执勤训练任务重、大雪封山、河水暴涨、不准假等种种理由。

经过一个多月的艰苦跋涉，终于到达扎东团部所在地，在这个弹丸之地，除了满目的绿军装外，压根看不到类似内地比比皆是的红男绿女，更看不到摩肩挽臂的对对情侣，有人戏谑连耗子都是公的，与她先前想象中的情景有着天壤之别，疑团渐消，原来的猜测不解自破。

团部距里孜虽然仅有10多公里。遗憾的是，当时正值冰雪融化季节，雅鲁藏布江中间漂流着冰凌，两岸各有约50米宽的残冰，正处于融化之中，渡船无法靠近用石块砌成的码头。不久前，曾经有牧民在这个季节冒险从冰上过河，结果踏破冰层葬身鱼腹。

怎么办？来之不易，令部队首长头疼不已。两岸是冰层，中间为河流，你过不来，她过不去。这位千里迢迢，历经艰辛前来“查岗”追梦的妻子，此时早已没有考证丈夫是否真诚的闲情逸致，只想和朝思暮想心爱的亲人见上一面，以了却万里寻夫之愿。掐指一算，她已经离开家乡快两个月了，想起嗷嗷待哺的儿子，众多家务缠身，老的小的都需要照料，也不可能等待摆渡日的到来，最后毅然决定归去来兮。

这既是一次遥远而艰辛之旅，又是一个唐突而轻率之举。在组织和战友们精心安排下，团里特意派出一辆嘎斯车，让其坐在驾驶室，穿过茫茫沙丘来到雅鲁藏布江畔，按照事先电话约定好的时间，双方举起望远镜，隔河相望。又一次真真切切演绎了一出“天河配”的美丽神话，遗憾不见鹊雀搭桥。当含情脉脉的妻子看到自己曾经俊逸秀气的白马王子变得黝黑消瘦，活像小老头，禁不住失声痛哭，白皙的脸上，挂满了串串晶莹。小夫妻咫尺天涯，无法用言语沟通，不能表达思念之情，只有将泪水连同不尽的惆怅洒进这滚滚东去的雅鲁藏布江，彼此在心中默默祝愿全家安然无恙，早日相聚。

苦中也有乐

训练、执勤、学习三点一线，紧张而封闭的军营生活并非都是苦涩，寒冷、缺氧、空寂的雪域边防也并非世界末日。其实，吃苦本身也是一种乐趣，一生中有过在西藏边防服役的经历，不失为宝贵财富。关键在于你用什么样的眼光，以什么样的人生态度去面对和把握。

6月到8月是里孜地区一纵即逝的黄金季节。每逢星期天，张学明相约朱花豹、陈元等一拨好友，前往哨所的山头上、雅鲁藏布江边兜风，走过垭口和后勤仓库附近的山坡，不经意间发现脚下那些仅有几厘米的碎石片上刻满经文和佛像，十分规则，遍地皆是，多得令人咂舌，其做工考究程度令人难以置信，一抓一把，让我百思不得其解。如此密密麻麻的石块，所刻文字、头像大小基本雷同，浩如烟海，绝非一日之功，搞不清是人类自己创造，抑或外星人的不菲杰作。大伙耻笑我孤陋寡闻，把旧闻当新奇。转念一想，出了营房北边不远处有一座不知何时坍塌的喇嘛寺，瓦砾遍地，本连和维护连的战士们闲来无事，怀着好奇心，三三两两到此猎奇。背后的小山上坐落着玛尼堆，可想而知在不久以前，里孜曾经是仲巴地区佛教活动的朝圣之地，不晓得何时沦落到这等地步，从内心由衷钦佩藏族人民的非凡创造力，感叹以藏传佛教为代表的藏文化具有独特的魅力。

一个周末，早饭后，几个人结伴蹒跚而行，谈笑风生地爬到连队哨所的山巅上观景，在这离天最近的地方席地而坐，面对巍巍喜马拉雅山，滚滚雅鲁藏布江，不由自主舒了一口气，一边漫无边际聊天，一边愉快地欣赏雪山江河的辽阔壮美。蓦然间感觉西藏是个美丽而神奇的地方，有人说，一生中没有去过西藏就不了解壮阔的真正含义。此时，顿觉心情豁然开朗，心胸无比开阔。

夏日的里孜，虽然山高缺氧，但水绿天蓝，一尘不染。风从耳边扫过，嗡嗡作响，难以言表地凉爽宜人。草原悄然变绿，江水日渐宽阔，站在与天公试比高的哨所俯视，大自然每日都给人惊喜。

晴朗的天空深邃而坦荡，蓝天下白云朵朵。地面上一块黑，一块亮，太阳光穿过云朵，形成一条条光柱，随着云彩的移动和地表上不同植被、地貌变化，把五彩缤纷的草原照射得斑驳陆离，美轮美奂，让你目不暇接。天边，一线彩虹在云端若隐若现，真如仙境。如此壮观的美景，只要你用心欣赏，简直就是人间仙境，完全是一种无法用言语表达的人生体验和精神愉悦。相传在高原工作过的人，都有宽广的胸怀。非但没有遗憾，反而终身受用。

脚下的山海拔接近 5000 米，稀稀疏疏生长着骆驼草、野葱等高山植物，狗尾巴花、格桑花……争奇斗艳，在与天齐高的雪域高地有幸看到这么些花，简直不敢相信自己的眼睛，哪怕是孤苦伶仃的一朵，也无不为之精神一振。绿色就是生命，花是生命之精髓。大伙矜持地伸手采一朵，放在鼻子上嗅来嗅去，久久爱不释手。由于本人有眼不识花草，无以为其鉴定出准确名称。

突然，几米之远一只灰野兔旁若无人地在草丛中窜来窜去，竟然在光天化日之下与一群军人叫板，张学明向大家使了个鬼脸，然后一声吆喝，大伙“噌”地一骨碌从地上爬起来，拔腿对野兔形成合围之势。先后顺手抓起石块照着其逃窜的方向砸过去，你来我往，受惊的野兔夹在中间，像没头的苍蝇，东冲西撞，慌不择路地四处乱窜。几个回合下来，机灵的野兔终于侥幸逃脱，大伙累得气喘吁吁，嘴里直吐白沫。几个大老爷们儿，竟然被一只野兔给戏耍了一番，心里愤愤不平。你一言我一语，立誓逮几只回去，给野兔一点颜色看看，改善改善生活，不枉来山上一趟。

雪猪和野兔于此栖息繁衍，不时与哨兵近距离邂逅，战友们已经见怪不怪，不予随意伤害。似乎它们的存在为静谧的高原增添了生机，人与兽彼此相处还算和谐，所以它们得以肆无忌惮地在此繁殖。

逮几只回去，秀一把肌肉，想法不错，可是怎么变成现实呢？用枪打明令禁止，于是一个个抠着脑门冥思苦想，还是朱花豹这厮办法多。他说，白天阳光普照，大地暖洋洋的，兔子从洞里跑出来觅食，山上草丛里兔子比比皆是，山的南面素来见不到人影。若从山顶往山脚下滚巨石，闭着眼睛也能砸到几只。

好吧，大伙半信半疑，纷纷撅着屁股搬石块往山脚下滚。片刻，觉得差不多该见成效了，朱花豹一挥手，呼啦一声顺着滚石的方向争先恐后寻找兔子。大伙蹦蹦跳跳一路小跑，没走多远，哇！陈元首先捡到一只，两只小腿还在扑腾。顿时大伙喜出望外，乘胜追击，一会儿捡到五六只。还有一只雪猪四脚朝天，躺在地上，肉嘟嘟的。这厮没有人敢吃，看着发恶心，留给野狼吃得了，符合食物链规律，也叫生态平衡。听说有一年那曲地区几个道班工人闲得无聊，看到一只死去的雪猪，嘴馋得不行煮来吃了。不料，好吃难消化，引起食物中毒，其中两人不治身亡，引起一场恐慌。大伙大多十八九岁，满怀信心憧憬未来，对死亡还没有做好足够的准备，甚至压根没有想过，谁还明知不可而为之，拿性命开玩笑。

弟兄们不知道有多开心，个个喜形于色，提着战利品手舞足蹈返回营房，马不停蹄剥皮挖肚，在炮班的火炉上架起行军锅，放上辣椒面、固体酱油，进行烹煮，顿时香飘四溢。赶在晚饭前香喷喷的兔肉如愿以偿出锅了，成为当晚令周围战友们眼馋的美味佳肴，不少战友厚着脸皮前来沾光。消息传开，不料指导员也端着饭碗不请自到，不待大伙讲句客气话，径自在锅里操起一块肉大口大口嚼起来，边吃边念念有词：“好安逸！好安逸！”大伙吃得红光满面，满嘴流油，转眼工夫一扫而光。

我们几个得意忘形，不知天高地厚，把抓兔子的事和盘托出，奢望能博得指导员一丝肯定。谁料指导员听后立即收住笑脸，郑重地告知“下不为例”，因为山脚下便是通向边防一线唯一的公路，虽然平时车辆寥廖，若大家都照着做，一旦有战事发生，公路阻塞，责任谁也担当不起。翌日，指导员在全连军人大会约法三章，令大伙倍感扫兴。常言道，拿了别人的手软，吃了别人的嘴软，这公理有时也不灵啊！

捕鱼同样充满无限乐趣，尤其能下到雅鲁藏布江里捕一回鱼可谓人生之幸事。古人云“水至清则无鱼”，多少年来人们喋喋不休延续着这种说法。在西藏高原，事实无情地颠覆了这种说法。仲巴大地江河湖泊、溪流沼泽随处可见，处处清澈见底。夏季冰雪融化，大雨倾盆，河水暴涨，仍然不像内地的江河，每遇洪水泛滥，水质浑浊，一如既往保持着清澈透亮的本色，为高原怪异之处。仲巴处在极寒地带，水温偏低，鱼类繁殖、生长缓慢，我所见到能超过斤把的鱼寥寥无几。听说一些高山湖泊里有大鱼，如巴巴扎东方向的延蒗湖屡屡传言有怪兽，有路过者亲眼看到，估计重达千斤以上，但都是一家之言，一直无法证实。

每到夏季，山峰冰雪融化，江水水位逐日上涨，直至昔日繁忙的渡口淹没在滔滔江水之中，过江的车辆停止摆渡。为确保反回窜斗争的第一需要，军分区未雨绸缪，赶在水位暴涨之前将派驻团部扎东的战备值班车辆转移至我们连队集结待命。

有一天，江水漫到连队厕所附近，有齐腰深。这正是每年一遇捕鱼的绝佳时机，谨小慎微的邓连长无须担忧出现什么意外。连队炊事班备有专用渔网，司务长早早组织人员对网眼进行了修补。连队首长瞅准这一个多月的短暂机会，带领各排轮流下水捕鱼，改善官兵生活，吃不完的晾起来当干鱼放在冬天吃。大伙听说出公差到江里捕鱼，个个争先恐后。

指导员绝对称得上名副其实的积极分子。既组织指挥，又冲锋陷阵。每隔几天，部队吃过中午饭，他摸摸脑门思谋没有什么要紧事，于是不吝宝贵的午休时间，带领一个排的兵力纵身跳到江里撒网捕鱼。赶到起床前弄个盆满钵满回来，下午该干啥干啥，什么事都不耽误。一方面为连队改善了伙食，节约了经费，所谓开源节流；另一方面把个人喜好演绎得淋漓尽致，一举两得。

本人身为北方人，在进藏途中的青海湖兵站平生第一次品尝到鱼是什么味道。至于下河捕鱼这玩意儿也是大姑娘坐轿头一回。那天，轮到我们排下河捕鱼，半是激动，半是心悸。吃过午饭，肚子沉甸甸的，战友们扛着渔网，跟在指导员的身后，不到抽支烟的工夫来到江边。“高峡出平湖”，滔滔江水酷似平静的湖泊，一眼望不到边，亦看不见鱼的踪影。司务长提着一瓶汾酒，为防止感冒和进入水中腿部抽筋，请大家每人喝一口，以酒驱寒，暖暖身子骨。

仲巴高原夏天最高气温不足 20 摄氏度，着装仍然不可以少了绒衣绒裤，并随身携带着皮大衣避寒。王指导员手脚麻利地脱下衣服，只剩短裤、背心，第一个纵身跳到江里，在大伙面前刻意展示其矫健的身姿和非凡的泳技，像漂流在江河里的小舟，身后泛起长长的水波，时而矫首遐观，时而仰起头给大伙一个挑战性的微笑。战友们不言自明这是属于指导员的特权，不可趋之若鹜。我们这些北方旱鸭子个个看得目瞪口呆，在大伙眼里指导员处处高人一筹，人才难得。

庆幸的是，这偌大的里孜谷地一眼望去看不见几个人影，皆是清一色的男性革命军人。于是大伙毫无顾忌地纷纷脱掉外衣，拉开渔网，小心翼翼进入水中。顿觉江水冰冷刺骨，不由得四肢缩成一团，下巴直打战，“牛牛”缩进了肚皮。这是刚刚入江的冰雪之水啊！排长、班长和一些老同志已有多年捕鱼经历，老练沉着，首当其冲在前面引路。当踯躅跋涉到接近胸部的水域，排长一声大喊“停止前进”，掉转头来把渔网呈一字拉直，并将下端沉入水底，然后向岸边缓缓合拢。片刻，激动人心的一幕出现在眼前，料想不到无数条小鱼亮着白花花的肚皮在水中翻滚跳跃，急于逃生。大伙乐得喜笑颜开，不由自主大喊大叫，浑身热血沸腾。待齐心协力拉到岸边收网，密密匝匝的小鱼蠕动成一堆乖乖就范，满满盛了一大饭盆。

考虑到长时间泡在水中极易引发感冒，遂采取分批次轮流作业，尽量缩短下水时间。回到岸上冷得下巴直打战，无暇顾及擦干身上的水珠，匆匆穿好衣服，裹上大衣，在岸边静静地观望等候。经过几个回合的轮番出击，弄了个盆盈桶满，粗略估计有二三百斤。大伙你端着盆、我挑着担，一副胜利者的派头，得意扬扬满载而归。

仲巴江里的鱼是一种无鳞鱼，到底叫什么鱼，众说纷纭，当时尚未听到官方统一的“学名”。有人称其为“裸鱼”，我以为恰如其分。鱼头、鱼背呈深褐色，鱼肚黑白分明，鱼嘴巴两侧长着一对粗粗的胡须，模样颇有些凶煞，吃在嘴里质感细腻且多刺。

炊事班有几个老兵烧鱼技术独到，一百多号人吃饭，上百斤鱼怎么个烧法，若把这一条条个头不尽如人意的小鱼拿来油煎，显然不现实。“师傅们”把鱼一刀刀剁成块，倒在大锅里，放上各种作料用水煮，火候恰到好处，出锅后肉汤一起吃，戏称“鱼稀饭”。经过其精心烹调的“鱼稀饭”又鲜又嫩，让你回味无穷。战友们边品尝边赞不绝口，遗憾的是每每因为数量有限，总感鱼兴未尽。

有的班乘出公差洗鱼之际，蓄谋已久截留一些鱼据为己有，转移到班里撒上盐巴，偷偷晾在连首长难以发现之处。冬天，全班围着火炉烤鱼片吃，快活得赛过神仙。

第五章

在武工队的岁月

不一样的“武工队”

严冬来临，连队同往年一样将派出一个排的兵力，亦称“武工队”，轮流到风雪弥漫的拉嘎驻防半年。今年，轮到三排了。邓连长率部队执行任务回来，人员休整、工作衔接好后，又着手进驻武工队的繁忙准备。

初来连队，经常听到老兵们津津乐道地谈论武工队的各种趣闻，觉得十分蹊跷。武工队，多么熟悉的称谓。小时候，在电影、小说里看到抗日战争时期，我英勇的八路军、民兵，组织敌后武工队，出其不意打击日本侵略者，给鬼子以重创，威震敌胆，其人其事在人民群众特别是青少年中广为流传。所以，说到武工队，就知道是日本鬼子的克星，几乎人人耳熟能详。如今武工队到了西藏边防，这又是怎么回事呢？原来此武工队与彼武工队相比，八竿子都打不着，其打击的对象不同，生存方式也不同，完全是两码事。

盘踞在木斯塘的“四水六岗卫教军”在美国中央情报局的授意下，形成了一套惯用的伎俩，尽管不算十分高明。如他们在西藏边境春暖花开的季节，避开我军锋芒，把自己隐藏起来，进行针对性山地、游击训练，休养生息。等到严冬降临，大雪封山，乘我边防部队行动受阻，借助其地形熟悉，气候适应，如同躲在阴暗洞穴中的野兽开始蠢蠢欲动，通过科里山口等少数几个终年畅通的骡马道，渗透到仲巴等边境地区，伺机捣乱破坏。为防止回窜分子在这一时期越过边境，我连作为团里机动分队，奉命每年冬天在亚热乡西山脚下的拉嘎驻防，在我防御空隙地带如插入一个楔子，拦阻回窜分子回窜，随口起了一个名称，就叫武工队。我以为，是一个吉利、勇敢者的称谓。一直延续到回窜分子被彻底消灭。

连队决定，由黄副连长带领三排全体人员和炮班一部分（一门炮），组成武工队，基于三排副排长陈刚临近退伍，决定由炊事班长冯喜生代理三排长的职务，我作为通信员随副连长一同前往。

1969 年 12 月中旬的一个下午，狂风呼啸，天地一片浑浊。团里申请派出的 2 台卡车把我们连同武器弹药、背包以及主副食，拉到亚热乡拉嘎的一个山包底下，同行的还有情报站3位参谋。正前方就是西山山脉、科里山口，卡车一声刺耳嘶鸣独自离去，我被告知这里便是武工队的驻地，距离国境线大约8公里，一目了然的境外山峰，近在眼前。

环顾四周，满目苍凉，遍地皆是乱石、沙丘和枯草，举目看不到一个人影，完全置身于一片荒无人烟的旷野里。远眺科里山口，雪山下一眼望不到边的无垠莽原，巍巍西山白雪皑皑，云雾缭绕。一种异常的孤独和彻骨般的寒冷令我忍不住把眼睛闭起来，让现实的景象在心中瞬间消失。

“唉……”许多战友下意识地发出一声叹息。

然而，现实是严酷无情的，要在这里羁旅却居无定所，面对严寒，首先需要安营扎寨，解决好吃喝拉撒睡问题，来不得半点犹豫，完全依靠自力更生。从连队拉来一尊活动房子骨架、顶盖以及一顶棉帐篷，一块破破烂烂的旧帆布，舍此再无别的。

让我们感到唯一惊喜的是，山脚下有一个牧民游牧时用石头堆砌而成的简易露天羊圈，堆积了厚厚一层干羊粪。副连长带领几位班长缜密勘察后，集思广益，拟将活动房子搭在羊圈，利用其地势平坦和羊粪保暖的优势以及石头墙，变废为宝，就地利用。而棉帐篷固定在山顶，伙房则搭在羊圈旁山崖下。

眼看太阳西斜，凌厉的狂风卷着沙尘重重地打在身上，一刻不歇地怒吼，像针扎在脸上一样刺痛。大伙穿着皮大衣，戴着皮帽皮手套，扎住耳遮，伫立在茫茫荒野，想找个背风的地方都没有，浑身冻得僵硬，嘴唇上露出一条条血口，脸上、脖子里凡是暴露出来的部分，吹得又痛又胀，超乎想象的寒冷，根本无法伸手。什么叫艰苦？这时候才有最切身的感受。一分一秒都是那么难熬，那种苍凉、凄苦，内地人根本无法想象。

越是艰苦，越能体现军人勇气和英雄本色。副连长一声令下，几十个年轻小伙子一起动手，搭架子的搭架子，搬石头的搬石头，垒墙的垒墙。有些活是细活，如拧活动房子上的许许多多螺丝，带着皮手套很不方便，无法对上口，拧到位。然而脱下皮手套手指立刻被冻粘在冰冷的骨架上，只能凑合换成线手套，一会儿手指冻得穿心的痛，急忙放到嘴边简单地用嘴里的热气哈哈，片刻接着继续干。令人讨厌的狂风卷起地上的沙尘细石子扑打在脸上，吹得眼睛都睁不开，大伙纷纷戴上风镜。

经过与恶劣天气的顽强抗争，天黑之前房子总算搭起来了，将房盖拼好，让首长和同志们好歹有一个能够避风挡雪的藏身之处。羊粪本身可以用来烧火取暖，大伙因地制宜将一尺多厚的羊粪珠砌成地铺，既松软，又隔潮、保暖，南北各一排，中间竖上烤火炉，铺边垒上一溜整整齐齐的大石块，和在连队一样，把内务整理得整整齐齐，在野外能做到这一步非常不容易。机枪班和九班、炮班合住的棉帐篷搭在山上，情报站的棉帐篷搭在活动房子旁边。

栖身的问题解决了，伙房简简单单搭在山崖旮旯里，用石块就势竖起两蹲石桩子，两者之间搭上几根钢板，拉上帆布压上小石块。两名炊事员是从各班临时抽调的，战友中的能工巧匠发挥自己的智慧，动手砌了一个简易灶台，马不停蹄地架锅烧水、做饭。战友们饥肠辘辘，口干舌燥，没有什么干粮填肚子，急切地希望能够喝上几口热水，吃上几口热饭。高原不缺水源，正前方是一大片湿地，只要有沼泽地就有水，冰与雪都是水源。晚上 9 点许，摸着黑夜，饭菜做好了，开水也烧开了。

此时一轮明月从对面山背后悄悄露出脸来，狂飙了一天的寒风渐渐停住了脚步。感谢月亮婆婆，把清淡的光辉洒满大地，周围山野清晰可见。大伙借助月光，在露天下狼吞虎咽地吃上武工队第一顿饭。尽管眼睛里、鼻孔里、牙缝里、开水及饭菜里充斥着沙子，米饭也有些夹生煳味，没有一个人叫苦，精神振作。大伙明白，来这里就是吃苦的，随遇而安嘛。类似情况多了去，能吃上喝上又有地方住，饿不死冻不死就知足了，有道是知足者常乐。绝大多数人已经习以为常，有了一个好的开端，虽苦犹荣。

万事开头难啊！在这荒无人烟的边境地区，物质条件基本是一张白纸，远离老营地，完全依靠自力更生，出现一些瑕疵当在意料之中。例如，我们自己搭的活动房子，墙体全部用石块、草皮、沙土垒的，没有水泥勾缝，加上石块不规则奇形怪状，缝隙大在所难免。睡觉之后，蓦然发现漏风现象相当严重。整夜，外面的寒风通过旮旮旯旯吹得屋内“啾啾”作响，声音凄凄切切，活像鬼叫。惊扰休息不说，火炉散发出的丁点热气被彻底吹跑。个个冻得身子缩成一团，当了一晚“团长”。翌日早晨起床后发觉，四周墙壁像筛子一样到处是窟窿眼，站在屋子里面通过墙体石头旮旯，居然可以清清楚楚地窥视到外面，令人哭笑不得。针尖的窟窿，椽头的风，何况能看到人影。

一大清早，排里派七班长带领全班手拿铁锹在房子四周加上沙土，发现透风旮旯首先塞上草根，然后用沙土填堵。在门框周围用破麻袋塞得严严实实，尽最大的努力防风保暖。

老问题解决了，新问题随之产生。由于偏重考虑御寒，活动房子透光的问题无法解决。除了那个合不拢的铁门可以透气透光外，没有也无法留任何窗户和排气口，御寒保暖是硬道理，致使白天待在房子里如同跌入地窖，黑咕隆咚。烤火炉点火时冒出的牛粪烟火熏得睁不开眼睛，彼此说话只能听声音，看不大清楚面部表情，甭说看书写字，实质上应该算作货真价实的地堡。老是干坐着，难免有些局蹐。解决这一问题看起来似乎很简单，比如把铁门敞开或者白天点蜡烛。但是前者人冻得受不了，后者想都不敢想。想来想去想不出好办法，只好面对现实，具体问题具体对待。白天除了政治学习，一般情况借助烤火炉的火光照亮。

早饭后，我陪副连长上山察看九班、机枪班、炮班（一门炮 5 人）宿舍驻地及周围地形，山势陡峭，山路弯弯，脚下怪石嶙峋，从山下爬到山上约 20 分钟。接近山顶处有一块约半个篮球场大小的平地，不仅棉帐篷恰到好处坐落在这里，还为平时训练提供了一块相对理想的场地。代理排长冯喜生住在山上的帐篷里，闻副连长上山检查工作，早在帐篷门口等候。

走进帐篷，大伙按照武工队的统一安排，正忙碌着整理内务，平整房子内外地面。尽管条件差，但大家并不借口降低标准，内务整理得井然有序，被褥、鞋帽摆放和在连队一样整齐划一，有棱有角，给人以长久扎下根来的强烈感觉。作为新兵，我内心感叹不已，连首长经常说，从小处着手，大处着眼。是啊！条件再艰苦，环境再恶劣，走到哪里就把军队的光荣传统和优良作风带到哪里，始终保持一股旺盛的斗志，这就是我军战无不胜的力量源泉。

然后，副连长带领班、排长爬上山顶，极目远眺，研究部署武工队作战纵深、防御重点和地形、地貌的利用。凡是有些军事常识的人都懂得，要消灭敌人，必须首先学会有效地保存自己。确定在山顶挖工事，修战壕，设置固定哨位。山腰处设置夜间流动哨位，兼有承上启下的功能。保证武工队遇到突发性事件，山上山下能够看得见，联得上，拉得出，反击快。山下活动房子旁边开辟简易操场，供平时出早操集合使用。

任务明确后，各班分头挖掘工事，平整场地，完善相关设施，如宿舍、厨房、道路、水源等，致力于为武工队圆满完成任务打造基本的生存条件。经过一整天的突击，各项设施基本能够满足战备、生活的起码需要。

第三天，全体同志倾巢出动，背着武器弹药，肩扛十字镐，拿着背包带，来到山后面砍伐做饭用的爬地芽，这是高原上经过上百年生长的一种稀有植物，适合烧火做饭。大伙挖的挖，背的背，经过一整天辛勤劳动，柴火堆成一座小山。

为保证与团司令部、连队通信畅通，从团通信股借来一部有线手摇电话，机三班长带领两名战士穿越茫茫草地，前往通向昆木加的道尔比公路，把电话线终端连接在电线杆的线路上，电话线完全暴露在旷野里。不消说人为破坏，中尼双方老百姓放牧，野生动物来来回回踩踏，风雪交加，为安全畅通留下许多隐患。

万事俱备，漫长、寒冷、寂寞的武工队艰苦岁月开始了。

除夕

武工队大量时间用来站岗巡逻，密切监视回窜分子的动向。鉴于没有携带电台，独立遂行任务，远离上级，口令由副连长自己拟写，晚上熄灯前由我负责传给各班班长。

恰巧赶上一年最冷的季节，人手少，其强度超过连队许多，大伙站得好辛苦，经常大雪纷飞，气温骤降到零下三四十摄氏度，彻骨的寒冷，穿着毛皮鞋、皮帽、皮手套、毡靴，仍然像没有穿衣服似的。山头上连续矗立一两个小时，下岗后自感足趾又疼又麻，两腿痉挛，下山一步一步挪动，小心翼翼。工事是露天壕沟，没有碉堡，也没有地堡，下起雪来没有任何遮挡，满身是雪，毛皮鞋底冻上冰疙瘩。半夜上下岗，烤火炉牛粪不耐烧，常常不知道何时早就熄灭，房间像冰窖，衣服穿不上，脱不下。

副连长生怕大伙感冒，造成非战斗减员，指示炊事员每过几天给大家烧些糊辣汤喝，用来驱寒。

上午太阳出来，遇到不刮风的时候，利用学习、训练间隙，把大家带到山脚下晒晒太阳，暖暖身子。早晚在冰雪地行走，毛皮鞋渗水，脚板和脚趾又潮又冰。每到晚上，争先恐后脱下袜子，或挂在炉筒的铁丝上，或干脆贴在炉壁上烘烤，火炉四周围满臭鞋垫。然后把毛皮鞋脱下来，在火炉上方来回熏烤，尽量烤热，烤干，以便第二天继续穿，防止冻伤，满屋子一股烧煳了的鞋底臭味。

通常，连队通信员不站岗。到武工队后，由于人手紧缺，动用一切可动用的力量，安排我与卫生员同大家一样在完成本职工作的同时参与晚上站岗放哨。

有一次深夜，站岗时间到点，代岗的同志走后，由于白天劳累了一天，浑身酸痛，睡着如同死去一般，一不留神翻过身又睡着了。副连长紧挨着我，睡在里侧靠墙不保暖，耐不住寒冷半睡半醒，察觉我睡过误岗了，便冲着我大声喊：“小刘，你个家伙又睡着啦？”

睡得迷迷糊糊的我被副连长的怒吼声彻底惊醒，意识到自己误岗了，慌忙一骨碌爬起来，整个房间的战友们被他的喊叫声吵醒，搞不清他哪根神经突然错乱，半夜三更唠唠叨叨个不休，“作为通信员，一点不自觉，睡在铺上揉来揉去。七班长，让他把耽误的时间补上”。

七班长明白是气话，一声未吭。

上岗后，对副连长的歇斯底里有些莫名其妙，仿佛言犹在耳。虽然有所自责，但是内心深处感到很委屈。这老虎还有打盹儿的时候，何况整天围着你转。从此，在我心目中的形象没有那么伟岸了。

说起站岗放哨，最让人胆战心惊的是月黑风高的夜晚，在岗哨上突然听到饿狼令人讨厌的嚎叫声。

这一带虽然人烟稀少，但由于是牧场，饿狼遍野。夜间站岗，冷不防有野狼撕心裂肺的嚎叫，让你毛骨悚然。有一天夜里三四点钟，我正值山顶上站岗，大雪过后，月光朦胧。突然，“呜嗷”对面山下几声狼嚎，渐渐由远及近，我警惕的双眼目不转睛地紧盯着前方。陡然间，听到“唰唰唰”的声音，觉得头皮一阵发紧，定睛一看，原来3只灰狼拖着尾巴急匆匆向我站岗的方向一路跑来。我的天哪！纯粹与我过不去。此时一下蒙了，要是真的袭来如何是好，武工队向来没有交代防范措施。眼看着野狼越来越近，200米、150米、100多米。狗急了还跳墙，我也不能束手就擒，乖乖地成为野狼口中的美餐，那太便宜这些畜生，不明不白地就这样被吃掉，组织上怎么定性，算不算烈士？想到这里，瞬间把生命看得比什么都珍贵，毅然决然取下肩上的自动步枪，端起枪顺手“咔嚓”一声，将子弹推上膛，只要靠近30米内，准定开枪不误。这些可恨的畜生听到拉枪栓的金属声，突然停止前进，站成一排，虎视眈眈地看着我，眼睛里喷射出一道道绿光。见状，我急中生智，用力猛击枪柄，并大声喊叫，果然收到意想不到的效果，野狼掉过头一声嚎叫，“唰唰唰”消失在旷野里，惊恐万状的我紧张得心都要跳到嗓子眼里。下岗钻进被窝，心脏兀自怦怦直跳，思绪彻夜难以平静。

巧得很，掐指一算大年三十晚上轮到我站岗，意味着进藏后的第一个春节我将为祖国守边卡，太有意义了！

连队首长想得十分周到，为了使大家在边境线上过一个愉快的春节，和连队一样热热闹闹会个餐，派司务长特意提前送来冻肉、花生米、皮蛋、白糖等稀缺副食，炊事班两位同志冒着严寒忙活了好几天。情报站林参谋锦上添花，跑到南面坝子里施展其精湛的射击技术，打了几只野物，大伙高高兴兴迎接春节到来。

年三十炊事员忙不过来，武工队指派炮班帮厨，副班长张学明带领朱花豹、谢振元等协助炊事班的同志做些下手活，如烧烧火，蒸蒸饭，挑挑水，等等。谢振元同志是名军校毕业的理工类大学本科生，组织安排来连队锻炼一年。受过良好教育，文质彬彬，满腹经纶，干起活来循规蹈矩。这天他自告奋勇添柴烧火，因这活挺实惠，烧火冻不着手脚。他自恃文化程度高，对高压锅的仪器仪表了如指掌，使用原理一问就懂，一学就会。于是手里拿着本书，边看边往灶火里添柴，闷着头一股劲地烧哇烧，突然“砰”的一声巨响，我的娘哩！高压锅盖连带锅里的米饭“噌”一声冲开厨房帆布棚顶，然后掉在地上柴火堆里。不晓得是锅盖螺丝没拧紧漏气，还是气阀没及时排气，棚顶上、灶台上撒满了米饭，遍地狼藉，幸好没有伤到人，几个人大眼瞪小眼一脸尴尬，哪是在帮什么厨，纯粹添乱。

副连长第一时间闻声赶来，见人员安好，现场撒得到处是米饭，罔顾大年三十积些口德，气急败坏地一顿吼叫。大学生心里酸溜溜，脸上灰溜溜，强打精神露出点苦笑，低着头极力掩饰内心纷扰，一副狼狈相。几个人眼疾手快，错归错，批归批，准时开饭是当务之急，迅速收拾残局，重整锅灶，竭尽全力争取适时把米饭蒸出来，以免招来舆论谴责。耳闻为虚，眼见为实，第一次耳闻目睹高压锅果然会一飞冲天，心里头着实瘆得慌。

不枉炊事员和帮厨同志们的一番苦心，晚上太阳还没有落山，武工队如期会餐，做了十几样荤菜，大伙日思夜盼，这一刻终于来到了。各班用洗脸洗脚盆打回宿舍，欢天喜地围坐在一起，放开肚皮尽情享用，副连长与我及卫生员参加七班会餐。

没有杯盏交错，没有爆竹声声和张灯结彩。年夜饭当年算得上丰富多彩，琳琅满目，从小至大过春节没有见过如此丰盛的菜肴。随着烛光的微微闪烁，大家热热闹闹地围着火炉边吃边聊，谈笑风生，真有点过大年的浓郁味道。来自祖国四面八方的众多年轻人聚集在一起，在边防线上欢度新春佳节，别提有多开心，个个乐得合不住嘴。

为照顾大家情绪，开开心心过个年，熄灯时间推迟到 12 点。没有什么可供娱乐的手段。大家围绕着火炉抽烟喝茶，漫无边际地东拉西扯，以特有的方式在边防线上欢度不同寻常的除夕之夜。此时此刻，难免也有想家的念头一闪而过，但是毕竟离家太远，感觉很不现实。室外冰天雪地，室内欢声笑语。副连长把自己珍爱的收音机拿出来，吱吱哇哇接收些“样板戏”之类的音乐，供大家尽情欣赏。

时针逐渐对准 23 点，轮到我站岗了，多么不情愿而又无可奈何。于是慢条斯理地穿好皮大衣、蹬上毡靴，将皮帽拉下来遮住耳朵、脸蛋。然后，挎上自动步枪，告别战友们推门而出。

夜，漆黑一片，旷野里万籁俱寂，天地间浑浊成一团，飘飘洒洒的雪花像无数只白蝴蝶在随风飞舞，气温越来越低，踏着掩过脚背的厚厚积雪，沿着怪石嶙峋的陡峭山路摸索着前进，小心翼翼地一步步登上山顶，九班、炮班的战友们还沉浸在节日浓浓的热闹气氛之中，从帐篷传出一阵阵笑声。

今晚是中华民族几千年的传统佳节除夕夜，此时此刻的内地正是爆竹声声辞旧迎新之际，而我则迎风冒雪在边境线为祖国站岗放哨，遥望影影绰绰的东方地平线，心潮起伏，陷入对家乡亲人无尽思念之中。但是，想到身后亿万祖国人民阖家团圆，欢度节日，顿感重担在肩，正合我立志保卫祖国的初衷，军人神圣的使命感顿时油然而生。我骄傲！脚下是祖国的土地，纵然再贫瘠再荒芜，也是不可亵渎的。

两小时过后回到冰冷的宿舍，听到不少战友仍然翻来覆去，我断定他们不仅仅因为兴奋过头，而冻得睡不着恐怕是元凶。

大年初一，内地正是走家串户拜年的日子，北方人吃饺子，南方人兴吃元宵。炊事班给大伙做元宵吃，四川人称作汤圆，大伙兴奋得手舞足蹈，在边防线能吃顿元宵真是不容易。各班自己动手包饺子，炊事班负责煮饺子。虽然由于气候原因，饺子皮吃到嘴里粘牙齿，饺子馅是肉罐头和泡出来的干菜搅和在一起做的，无法与内地比拟，但是心情是一样的。

走访尼民拉嘎部落

吃过元宵、饺子，情报站的同志欲前往客居亚热乡尼泊尔边民点查访，传副连长指示，七班派王世全负责“保驾护航”。我作为通信员，陪同情报站同志以及副连长一并前往。

情报站负责适时收集分析木斯塘回窜分子的内部动向，边民来往于两地，通过其获取回窜分子信息为情报来源之一。每次连队进驻武工队或者完成查踪、设伏等大的军事行动，情报站的同志都要跟随着我们，给予情报支持。情报站同志外出遂行情报侦察任务，连队派人荷枪实弹随行，保障其人身安全。所以，彼此情同手脚，亲如兄弟。情报站林参谋、赵参谋都是50年代入伍的老情报人员，精通业务，吃苦耐劳，平易近人。魏参谋则是分配来边防没几年的北京外国语学院东语系毕业生，从小在北京长大，到结婚成家的年龄，姑娘们听说在西藏边防工作，嫌两地分居路途遥远，没有同意，因此他至今孑然一身。没辙，成天耷拉着头萎靡不振，很少看到脸上有笑容。后来据称，组织上考虑到个人问题确实不好解决，影响思想稳定，以及隐蔽战线斗争的特殊性，权衡利弊，安排其转业回了北京。

为了易于接近边民，他们平时都穿着便装，只有离开边防时候才可以军服在身，这是纪律，不难想象军装省了不少，让我们十分羡慕。

在距离武工队驻地约两公里的西山脚下，有一个尼泊尔牧民集中居住地，与武工队隔着一座小山包，老死不相往来。遵循两国外交协定，允许每年有一定数量的尼国牧民来亚热乡草场放牧。据说是以部落为单位，故习惯称“尼民拉嘎部落”。

平时，站在武工队山头哨位上纵目四望，经常看到一些外国商人骑着骏马越过科里山口，径直前往里孜边贸市场进行商品交换，返回时有的在拉嘎部落居住地寄宿。曾经有回窜分子或敌方情报人员混迹其中，伺机观察我军动向，搜集情报，双方发生过枪战。也曾经有回窜分子择机抢劫拉嘎部落的牛羊等财产。

上午，晴空万里，寒风萧萧，副连长、林参谋、赵参谋我们一行 5 人兴冲冲向着边民居住地而来。此刻我感到异常开心，来到西藏快一年了，从来没有走出部队这个圈子，近距离接触老百姓，尤其是外国老百姓，内心充满好奇，急切企盼一睹为快。我们背着枪支从武工队右侧翻过小山包，清晰地看到对面雪山下山坡上零零星星洒落着十几顶帐篷，炊烟袅袅，两位参谋告诉我们，这就是我们要去的地方。赵参谋打趣地模仿京剧《沙家浜》片段：“乡亲们！我们是忠义救国军，我们来啦……”

话音刚落，被边民机灵的藏獒发觉，张着血盆大口狂吠着向我们扑来，边民闻声三三两两钻出帐篷，定睛一瞧是金珠玛米（藏语：解放军），特别有他们熟悉的、令其望而生畏的情报站“本部啦”（藏语对官员的统称），有点慌了手脚，于是异口同声地大声呐喊：“帕暇洒觉！”（藏语，咒骂畜生用语），那藏獒乖乖地掉转头卧躺在原地，真是一物降一物。

我们听不懂是什么含义，肯定不是好话，经请教二位参谋，为“吃你父亲肉”的意思。心想，骂得也真够狠的。

走近第一家帐篷旁，身着羊皮藏袍的主人蓬头垢面，脸上堆着腼腆的笑容，向我们走来并行探舌礼。初次接触边民，方知亦是外国藏族，其装束打扮看不出与西藏老百姓有什么明显差别。林参谋漫不经心地与对方用藏语交谈，我虽然听不懂，但估计是些客套话。主人撩起帐篷封口，把我们迎进帐篷内，一眼窥见其国王的相片悬挂在中间帐篷杆上，然而不便细心浏览，过后听林参谋说叫什么“马亨德拉”。

帐篷比我想象的还要矮小，若是挺直身体一不留神就会触及脑袋。帐篷内四周拐角处堆放着一些大大小小的粗毛线口袋，横七竖八，凌乱不堪。中间竖着一个简简单单的火炉，上面放着一口煮茶叶水的钢精锅，热气腾腾。帐篷用粗羊毛织成，顶端开着叉，酷似天井。因为火炉没有烟筒，牛粪火冒烟通过开叉的地方自然排放。地面几乎原生态，不做什么特别的处理，一看便知为临时居住。这所有的一切，铸有明显原始游牧民族的深深烙印，简单而不确定，与其游牧生活特征戚戚相关。随着季节和草场状况的嬗变，牛羊牵着人的鼻子走。直白地讲，叫作“羊走家搬”。试想，一年四季居无定所，频繁搬家，靠几只牦牛、几十只羊（注：专门有让羊驮东西的褡裢）翻山越岭过草地穿沙漠，不简单能行吗？

热情好客的主人用酥油茶款待我们，只见女主人把过滤后的滚烫茶叶水倒在酥油桶里，信手抠了一块酥油丢在桶里，然后把木杆阀子有节奏地上下拉动，叫作打酥油茶，不一会儿工夫热腾腾的酥油茶打好了，倒在茶壶里。

我注意到，男主人从一个肮脏不堪的口袋里掏出几只带有污垢的精致银质酥油碗，随手抓了一把烧过的牛粪灰放在碗里，把污垢擦得干干净净。我心头为此一惊，这样的碗倒上茶怎么能喝下去呢？正在为此纠结时，只见林参谋拿起水瓢在沸腾的钢精锅里舀了些开水，把酥油碗烫了两遍。

男主人双膝跪地，彬彬有礼地双手给每人递上一碗酥油茶。

第一次喝酥油茶，味道确实不爽，尤其那难闻的酥油腥味令人倒胃口，勉强喝到嘴里难以下咽，既苦又涩。但不能辜负热情主人的一片诚心，捏住鼻子、憋着气强行下咽。

藏民族有个习俗，若是客人喝茶喝得底朝天，表示客人已经尽兴了；反之，要是还剩一点，说明意犹未尽，主人便继续斟满。林参谋看到我一脸痛苦状，暗示一次性喝完了事。我心领神会，好在酥油碗仅有拳头大，喝完后连忙把碗放置一旁。

林、赵二位参谋渐渐转移话题，了解回窜分子近来的蛛丝马迹。

不出所料，引起主人警觉。他们终究是外国人，不能简单地以“觉悟”二字相提并论。在我们无法保证其绝对安全的情况下，担心走漏风声遭到回窜分子报复，招致杀身之祸，故言谈之间处处小心谨慎，丝毫不难理解。作为另一个国家的人，你也不便苛求对方按照你的意志行事。小小事情一旦处理不好，可以撬动国与国的关系，政策性极强，必须掌握好分寸。当时，霸权主义正在国际上拼凑反华包围圈，千方百计挤压我外交空间，尼泊尔作为弱小国家在大国的狭缝中左右逢源，处境十分尴尬。加之，我们正在搞“文化大革命”，尼泊尔共产党也十分活跃，理所当然引起该国政府警惕。我们对该国大政方针是保持睦邻友好，视其为友好邻邦。所以，军人的一举一动，必须与国家利益、外交政策对接。

男主人和这里大多数藏民族男子一样，留着麻花辫，乱蓬蓬的。女主人头发上酥油抹得锃亮，频频给火炉添加牛粪，不苟言笑。表面上看，感觉两人有些木讷，也许故意做作，装得傻傻的，几乎一问三不知。

由于话不投机，三碗过后林参谋使一个眼神，我们便起身告辞，径直前往扎西家帐篷，扎西与妻子在帐篷边静候。

据林参谋私下耳语，扎西是我们内部经过长期考察，确定为开展隐蔽战线斗争的依靠对象，亦称“内线”。一家三口，有一个漂亮的宝贝女儿，年方十七岁，出落得如花似玉，在这一带本来就人迹稀少的边民中称得上独一无二的美女，时常遭到伦理混乱的边民和过往尼商的性骚扰，夫妇俩终日提心吊胆而又不遑顾及。目睹我们到来，俩人笑得脸上开了花，那种心灵感应是不同寻常。与前面一家比较，明显不一样。

扎西特意端上自己烙的青稞面大饼和青稞酒，这些都是接待尊贵的客人用的，在这茫茫雪山荒漠能吃上青稞面做的大饼实属稀罕。青稞生长在海拔 4000 米以下的农业区，每年秋末冬初，牧民赶着牛羊，驮着盐巴，千里迢迢前往农区进行农牧交换。听说我喝不惯酥油茶，扎西的妻子连忙将最好的牛奶做成的酸奶盛上一碗，并撒了一大把白糖，平生第一次品尝到酸奶的味道，感觉酸甜适度，别有一番风味。

倏忽之间，纤纤弱质、身姿飘逸的扎西女儿格桑闪身进入帐篷，两手提臀，小鸟依人地面对我们款款而坐，藏袍的领口、袖口边镶着毛茸茸的水獭皮，青丝披肩，双耳耳环下垂，唇红齿白，楚楚动人。两位参谋双目豁然开朗，冥冥中受不可知力量的牵引，顿时谈兴大发。格桑言语寥寥，却彬彬有礼，笑起来嘴唇微微张开，更显得妩媚可爱。我不禁感叹，在这鸟不拉屎的地方还有如此美若天仙的女孩儿。

消息不胫而走，在武工队战友们中间泛起五彩的波澜，成为打发业余生活为数不多的谈资，以我臆断为很多战友心目中的梦中情人，一颗颗不安分的心在骚动，其吸引力、杀伤力出乎意料。每次派公差随同情报站前往边民点，人人争先恐后，革命积极性异乎寻常地高涨。若是运气不佳没有幸遇格桑，失落感立马写在脸上，唉声叹气，无精打采。格桑受其阿爸之意，隔三岔五来情报站通风报信。只要有人爆料格桑来到情报站，不少战友像打了兴奋剂一样，不避风雪，在屋外一分一秒憨憨地等待其出现，两眼一瞬不离怔怔地目送她的背影消失在雪山脚下，多么痴情而悲催的战友，只要女人漂亮，哪管国籍，多看几眼也是享受啊！

扎西，体格彪悍得像一头牦牛，黝黑的麻花辫盘在头顶，两鬓胡须密密匝匝，谈笑之间透射出善良、坚韧的特质，是我所见到的外国边民中最有力度的男子。据他回忆，从记事以来，其宗族长年累月在国境两边游牧，繁衍生息。两国边民和平相处，不曾发生龃龉。自打什么“四水六岗”出现在木斯塘后，边境像平静的湖水骤然掀起波澜，这帮苟延残喘的家伙，拥兵自重，悍然将罪恶的魔爪伸向外方平民百姓，当地民众忧心忡忡，整天生活在恐怖的阴影之中。为图个苟且偷安，长年携家带口在中国边界一侧放牧求生。去年夏天他与几位族亲怀着侥幸心理回到木斯塘放牧，不料跌入虎口，扎西家的几十只牛羊被饿急了的回窜分子抢走，不少人惨遭毒打，无奈之下仓皇折返亚热乡。说到这，两拳紧捏，怒不可遏，牙齿咬得咯吱响。

“这帮‘帕暇洒觉’不消灭，边境永无宁日。铲除邪恶，不分国别，人人有责。”扎西斩钉截铁地说。寥寥数语，发自肺腑，反映了两地群众的共同心声。

据情报站几位参谋说，从扎西等边民反映，并通过近日弃暗投明回到仲巴的回窜分子及家眷口中了解到的大量情报，经过分析，基本趋于一致。

由于我驻藏边防部队不折不扣执行中央决策，乌合之众的回窜分子回窜无望，众叛亲离，惶惶如丧家之犬。迩来，随着国际格局重新洗牌，美国主子从“两霸”激烈对抗的战略需要出发，置亲自豢养的犬马于不顾，下令停止援助。还是应验了那句老话，只有永远的利益，没有永远的朋友。这一招如釜底抽薪，令回窜分子赖以生存的主要生活、武器等后勤补给链断裂，若惊弓之鸟，途穷末路，陷入绝望。传言近来回窜分子内讧加剧，所谓的康巴游击队和西藏本土叛乱武装的矛盾，木斯塘回窜分子和十四世达赖喇嘛的矛盾，“四水六岗”现任司令旺堆嘉措和前司令巴巴益西的矛盾日渐加深，士气日益低落，离心倾向严重。团首长一针见血地指出，切忌麻痹轻敌，严阵以待，谨防回窜分子困兽犹斗，孤注一掷，做垂死挣扎。

狗急了跳墙，人急了若是人性扭曲，可能禽兽不如。

战友失踪

根据团首长、司令部机关的指示，武工队强化了对科里山口至毕久拉一线的巡逻密度。每周二、四、六派出两个班沿着西山山脉，经过拉嘎沟，向夏青拉、巴巴扎东方向定期巡逻，用警惕的眼睛密切监视着回窜分子的行踪。然而，一件意想不到的不幸事情发生了。

这一天，一夜飘雪，虽然不算大，把亚热乡直至西山山脉染得白茫茫一片，早晨起来，云开雾散，太阳普照雪山草地，盼星星盼月亮，盼来武工队难得一遇的好天气。

早饭后，派出炮班、九班一如既往背着武器弹药、水壶、压缩饼干，轻装上阵，执行巡逻任务。队伍在武工队驻地山下右后转弯，直接插入夏青拉。静谧的阳光洒下来，处处闪烁着刺眼的光芒。九班长一声令下，大家急忙戴好风镜，防止染上雪盲，造成莫名的痛苦。

一路上，一帮血气方刚的年轻人呈一线拉开，沿着西山脚下的山坡一边巡逻一边谈笑风生。九班长吴元民是连队有名的快嘴，性格开朗，能说善侃，不让他说话他憋得慌。巡逻途中不忘插科打诨，不知道他肚子里哪来那么多的“酥油、糌粑”，说话“嘟、嘟、嘟”宛如打机关枪，唾沫点子四溅，还不允许别人插嘴。

张学明也是一个快嘴，热衷在大伙面前开个玩笑，逗个乐，但是哪有他说话的时候，没说几句，被九班长转过身用手扼住其脖子，口中念念有词：“新兵蛋子，给老子少废话，晃晃荡荡，一点不稳重，我看你真是个张晃晃。”

言者无意，听者有心，朱花豹突然脑袋瓜灵光一现，接过话茬：“那就干脆正式命名叫‘张晃晃’吧，大伙说好不好？”

“好。”一阵掌声，把张学明弄了个大红脸。

“张晃晃”确实符合他的性格，应该说比较切题。从此“张晃晃”的绰号由武工队波及全连。

不知不觉太阳落山了，巡逻的队伍迎着刺骨寒风返回武工队。

途中，夜幕降临，天变得阴沉沉的，云雾低垂，气温逐渐下降。为了御寒保暖，大伙下意识不约而同地拉下皮帽耳遮，外面的风吹草动和说话声音只能听个隐隐约约，九班长那张忙碌不迭的贫嘴也不再张扬了，只有“唰、唰、唰”的脚步声。队伍风一般行走在茫茫黑夜之中，头上身上慢慢感到热辣辣的。回到武工队，已到夜深人静的时候，部队正在准备就寝，炮班副班长张学明招呼大家摘下皮帽子，清点人数。

四周漆黑一团，人影模糊。不料，九班清点人数说少了严茂林。起初大伙以为是开国际玩笑，故意找点噱头制造紧张空气调节气氛。片刻，听到九班长冲着回来的方向大声疾呼：

“茂林——茂林——”

呼喊声惊动了副连长和山下房子里的战友们，大家纷纷涌出房间，30 分钟、40 分钟、50 分钟、一小时过去了，还不见踪影。副连长顿感凶多吉少，天寒地冻，若是被回窜分子挟持事情可就闹大了。

事不宜迟，副连长当机立断，挑选了 8 位身强力壮的同志在张学明的带领下，沿着原路去搜寻。几位同志热水没有来得及喝一口，一头扎进茫茫黑夜里，一路呼喊，一路寻找。喊声在旷野回荡，天地之间只有寒星在闪烁，一片漆黑。

“茂林，你在哪里？茂林回来。”

风雨同舟的战友们，一个个嗓子嘶哑了，多么急切地盼望寒风萧萧中的战友能应答一声，回到大家的身边。大伙屏息凝神，侧耳倾听，大漠无语，四野寂寥，只有风声猎猎和偶尔听到饿狼哀嚎。大家围成一圈儿，打着火机看了一眼手表，已经是凌晨3点，见没有一点动静，确信无疑失踪了。从早晨出来到如今十几个小时过去，大伙只吃了点压缩饼干充饥，个个筋疲力尽。为防止节外生枝，毅然决定停止搜寻，返回武工队。

严茂林，四川人，1968年从家乡入伍，中等身材，质朴内秀，平时言语不多，却十分顽强的一个小伙子。据九班副班长后来回忆，考虑到途中行军快捷方便，出发前临时决定全部巡逻人员统一穿高腰胶鞋。茂林同志的胶鞋不是很合脚，走起路来快一阵慢一阵，老是落在队伍后面。当暮色笼罩大地时，副班长担心其掉队，回过头走上前关切地询问究竟。性格倔强的他，素来爱面子争强好胜，谢绝帮助，自称鞋底垫脚，无关紧要，自己完全可以克服。凭借对他平时的了解，副班长坚信其可以排除困难，坚持走回去。随着夜色越来越浓，行军速度越发加快，他与大部队的距离逐步拉大。加上大伙把脑袋捂得严严的，归心似箭，夜色昏暗，压根都不曾想到掉队的战友会与巡逻队伍脱节。

这一带地形地貌复杂多样，有山、有坡、有水草丛生的沼泽地，也有沙石遍野的戈壁滩，七沟八梁，起起伏伏，这些日子晚上气温降到零下三十多摄氏度，冰天雪地，孤身一人在茫茫旷野，没有穿皮大衣、毛皮鞋，令人无法想象。同时，置身于边境与回窜分子交织的地带，一不留神走出边界，什么样的可能性都会存在。天麻麻亮，哨兵报告不曾发现新的情况，一种不祥的预感扑面而来。此时此刻副连长和战友们的脸上无不挂着一丝丝的忧伤，一丝丝若有若无的惆怅，阴霾一下子笼罩在武工队每个人的心头。

熹微的晨光刚刚露出西山峰顶，炮班副、九班长带领原班人马，前往巴巴扎东方向实施搜救，所不同的是没有了笑声，没有了轻松。队伍不再排成一路纵队，而是以原路线为中心间隔30米左右呈横队撒开，实施宽横面、地毯式搜救，目不转睛地注视着周围的一山一石，一草一木，不放过每一个疑点。5个小时过去，原来的巡逻路线已经走到头，没有发现任何情况，战友们焦灼不安地四处张望，个个紧锁着眉头，从内心为茂林默默地祈祷。

就地休息片刻，炮班副与九班长分析了存在的各种可能性，决定两个班分别回过头从西南方向两翼包抄，扩大搜救范围。炮班的同志颠颠簸簸穿过一片沼泽地，径直翻越一座小山包，倏然间朱花豹第一个看到低空有几只黑鹰在盘旋，立即引起大家的警觉。谁都知道黑鹰长时间在一个相对固定的地方飞来飞去，无疑觊觎地面上可能会成为其美餐的弱势动物。大家心急火燎以最快的速度气喘吁吁爬上山顶，前面不远是一溜乱石堆，黑鹰正在上方惊叫着跃跃欲试。张学明、石忠德、孙志学等身体忒棒，不顾缺氧疲劳，拔腿向石堆方向跑去，啊！影影绰绰一个可疑目标映入眼帘，几个人拼着命冲上前去，定睛一看，确信无误是严茂林同志。只见他横躺在低矮石崖下，双手紧抱自动步枪，脸色灰黄，双目紧闭。紧接着后面的同志跟上来，一双双惊讶、期望的目光一起聚集在战友身上。张学明低头伏在他的耳边，轻轻地喊：

“茂林，茂林！”

连续呼叫了几声，没有丝毫反应，显然已经昏厥过去，不省人事。连忙脱下手套，把手从其领口处伸进去，发觉身上尚有丝丝热气，脉搏还在跳动，理论上有生还的一线希望。从这里到武工队少则两个小时，时间就是生命。没有担架怎么办？大伙早就想到了，利用两把训练用木柄枪，在二者之间迅速缠绕上背包绳，做成简易担架，并垫上皮大衣。取下其怀中的枪支弹药，张学明、石忠德两人小心翼翼地将其抱起来，发觉身子还软软的，放在简易担架上。

在抬担架的一刹那，突然发现其脚上竟然穿着一双皮手套，见此情形个个都惊呆了，一时迷惑不解。转念一想，觉得非常符合情理。当时脚上只穿着一双胶鞋，当与部队失去联系，独自在黑暗中徘徊，身体过分透支，寒冷、疲劳、饥饿叠加在一起，将他击倒在地的时候，一双薄薄的胶鞋怎能抵挡住零下几十度的严寒，目睹此情此景，战友们心如刀绞。

张学明一边摇动小旗子与九班取得联系，及时向对方发出信号，同时迅速组织全班抬着担架向武工队方向一路小跑，一分一秒对于严茂林同志来说都是那么宝贵。九班的同志们抄近道不顾一切与炮班迅速会合，人多力量大，大伙轮替着抬，拼命地跑，经过一个多小时顺利抵达武工队。当时，边防连队医疗条件差，武工队仅有一名经过营部卫生所短期培训的卫生员，遇上这种情况不知道该如何下手，抚摸鼻孔，发现还有微弱的呼吸，生命垂危，情况十分紧急。武工队缺医少药，无法组织有效的抢救。怎么办？

早晨起床后，匆匆忙忙向团司令部、连队汇报，可是屋漏偏逢连夜雨，几天以来，电话横竖摇不通，副连长急得额头冒汗。无奈之下，指派机三班沿着线路仔细查找原因。上万米细细的电话线隐藏在砂石堆、冰雪和草丛里，要一寸一寸检查，没有一两天的工夫枉然。在此情况下，指望团里紧急派车派人来抢救，消息都不通，显然不够现实。事不宜迟，救人要紧，可谓叫天天不应，叫地地不灵。

环视四周，只有昆木加边防队距离我们相对较近，为最佳选择。此时，切身感受到身处边防是多么无奈。副连长决定，立即送往昆木加边防队寻求救助。

昆木加是距离边防线最近的团直属连队，通常情况下，从武工队负重行军到昆木加至少 3 个小时的路程，只是大概估计，谁也没有走过，没有路，必须穿越草地而过。把战友从死亡线上救回来比什么都重要。大伙无暇左顾右盼，不由分说抬起担架直奔昆木加。这时候，已经是下午 4 点左右，这一带是亚热乡的主要牧场，牧草密密麻麻有齐腿深，沼泽遍布，行走异常艰难。大伙咬紧牙关拼命抢时间，争速度，忽而进草丛，忽而踩冰雪，忽而过沙丘。由于截至目前不曾有任何救治措施，人一直昏迷不醒，脚下路高低不平，担架简陋无比，好人时间久了都吃不消，何况一个气息奄奄的病人，哪能经受住长时间的剧烈折腾。时间一分一秒过去了，情况越来越令人焦急。一个多小时后，发觉病人手脚冰凉，嘴巴、鼻孔流出黄水，浑身僵硬，瞳孔放大。应卫生员的要求，停下来摸鼻孔、脉搏，发现已经停止呼吸。又拿听诊器胸检，确认心脏彻底停止了跳动。

此时，空气凝固了，在草丛里，大家围绕着担架肃然伫立，泪水模糊了双眼。顷刻之间，一个鲜活的年轻生命，在自己一生最娇艳的年华与战友们永别了。

第二天，电话线总算接通。下午，团里特地派卡车来到武工队将尸体拉回扎东烈士陵园安葬。全体同志为失去一战友而痛彻肺腑地悲伤，目送灵车缓缓驶离武工队，慢慢消失到视野尽头。

亲爱的战友！您将自己生命中最后的足迹留在了雪域高原，却一句话都没有留下，您像一朵凋零的花瓣，永远飘逸在泥土上，散发出芬芳。祝愿战友入土为安！

挖掘叛乱分子埋藏的武器

近一个时期，苟存在异国他乡的回窜分子深知前途渺茫，设法摆脱匪首旺堆嘉错的日夜监控，三三两两通过仲巴边境弃暗投明。团司令部通知各边防点提高警惕，密切关注，发现类似人员及时报告，灵活处置，并采取内紧外松的方法，最大限度瓦解叛军，孤立少数顽固不化的“藏独”分子。

据刚刚投诚归来的回窜分子坦陈，1959 年叛乱武装逃离西藏时，解放军前堵后追，一小撮叛乱分子慌不择路，把一部分武器掩埋在距离武工队不远的西山山腰间。风闻目前内外交困，武器弹药难以为继，一旦此时落入垂死挣扎的回窜分子之手，无疑会助长他们的嚣张气焰。眼下所在位置正是冬季回窜分子回窜的两个重要通道上，团首长立即命令作训股长王克中同志负责现场确认和挖掘工作。

3 月中下旬的一天下午，王克中股长率领机关参谋，乘坐罗马尼亚牌卡车，带着投诚人员一溜烟前往西山脚下指认当初的掩埋地点。途经武工队在情报站帐篷做短暂停留，向副连长和林参谋面授任务。消息传开，战友们难以抑制内心的好奇，想瞧一瞧回窜分子到底与正常人有什么迥异之处。在边防待了这么久，堵截回窜分子回窜，真正的回窜分子啥模样，绝大多数人不曾见过。然而，事与愿违，返回的车子撂下林参谋扬长而去，回窜分子的影子都没见到。

副连长代表武工队接受了挖掘任务。第二天一大早，还是那辆罗马尼亚卡车，拖着长长的尘土疾驰到武工队。

从对面道尔比公路插过来，经过武工队到西山全线皆是自然路，几乎一马平地，只要没有沟沟坎坎，车子可以放荡不羁地在草地、沙丘戈壁上任意奔跑，第一次领略了罗马尼亚牌卡车的比较优势。中午自带干粮，武工队想得十分周全，提前蒸好放糖的甜馒头，让北方人心花怒放，挎包里塞得满满当当，还没有到达目的地，在车上就啃了起来。

车到山脚下停了下来，还需要徒步爬山。所处位置虽然近在咫尺之遥，但越往前山势越陡峭，最后 300 多米左右几乎悬崖峭壁。于是，像登山运动员一样，手脚并用，呈一路纵队缓慢而坚定地前进。

抬头仰望，山顶被厚厚的冰雪覆盖，终年积雪不化。一阵寒风吹来，冰冷刺骨，感觉冬天似乎永远到不了尽头。攀登至距离雪线不远处有一块约 15 平方米的弹丸之地，股长告诉我们目的地到了。我独自寻思，把武器埋在这么高的山上，鬼才能找到呢。大家把武器弹药和挎包、水壶整整齐齐放置一边，休息片刻，喘口气。

突然听到“嘎嘎”的叫声，大伙下意识抬头一看，四五只黄鸭尖叫着在头顶上方打旋，似乎看到一帮天外来客，这时候才发现对面几十米的山崖上有野鸭的洞穴，让我们感到很好奇。俯视宽阔的亚热谷地，昆木加边防队营房哨所和尼国木斯塘清清楚楚。要不是执行任务，做梦都不会来到这野兽不曾出没的地方。

叛乱分子掩埋枪支之处是一个自然形成的地窟，直径一米左右，用我们所带铁锹、十字镐挖掘，人多身子转不开还会造成窝工，最多一次只能容纳两人，到后来挖到深处只能一个人独自为战。王股长责成代理排长冯喜生统一指挥，鉴于高山缺氧，15 分钟一换，轮流作业，轮换休息。坑里面填满了泥土、石块，大家兴致勃勃抡起手中工具，抓紧分分秒秒连续作战。到了下午天气骤变，风声大作，不但没有削弱士气，反而斗志更旺，多少只期待的目光紧紧盯着这个坑子，盼望不虚此行，有所斩获。可是，挖了 3 米多深仍然不见枪支弹药的迹象。

作训股王股长来自团司令部，军姿端庄，衣冠楚楚，在我的心目中机关领导就是大官，无可置疑都有几把刷子，听代理排长冯喜生介绍，参加过自卫反击作战，军事技术不凡。虽然来自指挥机关，带着我们大家一起攀登山崖，身体力行，没有什么架子，很快和大家打成一片。让大伙激动的是，到了山上，他慷慨地从兜里拿出自己的香烟请我们抽。大伙本来早就断了烟，烟瘾上来憋得难受，见到香烟如久旱遇甘露，毫不客气，顾不上说声感谢便顺手接过香烟点火就抽，心里有种一时说不出的满足。我怀着仰慕之情不时抽身看一眼和大伙战斗在一起的王股长，见他一只手揣在裤兜里，或而蹲下，或而站将起来，双目一刻不离地盯着土坑，那张脱皮的嘴一支接一支不停地抽烟，满脸灰土，一声声干咳，表面上很平静，骨子里比谁都心焦，要是真挖出一批武器，那又是什么样的成色和心情，打内心强烈期盼这一刻快点到来，千万不能扫大家的兴。

然而，事与愿违，再继续往下挖时，到了完全生土岩石层。天色逐渐暗淡，王股长见状，果断叫停。

经分析推测，这批枪支已经被回窜分子挖掘后运回木斯塘。劳累了一天一无所获，战友们不无遗憾地返回武工队。

新老交替

告别漫漫寒冬，春天悄然向我们慢慢走来，又临近每年一次老兵退伍、新兵补充到连队新老交替时。以几位班长为首的一批老兵日思夜盼离开边防，解甲归田。这些日子一有空嘴巴里就一刻不闲地念叨，甚至在他们中间进行竞猜打赌，谁都不愿意继续留队，扎根边防，不时当着副连长的面做出各种带有挑衅性的举动。忍无可忍的副连长终于被激怒了，一本正经地组织大家坐下来学习关于人民军队永远是战斗队的论述，人人联系思想实际，深入开展批评与自我批评，他红着没有到年纪就打皱的脸，头上的筋疙瘩直冒，严厉地说：

“同志们，两个超级大国既互相勾结，又互相争夺，妄图瓜分世界。世界上还有三分之二的劳苦大众没有解放。在我们西南边疆还有扩张主义和武装叛乱分子存在。大敌当前，我们的一些老同志、共产党员战斗队思想淡化，长期建藏思想不牢，以为服役期满便‘船到码头车到站’，成天斗志消沉，怪话连篇，一心想着退伍回家过安逸日子，大家说说要不要得啊！当初入党时是怎么说的，什么‘站岗站到敌人灭亡，扛枪扛到全人类解放’，好话都说尽了，多么虚伪！重温一下入党志愿书，看看我们像不像一个共产党员？”

副连长诛心之论言之凿凿，虽然拾人点牙慧，用大道理管小道理，真还见效管用。从此，几个人心里尽管如何胡思乱想，但嘴巴上再不敢胡乱吱声了，装得规规矩矩，正儿八经，口口声声要长期建藏，边疆为家，为解放全人类，实现共产主义站好最后一班岗。调子唱得比谁都高，似乎调子越高越革命。

终于有一天下午，连长风尘仆仆带着补充到武工队各班的新战士，乘解放牌卡车到拉嘎武工队驻地来了。他迈着习惯性轻盈步伐径直来到我们住的活动房子里，与我迎面相遇，满脸笑容，叫着我的名字问我怎么样啊。

我被他突如其来的问候搞得一时语塞，回过神立马回答“还好，还好”！心想，好什么呀，指导员接兵离开连队，你立刻把我发落到武工队，让我受尽皮肉之苦，伤筋动骨，都是你干的好事。

大伙明白，指导员赴内地接兵，副连长在武工队，其他副职还在休假，连长和一名副指导员挑起连队建设重任，工作任务繁忙，不轻易来武工队一趟。除了亲自送新兵报到，还要宣布老兵退伍名单，随即把他们带离武工队，办理退伍手续，送到团里统一组织离藏。看得出来几位老班长坐卧不安，心猿意马，生怕退伍名单漏了自己。

代理排长冯喜生把大家统一集合在活动房子里席地而坐，连长稍事问候，便代表党支部宣布两件事。一是悉数公布退伍名单，七班长、八班长和九班长退出现役，几位班长分别是1965、1966年入伍而超期服役的老同志，当在意料之中。二是宣布新任正副班长名单，原来的副班长就任班长，我被任命为七班副班长，从此结束了我的通信员生涯。接着，连长又要求退出现役的几位班长立即上缴公用物资，整理个人物品，一小时后随同自己一起返回连队。

会议结束，连长欲爬上山看看哨位和山上的住宿情况，与代理排长冯喜生一起，后脚刚刚迈出房间，不愉快的一幕发生了。七班老战士韦山同志是1966年入伍超期服役的老兵，一门心思准备退伍，并且自我感觉良好。在战友们眼里他退伍离队是板上钉钉子的事，谁都不曾想到他会被留下来，平时老实巴交，没有什么文化，只知道当兵服役兢兢业业干工作，极少牢骚怪话，在同年入伍的老兵中间，没有任正副班长的为数不多，留下来无大碍但也别指望派上大的用场。听连长宣布退伍名单没有他的名字，又联想到一起入伍的同乡即将退伍离开艰苦的边防，他内心顿生绝望。之前一切美好的幻想都变得迷离，精神上所有的支柱开始倾覆。他因为理想太耀眼，期望值太高，一旦破灭，绝望就会太深。老实人脑子拐不过弯容易干蠢事。连长走后，他便一时想不通情绪突然失控，大喝一声，把手中的枪支往墙角狠狠一扔，一骨碌躺在铺上双拳捶胸，像驴一样来回打滚，嘴里骂骂咧咧，又哭又喊：

“妈的，老子要外逃！”连喊数声。

这可是政治原则问题，万万不可信口开河，在场的同志个个惊得瞠目结舌，就凭这句话可以给他任意定罪，关禁闭、开除党籍一点不冤枉。大家互相比较了解，纯粹一时想不开说过头话，心情可以理解。但是，确实过了底线，况且连长说不定还在门口，若是锱铢必较，只怕他吃不消。即将离队的几位老班长急忙上前摁住安慰，大伙你一言我一语地悉心劝导，老兵的情绪才逐渐稳定下来，无神的双眼直瞪瞪望着地面，坐在铺沿上闷闷不乐，神情呆若木鸡。

我在惊魂一刻之余，不乏同情之心，仲巴边防生活确实太苦了！令常人难以承受，不仅仅自然环境恶劣，物质生活条件贫乏，更多是精神上的痛苦，战士终年待在边防线上站岗放哨，完全与外界隔绝，没有任何娱乐。那种苍凉和孤独让你从心里冷到脚底。在遥远的世界屋脊服役，虽然规定义务期为两年，实则一般都不少于四年，个别战斗骨干五到六年，正处在婚娶年龄，服役期间没有假期，人都见不到，哪个女孩儿愿意跟你鸿雁传书，找女朋友对大多数战士来说简直是天方夜谭。他们是自然人，也是社会人，不是生活在真空里、不食人间烟火的天外来客。想到这里，韦老兵的举动虽然有所不妥，出乎意料，又在情理之中。

这一切，被连长听得清清楚楚。要是放在平时，就连长的火暴脾气准定绝地反击，把他收拾得瓜兮兮的。谁都不曾想到连长居然出奇地淡定，听完就完，然后兀自爬上山顶。什么叫宰相肚里能撑船，与平常的一举一动判若两人。据我猜测不会不了了之，没有那么便宜，这话是随便说的？不想想当前是什么政治气候。不是不报，时间不到，连长总有一天会在沉默中爆发，有他后悔不迭的那一天。

不料，老兵退伍后遗症刚刚抚平，传来副连长转业的消息，又一位长期建藏的坚定分子要离开部队，真可谓铁打的营盘流水的兵。

战友们深感诧异，极具讽刺意味。前一阵子咬牙切齿地批评有的同志长期建藏思想不牢固，唾沫星未干，自己却抛开大伙马上回内地享清福了。诚然，这只是玩笑话，大家清楚，这一切都是组织决定，并非他个人的本意。

这几年，副连长也很不顺利，“倒霉事”一桩接着一桩，事事与他沾边。全连指战员谁人不知他是个地地道道的好人，典型听天由命的主，在雪域高原一干就是12年，一直在边防的基层一线工作，备受寒冷、缺氧和连队艰苦生活的煎熬，真是任劳任怨，忠心耿耿。

出于对他的尊重，我们大家从来没有当面打问过他年方几何，但不出所料应该在30岁上下。相对于人的一生，依毛主席老人家的说法，基本上还是早晨八九点钟的太阳，充其量算上午九十点的嘛，正处在男性魅力的顶峰。陌生人乍一看绝对相去甚远，比实际年龄超出 10 岁不止，一副苦大仇深的样子。年纪轻轻，脑瓜盖严重沙漠化，整个一个戈壁滩，亮光光的，毫发不长。大伙在背后好拿他取乐，称其姬根法（几根发）同志，只要说姬副连长，无人不知。为不倒大伙胃口，影响周围环境，不论室内室外，天冷天热，只要有人在，他脑袋上的帽子始终不离不弃。即使洗脸，一只手死死抓着帽子，唯恐一不留神掉下来在众人面前跌相，影响环境。

一口牙齿，一大半不幸早早脱落，长期吃压缩蔬菜，缺乏维生素，患严重的牙龈炎得不到及时治疗，牙龈水肿，出血不止，并严重萎缩。长年战风雪，斗严寒，皮肤黝黑，粗糙得像松树皮，活像货场的搬运工，完全颠覆了现代“军官”的伟岸形象。

在武工队，他和战士们一起摸爬滚打，睡在一个通铺上，吃着一锅饭菜，时不时风餐露宿，嘴里从来不吐一个“苦”字。战士们搞急了还发两句牢骚，他不但再苦再累不讲怪话，也不允许部属无端牢骚满腹和怪话连篇。家在四川一个县城，已经是两个孩子的爸爸，爱人没有正式工作，岳母年迈跟随爱人孩子一起生活，每月按时寄点钱回家，日子过得紧紧巴巴。晚上熟睡，战友们不时能听到他在呓语中咂嘴叹气。

为了一家人生活得幸福，忍受边陲的烟熏火燎，不辞辛劳，当兵 12 年总共回过三次家，照他的说法叫作“三上三下”，名副其实的丈夫，一丈之外不是他老婆的夫。在他的身上打着明显的时代烙印，像大多数那个年代的干部一样，党叫干啥就干啥，一切听从党安排，个人生活中的酸甜苦辣从来不愿讲给组织听，默默埋在自己心底，生怕给组织添麻烦。在他看来，个人的事情再大也是小事，党的事再小也是大事，把向组织伸手看作有负于党的培养，是觉悟不高的表现，张不开嘴，张口即脸红。当时规定营以下干部哪里来到哪里去，他入伍之前正赶上五八年“大跃进”，从家乡的农村给招到攀枝花当了一名学徒工，听说沾政策的边可以不回农村，顿时感到天上掉下来馅饼，笑得格外开心。

面对两地分居，不妨把困难向组织倾吐，许多同乡给他出点子，建议借此机会，向组织提出来，抑或可以获得组织上的一丝丝温暖。

在团首长约他谈话时，一针见血，询问他有何实际困难。他感激涕零，始终恪守一贯本色，句句话表现出转业不转向，退伍不褪色的宽广胸怀。与农村籍的干部比较，认为自己是“幸运儿”，脑袋点得像拨浪鼓，一个劲感谢组织，感谢领导，满口客套话，只字不提个人困难，把忠诚坚持到底。据后来获得的消息，夫妻俩一直两地分居，一个在长江北，一个在长江南，隔河相望，仍然延续着牛郎织女般的生活。

风闻将要来武工队接替副连长的是位年轻的桂副指导员。巧得很，据说其家乡与副连长在同一个县域，看来他们县与武工队着实有缘。虽然不曾相见，但是早有所闻，系老高中毕业生，从团政治处下派，年轻有为，多才多艺，为连队班子新老交替注入了新鲜血液。因为原先是从本连任排长时调走的，战士中屡有其花边新闻，大部分为溢美之词。

4月中旬的某一天，晴空万里，气候一天天趋向暖和。下午，王指导员果真带着新近上任的桂副指导员猝然而至。初次见面，果然气宇不凡，身板挺拔，黑红分明的脸庞笑逐颜开，讲话嗓音虽然不那么高亢，但深沉而富有磁性，字斟句酌，堪称儒雅。和王指导员站在一起，俨然一对令人拍手称绝的“哥俩帅”。

一个转业，另一个接替，貌似相互交接，其实就是你来我走，用当时的流行语，叫作吐故纳新。没有繁文缛礼，没有什么迎来送往，甚至连加个菜，说一句客气话的习惯都没有。说来就来，说走就走，中间不到两小时，一切都是那么简简单单。就这四五十个人，四五十条枪，有多少交接或者放心不下的，谁都不傻，离开谁地球都照转。

王指导员身为连队政治工作主官，接兵回来后借此机会到武工队看望大家，嘘寒问暖，体现官兵一致和连队大家庭的温暖，是聪明领导的做派。他迅即把大家召集在一块，对副连长光荣转业参加地方社会主义建设没有刻意粉饰，着重讲述了当前面临的形势和任务，时刻不忘掌舵领航。

此时，我虽然担任七班副班长，鉴于武工队来日不多，还临时兼任通信员，一身两职。会后，约王世全一道忙不迭地把属于副连长的被褥和东西捆绑得巴巴适适，放在解放牌卡车的拐角，为副连长履行我最后一次通信员的使命。

要说再见了，战友们簇拥着副连长默默无语，神色各异，相互之间频繁用眼神传递着依依惜别、不含任何水分的浓浓战友情愫。几个月来与大家一道，置个人安危于不顾，同甘共苦，同吃同住，留下永生难以忘怀的记忆。副连长仰着显得有些矜持而沧桑的笑脸，握着我的手，半天没有说出一句话。此时此刻我怦然心动，此地无声胜有声，发自肺腑端端正正向副连长行了最后一个军礼。

副连长与大伙一一握手道别。风不知道何时突然停了，天空露出了一片乌蓝，战友们目送副连长乘坐车子的背影消失在谷地尽头。

别具一格的边境文化生活

桂副指导员的到来，给武工队带来了一股清新的感觉。终究年轻，富有朝气，与战士心贴得比较近。同样是战士出身，一路过来，深谙战士们的喜怒哀乐。闲暇时，与大伙围着火炉摆龙门阵，推心置腹，无话不谈。

刚刚从内地归来，新婚燕尔，还沉浸在蜜月的美好回忆中不能自拔，时不时毫无顾忌地把美丽娇妻的照片拿出来，含情脉脉地静静凝视，爱不释手。娇妻身材苗条，温婉贤淑，长着一张清丽异常的脸蛋，扎着一根长长的辫子，白皙纤细，像出水芙蓉。

大伙乘其不备从手中夺过来争相欣赏，羡慕的表情久久写在脸上。平时，他像亲兄弟一般和大家聊在一起，玩在一起，彼此共同语言多了，无形之中抹平了悬在官兵之间的一道道说不清、道不明的鸿沟。加之受过良好的教育，对新事物敏感性强，接受快，又善于表达，从他嘴里吐出的话句句富于时代感，让大伙听得津津有味，使一向沉闷、凄苦的武工队像一池春水泛起层层漪澜。

大凡有过部队生活经历的人都知道，一个连队的精神面貌如何，战士有无健康情趣同带兵人的个人素养、兴趣爱好密切相关。桂副指导员相对于黄副连长的闷声不语和孤陋寡闻，其个性张扬，思想活跃，爱说爱笑，爱唱爱跳，像个大男孩成天脸上挂着笑容，战士们从他的身上产生一种莫名的亢奋。

嗜好热热闹闹是青年人的天性，连队都是清一色的年轻小伙子，把军营生活搞得生龙活虎、热气腾腾，对于提升部队战斗力大有裨益。平时，每逢空余时间，大伙把手中武器束之高阁，围着火炉东拉西扯，时间长了，话题越来越少，要么闷声喝茶抽烟，要么闭着眼睛背书，没有可供选择的其他消遣。几十个人分驻在山上山下，孤孤单单置身于茫茫雪域，生活枯燥无味，整天皱着眉头焦躁不安，急切地盼望春暖花开，早日回连归建。

这一切被副指导员看得清澈透底，于是首先开展教歌、唱歌活动。

年轻人谁不爱唱歌，歌声使人心旷神怡，忘却烦恼困顿，可以唤起人们对美好生活的向往。当时，有几首歌曲风靡军营，红遍了边疆的角角落落，如《金珠玛米牙古都》《心中的歌儿献给解放军》等，大伙爱听爱唱，只要副连长收音机传出这些歌曲，立马附和着哼哼。由于没人教，大多跟着感觉走，唱不准调，记不清歌词，有的只能唱一两段，甚至闹出好些笑话。

桂副指导员饶有兴味地教大伙逐句逐段学唱。哲人说过，兴趣是最好的老师。教得认真，学得更快，一时间茶余饭后，站岗放哨途中，训练间隙，争相学唱。不论唱得好与不好，都是发自内心的自然流露，满足了大家的表现欲，娱悦了身心，活跃了生活，日渐温暖的气候更加沸腾了战友们的情绪，寂寞的武工队瞬间焕发出勃勃生机，一片欢声笑语。

按照副指导员的标准，不但要会唱，而且要求唱出感情，唱出军营男子汉阳刚之气和别具一格的高原韵味，于是决定以班为单位进行歌咏比赛。

消息传开，谁都不甘落后，一有时间就抓紧时机排练。不唱不知道，唱到要紧处发觉没有指挥是唱不整齐的致命症结，好歹得找个人来指挥，谁能行呢？找来找去最终目标对准了我。此时，我内心诚惶诚恐，在学校里，学过简谱，但是素来没有指挥过唱歌，试着指挥了一曲，我的个妈哩，紧张得手足无措，一点都不合拍。副指导员不厌其烦从手势、手法、节拍一招一式地教，让我终于掌握了不同节拍的指挥技巧，并受用终身。

又是一个蓝莹莹的天，白云缭绕巍巍西山，大地安详而神圣，这一天终于来到了。上午 10 点，武工队全体官兵齐集雪山脚下，背靠齐壁的山崖，面对暖融融的春日阳光，进行别开生面的戍边歌咏比赛。没有舞台，没有观众，没有评委，自唱自评，自得其乐。5 个班每班两曲，你方唱罢我登场。战友们放开嗓子纵情歌唱，群情激昂，粗犷的歌声在荒漠旷野中回荡，像一股势不可当的暖流在每个人心间沸腾，掌声、喝彩声经久不息。大家的心被悠扬动听的歌声彻底征服了，不少人眼泪扑簌簌往下流。

最后一曲终了，战友们忘情地振臂欢呼。意想不到的效果，让副指导员激动得不能自已，连日来，没有枉费心血，操着嘶哑的嗓子由衷地大发感慨：

“战友们！我们放歌祖国的边疆、世界屋脊之巅，用高原做舞台，雪山为背景，太阳当灯光，风是传声话筒，意义不同凡响。我们的歌是唱给祖国人民的，唱给我们自己的，也是唱给那些背弃祖国的小丑们听的。唱出了戍边人民子弟兵的铮铮铁骨，唱出了共和国军人对党对祖国的赤胆忠心，唱出了时代最强音，也唱出了国威、军威，让沆瀣一气的敌对势力在我们面前发抖吧！我们还要继续歌唱，一直唱到所有的反动派一扫而光。”

大家明白，这纯粹是一种崇高的革命浪漫主义抒怀，正是这种巨大的精神力量，激励我们战天斗地，不怕苦、不怕累，誓死保卫祖国边疆。

与此同时，我借助这股旺盛的热情，教大家学跳舞，教的是在当时风靡全国，人们争相学跳的一种舞蹈。

读书时期，我在学校里参加毛泽东思想宣传队跳过舞蹈，但是跳具有部队特色的舞蹈尚属首次。气温逐日在爬升，第一步筛选了6位有一定基础和爱好的同志，带有培训骨干的性质。利用学习、训练间隙在山顶九班帐篷前面，找了一小块平地，进行学习、练习。歌曲选择大家都耳熟能详的，诸如《毛主席的光辉》《北京的金山上》等。

副指导员身体力行，召开“诸葛亮会”，一个动作一个动作地研究切磋，然后再连贯起来。

在山顶可以登高望远，周围雪山、草地一目了然，心情格外敞亮。舞姿动作编排既具有浓郁的藏民族特色，又体现军营男子汉那种气吞山河的力度，力戒矫揉造作，做到简单明快，易记好学。尽管气候差强人意，大伙劲头十足，热情似火，每天只要有一点时间，由我牵头呐喊一声：“跳舞了！”几个天真烂漫的年轻小伙子立马相聚在山头，齐刷刷站成一排翩翩起舞，与蓝天白云雪山浑然一体，无忧无虑地边唱边跳，反复练习，大伙感觉越跳越有劲，脑袋上热气袅袅，一点不觉得累，恍若又回到激情似火的岁月。

一分辛劳一分收获，任何事情只要付出终究会有回报。出乎副指导员的预料，我们在很短的时间里学会了4个不同歌曲的舞蹈，不敢轻言跳得多么华丽，只是自娱自乐，绝对登不上大雅之堂。但是群众性娱乐，贵在参与，有总比没有好，好歹也是集体智慧的结晶。

然后，再以班为单位推而广之，大伙经历了由不会到会的过程，在当年广

播体操被废止的情况下，既丰富了业余生活内涵，长了见识，体现了官兵面对艰苦环境乐观向上的精神面貌，又锻炼了体魄，相得益彰。你看，休息时间，副指导员与大伙一起边唱边跳，纵情欢呼，局外人很难分清谁是干部，谁是战士。

其间，一个振奋人心的消息通过电波从首都北京传到武工队。1970 年 4 月 24 日，我国第一颗人造卫星“东方红一号”发射成功，扬我国威，在中国航天史上具有划时代的意义，我国继而成为继美、苏、法、日之后，第五个能够独立发射卫星的国家，举国欢庆。身在边关，遥望苍穹，大家激动得热血沸腾，一种发自内心的自豪感油然而生。

连日来，战友们纷纷围坐在副指导员的收音机旁，聆听中央人民广播电台新闻广播和卫星播放的《东方红》乐曲，不由得产生无限遐想。每到夜晚，依照中央人民广播电台提供的时间节点，副指导员带着大家像小孩儿过年一样欢天喜地，纷纷跑到屋外，仰天观望，尽情欣赏卫星通过雪域上空那激动人心的一刻。

桂副指导员抓住这一机会，组织大家座谈讨论，抒发感想，以此激发大家爱国之心，报国之志。然后，要求每人书写一封贺信，表达对伟大祖国的良好祝愿，对战斗在科技战线上的科技人员的衷心祝福，虽然文笔粗略，像小学生写作文，但表达了边防战士的一份浓浓心意。

大自然中的美味佳肴

时光荏苒，盼星星盼月亮盼来雪域高原万物复苏的季节，即将结束武工队人生苦旅，沉睡了漫漫长冬的亚热乡逐渐显露出生机。草原上、山坡上的积雪一天天融化，干涸了一个冬天的沟沟壑壑一时间流水潺潺。倏然发现只要有水的地方就有鱼类存在，哪怕是涓涓细流只是漫过脚背，肉眼都能看到褐色小鱼在水里游来游去，不费吹灰之力便唾手可得。

改善伙食的时机到了。中午休息间隙，武工队有组织地派部分同志，手拿铁锹、脸盆，到附近沟渠里逮鱼。太有趣了，用铁锹挖些沙土把小渠堵住，让其改道，使下游干涸后，一条条 2 寸左右长的小鱼立即暴露无遗。大伙高兴得手舞足蹈，将活蹦乱跳的小鱼逐个捡到脸盆里，一会儿工夫捡了满满几脸盆。炊事班手艺精到的四川老兵将其冲洗干净裹上一层厚厚的芡粉，油炸后烹饪成香喷喷的红烧鱼，真解馋！把大伙乐得嘴都合不拢，苦中也有甜啊！每隔几天逮一次，让战友们过足了口福。

亚热乡这一带虽然气候恶劣，却堪称天然动物园，天上飞的，地上跑的，水中游的，样样俱全。就说亲眼所见地下跑的嘛，有野驴、藏羚羊、黄羊、野牦牛、野狼、野兔、旱獭、银狐等，还有没有见到而事实存在的雪豹。由于天敌少的缘故，使得野生动物种群多，数量大，密度高，称得上动物世界。

曾记得，上一年冬季来临之时，连队利用一周时间，组织一排、四排在对面道尔比公路旁的山坡上搭起帐篷打柴火，有天下午王指导员带着我来到山沟的隐蔽处打兔子，一声枪响过后，顿时足有一二十只受了惊的野兔同时从草丛里蹿出来四处奔逃，谁都说不清这沟里到底有多少兔子，指导员跪在地上举枪射击，几乎弹无虚发，一会儿的工夫打了十几只。

由此联系到之前的所见所闻，感叹边防营、连领导个个都是神枪手，对距离的判断都是那么精准。冰冻三尺非一日之寒，这些都是平时苦练的结果。同时，感叹如此狰狞的自然条件，竟有这么多鲜活的生命存在。

大雪过后，草原被厚厚的积雪覆盖，一些动物饿急了，没头没脑地乱窜，四处寻找牧草。这正是打猎的好时机，情报站林参谋枪法好，择机背着那支专由他保管的“英式棒棒”，到山坡上寻找猎物。当年各个连（分）队都保留有一定数量的英式子弹和英式步枪，也有人称“英式棒棒”。顾名思义，是英国人在第二次世界大战时期生产的一种步枪，射程远，精度高，毁伤性强，为自卫反击战缴获的战利品，不列入部队装备，可以用来打猎。缺点是拉一发打一发，枪管、子弹都比我军使用的半自动步枪长出不少，枪管枪刺笨拙，不能连发。

我几次陪着林参谋踏着积雪外出狩猎，每次回来都硕果累累。

尤其野狼肆虐，令牧民备感忧伤。每逢快到太阳落山，拉嘎部落牧民赶着羊群返回驻地，三五成群的野狼紧随在后，叼着小羊扬长而去。然而，牧民手无寸铁，眼睁睁看着野狼逞凶狂，左盼右顾，束手无策，没伤人就算给面子了。有几次实在看不过眼，林参谋越过沼泽地紧随其后。乘其不备，举枪怒射，杀一儆百。暴烈成性的野狼听到枪响，丢下同伴的死尸，夹着尾巴仓皇而逃。牧民感激涕零，委托扎西带着牛羊肉、酥油前来武工队犒劳“金珠玛米”。

消息传开，惊动四邻，称赞“金珠玛米”枪法太准，回窜分子不是对手。但是救了一时救不了长远，每当遇到狼害而不可抗拒的时候，只得匆匆跑来武工队求助。

6 月 1 日，国际儿童节。我们带着儿时的梦想，奉命撤出拉嘎武工队，回连归建。一大早起来，叮叮当当拆除为我们挡雪避寒的活动房子和帐篷。人常说很多东西当你失去时才感到珍贵，坐在车上回望战斗、生活了大半年的武工队，那山、那水、那一草一石慢慢从视野中消失，顿生无限流连之情。再见了拉嘎武工队！你不要寂寞，不要黯然神伤，冬天到了再相聚，但愿下次来的依旧有我。

第六章

从战斗队到生产队

作风整顿

从武工队回到连队归建，里孜谷地渐渐褪去冬日一抹枯黄的色彩，70 年代第一场细雨翩翩而至，草原逐日变绿。

桀骜不驯的狂风喧嚣了大半个年头突现疲软，从早到晚，微风拂面，凉爽宜人，仿佛刻意为战友们洗去严冬留在身上的尘埃和污垢。大家急不可待纷纷瘦身，毅然脱掉臃肿的棉衣、棉裤，留住绒衣，不失潇洒地竞相享受这一纵即逝的仲巴春日，瞬间年轻精神了许多。

一霎工夫，连队新陈代谢，生机盎然。三排副、四班长、七班长、钱义财等 20 多名战斗骨干脱下戎装，荣归故里。从安徽、湖北等地补充了新战友，增添了新鲜血液。同时，一批新生力量脱颖而出，炮班长不负连首长厚望，受处分后没有萎靡不振，哪儿跌倒哪儿爬起来，潜心重塑形象，被提拔为四排副排长，张学明自然接班，朱花豹同志出任副班长。文书孙金成德才兼备，荣升二排副排长，为全连进步最快，最被看好的接班人选。看到这些与我过从甚密的老大哥长足进步，内心好生羡慕，榜样就在身边，径自默默为他们祝福。

然而，出乎意料的是一排长调任三排，成为我的顶头上司，令我措手不及。自从上年丢枪事件发生后，他对我心存芥蒂，相见时脸上总是一副冷若冰霜的样子。真是山不转水转，不慎转到他手里，能否冰释前嫌，在一个战壕并肩前进，我半信半疑。从今以后要是睚眦必报，时不时给个小鞋穿穿，那是手到擒来的事，越想越觉得不是滋味。

全班一直以来保持 8 ~ 9 人的编制。韦老兵在全连普通战士中兵龄最长，是众所公认的厚道人。在武工队因对超期服役继续留队想不通，在众目睽睽之下一番谵语，惊得大伙为他出了一身冷汗。考虑到当时情况特殊，以及老兵的一贯表现，连队首长不忍心在老实人头上开杀戒。事情过后，冷静下来，自感话说得有些出格，格外谨小慎微，成天不哼不哈，工作更加兢兢业业。每逢党团日、班务会都要主动做一番自我批评，深挖战斗队思想不牢的纰缪根源，似乎刻意为自己的过失赎罪。再刨去一年兵龄的王世全和两年兵龄的张忠诚，其余均为新战士，全班新老搭配，结构合理。

班长当战士时是个好兵，身强力壮，吃苦耐劳。当上副班长后，没有主见的缺陷逐步显露。在连队首长眼中是个稀里糊涂的主，大伙给他起了个绰号叫“蝙蝠”，意曰有勇而无谋。不久前查踪完毕乘车返回连队途中其携带的手榴弹不慎跌落车下，被后面赶过来的卡车碾过，将手榴弹木柄碾碎，险些酿成事故，受到纪律处分。之后，连队首长对他的信心降到冰点，凡是涉及急、重、危、难工作任务有意无意绕开七班。

归建伊始，连队党支部决意趁气候转暖，厉兵秣马，针对我排在武工队期间形成的一些相对懒散陋习和新兵补入过多的新情况，开展全连作风纪律整治，强化军事技能训练，以期积蓄能量，更有力地担当起以反回窜斗争为中心的各项任务。

作风纪律整顿，重点为内务、军容风纪和一日生活制度的落实。我是副班长，负责班里日常内务整理，内外环境卫生清扫。入伍一年多，先后担任二炮手、通信员，涉及步兵技战术以至内务整理均为短板，堪称硬伤，尚处在战争中学习战争阶段。

连队对内务整理的重视程度出乎想象，有句行话叫作：出门看队列，进门看内务。看的就是铺上那块叠得四四方方的“豆腐块”黄军被。连队几乎每半月组织检查一次。可以说，在内务卫生上花费的功夫一点不亚于军事训练。全班被子排列在一起要求叠得高低一致，前后一致。远看一条线，要有棱、有角、有面，棱要直，角要锋利，面要平整而无皱纹。

内务卫生整理的难点在于被子、大衣的叠放。眼下班里新战友多，实行轮流值日，要想每一天把内务整理得尽如人意，有条不紊，始终保持整洁、清爽，可不是件简单事。

韦老兵、张忠诚是整理内务的高手，同样的被子经过他们一番拳打脚踢后，一折一拉一抻，整得方方正正，有棱有角，没有一丝褶子，不仅质量高，而且时间快。班里发挥他们的骨干作用，进行传帮带，利用周末和空暇时间带着新同志手把手教。几位新同志跪在铺上，撅着屁股，弓着腰，依照一整套规定动作手脚并用，拍拍打打，几十次、上百次轮回，一干就是两三小时。

床铺难以保持清洁最令我伤脑筋，不知是何年何月谁的原创，各个班床单都是连在一起的，犹如连体动物，洗床单的时候将其拆开，洗好晾干后再用针线缝起来，全班统一行动。

大伙成天训练、出操、执行任务，浑身上下汗涔涔的，天长日久身上的臭垢痂积了有一铜钱厚，一搓一把。在高寒的西藏边防洗一次衣服太过艰难，漫长的冬天，没有热水无法下手，一个班洗衣服不知要用多少热水，就一个蛋粉桶，赶不上趟，大伙在屋后架起行军锅烧水，只能勉强满足第一遍，清洗时无奈只好咬紧牙关使用凉水。手伸进去冰冷刺骨，顷刻，十指麻木而失去感觉，寒彻心脾，冰得浑身直打哆嗦。俗话说，十指连心。没有什么好办法，只好强忍着洗一阵子把手缩进袖筒里，抑或将手指含在嘴里，待略微缓过劲来硬着头皮再洗。

气温低，晾在外面冻得梆硬，用指头敲“砰砰”响。屋子里没处晾衣服，即使有地方也几天晾不干，恨不得喊爹叫娘。更头疼的是冷不防大风袭来，把衣服卷到空中像风筝一样飞舞。大伙惊慌得顺着屁股追，就这么一套衣服，可丢不起呀。一不小心吹到山后面江水里，彻底没辙了。大部分同志一个月洗不上一次衣服，白衬衣、衬裤越穿越黑。天气冷，晚上几乎都穿着衬衣睡觉，有的甚至袜子也不脱，刚刚洗过的床单没过几天中间蹭出黑黝黝一坨，越看越招眼。

检查评比一直是惯用的工作方法，一旦有风声，心里直发慌。第一次全连检查讲评，我班名落孙山，各个方面与兄弟班相比，差距触目惊心，为排里抹了黑。这当头一棒，令我始料未及，不知如何是好。排长虽属全团同职别中元老级人物，然而欲望是人的本能，老骥伏枥，志在千里，不到黄河心不死呀。本以为凭着其老辣的经验来一个新官上任三把火，在连队首长面前演绎一下不老的传说，不料头炮就打了哑炮，遭到连长一顿奚落，自感颜面顿失，掩饰不住失望的狂躁情绪，面带愠色，冲着我怒目圆睁，一阵吼叫，恨不得撕成八大块。

这次只不过是初检，遭受排长狂轰滥炸之后，全班憋足了一股劲，面向伟大领袖，立誓要把落后帽子扔到雅鲁藏布江里去，让旧貌换新颜。大伙一起动手，对室内方方面面进行了彻底的改新革面，重新设法平整床铺，规范东西放置，墙上贴上新报纸，地面坑坑洼洼的地方填上新土，给人眼前一亮的感觉。内务整理施行以老带新负责制，熄灯之前不许任何人坐在铺上，使内务始终保持良好状态。

不久，连队进行内务卫生大检查，连长前所未有地亲自带队，可谓空前地重视。全班自我感觉有问鼎流动红旗的实力，信心十足。连长率领各排领导有说有笑走进我们班，乍一看和颜悦色，大伙像吃了定心丸。顷刻，连长眉头紧皱，似乎嗅到点什么，环顾左右自言自语：

“怎这么臭，是啥子味道？”

也许是虱多不痒人的缘故，平素从早到晚待在班里丝毫感觉不到有什么异味。

说罢，连长躬下腰拉起每个人铺下面狭小的储藏阁帘子，一一细心观看。全班同志紧张得屏住呼吸，两只眼睛死死跟随着连长。

出乎大伙所料，目光明锐的连长从床铺下面径自拉出一双肮脏不堪的胶鞋，鞋里塞着臭袜子。这一突兀举动，令全班同志惊得目瞪口呆。

“这是谁的？”连长一脸冷峻，愤愤地问。

大伙你看着我，我看着你，鸦雀无声。

连长见没人吭声，提高嗓门厉声吼叫：

“谁的，哑巴啦？”

“是我的。”只见班长低着头，面如土色，眨巴着那双小眼睛讷讷地说，一怔一怔地看着连长。

连长没有料到问题居然又出在班长身上，联想到前不久行军途中丢失手榴弹，掩饰不住内心的愤懑大声斥责道：

“身为班长，姓啥都搞忘了，一天到晚迷迷瞪瞪，要求大家做的，自己却做不到，算老几？背个手榴弹竟然会掉落车下，简直不可思议。班长怎么当的，自个儿不过硬，能把这个班带好吗？这还能打仗？给我个打锣鼓仗。平时把一个班带得稀稀拉拉，打起仗来不拉稀就怪了，我不如趁早撤了你这个班长，免得引火烧身，自讨苦吃。”

接着，转向排长怒目而视：

“看到没有？啥子叫‘灯下黑’，啥子叫‘虚晃一枪’。同志啊！带兵打仗讲究个扎扎实实，一步一个脚印，玩虚的怎个要得，紧要时脑袋掉了，还不晓得是怎么回事。”

说完，率队转身而去。大伙惊魂未定，像从战场上下来的残兵败将，个个垂头丧气。

检查评比成绩揭晓，又一次名落孙山，大伙的热情一落千丈，埋怨之声不绝于耳，纷纷责怪班长颟颟顸顸，太过邋遢，做事漫不经心，败了大家的兴，作为一班之长实属不该。

排长满脸的挫败，气得眼珠子都要凸出来了。当晚亲自召集班务会，操着一副沙哑的嗓子，历数班长的“滔天罪行”。说到动情处口角吐着白沫。在大伙的心目中，班长的形象本来就不怎么高大，但风雨同舟，不忍落井下石，慑于排长咄咄逼人的气势，逐个装腔作势、貌似咬牙切齿地将班长数落一遍。

拉练

黎明，一阵短促的紧急集合号声把大伙从熟睡中惊醒，室内依然漆黑一团。对老兵而言，纯粹没有太当回事。几位新战友则不然，一个个手忙脚乱，到处乱摸，时间一分一秒过去，年仅 16 岁的小但慌慌张张找不到衣服，哼哼吱吱哭了起来，班长即刻大声喝止。

规定从号响到全班全副武装到达集合场地，须在 3 分钟内完成，这时候大脑茫然一片，各顾各往室外跑，谁也不愿落在后面。机灵的新战友小何为争取时间，一只手提着裤子，到集合场想起扎裤带时，方才发现慌乱之中把裤子穿反了，此时船到江心补漏迟。我见状，索性将错就错，连忙帮他从后面勒紧裤腰带。

情急之下，诸如衣服穿错穿反等，在紧急集合时屡见不鲜。3 分钟内从穿衣系扣子，扎裤带、腰带、着鞋，到打背包，挎子弹袋、手榴弹袋、干粮袋、水壶，背枪，还有部分人要背做饭柴火、行军锅等，必须动作相当娴熟，环环紧扣，一气呵成。俗话说，艰难困苦，玉汝于成。干什么事情都一样，不经过艰苦训练，很难做到随机应变，顺其自然。

新战友提起紧急集合心里就发慌。老兵经过多年磨炼，有一套应对办法，睡觉前，脱下来的衣服、鞋袜放置有序，养成良好的习惯。紧急集合所要携带的东西摆挂在什么位置，心里一清二楚。要不然急来抱佛脚，到处瞎摸，难免忙乱。人常说，干什么要像什么。紧急集合号一响，不管青红皂白，首先把该穿的衣服随意套在身上，该带的物品横竖带够，一溜烟往外跑，一边集合，一边调整，什么事都不耽误。

值班排长匆忙准点将部队集合起来，各排总是有那么几个人动作迟缓，像没头的苍蝇慌慌忙忙往队伍里挤。待值班员清点人数向连长报告完毕，连长二话不说，带着队伍以一路纵队穿过连队大门，径直向瑞拉乡方向快速前进。

前方为一眼望不到头的开阔坝子，走到头不知道要几个小时，拉练、急行军连队素来习惯走这条路线，但从来不曾走到边，一般都是中间折回。一小时后，看到连长没有丝毫折返意向，大伙立即意识到是一次短途拉练，检验连队作风纪律整顿及新兵强化训练效果。不少人思想准备不足，心里暗暗叫苦。

坝子看似一望无垠，但布满沙包、盐碱地，屡屡行走在松软的沙子地里深一脚浅一脚，总觉得赶不上邓连长的节奏。大多数人穿着低腰胶鞋，每过一阵子鞋里灌满沙子，瞄准恰当时机瞬间俯身脱掉鞋子将沙子倒出来，否则不仅有碍走路，还会造成脚底打泡。这一套连贯动作务必在行进间完成，动作稍慢或者歇下来，立刻导致与前面部队拉开一小段距离，完了必须一溜小跑，迎头赶上，同时影响到队伍后面同志的行进。

途中，班、排长最恼火前后拉开距离。队伍依照班排顺序排开，行进过程中要求前后紧跟，间距相差一到两步，万万不可距离过大，邓连长不时回过头张望，各排排长生怕本排拉下距离，遭到严厉批评。

经过几次长途拉练，大伙深知行军过程中跟紧的重要性，一旦一不留神与前面拉开距离，就意味着你已经体力不支。为了赶上部队，背着沉重的全副武装快步小跑，后面的部队亦跟着跑，这是长途行军之大忌。倘若不一会儿又拉开距离，顺着屁股再追，反反复复，恶性循环，本人耗费体力、越走越吃力不说，后面的同志被祸害得怨声载道，让你里外不落好。所以，班、排长不停地回头催促大伙跟紧，我们这些当副班长的都走在本班最后，不但自己步步紧跟，而且时时睁大眼睛看着前面，一经发现有人可能掉队，立即大声提醒。确有人体力不支，还要帮助对方扛一会儿枪支，以使其缓一口气，恢复体力。若是实在无法跟上大部队，需要收容，也是副班长的活。

约莫3小时后，从前方传来“原地休息”的军号声，大伙早就有点迫不及待了。

不少战友不待放下背包，抱着枪一屁股瘫倒在沙地上，仰面朝天，呼哧呼哧喘粗气。虽然已经度过疲劳期，但浑身瘫软，四肢乏力。那些在高原上摔打多年的老兵可谓老当益壮，抓住点滴时机，跑到旁边草地上争分夺秒挖掘野蒜，拿回去腌在玻璃罐头瓶里，放上酱油，次日就可以当小菜吃。这是迄今为止这一带唯一发现能吃的野菜，一霎工夫挖了一大把，一副得意扬扬的样子，酷似获得什么战利品。我从张学明手里夺过几根，随意吹吹沙子塞在嘴里细心品嚼，感觉到从未有过的快意。在这荒漠草原能有幸吃到与家乡一样的野菜，真诚感谢大自然的恩赐。

小何瞅准时机，背过大伙匆忙将穿反的裤子脱下来穿好，我真佩服他的机警和毅力。

不经意20分钟短暂休息时间从身边偷偷溜走，一阵悠长的军号声传来，部队整队出发，返回营房。

大伙艰难地爬起来，顿感身上的负担异乎寻常地沉重，歇下来后再继续行军更觉四肢困乏，浑身酸痛，走起路来晃晃悠悠的，宛如喝过酒的醉汉，双脚有些不听摆布。下意识渴望原地歇个够，像神话故事中描述的那样，被赋予神奇般的魔力，一步跨到军营。

从早晨两眼一睁到目前为止肚子里粒米未进，人是铁饭是钢，连续快速行军，身上仅有的一点热量消耗殆尽。口干舌燥，加上高山缺氧，尽管咬紧牙关紧紧跟着连长，但人的体力毕竟是有限的，个体差异开始凸现，一些战友脸上的表情异常痛苦，呼吸困难，步履蹒跚，有气无力，各班陆陆续续出现掉队现象。

由于不能适应高海拔地区低氧环境，连队有一部分战友进藏后，先后患上高山病，亦称高原不适应症，几乎各个排都有。每次连队进行爬山训练或者长途行军，他们往往坚持一阵子后，终因体力不支掉在队伍后面，使尽浑身解数也跟不上部队行进速度，无奈成为收容对象。

眼瞅着少数战友拖着疲惫的四肢掉在部队后面，无奈爱莫能助。尽管各所在班派出体质好、耐久力强的战士前拉后推，尽力帮助赶队，防止彼此距离过大，在空寂的边境，无语的荒原上落入回窜分子之手。但是终因背上的负担沉重，体力消耗过大，与部队的距离越拉越远。他们个个嘴唇乌紫，脸色蜡黄，并不由自主发出仿佛抽泣的喘气声，严重的胸部、肩膀都在随着呼吸有节奏地颤动，双眼迷恋地看着前方，一脸痛苦状。随着一阵阵高原风拂面而过，嘴唇干裂，沁出乌黑的血液，身体极度虚弱。有的要不是身后有人抵着，简直要立马倒地。这时候我清醒地意识到人类在大自然面前是多么不堪一击。

我班的小但和老兵张忠诚走不动了，双双有气无力地瘫坐在沙丘上。小但体质弱，跟不上部队不难理解。可是张忠诚作为老兵也掉队了，完全出乎意料。转念一想，老兵这几天拉肚子，昨天晚饭没有怎么吃，今天粒米未进，走不动自然也在情理之中。

我急了，连忙掉过头上前催促。有几位老兵饿得腰都直不起来，从干粮袋里摸出麻将饼干不顾一切往嘴里塞，要知道这是战备物资，没有连队首长的指令不能随便吃，看来人饿急了什么事也能干得出来。令我目瞪口呆的是，炮班战士陈元竟然用生大米充饥，嘴里嚼得咯吱咯吱响，红褐色的脸庞毫无表情，米粒顺着嘴角滑落下来，一只手像传输机，不停地向嘴里输送，真是饥不择食。一班战士亢文山脸上看不出一丝血色，整个人瘫倒在沙地上，无神的眼珠微微睁开，嘴里痛苦地呻吟着，简直就像一根豆芽，一捏就断，让人看到无不心惊胆寒。其副班长守护在一旁，无计可施，不知什么时候才能爬起来。可以断定压根跟不上部队，一掉到底。

在我苦苦劝告下，小但和张忠诚从沙地上挣扎着爬将起来，我们相互扶挽，相互勉励，咬紧牙关不遗余力追赶大部队，还算走运，部队正在不远处原地休息，颠颠簸簸赶上部队并回到班里，没有料到韦老兵也在咯吱咯吱嚼生大米，原来吃生米者大有人在。当他浑然不觉，吃得津津有味时，不料，连长像守候在隐蔽处的猎豹，瞋目而视，对他的一举一动看得清清楚楚，一种强烈的报复欲在连长脑子里一时间占据了上风。韦老兵自己也预想到连长早晚要借机刮他的鼻子，不出所料，这一刻终于来到了。

连长突然“噌”地站起来，把挎在身前的手枪往后一甩，像老虎下山一般向韦老兵所处方向径直冲过来。韦老兵见状，深知惹出麻烦，在连长目光投来的那一瞬间，早已吓得乱了分寸，慌作一团。

只见连长面带愠色，那双横卧在眼眶上的浓密睫毛上下抖动着，双眼盯着韦老兵，让大伙惊怵得近乎晕眩。

“韦老兵，你竟然像饿死鬼一般偷吃战备生大米，很好吃吗？”连长手指着他的鼻子，尖着嗓子，声色俱厉地大喊：

“啥子老兵，你给我带的啥子头？你不是说要叛逃，怎么没有逃？军中无戏言，我等着。只要你敢向边界迈出一步，我在后面立即崩了你，信不信？我真要查你家祖宗三代。当初没有关你禁闭，是照顾你老兵两分情绪。亏你还是个共产党员，空有其名。当初入党时怎么说的，口是心非，需要你多干一年，就要死人啦，当着大伙的面撒野。我问你，入党意味着啥子？要你这个共产党员做啥子？当了几天兵，倚老卖老，怕苦怕累。共产党员、革命战士，让你上战场，或许要脑袋搬家，怎么办？说不定给我溜了，逃兵一个……”

韦老兵双手下垂，端端地站在那里一动也不动，感受到一种说不出口的委屈，泪珠慢慢从脸颊上滑落下来，并不停地低声抽泣。

现场平静得如没有涛声的大海。韦老兵平时在战士中间颇有人缘，谁都不忍心看到老兵如此狼狈。

应连长指示，值班员出发的哨声响起，全连同志疲惫的身体顿时像被人狠狠扎了一针，精神立刻重新振作起来，挺直腰杆继续行军，只听到一阵阵“唰、唰、唰”的声音在旷野回荡。下午两时，部队列队返回到营房，经各排清点人数，有 8 位同志掉队。

回到宿舍，困惫不堪，人几乎到了虚脱的程度，头晕目眩，天旋地转，饥渴交加，身子骨软得如面条，急匆匆放下重若千钧的背包、枪支弹药，一头瘫倒在床铺上，似死去一般。还有不少战友感到阵阵恶心，蹲在地上口吐黄水，这是我自打来到连队最狼狈不堪的一次。

突然，开饭的哨子声传来，个个无动于衷，恨不能一睡方休。

“开饭了，立即出来集合！”排长操着沧桑、嘶哑的嗓子连声大喊，大伙勉强撑起身子，拿起碗筷，拖着疲惫不堪的双腿走出宿舍。

午饭后，值班员传达连队通知，为使部队迅疾驱走困倦，得到有效休整，把体能拉回到战备状态，整个儿下午连队、各排停止任何训练、学习活动，安排休息。凡参加拉练的同志，全部拉开被子睡大觉，把长久积攒下来的疲乏尽快舒散出去。战友们纷纷击掌叫好，无不啧啧称赞连队首长知兵爱兵，善解人意。

此时，亢文山等几位掉队的同志方才踉踉跄跄地返回营房，一个个溃不成军。

换防

作风纪律整治、新兵军政素质强化告一段落，连队各项工作像一台加满油的机器，进入常态化运转。正所谓“一张一弛，文武之道也”。

为让官兵在边防深深扎根，邓连长、王指导员筹划自己动手，自力更生，兴土木搞营房建设，把现有的活动房子改造成固定的泥土房，亦称“干打垒”，让大伙住得更舒适些，有一种家的温馨。可是，西藏边防不生产盖房子的砖块，需要大量的土坯，以土坯代替砖头，完全要靠自己动手打。乘里孜气候暖和，动员全连不失时机，争取一个月左右的时间把土坯打够、晾干，赶在入冬之前盖起来新营房。

想法得到营团党委的肯定和支持。邓连长代表党支部在军人大会上宣布了这一决定，立马赢得一片掌声。

打土坯，以班为单位承包，责任到每一个人。主要利用休息时间，各班自行组织，杂务班亦不例外。

连长派司务长从团后勤处领回木质模具，每班一副，分配到位。

打土坯的材料主要为水和泥土，营区正前方坝子里的泥土里含有细小卵石，十分适合打土坯。

夏天亮得早，黑得晚。各班争先恐后，在连队统一划分的场地上干得热火朝天，满地摆着土坯。

我们班根据每人的不同特点，明确分工，实行一条龙流水作业，提水的提水，和泥的和泥，掌模具打土坯的打土坯。每过几天将打好的土坯一块块翻开，进行晾晒。晾干之后，再将土坯整整齐齐摞起来。

这段时间邓连长好像吃了兴奋剂，格外活跃，脸上的笑容出乎意料地多了，使大伙感觉有些怪怪的，一有空便换一身破破烂烂的旧军装来到现场，卷着裤腿在各班之间来回穿梭，忙不迭地给大伙做示范，东瞧瞧、西摸摸，查看土坯质量，询问任务进展。取下军帽，头顶上腾起一股热气，额头皱纹缝里，条条噙着汗。

经过全连官兵连续奋战，不到20天的时间任务过半，摞好的土坯整整齐齐陈列在坝子里，战友们兴高采烈地盼望破土动工那一天早日到来。

有一天，大伙正干得热火朝天，一贯被称为消息灵通人士的炮班长张学明，神经兮兮地跑来，低声细语告诉大家一个好消息：“连队要移防啦！还打什么土坯，弟兄们休息休息。”

“别瞎扯淡，又在白日做梦！”韦老兵说。

是的，从去年入伍来到连队，所谓换防的新闻沸沸扬扬，次次激动人心，亦真亦幻，撩得战友们神魂颠倒，每次都以失望告终。这些日子略微平静了些，又有人吃饱没事干乱嚷嚷。

小道消息甚嚣尘上，连队不乏热衷于走家串户的“小广播”，很快在全连掀起新一轮热炒“换防”的话题，搅得大伙心神不定。沉默多日的连长、指导员坐不住了，有天上午连队召开军人大会阻击谣言，稳定思想。

“同志们哪。”王指导员以教师爷的口吻一本正经地讲，“毛主席教导我们提高警惕，要准备打仗。一级战备动员令刚刚解除。目前，我们当面回窜分子磨刀霍霍，战争的阴云时时笼罩在我们头上。大敌当前，要不断增强对敌人的无限仇视，无限鄙视，无限藐视，时刻紧握手中枪。可是连日来连队出现一些杂音，有人又在私下吵吵什么换防，纯粹凭空捏造，无聊至极，造成有的同志思想恍惚，人心涣散。同志们一定要擦亮眼睛，提高警惕，千万不能被谣言所惑，在思想上解除武装。应该十分清醒，人心浮动是军中大忌，作为革命战士，战斗队思想一刻都不能松懈……”

王指导员讲罢，习惯性瞟了一眼坐在后侧的邓连长，彬彬有礼地恭请他补充。

邓连长心领神会，表情冷峻，快步走到队列前，环顾全场，让大家似乎感到一股寒气逼人。连长接过指导员的话题，不忘趁热打铁淬把火，神情激动：

“我说伙计们，当前连队形势哪个漂亮，四好连队的红旗刚刚扛在肩膀头上，多么光荣。这个时候特别需要谦虚谨慎，戒骄戒躁，气可鼓不可泄啊！”说到这里，连长左手紧握拳头，举在胸前：

“伙计们要拧成一坨坨，把屁儿撅得再紧一些，向新的更高目标把各项工作做得巴巴适适，让团营党委、首长放心。可是，在节骨眼上，有的伙计打退堂鼓啰，想过安逸日子，成天瞎嚷嚷啥子换防，简直是寡妇梦着那个了，想好事。我要问你伙计一声，涣散军心该当何罪，这怎么要得呢？从哪里吹出的这股风，吹得大伙像吃了蒙汗药，迷迷瞪瞪，再有人唠起嘴巴不负责任地东说西说，我真要查你的阶级立场，到时候脱不了爪爪，趁早死了这份心。共产党员、革命战士越是艰苦的地方越是要去，这是毛主席教导我们的，艰苦光荣哦，在西藏边防保卫祖国，才能看出来你是不是英雄好汉……”

连首长的话虽然不像紧急训话那么高亢，但依然深沉而富有穿透力，字字句句入木三分，使大家感受到一种强烈的精神震撼。

连长、指导员发自肺腑的教诲还在脑海里余音绕梁，极富戏剧性的一幕出现了。当日下午起床号响过，连值班员的吼叫声粗犷入耳，似乎非同寻常：

“各排带背包在食堂紧急集合，动作要快！”

事先没有任何通告，懵懵懂懂列队鱼贯进入饭堂，只见团政治处秦恩林主任仰着那张肉嘟嘟的憨厚面孔，独自在连队仅有的一张方形铁皮活动会议桌前正襟危坐，连长、指导员紧贴墙根一旁站立。待大家落座，连长报告部队集合完毕，秦主任面带微笑，和蔼可亲地瞟了一眼左右，代表团党委宣布一个惊世骇俗的重大决定：

“同志们，军区党委研究决定，四连与在昂仁县执行生产任务的一连、二连换防。一连、二连移防到里孜，遂行机动作战任务。四连移防到昂仁县康莎遂行农副业生产任务，接受团农场党总支和营党委双重领导。根据团党委的部署，从即日起进行物资清理点验，明天完成交接，后天乘车离开里孜，奔赴昂仁。一连、二连基于适应未来反回窜斗争的需要，为更好更快进入战备状态，除物资外，人员一律徒步，全副武装，边行军边练吃、藏、走、打，移防的过程同时也是锤炼部队作风，提高战斗力的过程。”

战友们简直不敢相信自己的耳朵，屏住呼吸，全神贯注，会场鸦雀无声。

传闻终于变成铁的事实，就像邓连长时常挂在嘴边的那句话“棒棒都敲不掉”。大伙心里明白大凡能生产粮食、蔬菜的地方，海拔、气候无疑优于仲巴，尤其与生命息息相关的氧气无可置疑相对要多一些。更值得庆幸的是，团首长网开一面，安排我们乘车行军，顿时受宠若惊，个个脸上流露出无法掩饰的喜悦。

秦主任一字一句引用伟大领袖“五七指示”，阐述部队从事农副业生产的战略意义，要求我们大家站在解放全人类、消灭回窜分子的高度，认清自己肩负的历史责任。上挂下联，听得我们血脉偾张。那个年代兴这个东西，只有无限拔高，才能显示出此项工作非同一般与领导者的政治智慧。他深情地说：

“同志们！四连是一支具有光辉历史、能打硬仗的部队，团党委把原来由两个连队所担负为全团生产战马饲料和部分蔬菜的任务，交给四连一个连队来完成，足以说明团党委对四连全体指战员的充分信任。你们虽然不是一线，但战斗在反回窜斗争不可分割的重要战场，胜似一线，责任更加重大，使命更加光荣。”

整个饭堂响起雷鸣般的掌声，持久不息。

此时此刻，邓连长、王指导员与大伙一样，百感交集。上午还在紧急辟谣，转眼间180度大转弯，这天说变就变了，令二人始料不及，颇具喜剧色彩。我以为，邓连长、王指导员身为带兵人，做了他们应该做的事，无可厚非。

连队任务发生重大转换，连长、指导员自然是主角。连首长洗耳恭听团首长一番溢美之辞，不胜荣幸。我注意到连长、指导员表面很镇定，而心里却一样地激动。该轮到连首长表态了，邓连长瞬间向王指导员交换了个眼神。只见王指导员“噌”一声从部队后面的椅子上站起身来，一溜小跑到队列前面，当着团首长和全连官兵的面，双腿站立，双手下垂，表情严肃，标准的军人形象。他即席讲话，表达决心，把其语言天赋发挥得淋漓尽致：

“我谨代表连队党支部衷心拥护团党委的英明决定。我们经常说，革命军人是块砖，东西南北任党搬。同志们！党和人民考验我们的时候到了。毛主席的战士最听党的话，哪里需要哪安家，党和毛主席指向哪里，我们义无反顾战斗到哪里，赴汤蹈火，在所不辞。如今团党委决定我连遂行生产任务，这既是信任，更是鞭策，真金不怕火炼，好钢需要淬火。请团党委、团首长放心，‘早已森严壁垒，更加众志成城’，我们坚决听从党委召唤，不负重托，不辱使命，一手拿枪，一手拿镐，在自己的工作岗位上再谱新章，为反回窜斗争再立新功。”说到这里，王指导员双目环顾左右，一声诘问：“同志们能不能做到？”简直慷慨激昂，一气呵成。

“能！”

声音雄壮洪亮，上下呼应，令全体官兵精神为此一振。

我下意识转过身瞟了坐在我身后的邓连长一眼，只见他出人意料地低头沉思。

动员会结束，全连沉浸在一片欢声笑语之中。有道是人挪活树挪死，你瞧，个个兴奋得像小孩子过年，蹦蹦跳跳，打打闹闹，一夜之间仿佛迎来春色换了人间。各班、排长脑子里开始酝酿撤离、行军那些琐琐碎碎的事情。唯独连长神情忐忑不安，面带焦虑，心事重重。从饭堂出来不遑顾及陪伴秦主任于左右，耸着肩膀头也不回，像孤魂一般，同司务长勾肩搭背进入炊事班。

片刻，通信员低声细语通知几位排领导到司务长住处，连长有话要说，好像有什么诡秘的事情发生。一霎工夫，排长慌慌张张回来，心神不定，找几位“心腹之人”捏着鼻子，贴住耳朵喁喁私语，隐隐约约听到转移罐头什么的，像做贼似的鬼鬼祟祟，生怕走漏风声坏了好事，俨然摇身一变成了地下工作者。我们这些既然在排长眼里形同陌路，被看作“可疑分子”，不容置喙，咱何必多嘴多舌，便装作没有听到，径自忙活自己的事情，免得一旦有个三长两短，脱不掉干系。

倏然间真相大白，事情原来如此：团里规定，双方营产和主副食原封不动，只带走武器弹药和属于个人的所有物品，在团后勤处的监督下进行交接。可是，这些年连长苦心经营，精打细算，成天两只眼睛滴溜滴溜盯着炊事班和仓库。为防大雪封山青黄不接或者因突发事件生活受到影响，不惜口中夺食，积攒下了堆积如山的香肠、腊肉、罐头、白糖、花生米以及糯米等稀缺主副食。换防的真实消息来得突然，让连长措手不及。要是真的共了他的产，对连长而言简直就是一场噩梦，比挖心割肉还要难受。冥思苦想赶在团工作组立足未稳时搞点小动作，类似于“坚壁清野”，能转移多少算多少，把损失减少到最低，心里抑或平衡一些。

不料，这些诡异的想法无异于马后炮，没有超出团工作组的预想，凡是连长能想到的，工作组早就想在前面了。这点雕虫小技岂能逃过工作组的法眼，简直是井底之蛙。

连队副食仓库在伙房南侧不到100米处，转移到班排必须经过伙房侧面一道小门。这厢会议还没有结束，那厢联合工作组早已布下“天罗地网”，几个主要部位安上耳目，岂能容忍你伢以一己之利为所欲为，干扰团党委的决心。

果然，炊事班长带着几个战士从仓库扛了几箱罐头、花生米和白糖，一瘸一拐还没有迈进小门，被早就静候在饭堂后面墙角的团后勤处朱副处长逮了个正着，乖乖掉转身物归原处。

我们排长自恃参加过自卫反击战，身怀绝技，几次唆使下属扛着罐头等副食宛如扛着炸药包，试图在工作组眼皮之下玩猫捉老鼠，都铩羽而归。炊事班长哭丧着脸找到连长诉苦，以说明不是我们自己无能，而是工作组太狡猾，企盼得到些许谅解。连长急火攻心，气得吹胡子瞪眼，左思右想船到江心补漏迟，横竖无计可施。老太太吃柿子，专拣软的捏，抓住替罪羊炊事班几爷子和我们排长，臭骂一通“没有用的东西，肉头”。吓得几个人走也不是，站也不是，灰溜溜里外不讨好。

连长不到黄河心不死，急得双眉颦蹙，万般焦灼，毫无目的地在院子里踱来踱去，内心如汹涌的波涛一样翻滚着。尽管一天只吃了一顿饭，也不觉得饿，满脸愤懑。眼瞅着后勤处朱副处长横刀立马，不偏不倚站立在炊事班门口前的院子一隅，像块雕塑，脸色阴沉，好像连队的物资是他自家似的，两眼忽闪忽闪的一瞬不离，让连长老虎吃天无法下手。

面对眼前这块绊脚石，连长恨不能将其一枪崩了。谁人不晓这位后勤处副处长也是位“红管家”、爱较真儿的人。解放战争初期入伍，走南闯北，资历在团长之上，什么世面没有经历过。虽然表面文质彬彬，实则外柔内刚，在后勤系统素有“铁公鸡”的美誉，人称“朱老抠”，分管军需供应，钉是钉铆是铆，谁要是违反规定哪怕占一分钱的便宜，撕破脸皮和你急，在他的生活词典里只有原则，没有感情。

连长今天算是棋逢对手，吃生米的遇上吃生面的了，这道坎笃定难以逾越。两个人在院子里你来我往，谁都不理谁的茬，甚至擦肩而过不正视对方一眼，各打各的算盘，摆出一副格斗的架势。

一天的光阴神不知鬼不觉过去，接下来留给连长周旋的机会不是很多，大伙看到这位副处长面无表情，坚守阵地，毫无退缩之意，这块骨头真够连长啃啊！而连长并不迂，他清楚红线不是随意能闯的，搞得不好头破血流，身边不乏先例。若是执意硬碰硬对峙下去，非但达不到目的，还会鸡飞蛋打，自讨没趣。于是灵机一动采取迂回战术，向政治处秦主任倾诉郁积在心中的酸楚。

秦主任听罢觉得言之有理，从中略事撮合。这位副处长也是吃软不吃硬的“老倔头”，碍于首长的情面，指使助理员从仓库里提溜了两箱肉罐头也算是临别送礼，还不够全连垫牙缝。连长一脸苦笑，无奈将苦水往自己肚子里咽。

连日来，倒是弟兄们不当家不知道柴米油盐贵，快活得有些忘乎所以。规定所携带的那几样物品还不够折腾，半天工夫一起上阵，嘁里咔嚓把行李摒挡得巴巴适适，几乎刀枪入库，马放南山了。不组织训练、不整理内务，作为军人，天底下哪有这等好事。

熄灯了，军营一片寂静，只有连长一个人苦着脸，在大门外石子路上溜达，嘴上噙着香烟，翻来覆去想不通，胸口闷得慌。

要寻找新的归宿，不少战友激动得一夜翻来覆去，难以入眠。是的，边防生活固然艰苦得令人难以想象，但哨所、巡逻线上留下了我们永恒的足迹，训练场上洒下了我们无数的汗水，武工队、2号垭口印存有我们驻防、设伏的踪影。打好的土坯整整齐齐摆放在坝子里，等待我们盖新房。许多老兵自打入伍没有离开过里孜，一干四五年，含辛茹苦，脑海里留下了许许多多美好的、苦涩的记忆，终生难以忘怀。这一睽别，可能要永远离开这块朝夕相处的土地。还有数名战友长眠在雪山脚下。明天，我们将不无遗憾撇下他们奔赴新的征程。

等不及吹起床号，战友们一骨碌爬起来，收拾好东西，呆呆地站在院子里深情地凝视着眼前熟悉的一切，不禁心生流连。

由于雅鲁藏布江江水暴涨，运送我们的解放牌卡车停留在江对岸，部队提前开饭，这无疑是里孜最后一次早餐。早饭后，全连官兵全副武装，背着武器弹药、背包行囊从渡口浩浩荡荡渡过雅鲁藏布江。回眸阳光下熠熠生辉的连队铁皮木屋，连长的思绪像乱麻一样纷扰，触景生情，不禁喟然长叹，涩痛的两眼有些湿润。看到连长神情有一点黯淡，战友们陷入一片沉思，怔怔地望着对岸直至从视野里消失。

这是一次摩托化长途行军，经过扎东，看不到送行的人群和彩旗飘飘。汽车沿着壮阔的冈底斯山南麓东行，一路上高高矮矮，坑坎沟壑，车身颠簸得像跳舞一纵一纵的，扬起一溜灰尘。

翻过冈底斯山沿着盘山公路蜿蜒下行，山下便入昂仁县版图。在半山腰与背着背包趑趄而行的一营官兵迎面相遇，瞬间一眼看到我们新兵连指导员现为一营营长杨保全熟悉的身影，正敞开衣服扣子行走在队伍的前面。刻意想为仰慕已久的老领导敬个微不足道的军礼，然而汽车呼啸而过使愿望化为泡影。

夕阳西斜时抵达桑桑兵站，停止前进，部队在这里夜宿。

翌日清晨，直奔康莎农场而去，连长指示炊事班乘坐的汽车先行，提前赶往目的地为部队备饭。桑桑相距康莎仅百十公里，山多路窄，约正午时分，大伙睡眼惺忪时，突然间听到韦老兵像个孩子似的大声惊叫：

“有树，有树，快看树。”

我的天哩，仿佛走到另一个世界。战友们太长的时间远离绿色，潜意识对绿色有一种天生的饥渴。有的老同志四五年再没有见过树，脑子里树的概念影影绰绰。平生第一次切身感悟到绿色对于人的重要性，绿色代表生命并不是说说而已，有树才是适合人类生存、给人以快乐的地方。

大伙纷纷抬起头转过身伸长脖子，多少只贪婪的眼睛一眨不眨凝视前方几棵孤苦伶仃的嫩绿小杨树，由远及近，仿佛从来不曾见过似的，内心的满足感无以名状，个个脸上露出得意的微笑。

瞬间，昂仁金错湖映入眼帘，清澈如镜，战友们振臂狂呼。湖滨一块块油菜花正黄，偶见藏族妇女身着氆氇呢连衣裙躬身劳作，耳边依稀又听见悦耳的劳动号子，感怀藏民族是一个乐观豪放、热爱生活的民族，哪里有劳动，哪里就有歌声。

闻汽车声音，她们频频抬起头向我们热情招手，并不时大声呼喊：

“金珠玛米亚古都！”

声音是那么纯真和甜美，发自肺腑，充满了人民群众对子弟兵的无限爱戴和深厚感情，令人肃然起敬。

大伙格外兴奋，顿时睡意全无，终于看到久违的树和女人了，激动得不知道说什么好，纷纷击掌示意。

到达紧贴湖边的卡卡兵站稍事停留后，与前往日喀则方向的公路分道扬镳。汽车卷起尘土沿着湖滨向县城疾驶，碰巧经过县政府大门口，一眼看到县城也不过就是几排土坯房子，几个大门而已，不过比扎东大了不少，牧羊人赶着一群群牛羊穿梭而过。

接下来纯粹为自然路，汽车翻过一座土丘，眼前是一条季节河，在峡谷之间放荡不羁地奔流直下，两边山势峥嵘，岩石裸露，小块台地上绿草如茵。

约莫个把时辰，汽车艰难地驶出峡谷，呈现在眼前的是一条狭长而开阔的谷地，生机盎然，那绿的是青稞、豌豆、蔬菜、绿草，黄的是油菜花。田地里阡陌纵横，流水淙淙，田埂上草木葳蕤。远远望去，与藏式泥土村落、垂柳相映成趣，构成一幅具有浓郁西藏特色的田园风光。

谷地呈东西走向，海拔 4000 米左右，南北被崇山峻岭阻隔，多雄藏布江昼夜奔流不息，穿过谷地向东而去，在下游拉孜县与雅鲁藏布江汇合。夏天气候温和，降水量充沛，加上良好的灌溉条件，比较适合于农作物的生长，为昂仁县主要农业区之一。生活在这块土地上的藏族群众，主要从事青稞种植。团农场地处谷地东南一隅，濒临该县热切乡康莎村，由此得名“康莎农场”。

汽车率先抵达原一营二连驻地，连队首长决定一排留在这里，独立完成生产任务。其他人员继续乘车前进，统一驻原一营部和一连营房内。

两者之间相距不足一公里，翻过小山坡，径直抵达新的连队驻地。环视四周，一营部和该营一连相互厮守在一个营院内，土围墙把营房圈成四四方方的小院。伙房、饭堂和仓库连为一体，高大宽敞，生活设施还算完备。不同的是，营部为土坯房子，冬暖夏凉，尤其冬季保暖效果无可置疑。连队依然为铁皮活动房子，与里孜的营房没有什么两样。遗憾的是，没有发电设备，班排照明一律点煤油灯，连首长点蜡烛。

连队决定连首长和杂务班、司务处住在土坯平房里。在大家心目中能住上土坯房，仿佛城里人住进高楼大厦。各排争先恐后卸车，清扫卫生，将东西各就各位。

邓连长下车伊始，火急火燎地把几个排的领导召集在一起开了碰头会，对初来乍到的工作做了扼要布置。然后急匆匆地一头扎进炊事班，两眼像扫描仪一样在食堂、仓库逡巡一遍，结果完全出乎想象，令他有种被捉弄的感觉。除了主食搭配比例面粉高出里孜，能取悦于北方人外，副食尤其营养价值高，稀缺食品几近匮竭，做饭用的柴火仅能维持一周。惨淡的现实像一根闷棍打在头上，令邓连长晕头转向，双眼冒金花，仿佛一夜回到解放前。想起离开里孜前留给兄弟部队的殷实家底，连长愤愤不平中满含着嫉妒和失落，心里一时难以平衡，遂冲着司务长一顿无名火。

司务长也是一肚子苦水，本想一吐为快，心里舒坦些，面对连长冷峻而又显出几分悲壮的脸色，欲言又止。

在康莎吃第一顿午餐，炊事班急功近利，从菜地里随手拔了些一拃长小白菜和罐头肉一起下锅炒，虽然略显嫩了些，在大伙眼里比“老梭镖”不知强出多少倍，好歹是直接从地上长出来的绿色蔬菜，营养价值岂能同日而语。大家肚子饿得扁扁的，恨不能多盛些菜在碗里，饭堂里一片咂嘴声。唯独邓连长端着饭碗怒气冲冲从伙房出来，虎着那张苦瓜脸，莫名其妙地骂骂咧咧，痛斥某些权力的傲慢和专横，贬损某些人是仗势欺人的“地主”“恶霸”。反正当事人远在数百公里之外，横竖听不到。王指导员在一边旁敲侧击，偶尔跟着附和几句，略表对一个战壕战友的同情和声援。

角色转换

牢骚归牢骚，面对现实，连长比谁都明白牢骚岂能当饭吃，想战胜困难的袭扰是需要意志和能力的，这正是考验军政一把手的时候。经常说，一张白纸，可以画最新最美的图画啊！身为一连之长，怨天尤人无济于事，要义无反顾地直面困难，像董存瑞扛炸药包一样，挺身而出，将所有问题一肩挑。

千万甭讥笑连长肚子里没有多少墨水，那个时代的干部对于“调查研究就像‘十月怀胎’，解决问题就像‘一朝分娩’”的理解称得上出神入化。康莎的夏天阳光明媚，空气格外清新。第二天一大清早，瘦骨伶仃的邓连长从来没有这么爽，绒衣用不着穿，单衣单裤更凸显其苦大仇深的曲线，将裤腿一卷，扛起锄头，戴上草帽，出现在菜地、青稞地的旮旮旯旯，浑身汗涔涔的，俨然一副生产队长的模样。出身农民世家，务农种地对他而言有着高人一筹的深厚底蕴，角色转换速度之快让我们大家望尘莫及。

农场场部设在营房东南约 600 米的斜坡上，场长为 40 年代入伍，背着背包进军西藏的老同志，人称“老西藏”。第一次近距离接触，给我的印象同样瘦得像干柴棒，上身前倾，胸脯干瘪，颚骨凸显，满脸密密匝匝的胡须。人常说，马瘦毛长啊，一副弱不禁风的样子。与连长两条干柴若是拥抱在一块儿，活像麻花。连长躬身请教，两人有说不完的共同语言。据场长说，此次换防的同时，农场职能将逐步弱化，人员调整精简，除了拖拉机班不久将归建我们连队外，其余人员陆续调出或退出现役。一年后，农场将不复存在。生产资料移交给团后勤生产股，委派一名老资格的会计监管，场长本人前途未卜。

然后，连长拉着指导员晃晃荡荡爬过多雄藏布江铁索桥，来到对岸煤矿区政府，虚心倾听地方领导高见。当时觉得十分蹊跷，这地方不产煤，何以叫煤矿区呢？作为小兵，无必要详细考证。可是，说什么便有什么，两年后，自治区煤田地质队来到煤矿区探矿，住在我们连队，真的神了，居然在距离连队十多公里的多雄藏布江边的半山腰上发现了煤矿，从此彻底终结了西藏无煤的历史。什么逻辑，叫“黄金区”岂不更实惠？

经过两天闪电式的“私访”，深获裨益，对农场当前状况、未来发展有了第一手资料，冥冥之中感觉到像迷路的羔羊，前景渺茫，困难重重。

康莎虽然地处昂仁县农业区，但发展单一粮食生产有诸多制约因素。受青藏高原大气环流影响，气候总体干寒，无霜期不超过 100 天，呈半干旱气候，年平均气温 4.5℃，最热 7 月均温 12℃，年降水量 400 毫米左右，主要集中在 6 ~ 9 月。其他季节干旱少雨，风沙频频。由于气温偏低，寒冷干旱，无霜期短等不利条件，仅能种植青稞、小麦之类耐寒耐旱作物，莴笋、小白菜、萝卜、包心菜等周期短的蔬菜。受气温影响，包心菜稍比拳头大些。像黄瓜、西红柿等大家喜欢吃的蔬菜，只有栽在温室里才能结果。

土壤板结质量差，含有大量碎石、卵石，无法彻底排除。田地硗薄，肥力差，有机肥沧海一粟，无机肥鞭长莫及，且地势凹凸不平，有效灌溉率低。虽然竭尽全力使产量达到最大化，经过几年实践证明不尽如人意。

另一方面，投入成本不断推高，2000 多亩土地全靠机械耕种，没有一名农业技术员，战士都是十几二十岁的小伙子，很多人素来没有精耕细作的经历，甚至压根没有种过地。拖拉机班管耕、管播、管收，其中不乏城市兵，四肢发达，五谷不分。没有条件、机会进行专业培训，大伙摸着石头过河，完全靠自我感悟，在战争中学习战争。当年，还没有实行自愿兵役制，骨干留不住。好不容易摸索得差不离，不幸义务期满，到了该退伍的时候了。看起来人不老少，都是一些德智体全面发展，却没有科学技术的劳动者。

春天，种子撒下去，中间除了防洪，几乎不需什么田间管理，没有肥料可施，傻傻等着收割。春华秋实，等到秋天青稞成熟，开着收割机下地收获胜利果实，地面凹凸不平，有的地方割到了，有的地方割不到，落下的再用镰刀噼里啪啦折腾。大伙不舍昼夜人工脱粒，把吃奶的劲都使完，喜气洋洋地将一袋袋青稞入库归仓，过磅一称，我的娘哩，勉强够收回种子就算“丰收了”。若遇上歉收年份，连种子都收不回来，什么叫“广种薄收”？根本无须查字典，真不够麻烦！不过，好歹还有点麦秆，可以拉去喂马，多少能够自我安慰一阵子。

拖拉机、收割机土里来，泥里去，频繁出故障，小修到日喀则，大修到拉萨，往返一次数百上千公里，康莎到昂仁一直没有开通正规公路，交通十分不便。若想修理自己做不了主，还须事前报告团后勤处，申请载重汽车，与厂家预约。还有种子申请，化学肥料争取，劳动工具购买，等等，投入与产出比严重失衡，得不偿失。同时，上级在安排连队生活时，基于本连的工作性质以农副业生产为中心，寄希望蔬菜自给自足，并力争为边防兄弟连队做点贡献，殊不知生产能力十分有限，泥菩萨过河自身都难保。

尚希见宥，当年上级拍板建农场似乎缺乏缜密的调查论证，不知是反回窜斗争的需要，抑或贯彻“五七指示”，有跟风的背景。

一息尚存，决不懈怠，乃是邓连长、王指导员做事的一贯风格。王指导员在军人大会上深有感触地对大家说：“古代劳动人民‘春种一粒粟，秋收万颗子’，落了个‘四海无闲田，农夫犹饿死’的惨状。我们种多少收多少，与吃穿待遇不挂钩，岂能高枕无忧，心安理得。”

面对困难如洪水猛兽般袭来，耳边响起毛主席的教导，“什么叫工作，工作就是斗争。哪些地方有困难、有问题，需要我们去解决。我们是为着解决困难去工作、去斗争的。越是困难的地方越是要去，这才是好同志。”连首长决意迎难而上，着力在生产、生活两个方向既短促突击，又长驱直入，立足当前，着眼长远，力争尽一切可能有所建树。

七八月的康莎，为一年气温最高，雨水最集中的季节。同时为气候温暖舒适，令人心旷神怡的两月，山青水绿，阳光充足。连队营房紧靠大山脚下，常常“东边日出西边雨”，上午艳阳高照，碧空如洗。下午，电闪雷鸣，大雨滂沱，肆虐的洪水伴着泥沙从山上直泻而下，经过农场水渠咆哮着冲向多雄藏布江。晚上，睡得正香，“咔嚓”一声，“于无声处听惊雷”，暴雨如注。由于土壤中富含沙石粒，黏度差，水渠承受不住压力，常常被汹涌的洪水冲垮，然后漫向菜地或青稞地，时刻威胁着作物的生长。哨兵沿着水渠一刻不离地加强警戒，一旦发现溃堤，立即报告值班连队首长。值班员迅速抽调兵力，穿着雨衣，手持铁锨、麻袋，不顾一切去堵口子、填管涌，风雨无阻。

有一天凌晨，暴雨过后，我们排第一次接到连里紧急通知，来到距营房不远处的水渠堵决口，大雨把渠堤冲开约两米长的口子。排长头脑简单的痼疾再次发作，指挥全排用铁锹在旁边挖土往决口里填，自以为人多势众，这点决口还能咋地。恁地不想想泥土里含有大量的碎石子，没有一点黏度。加上堤窄，人多展不开，极易造成窝工。大伙排着队一人一锹例行公事般地把土扔向决口处，泥土扔到水里顷刻变成一盘散沙，被洪水冲得无影无踪，纯属情况不明决心大，瞎指挥。

眼看决口越冲越大，滚滚洪水径直向青稞地倾泻，难以遏止。这时候，连长匆匆赶来，本来这些日子心里疙疙瘩瘩，一眼看到犯这等低级错误，排长居然无动于衷，丝毫不顾老同志颜面，指着排长的鼻子斥责其迷迷瞪瞪，空有过人的胆量，却无过人的智慧，大有恨铁不成钢之意。

排长红着脸嗫嚅半天没蹦出几个字，连忙遵从连长旨意，分一部分人丢下手中工具，疾步找来破麻袋，装上泥土、碎石。班长受命带领韦老兵、王世全几个人跳到水里，首先用大石块堵住口子，使决口形成缓冲，然后将一袋一袋泥土、石子垒起来堵住决口，我带着张忠诚、小但在堤上负责接应。另一部分人铲草皮，乘势堵住缝隙。经过一个早晨紧张奋战，决口堵住了，大伙浑身上下湿漉漉的，个个像落汤鸡。

吃早饭时，部队集合完毕，连长为防重蹈我排覆辙，在队列前专门以我排早晨堵决口过程中，前后两种截然不同的结果为例，现身说法，反复强调他习惯说的那句话“干啥子事都要用点脑子”，使全连同志豁然开朗，对连长的恭敬又多了几分。

养猪种菜

这个时期暴雨频仍，既可以成灾，也可以成佛，是一把双刃剑，关键是学会趋利避害。

人无远虑必有近忧啊！严峻的现实摆在面前，邓连长、王指导员不误农时，乘阳光、雨水充足，一方面发动全连全力给青稞施肥，另一方面打一场补栽、抢种蔬菜的进攻战，如小白菜、菠菜、萝卜和洋芋等，采取短、平、快战术，着力解决眼前缺菜，冬天贮菜的问题。

连队派司务长火速赶往日喀则购买菜籽，把种菜任务分解承包到班。行动是最好的命令，大家看到连长顶着太阳，冒着大雨，戴个半新不旧的草帽，在田间地头东奔西走，不惮其烦地手把手教如何种菜，栽菜，加强管理，与下属切磋农艺，耳濡目染，浑身充满了能量。各班除了白天下到地里争时间，抢速度外，晚饭后不须督促，自觉地来到自己班的菜地，浇水施肥，拔草松土，精心管理。蔬菜一天一个样，噌噌往上长，菜地里绿油油的，源源不断的各色蔬菜送到炊事班，加工成可口菜肴。

连队从一营部接收过来一个温室，栽着黄瓜、西红柿。因为是稀贵蔬菜，在当时的西藏几乎看不到，甭说能吃到嘴里，看一眼也算是奢侈的视觉享受，自然而然由在连首长身边工作的杂务班管理。平时铁将军把门，二十四小时站有岗哨，以防有人撬开玻璃顺手牵羊。连首长从来不肯近水楼台先得月，自觉接受军人委员会监督，计划八一建军节全连会餐时大家一起共同享用。大伙急不可耐，隔三岔五结伴爬到温室的窗户向里面窥视，热切地盼望嫩绿的黄瓜早日长成。

开初有那么几天炊事班十万火急，称压缩干菜所剩不多，青菜接不上茬。时空错位，邓连长最不希望看到的一幕出现了，无论如何不能出现断顿现象，心里闷得慌，扛着锄头在地里转来转去，意外发现一种叫“灰灰菜”的野菜，小时候没有少吃，不禁喜上眉梢，遂命令各排轮流到地里采摘，放点罐头肉一道炒。野菜也是菜，味道爽得让大家伙忘却原来是牲畜的食物。大伙心境异常坦然，没有人因为是野菜而心酸，权当稀罕东西吃，坚信困难即将过去，光明就在前头。

炊事班不承担种菜任务，养猪则责无旁贷。

1968 年入伍的四川兵曹小山是全团出了名的养猪能手，说到他饲养猪的献身精神，全连上下无不跷起大拇指啧啧称赞。他以猪圈为家，不怕脏，不嫌累，一身扑在自己心爱的养猪事业上。在里孜几年，白天除了一日三餐，几乎都泡在猪圈里。高原上气候寒冷，猪同样容易生病，一旦有猪生了病或者母猪下了小崽，便寝食不安。晚上心里割舍不下，老是惦记着猪的安危，索性卷起铺盖卷，下面铺上草垫，径自睡在猪圈里。

早晨，我们大家出操，看到他抱着被褥从猪圈回来了，眉毛胡子上结着冰霜。正像很多人讲的那样，军人的奉献岂止在战场。大家见状，揣摩猪又生病了，或者新添小猪。人一日三餐，猪就不好说了，大大小小一二十头猪，就他一个饲养员，做猪食、挑泔水、喂猪连轴转，连洗衣服的工夫也很少有。好衣服穿在他身上几天就变颜色了。终年衣衫褴褛，邋邋遢遢穿着一件发白了的旧人字呢干部装上衣，不知道从哪儿捡来的，长时期懒得洗，黑一块，白一块。也有人说是与别人换的，当年干部装上衣有四个兜，而战士装只有两个兜，换个干部装穿着不仅神气，而且装香烟以及其他东西方便。在他面前甭讲军人仪表，没有条件洗澡，老远走过来，浑身一股呛人的猪粪臊臭味。

每次连队军容风纪检查，对他网开一面，属于唯一免检。猪个个养得膘肥体壮，而他总不见长胖长高。每到节日会餐连队都要宰杀一两头猪，他心痛得眼眶噙着泪水。

连队首长对他工作之外的生活给以最大限度地包容，清楚他涅而不缁，离开猪圈半天准定心神不安，坏也坏不到哪儿去。他性格开朗，心里不藏事，成天笑嘻嘻的，眼睛眯成一条缝。一旦能挤出点时间，喜欢到各个班摆龙门阵，与战友们不着边际地东拉西扯，四川人叫“耍”。大伙看到曹猪倌来了，奉为上宾，相互间心照不宣。平时没少吃他养的猪，恁地也要热情招待一番。于是忙不迭地点烟倒茶，嘘寒问暖。他呢，跷着二郎腿，安逸得姓啥为老几都搞忘了，抽着香烟腾云驾雾，海阔天空地瞎扯，仿佛疗养一回。连队为了表彰他为边防建设所做的不菲贡献，年年授予他“五好战士”称号。

突然听说连队要换防到昂仁，人走猪留，顿时浑身似有无数只虫子爬一样，坐立不安，简直等于割他身上的肉，凭什么呀？找到连长又哭又闹：“连长啊，你不能狠心丢下猪不管，它们也是肉长的呀，它们对连队有贡献，不能不讲良心……”

说来也是挺滑稽的，连长比谁都闹心，由于身份不同，不便在部属面前犯自由主义。曹小山见连长满脸怒气不言不语，嘴里嘟嘟囔囔不知说些什么，后来听说由工作组拍板定夺，遏制不住内心的怒火，心情一时冲动，不知天高地厚，要找工作组评理，被几位老乡硬生生摁倒在铺上。看到无可奈何花落去，与自己亲手饲养的猪伙伴即将睽别，难过得两夜未眠。离开里孜那天早晨，天蒙蒙亮，独自爬在猪圈上，睫毛颤动着，双眼闪着泪花，被班长和战友们婉言劝回。

只要是块金子，到哪儿都闪闪发光。从一营接收过来仅一条肥猪，几只小毛猪。连长站在猪圈一侧冷眼旁观，一脸的失望，严重的不平等交换，但是干生气、干着急无济于事。便横下一条心，一切从头开始。连长把希望寄托在曹小山身上，几次召唤他到连部集思广益，从长计议。

浑身充满激情，身高不足一米六，五短身材的四川小伙子痴心不改，在困难面前微微一笑，向连长立下军令状，赶在春节前养五到六头大肥猪，让连队过个肥年。连长一听转忧为喜，稔知其不服输的倔强性格，拍打着他的肩膀，笑得很匀称，郑重其事地说：

“龟儿子，就指望你给连队出一把力。正儿八经的，军中无戏言哦，要是给老子狗咬尿脬空欢喜，开国际玩笑，让你龟儿子脱不到爪爪，我把丑话说在前头。”

“放你首长一百个心，我曹小山没有那个金刚钻，就不会揽你这个瓷器活，但本猪倌我有一个小小的要求。”曹小山拍着胸脯提出一个在他看来连长难以答应的交换条件。

“啥子要求？你哪来这么多毛病，说吧。”连长讲。

“二回买猪儿我必须亲自去。”

“要得哦。”连长清楚他葫芦里装着什么药，欣然同意。

康莎地处大山深处，交通偏僻，外出开会、办事、看病、请休假必须前往卡嘎兵站搭乘过路车辆，全靠碰运气。从康莎到卡嘎这段路，让人伤破脑筋。虽然一二十公里的路程并不算远，可是绝大部分为上坡路，尤其十几公里长的峡谷，沟河交错，怪石嶙峋，步走少则半天。夏天洪水汹涌，冬天冰封河道。为了方便连队首长到团、营开会或者应付紧急事情，连里专门备了一套马车，饲养着一匹拉车的骡子。八班甘肃籍战士吴兴元入伍前拉过马车，人尽其才让他当了一名业余驭手，但派车必须报经连首长批准。

不多日，连长特意派吴兴元驾着马车送他到卡嘎兵站搭车，前往 200 多公里外的日喀则采购小猪。从入伍至今厮守在猪圈，没有离开过连队半步。日喀则是

军分区所在地、西藏第二大城市，外面的世界是否很精彩，百闻不如一见，激动得屁颠屁颠，怀揣介绍信和钞票，跌跌撞撞爬上马车，笑得嘴都合不拢，心里甜得像吃了蜜饯。

一周后，恰逢汽车独立营来连队拉饲料，搭乘顺便车兴高采烈回到康莎。驾驶员为四川同乡，一路上百般照顾，少了很多的麻烦。一下车，曹小山得意扬扬地赶着一群小猪穿院子而过，头戴一顶又脏又破的旧草帽，大摇大摆，不遑顾及与人拉呱，径直把小猪赶到猪圈。

邓连长闻讯，大步流星来到猪圈，看到眼前几头可爱的小猪，心里一样难以形容地痛快，继而向他投去心疼的一瞥。有这样一批关键时能够顶得上去，敢于担当的好兵，为连队建设、为领导减少了多少烦恼，不失为一笔挖掘不尽的财富。想到这里，连长顿时感到无比欣慰。

邓连长连忙从兜里掏出香烟递上一支，关切地说："小山，你辛苦了！明天给你放假，好好休息一天，慰劳慰劳。"

"不行啊，连长。我要是休息，恐怕小猪该彻底休息了，明天要赶快到煤矿区找兽医打预防针。"曹小山回答道。

部队真正是一个大家庭啊，望着眼前这位不可多得的老战士，连长疲惫的眼神中露出一丝得意。第二天，指导员亲自督战，把黑黢黢、低矮破旧的猪圈修缮一新。

打柴火

连长连长半个皇上，西藏边防当个连长，风光的机会真的不多，大部分意味着责任和压力。连队来到康莎这个偏僻地方，在战略上地处边防二线，属于非重点保障单位，穷家薄业，事事都要操心。

就说连队日常做饭烧水所用柴火，一天不能没有。伙食可以不尽如人意，但不可以断顿，必须保证按时开饭，任何一位连队干部都不敢马虎。由于西藏不产煤，柴火主要来源于两个渠道：一是牛粪。从藏族群众手里购买，少部分自己捡，搞得不好，容易与民争利。二是团运输队终年待在吉隆沟原始林区伐木，然后由汽车部队运到各个边防连队，以木代薪，一根根圆圆的百年红松被劈开当作柴火烧了，十分可惜，对生态环境造成极大破坏。但是没有可替代的燃料，只有忍痛下手。而恰恰连队地理位置异常微妙，来源渠道不畅通，圆木运不来，牛粪在农业区十分稀少，老百姓本身自用后所剩无几，所以主要依靠部队发挥自身人力优势，自力更生。

好在天无绝人之路，多雄藏布江北边山脉阳坡上生长着一种植物，叫爬地松。南边大面积覆盖着草种植被，栖息着獐子等野生动物，为连队提供了取之不尽用之不竭的“柴源”。其中，爬地松分布面积较广，通常生长在海拔4000米以上的高山碎石堆缝里，长着与松树一模一样的绿色针叶，散发着和松树同样的香味。所不同的是树干、树枝顺着山坡趴着地面长。由于生成年代久远，根杆粗大、耐烧，是烧水做饭不可多得的好燃料。

换防到康莎以来，连队组织全连官兵到附近南山上砍过几次柴火，以解决燃眉之急。转眼就要到青稞收割的季节，连队未雨绸缪，8月中下旬趁天气不冷不热，专门腾出一周时间，安排全连上北山砍柴，囤积“燃料”，通俗的说法叫“打柴火”。每人每天120斤的任务，以班为单位，当天出去，当天回来。不像驻防里孜的时候，因为距离“柴源”较远，长时间露宿在外面，打好的柴火要等待送主副食的顺便车陆续拉回连队。

柴砍好后堆起来，完全依靠人背肩扛，老兵大部分有从群众手中购买的牦牛绳子，新同志只好使用背包带。柴火背到连队炊事班食堂后面统一堆放，由炊事班长过秤，当日公之于众，最后累计作为年底评比的依据之一，完不成任务必须次日补上，任何人概莫能外。

当日砍120斤柴火不算什么艰难事，难在砍好后背着回来才算完成任务。从山上背到连队顺顺利利也要一个半小时。如果力气大，一趟能够背着回来便省下很多事，剩余的时间属于自己。不然还得辛辛苦苦跑第二趟。但是一趟能够背一百多斤的全连屈指可数，尤其要胆战心惊地从多雄藏布江铁索桥上通过，很不容易。

吃过早饭，和全连的战友们一道，迎着朝阳，带着十字镐、绳索，背着馒头、水壶，兴高采烈地奔北山而来。馒头为连队统一备好的午饭，随身携带。途经青稞地，麦浪滚滚，嗅着满地的麦穗清香，随手摘几个稚嫩饱满的豌豆角，边走边吃，心情格外轻松。

第一次从铁索桥上走过，康莎地区雨季还未退去，江水汹涌澎湃。不知道何年何月架设的铁索桥，大约有近百米长，两头固定在堆积成墙的盘石旮旯中间，没有钢筋水泥固定，看到心里直打鼓。铁索桥呈U字形网状结构，齐腰高一米多宽，铁索约有指头粗，脚底下同样为网状铁索，没有任何其他附加踩踏物。走在桥上，铁索晃晃悠悠，必须紧紧抓住两边铁索，谨防摔倒。脚下，江水冲击声震耳欲聋。越到中间摇晃得越厉害，活像荡千秋，有的战友吓得脸色煞白。铁索桥仅能单向穿越，只有等待对方过来，你才能过去，一点急不得。

过了铁索桥，一头撞到北山脚下，左前方不远处是煤矿区政府。越往上攀登，山势越陡峭，乱石遍地，大伙说说笑笑，一步一个趔趄，不知不觉爬到半山腰，时近半前晌。眼前爬地松斑斑驳驳，苍老遒劲。

爬地松深深植根于乱石堆里，盘根错节，只有十字镐才能硬对硬、实打实征服之，无所不能地显示其威力。韦老兵、张忠诚等几位老同志经过多年历练，堪称打柴火老手。全班平均两人一把十字镐，轮换着挖，你挖累了休息，我接着上，不断交替。大伙抡起镐头使尽浑身力气，一镢头一镢头刨开石头，经过无数次挖掘，一条条树干、一坨坨树根裸露出来，束手就擒。碎石伴着泥土太过坚硬，几镐头下去，手心、指关节震得隐隐作痛。第一天下来，个个手上打起血泡，结上茧子，浑身酸痛得像皮鞭抽过一般。

众所周知，打柴火这玩意既要讲数量，也不能无视质量。树根粗、密度高，单位重量明显高于树枝、树丫，要想完成任务，必须尽最大努力、毫不犹豫地将树根挖出来。珍贵的爬地松不知经过多少世纪凄风苦雨，才傲然屹立于干寒的高山上，要想获得重生，估计是侥幸了。比较砍柴火而言，背柴火也是硬任务，背不回去等于零。于是，班里合理配置资源，王世全、韦老兵等力气大，一次背100斤左右不在话下。班长从实际出发，分配他们侧重负责背柴火，能者多劳，每天至少背 3 趟，叫作“多背少挖”。而我与几个新兵则相形见绌，背七八十斤便被柴火压得龇牙咧嘴，安排“多挖少背”。由于扬长避短，将优势最大化，收效显现，天天圆满完成任务。

最具挑战性当属背着柴火过铁索桥。连队事前进行了安全教育，对过桥做了特别提醒和警示，要求大家务必小心谨慎，安全第一。如遇危险，索性把柴火扔在江里，随它去吧。战术上叫作“保存自己，以利再战”。铁索桥本身狭窄，徒手穿越犹可，而背着几十上百斤蓬蓬松松的柴火通过铁索桥，整个柴火似乎架在铁索上，咬紧牙关拼命往前拽，人活像被抬起来一样，东摇西摆，手舞足蹈，随着桥索有节奏地加速摇摆，顿时感到眼花缭乱，摇摇欲坠，心里紧张得话都不敢说，两只手死死抓住桥索一步一步往前走，仿佛当年红军飞夺泸定桥的壮举再现。憋着一股劲小心翼翼地爬过去，浑身的筋骨简直要散架。

有一天下午，背着柴火抵达炊事班后院，不料，连长和指导员双双出现在柴火堆积场，连长亲自掌秤，重视程度可见一斑。从连长谈笑风生的神态中，毋庸置疑任务完成得比较理想。连长看到我背着柴火，冲着我轻蔑一笑，说：“伙计，打柴火的感觉怎样？裤腰带要扎紧一点，小心掉下来露出屁股喽！”我知道这是一句略带揶揄味道的玩笑话。

说话间，二班战士马升民像狗熊一样呼哧呼哧背着柴火回来了，浑身汗水涔涔。马是我的同乡，高大壮实，力气过人，属于汉子气十足的男人。每次打柴火，别人跑两趟的活，他常常一次性完成了事。十分纳闷，今天怎么姗姗来迟呢？一打听，原来人家第二趟又回来了，干一天歇一天，令我好生羡慕。连长知道他力气大，便冲着他信口开河大喊：

“马升民，给老子背到墙角里头，好腾开地方。”

这同志已经不吃不喝第二趟，显然撑不住了，心想凭什么呀！别人可以想放哪儿放哪儿，偏偏要我往墙角送，纯粹给自己小鞋穿，别以为老实人好欺负，毫不理会连长的茬，没走几步便做出放柴火的样子。

连长一看这家伙不听招呼，年纪轻轻我行我素，便恼羞成怒，大步流星走过去，在他正欲放柴火的一瞬间，拽住其胸前的绳索，顺势往前拽。没想到马年轻力壮，一肚子怨气，走了两步又退回原地。

连长向来决不允许任何一个部下执行指示拖拖拉拉，眼见平时挺憨厚讨人喜欢的一个小伙子，竟然不把他的话当回事，顿时两眼圆睁，又一次拽着他胸前的绳索，并大声命令：

“马升民，我再说一遍，把柴火背到墙角去。”

生性不善言辞、老实巴交的马升民不知道哪来的犟劲，也许过分劳累的缘故，一股无名火“噌”地窜上心头。谁都没料到他丝毫没把连长放在眼里，瞬间肩膀一甩，“啪”一声撂下背上的柴火，照着连长的肩胛窝就是一拳。

连长毫无思想准备，瘦弱的身段哪能经受得住他猛然一击，一个仰面朝天倒在柴火堆里，煞是狼狈。此时，马的情绪出现了偏激，自己还浑然不觉，以黑云压城之势指着连长怒气冲冲地大喊：

“络二胡（连长绰号），你再胆敢动手动脚，我今天要了你的老命。”

现场所有官兵个个目瞪口呆，这厮莫非吃了豹子胆，敢在老虎嘴里拔牙。指导员、一排副等连忙把连长拉起来，喝止马不可造次。我们几个老乡赶忙过去将其拉在一边，只见连长浑身上下沾满柴火梗子。

此时此刻，我暗自为马升民捏把汗，凭连长的脾气，无疑会做出更强烈的反应。然而，出乎每个人意料，连长慢慢站将起来，拍打拍打身上的柴火刺梗，心像火烧一样，极力掩饰愤怒情绪，看都不看马升民一眼，二话不说悻悻离开现场，径直向连部走去，脸上一汪苦水。

当晚，排里给予马严肃批评教育，等待连队事后处理。马本人头脑一时发热，不计后果。平静下来后，为自己的过激行为后悔不迭。平时在连长眼里绝对是“好兵‘帅克’”，二者毫无过结，纯粹年轻气盛，脑子一时发热，蓦然间干出匪夷所思的糊涂事。痛定思痛，拽着副排长一起找连长道歉请罪。

二人战战兢兢地走进连部，不料，连长又做出一个惊人的举动。见二人进来，心中明白了大概，也算是给自己台阶下。俗话说，狗都不咬上门的客，况且人家准定是登门道歉，当初一个巴掌拍不响，连长是明白人，得饶人处且饶人啊！不惟没有面带愠色，颐指气使；反而一反常态，满脸堆笑。真是相逢一笑泯恩仇啊！连长深情地拍了拍马升民的肩膀，指着他直来直去地说：

“看不出你小子脾气怪大的哩，是哪来那股劲？看在你平时吃苦耐劳，表现不错，这次放你一马，下不为例，说话算话。若二回再这个尿劲头，别怪我不客气，叫你小子脱不了二分钱的爪爪。”

不待马升民请罪，连长殷勤地递上一支香烟给他抽。

打了连长一拳，连长还给香烟抽，天底下哪有这种美差事？马红着脸不好意思，连忙挥手拒绝。

双方相持不下，站在一旁的副排长看在眼里，替连长打圆场：“抽吧，瞧你那烂德行，不可理喻，连长大人不记小人过，还不赶快谢谢连长。”不乏阿谀奉承的嫌疑。

马升民接过香烟并点着，心怀愧疚，满脸腼腆，手脚很不自然，巴不得一步跨出连部。

精诚所至，金石为开。连长细说当时的想法，马升民听着脑袋点得像拨浪鼓，口口声声为自己不当行为忏悔。

翌日，连长兀自仰起高昂的头，出现在全连官兵面前，有说有笑，该干啥干啥，一脸的淡然，像没事似的。

然而，此事不啻一颗小小的原子弹，在战士中间传得沸沸扬扬，以至神乎其神。一夜之间，马升民摇身一变成为大伙心目中的大英雄，粉碎了连长在连队不可一世的神话，并顺利涉险，其勇气令所有人折服。相比之下，铁骨铮铮的连长遭受胯下之辱，却俯首称臣，故作镇定，成为茶余饭后的笑料。一些对连长心存芥蒂、怀有成见的人，为马替自己解了一口闷气而暗暗称绝。

我的看法却有所不同，连长怒不可遏时能够控制住自己的情绪，大丈夫能屈能伸，表明其作为一名军事指挥员的成熟和自信，正所谓大智若愚。常言道，后退一步，海阔天空。连长看似委曲求全，正是其高人一筹之处。不难想象，当时情况下以刚克刚，互不相让，导致矛盾激化，又会是什么样的后果，很难预料。恐怕落个两败俱伤，没有赢家，不是没有先例。

一周过后，硕果累累。邓连长望着伙房后面院墙里堆积如山的柴火，心里像吃了一剂定心丸。

第七章

在西藏人民中间

荆棘载途

转眼之间到了收割的季节，青稞地里麦浪滚滚，一派丰收景象。不巧，收割机歇菜了，一时难以修复。全连上下摩拳擦掌，决心首战告捷，展现连队官兵昂扬向上的精神风貌。

在青稞开镰的前一天下午，突然传我到连部开会，接受“支农”任务。同行的还有四排季排长，炊事班副班长安秀康，四班战士周得茂等四人，组成军宣队，季排长为组长。

又要去一个陌生的世界，感到很有意思，是我一直以来所追求的生活。脑子里保持着许多想象中的陌生环境，渴望去感受、去挑战。怀着激动的心情，走进连部，兰副营长、指导员早已在此等候。副营长笑容可掬地说：

“小刘，此次去支农，要很好发挥你的长处，着重负责情况收集整理，经验总结。”

我诚惶诚恐地连连点头称是，自知才疏学浅，难当重任。几个人落座后，兰副营长、指导员将已经确定的任务和相关纪律，做了详尽介绍和严格要求。

支农地点为昂仁县查孜区，位于藏北草原腹地，与阿里地区措勤县接壤，归日喀则地区管辖。

翌日上午，连队全体官兵在地里埋头挥镰收割青稞，随着一声“啪啪”的鞭子响，我们四人兴高采烈地向战友们挥手道别，乘马车直奔县城而去。

营支农领导小组和兄弟连队抢先一步抵达昂仁县，统一打地铺住在红旗公社一栋藏式公共平房内。全营对昂仁支农工作总承包，一个连队包一个行政区。组长为营教导员，对全县支农工作施行统一领导。

第二天，全体支农干部云集县政府礼堂，黑黢黢的又矮又旧，没有电灯，没有椅子，用石块和木板砌了几条长条凳子，固定在地面。

县革委会主任是一位曾经参加过兰州战役的老兵，同时兼任武装部长，向我们详尽介绍了昂仁县政治、经济、社情，重点部署了与支农任务有关的事项，让大脑一片空白的我们心里亮堂了许多。支农的根本任务就是协助区革委会抓革命，促生产，保持边疆的稳定。

查孜区是昂仁县海拔最高，距离县政府最远的区，两地相距 180 公里，不通汽车，只有羊肠小道。多少年来区政府干部公干一直靠骑马来往于两地之间，一般情况下 3 ～ 4 天属于正常。为此，地方政府为区干部每人配备了一匹“专用坐骑”。生活物资、生产资料的运输全部依靠高原之舟牦牛长途跋涉驮运，单程最快也要 7 天时间，往返一次至少半月。

一周后，区里赶来的马匹到了。县革委会特地从红旗公社为我们遴选了一名向导，名叫扎西。早饭后，向导牵着马匹来到我们驻地，身着褪了色的蓝色干部装，身板坚挺，能说半生不熟的汉语，年龄在 30 岁上下。

几个人骑着马沿着日喀则通往仲巴的公路一路向西，平生第一次威风凛凛地骑着马儿挎着枪，得意忘形，仿佛找到骏马奔驰保边疆的感觉。

傍晚，夕阳映红了群山，我们不紧不慢走进一条清幽静寂的山谷，让人感觉到自然力量的神秘、庄严。前方突然传来狺狺犬吠，三四顶低矮黢黑的帐篷坐落在日益枯黄的草地上。对面山坡成群的牛羊低头吃草，牧羊姑娘清亮、美妙的歌声从天穹缥缈而来，好一幅草地、牧狗、牛羊、人家的绮丽画卷。

闻到犬吠，一对人过中年的藏族夫妇匆匆走出帐篷，面带微笑迎面而来，与扎西互行碰头礼。转眼间，牧民们相继向我们涌过来，扎西告诉我们今晚夜宿此地，我立刻意识到帐篷生活从此揭开序幕。一霎间，心里充满惆怅。

帐篷又矮又小，地下铺着几张旧羊皮。

热情的主人为我们打好了酥油茶，递上糌粑袋子。排长曾经支过农，眼睛都不眨，照吃不误。我们三人尝试着倒在碗里用鼻子一嗅，一股羊膻油臊味，恶心得简直要吐。没有办法吃，但不能不吃，人是铁饭是钢，不吃不喝要饿死人的。糌粑是用青稞磨出来的，倒是没有异味，于是放上白糖，用开水搅成团，每人凑合着吃了几口。不料，第二天发生长时间便秘，方才明白糌粑为什么要与酥油茶一起吃。

睡觉也是一件挠头事，小小帐篷中间垛着火炉，七八个人怎么睡？主人和扎西自告奋勇在帐篷外面过夜，我们四人勉强摊开被褥，一边两人，睡在被窝里两腿无法伸开，只好蜷着腿。悠悠长夜，翻来覆去，两条腿酸酸的，始终处在似睡非睡状态之中。深深地意识到，此行如履薄冰，荆棘丛生，要想闯过生活关这一屏障绝非易事。

第三日晨露未晞，离开18号道班，拟夜宿查孜区阿木雄乡。

告别了热情的藏族夫妇，由西转过头一路向北，进入到藏北草原。中午，波光粼粼的湖泊出现在眼前。眼瞅着走到湖的尽头，突然一条从湖泊中流出的小河横在眼前，挡住了去路，虽然不算宽，也有二三十米。如果判断不错的话，应为多雄藏布江上游。走到河边定睛一看，清澈的河水一眼望到底，足有一人深，四人犹豫的眼神不约而同转向扎西。

排长双眉颦蹙，问扎西："怎么办？有没有别的地方可以绕行？"

一路上由于汉语蹩脚，扎西寡言少语，从不主动搭讪。这时候，一副镇定自若的样子，让人感觉是哑巴吃饺子心里有数。他朝着排长憨憨地笑了笑，一脸坚决地说：

"从这条河里骑马过去是一条近道，没有任何问题，请放心，几位跟我来。"

说罢，拉紧坐骑缰绳，"呔"一声吆喝，与此同时用脚腕内侧踢了一脚马肚子，马儿像演练过似的，顺溜溜地径直朝河里走去，看来扎西不是初次打这里经过。

排长吩咐我们几个抓紧缰绳，两腿夹紧。

几个人排成一路纵队渡河。马儿"哗啦哗啦"拨着水花，一步一步向河中间迈去，水越来越深，速度随之越来越慢。到了深处，马的肚子和背包浸入水中。感觉过了好一阵子才陆续走出最深区，悬在心头的那块石头"咯噔"一声落地。

没想到倒霉事摊上周得茂了，所骑马儿没有紧跟扎西的路线，独辟蹊径，不慎误入深水区，将马儿漂浮起来，并向下游漂去。小周吓得脸色苍白，爹呀妈呀地大呼小叫。排长、扎西连忙反复叮咛其俯身抱紧马鞍，任何时候不得放开缰绳。但马儿显然比小周老练，马头仰在水面上，鼻孔自然撑大，"呼哧呼哧"

有节奏地喘着粗气。一会儿工夫，慢慢悠悠离开中间线涉过深水区，机智地站立起来，蹚水健步走向对岸，几个人才松了一口气。

湖泊的北端便是阿木雄乡，三面环山，中间为一片谷地。湖滨水草茂密。东边一望无垠的山坡上藏野驴、藏羚羊漫山遍野，多得令人难以想象。

站在山坡上俯视阿木雄草原，羊儿如珍珠般点点星星洒落在草地上，牦牛三三两两懒洋洋地卧在草丛里，惬意地反刍着。只有那永远吃不饱的马儿低着头不停地啃着牧草。帐篷稀稀疏疏分布在不同角落，袅袅炊烟随风飘荡。每个相对集中的帐篷群，便组成一个生产队。扎西遥指乡革委会主任达旺家驻地。仰望天穹，正是日落西山红霞飞的时候。

说起来有些奇怪，马儿恰似悟懂了我们的意思，从山坡上一溜下来，着了魔似的向达旺家帐篷方向奋蹄狂奔。

“玛米！玛米！”

牧民突然耳闻“金珠玛米”从天而降，一窝蜂纷纷涌出帐篷，驱赶走正在马后头穷追不舍的藏獒。

这里是阿木雄乡第一生产队，全乡共有四个队，几百口人。乡革委会主任达旺就是这个队的普通牧民，不脱产乡干部。在暗无天日的旧西藏，全家饱受牧主的残酷剥削和压迫。西藏和平解放后，达旺和哥哥担任乡干部，光荣地加入中国共产党。弟弟多杰担任第二生产队队长，女儿巴桑为乡妇女主任。哥哥原任阿木雄革委会主任，上一年不幸因公牺牲。身体瘦弱的达旺继承哥哥的遗志，担当起乡革委会主任的重担。

藏族群众看到我们，就像见到最亲的亲人一样，紧紧握住我们的手，不停地点头抱拳“土其切，土其切（藏语：谢谢的意思）”。虽然听不懂对方的语言，但能看懂他们的表情，听得懂他们的笑声。笑得是那么亲切而发自肺腑，感情是那么真挚！一时间小小帐篷找不到插脚的地方。

达旺的兄弟姐妹都来了，一大家人忙得不亦乐乎，烧茶的烧茶，煮肉的煮肉，烧牛奶的烧牛奶。达旺妻子深谙我们的食性，把酥油碗用开水烫了又烫。

旁边帐篷的牧民看到小周的棉裤、鞋子湿透了，几人的被子局部浸湿，不容我们婉拒，一把抱到自家帐篷在火炉上烘烤。

人还未到查孜，突然找到回家的感觉，不胜荣幸。第一印象往往是最深刻的，素不相识，却达到一见如故的程度，实在太奇妙了。感怀藏民族热情好客，豁达开朗，最懂得关爱，是这个世界上心灵最纯真的民族。

天亮了，达旺和扎西忙着给马儿添加饲料，我们几个慢慢悠悠收拾背包行李。忽然，一位体态娉婷，穿着水獭皮镶边藏袍的年轻女子一拐一瘸向帐篷走来。走近一看，姿容俊秀，只笑不语，年龄应该不满三十岁。好生纳闷：如此妩媚的女子，缘何走起路来像鸭子一样，一踮一踮的，肯定疾病缠身。一会儿，达旺的妻子上前主动搭讪，只见年轻女子说话磕磕巴巴，言不由衷，精神有点恍惚。嗟叹不已之时，善于察言观色的达旺通过扎西向我们如实道来：

女子名叫曲珍，家住第三生产队，1959 年西藏上层集团发动武装暴乱，阴云密布在草原上空。一个寒冷的冬日，一伙穷途末路的武装叛乱分子从阿木雄经过，用扎西的话说，是噶厦政府的军队。处在豆蔻年华的曲珍独自在湖滨放牧，天真烂漫的她小小年纪，哪能想到突然之间祸从天降。丧心病狂的武装分子在光天化日之下，兽性大发，无情地将弱不禁风的曲珍轮奸了。傍晚，羊回来了，却不见曲珍的身影，阿妈慌忙喊着她的名字四下寻找，历经坎坷，在湖边的草丛里发现她时，人已经昏厥。后来，虽然脱离了险境，但由于身心受到非人摧残，加之缺医少药，不幸患上风湿性关节炎，造成精神抑郁，留下终身残疾，至今孑然一身。

字字血，声声泪，让我们震撼了。铁的事实再一次揭开了分裂主义分子的伪善面纱。一方面叫嚣“西藏独立”，另一方面草菅人命，涂炭苍生，天理难容！

心情沉重地告别了达旺和好心的牧民。再见了曲珍，后会有期。

我们一行策马扬鞭，沿着狭长的山谷一路向北，冈底斯山逐渐露出了它的雄姿，一座座洁白的冰山巍然兀立。翻过查拉山，一片偌大的开阔草原被群山紧紧环绕，形成一块十分规则的盆地。扎西说，查孜就要到了，眼前的山山水水皆为查孜乡的属地。

极目远眺，雪山下，许如错湖恰似一块亮晶晶的翡翠镶在盆地的北端。感慨是上帝宠爱，赐给广袤的西藏高原星罗棋布的河流湖泊，许多湖泊竟然在地图上没有标志。湖边不远处有一黑点忽隐忽现。扎西说，那就是查孜区政府。

跨过一条结着薄冰的小溪，地势格外平坦，于是放开缰绳让马儿纵情奔跑。倏忽间，左侧前方雪山底下，一座灰蒙蒙的寺庙映入视野，茫茫四壁，茕茕而立。不远处，一股地热冒着雾气，袅袅升向天空。后来才得知，寺庙名通林寺，建于 19 世纪中期，为昂仁县牧区最大的一座宁玛派寺庙，是西藏宗教文化源远流长的历史见证。

约一个时辰的工夫，在前方台地下的小溪旁，出现了一片土木结构的完整围墙，大门上方红旗猎猎，门口人声鼎沸，一看便知是欢迎的队伍。扎西长长地舒了一口气说：

“排长啦，班长啦，我的任务完成了，查孜区政府到了。”说罢，向我们使了个鬼脸。

区、乡干部和群众大多身着肥硕的皮质藏袍，头戴藏式狐皮帽，自然排成两行。我们立即跳下马来，区革委会主任在县里开会，两位副主任迎上来与我们一一握手，互通姓名。

抬脚进入大门，院子里人流如潮，原来区里正在召开三级干部会。放眼四周，完全用土坯垒成的低矮四合院。在遥远偏僻，交通不便的茫茫草原，有这像模像样的房子，也是一种难得的享受。

区里领导特意为我们单独安排了一间面积最大的房子，位于院子拐角。门楣很低，大个子进门须当心碰头。跨进门槛，光线幽暗，只有南面留着一个 1 平方米左右的窗户。整个区政府没有一张床，沿东、西、北三面墙根用土坯垒了一条一米宽两尺高的 U 字形台子。我们四人头靠头，脚对脚，把被褥铺在上面当床睡。屋子中间竖着火炉，区里为我们配备了一把用过的烧水壶和一口铝锅，门口外整整齐齐垒了一堆干牛粪，供烧水做饭使用，保证供应。没有电灯，用蜡烛、煤油灯照明。

不平静的草原

鉴于西藏的特殊情况，此时此刻，“文化大革命”推崇的所谓“四大”实质上已经宣告结束，派性组织一律解散。然而，在“文革”那段日子里，区里很多干部备受冲击，至今等待组织结论，致使这些同志工作缩手缩脚，精神压抑。与我们迎面走过，只笑不语。如原副区长强巴，据称有很强的工作能力，出身农奴，群众基础好。这样一位对党忠心耿耿的好同志，至今扛着“走资派”的精神枷锁，走路始终低着脑袋。

在离开昂仁之前，县革委会领导将查孜区班子状况向季排长做了详尽介绍：革委会主任尼玛次仁是从基层成长起来的“工农干部”，刚直不阿，工作大胆泼辣。但是，没有受过正规教育，文化程度偏低，热情很高，缺少办法。两位副主任，均民族学院毕业，工作能力强，个性突出，但各有各的具体情况。副主任旺堆，本来年轻有为，据揭发与双手沾满鲜血的叛乱分子头目仁增妹妹关系暧昧，混淆阶级阵线，等待调查处理，整日精神萎靡。另一位副主任次仁，在县政府担任过要职，群众基础也比较好，但据说有复杂的海外关系，名义上的副主任，实质全权负责区里的伙食、账目，挂着副主任头衔，俨然干起会计的营生。

一周后，尼玛次仁主任终于从县里开会回来了，没有顾上歇口气，喝口茶，风尘仆仆赶到我们住处。人还没走进屋，笑声便传进来了。一进屋，高喉咙大嗓门，边说话，边紧紧握住我们几个人的手，嘘寒问暖。

“排长啦，你们几位一路吃苦了，我们这里条件实在太差，欢迎你们来查孜支农。有你们各位，心里踏实多了。以后咱们就是一家人，有什么困难尽管讲，好吗？”一看就是当领导的做派。

说话间，双手叉在大腹便便的腰间，活脱脱一介标准的康巴汉子。毛背心穿在外边，更显膀粗腰圆，后背四方。一双手像车夫似的，手背上青筋突起。雄赳赳气昂昂的脸庞黑里透红，腮帮子鼓鼓的，一副富态相。汉语水平偏低，但能听懂，给人以憨厚朴实的第一印象。

第二天上午，尼玛次仁主任手持笔记本，在会议室与我们第一次促膝交谈。会议室没有凳子、椅子，同样沿四周墙根用土坯垒了一圈儿台子，供区里干部学习、开会坐绰绰有余。另外加上一具火炉，一个画得花花绿绿的藏式小桌子，专供领导开会使用。

通过初步交谈，使我们对查孜区的政治、经济、社会和自然状况一目了然。

区政府管辖 6 个乡，每个乡三到四个生产队，因为都过着游牧生活，住地不确定，流动性大。全区纵横一万多平方公里，人口不足两千。地处完全性高寒荒漠，平均海拔 4700 米以上，年平均气温不足 3℃，无霜期不到 60 天，雪灾、风灾、极端天气、瘟疫、流行病等肆虐。县、区、乡之间相距遥远，老死不相往来，除阿木雄乡、前进乡离查孜稍近外，其他乡距离区政府都在百公里之外，骑马当天不能到达，至少走两天。区、乡两地被大山层层阻隔，不通路，不通邮，交通异常不便，运输完全依靠畜力。有的乡要翻越海拔5500米到6000米的山峰才能到达，“人过要低头，马过要下鞍”，几乎与世隔绝。藏族同胞生活在非常恶劣的环境里，抗拒自然灾害的能力几乎为零，导致牧业生产、人口发展异常缓慢。由于气候寒冷，流行病时有发生，人口增长率极低，只见小孩频频出生，不见人口自然增长。难以置信的是，从1967年到1971年的4年时间里，全区人口只增加4人。其根本原因不惟疾病多发，更要命的是缺医少药，有病没人看，有病没处看，医疗体系还是一张白纸，全区仅有区里干部南木加一名兼职卫生员，仅仅接受过简单训练，遇到头痛感冒发发药什么的没有问题，其他的压根不懂，千万别指望他能够治病救人。要是遇到急重致命的疾病，或者流行病暴发，没有交通工具和丝毫急救手段，走投无路之下，只有求神拜佛，所以佛和神灵是老百姓唯一的精神寄托。

牲畜就别提了，一旦遇上瘟疫，成批死亡，区里没有兽医，民间只有个把两个土生土长的游医。在广阔的查孜大地，简直杯水车薪。牲畜死亡后，群众不懂如何正确处置，没有消毒意识和条件，索性陈尸荒野，下乡所到之处，白骨累累，格外瘆人。要是骑马打上面经过，藏族干部总不忘叮咛马嘴不得靠近死骨，曾经有人所骑马匹嗅了死骨，一会儿工夫倒地暴死。

由于生产力水平还处在原始状态，交通太过闭塞，老百姓受教育的机会格外渺茫，全区竟然连一所像样的小学校都没有。真要想读书，只有跋山涉水，到遥远的昂仁去上学。对贫穷纤弱的牧民而言，简直是痴心妄想。牧民中间能够用藏文读点书，看点报，记点账者凤毛麟角，偶尔碰到个把也是通过民间文化人传授，学点皮毛，类似内地过去的私塾。长期生活在这思想的戈壁，文化的沙漠里，一旦有少数不法分子挑唆，进行欺骗性宣传，再加上宗教情结，误入歧途丝毫不难想象。

经受生活关的考验

区政府有12名现职干部全部藏族，绝大多数为党员，一名职工为炊事员兼通信员。军宣队入驻查孜后，对区政府干部加强理论武装和思想引导，每天早晨安排一小时政治学习。大部分时间由排长组织学习宣讲，然后大家畅谈体会，武装头脑。

基于区乡之间相距遥远，交通不便，信息不通，下乡蹲点是区革委会主要工作方法。区里干部一年至少二分之一的时间蹲在乡里，逢事必下去深入到帐篷里、群众中，一竿子插到底，与藏族群众同吃同住，把党的路线方针政策直接落实到基层。

半个月后，接到下乡蹲点的通知，全体干部聚集在小会议室，由尼玛次仁主任和季排长布置蹲点的事宜。每个乡派出两人，采取一加一方式，即一名地方干部加一名军人，时间为一个月。主要任务为武装群众思想，引导群众自己解放自己，抓革命促生产。

我和扎西分在一个组，前往阿木雄乡。区里同名扎西的有 3 人。这次与我同行的扎西为昂仁中学的一位语文老师，日喀则中学毕业后分配到昂仁县中学任教，年方二十，热情好学，朝气蓬勃。因为学校停课闹革命，被派到查孜区临时代职锻炼。

出发时除了带好被褥，还要备足两个人一月的酥油、糌粑和喝酥油茶所用的大叶子坨茶。在藏区生活，酥油、糌粑是主食，必不可少。这一个月要与藏族群众一道，在帐篷里生活，经受一次艰苦生活的考验和挑战。

重返阿木雄乡，眼前的路并不生疏。据说不论去哪个乡，只要离开查孜，都要首先翻越一座大山，有人戏称“鬼门关”，过了这道关，便是一马平川。

扎西特意换了一件藏式上衣，一路行走一路歌，青春的火焰在热烈绽放。我第一次发现，藏民生性活泼好动，爱唱爱跳。翻过山，我突发奇想，倘若能学会一首藏语歌曲该多有趣呀，老师就在身边。吐露想法后，扎西毫不矜持，痛快接受。

唱什么？扎西说，唱《向着北京致敬》。

正合我意，在我的心目中北京是“红太阳升起的地方”，在连队天天站在高原望北京，寓意太深刻了。于是，扎西教一句，我跟着唱一句。

“北京穷啦故堆，北京穷啦故堆秀。（向着北京致敬，向着北京致敬）

玉色着儿桑迪切啦皮，宗孜毛主席。（把那丰收的礼物献给你，领袖毛

主席）

米仁卡给米吗切啦嘎，宗孜毛主席。（各族人民爱戴您，领袖毛主席）

共产党赤罗丹，毛主席赤罗丹。（共产党万岁，毛主席万岁）

赤罗丹，赤罗丹巴秀！”（万岁万万岁）

不知不觉到了大拐弯处，我们两人肚子饿得吃不消，溜下马架起锅，就地取材，好在只要水烧开就饿不死了。吃得简单，但营养价值不菲，酥油乃牛奶之精华，高蛋白，高脂肪。把酥油切一小块放在茶叶水里晃几下，让其化开，与糌粑和在一起，用手捏成坨坨就可以吃了。俗话说饥不择食，一点不假，饱时肉都嫌，饿时糠都甜。原来闻着反胃的酥油茶，也并不觉得很难咽。其实，人的适应能力很强，生活习惯都是这样练出来的。

一碗糌粑下肚，喝了几口酥油茶，匆匆赶路。日落西山之前抵达阿木雄乡一队。这一次索性在革委会主任达旺家安营扎寨。一家人听说我们下乡蹲点，一时不走，个个脸上乐开了花。

望着火炉里飘飘忽忽的牛粪灰，散发浓浓酥油味的每一个蓬头垢面的人们，以及光线幽暗的角落里一个个积满尘土的牛毛袋子，凌凌乱乱，想到要在这令人压抑的黑黢黢帐篷里，与藏族群众同吃、同住一个月，我的心里真有点犯愁了。语言不通，生活条件、习惯反差过大。别的可以忽略不计，单就这洗漱、排泄，就够伤破脑筋的。晚上要是起夜，帐篷外面藏獒、猎狗怎么能摆平，谁来照看。从早到晚酥油糌粑，半生不熟的牛羊肉。一个个令人望而却步的生活难题在脑海里萦绕。扎西看我不言不语，读懂了我的心思，一脸坏笑地对我说：

“没关系，笑一笑十年少，忍一忍一月到。咱‘金珠玛米’死都不怕，还能怕什么困难呢？”寥寥数句，似勉励，也似揶揄，让我一时语塞。

预定，我们要在每个生产队蹲一周时间，每天的饮食起居让我颇费心思。扎西像亲兄弟一样时时处处、一点一滴悉心照顾我，我也把他当作弟兄一样，心里感到很踏实。

帐篷都是随心所欲临时搭起来的，百万农奴虽然翻身得解放，不再受剥削，受压迫，但远远没有摆脱贫穷落后的原始的生活方式，平时围着火炉席地而坐，泥土地硬邦邦的。在藏族同胞眼里，干部和解放军都是毛主席派来的，给草原带来了吉祥，破例为我们屁股下面垫上一块羊皮。帐篷里实用面积只有几平方米，晚上就寝，藏族同胞为了照顾我们汉族人的习惯，自己睡在帐篷外面，腾出一大块宝贵的地方供我拉开铺睡得舒服些，一个人差不多占了四分之一，很是过意不去。第二天早晨起床，匆匆忙忙把背包打起来，腾开地方，让大伙坐下，天天如此。

藏区老百姓一般不曾有早饭、晚饭这一习惯。白天，火炉一直点着，饿了随时吃，酥油、糌粑是主食，牛羊肉搭配着吃。没有别的，不吃就要挨饿，即使带了大米白面也没有条件做。吃饭变成硬任务，像小孩子一样，要学会自己吃，如吃糌粑是用手来抓的。部队的汉族同志常常调侃藏族同志为“糌粑坨坨”，顾名思义，是用手把糌粑捏成一坨一坨送在嘴里，无可置疑也有一个学习过程。于是，下定决心自己动手学习手抓糌粑，不能总让扎西帮我抓，吃别人“嗟来之食”。扎西手把手地教，我很快摸到规律，熟能生巧。世界上的很多事情都是逼出来的，一周下来，越抓越好，越吃越香。

有一天，达旺主任特意给我们俩每人弄来一条生羊腿，牧民几乎每人臀部后面挂着一把藏刀，专门用来吃牛羊肉的。藏族同胞一般都是吃生的，刚宰过的牛羊最多把血水挤出去便可以吃。我是北方人，从小喜欢吃牛羊肉，但吃生的不曾有过。扎西削好后，我用手贴在火炉上烤，听到“吱啦”一声，炼化的羊油冒着青烟吱吱啦啦往下流，烤得半生不熟，蘸点盐巴，十分可口。到后来跟着扎西学吃生的，与糌粑同时吃，也没有感觉到有什么异味，倒是甜丝丝的，不久与藏族同胞一样，养成了吃生羊肉的嗜好。

受寒冷气候影响，每天工作时间有限。早晨，阳光普照大地，牧民们约定俗成日复一日聚集在露天羊圈唱歌。我十分钦佩藏族同胞的执着和虔诚，可能出于感恩心态的驱使，翻身农奴把伟大领袖崇拜到无以复加的程度。相互之间为了证明自己说某一句话、做某一件事的可信度，总是拿领袖诅咒发誓，前面首先必加上领袖的姓名。叫了领袖的名字再说假话，视为对领袖的不忠和背叛，大逆不道，天打雷劈。

唱歌完毕，将就坐在羊圈里，太阳光照在身上、羊粪珠上，暖洋洋的，大家有秩序地围成一圈儿。扎西和我两人组织牧民学习毛主席著作和报纸上有关文章，宣讲党的路线方针政策，然后展开讨论。想不到群众发言是那么积极踊跃，每一次都是争先恐后。我不懂藏语，群众说些什么，基本听不懂，但从大伙脸上看得出来学习领会得很轻松、很愉快，扎西时不时把其中精彩的话语翻译给我听。

所到之处人民群众喜笑颜开。我们俩人栖身偏僻的茫茫草原，与藏族同胞朝夕相处，同吃同住，亲如一家。人民群众对我们体贴入微，昼夜无人站岗放哨，脑海里从来不曾有人身安全之担忧，感觉人民群众就是我们的保护神。

在阿木雄乡一队一坐就是一周多，还有三个队需要过滤一遍。达旺主任身子骨荏弱，心同样细腻，指派担任乡妇联主任的女儿巴桑全程陪同，协调工作。

巴桑闻讯笑得花枝乱颤，赶忙转过身卸掉脸上厚厚的一层妆，顿时细皮嫩肉，面若桃花，一笑一颦，楚楚动人，让我不禁大吃一惊，怀疑视力走花，揉巴揉巴眼睛仔细一瞧，完全判若两人。

从 18 号道班一路过来，这一带藏北草原妇女个个脸上抹得血糊拉碴，非黑非红，毫无美感。

扎西说，抹的是牛羊血，营养丰富还不花钱，只要勤快，家家都有。岂料，在寒冷苍凉的藏北草原，藏族妇女有如此自觉的皮肤保护意识，从未听说过。

笑靥如花的巴桑连忙换了一身羊羔皮藏袍和帽子，像格桑花一样美丽。扎西两眼神情落魄地忽闪忽闪张望，显然被美色俘虏了。我半当真半开玩笑说：

“扎西同志，干脆把她收编做您的‘阿家呐’（藏语，妻子）。这妞不仅长得漂亮，阶级背景三代贫牧，睡在半夜心里踏实。”

扎西粲然一笑，面带难色却饱含猥琐。几度开导总是徐庶进曹营一言不发，不晓得这厮葫芦里装着什么药。

巴桑卸妆后，没有给我们留下足够的欣赏空间，径自当户理红妆，依然令人难以置信地抹上一层厚厚的羊血，在她的眼里保护好肌肤压倒一切，毫不顾忌我们的感受。

达旺主任同我们一道，骑着他那匹花白马兴冲冲来到阿木雄三队，乡革委会和队里的干部不约而同聚首在这里，静候我们磋商一年一度农牧交换，这可是关系到民生的大事。

各队队长相继呈报需要交换的数额，达旺主任和扎西逐个不厌其烦地记录。达旺弟弟多杰时任二队队长，他焦急地告诉我们，不少牧民家里青稞所剩不多，面临糌粑断顿，渴望早日启程换回粮食，安定人心。大伙清醒地意识到农牧交换迫在眉睫，刻不容缓。

可是，赶着这么多的牛啊，羊啊，跋山涉水前往农区，系牧民的利益于一身，必须有敢于担当，善于担当的人来统领，谁能胜任呢？在场的每一个人相互交换眼神，期待达旺主任嘴里吐出一句话。节骨眼上，多杰毅然站出来主动承担这份重任，达旺主任低着头，两眼一动不动凝视火炉，显然有自己的想法。还在其犹犹豫豫难以决断时，扎西抢先发话：

“我看可以。”

说罢，转过脸朝着我张望，明白无误逼着要我表态。

“我也看可以。”我照着他的话说。

其实，我以为只要干得了，派谁都行。难能可贵的是，多杰主动请缨，不能无端挫伤其积极性。再说，去年也是他领的头，顺顺利利归来，这个时候谁还有什么可说的？

大伙纷纷表明态度，达旺主任才点头赞许。

与达旺优柔寡断，不苟言笑的性格相比，同胞兄弟多杰性情豪爽奔放，废话不多却快言快语。不管天气有多冷，黝黑健硕的胸脯始终裸露在外，两只梳理有序、乌黑发亮的小辫耷拉在胸前，肌肤油光滑腻，说话间总是伴随着爽朗的笑声，浑身上下散发着火一般的热情。

冷不防曲珍拖着曼妙的身姿撞进来，独自堵在帐篷口，面带微笑，一声不吭。

“阿姐曲珍啦，什么风把你吹来了。热烈欢迎！快进来呀。”扎西带有开玩笑的口吻说。

曲珍微微提起藏袍，慢慢悠悠在帐篷口落座，两只眼睛逡巡着在座的每一个人。

“啊！你也认识她？”让我不无惊讶。据我所知，扎西来查孜代职的时间并不算长啊。

“当年噶厦政府和叛乱分子草菅人命。后来，那些叛乱分子又从木斯塘回窜大肆破坏，他们的罪恶无人不知。凡是来过阿木雄乡的干部，没有不认识她的。”扎西说：“虽然她话不多，但能感觉到她的眼睛在诉说，有一颗爱憎分明，疾恶如仇的心。每次有干部到来，她都会悄然出现。是一种真挚的情感在起作用，叫作‘人以群分，物以类聚’。”

扎西的一席话，让我感同身受，叹息曲珍生不逢时，命运之神对她有失公允。

过了几天，一场突如其来的大雪将阿木雄山野装点得银装素裹。雪后，山高风冽，多雄藏布江结上厚厚的一层坚冰，瞬间蔚蓝色的飘带变成洁白的哈达。承蒙苍天及时行乐，将天堑变成通途，牧民们目送多杰率领农牧交换的队伍，赶着牛羊，驮着酥油、皮张等牧区特产，越过多雄藏布江，消失在大山深处。

从阿木雄二队结束了第一次下乡蹲点，感慨多多，不能说度日如年，但一天天过得很拘谨很辛苦，吃喝拉撒睡，事事忧心忡忡。

我们几个人历经艰辛，不约而同回到查孜，个个脸吹得像锅底。首当其冲无疑是清扫个人卫生喽。在帐篷里蹭了一个多月浑身上下肮脏不堪，军装领子黑黢黢的，上衣胸前蹭出左右两个黑坨坨，裤子膝盖两团油污，满身膻味。最令人无奈的是混了一身的虱子，几个“金珠玛米”没有尊严地坐在铺上逮虱子。逮是逮不尽的，索性把衬衣衬裤放在洗脸盆里盛上水来煮。后来，头发根也发现虱子频繁出没，大家明白过几天还要下乡，恶性循环当在意料之中，虱子多了不怕痒，随它去吧，爱怎样怎样。

经过一个月与藏族群众同吃同住，基本上适应牧区生活，具备与老百姓打成一片的足够底气。此间，与区干部同喝一锅茶，同宿一顶帐篷，风里来雪里去，朝夕相处，彼此加深了了解，成为好朋友。交往中发觉区里藏族干部生活也同样清苦，一人或两人居住一间十几平方的泥土房，没有床，随便用土坯搭个台子，铺上卡垫，千篇一律的藏式羊毛被。另外加上一具火炉，一个烧水壶，一口煮茶叶的锅，这些几乎囊括了全部家当。

经受极寒的挑战

那时，农牧交换的牧民陆陆续续满载而归，区里决定不失时机派干部下乡，帮助各乡完成农牧分配。据说，自从西藏和平解放后，首次以集体所有制形式进行分配，关系到凸显“一大二公”优越性的大事情。为此，县革委会召集尼玛次仁主任和季排长在昂仁开了一周的会议，重要意义毋庸赘述。

我与南木加被分到如莎乡，全区离天最近的地方，闻之心里多少有些胆怯。此时，正值隆冬腊月，如莎距查孜 180 公里，路途遥远偏僻不说，还要翻越海拔5700米的雅者鲁玛峰，上百公里的无人区，在荒山野岭风餐露宿一夜。

早饭后，我们冒着严寒，与前往昆仑乡的周得茂、强巴一道，策马向雅者鲁玛峰方向挺进。一会儿工夫置身一眼望不到头的峡谷里，海拔不断攀高，犹如唐僧、孙悟空西天取经，充满凄凉感，浑然不知天路在何方。太阳落山之前，进抵雅者鲁玛峰脚下，天空逐渐暗淡下来。

凑巧，一个羊圈赫然出现在眼前，决定就地露宿。大伙把自己的坐骑后腿用绳索套住，叫作绊马索，防止其晚上私奔。然后，几个人捡牛粪的捡牛粪，取冰的取冰，架锅的架锅。南木加带了蜡烛和牛皮风袋，蜡烛用来引火，牛皮风袋用来扇风。四个人以牛粪火为圆点围成一圈儿，八只眼睛直勾勾盯着烧水锅。

牛粪火把四个脸蛋映得红红的，眼角屎和鼻涕上的沙土一目了然，个个一脸的倦态。吃过糌粑，喝罢酥油茶，几个人在羊圈的石头墙拐角挡风处拉开背包，挤在一起睡觉。望着深邃广袤的夜空，此时此刻，才感到自己是何等的渺小，一切私欲被洗涤得无踪无影。

天亮了，阳光洒落在雪山冰峰，气温降到零下三四十摄氏度，扑灭残火，迎着刺骨的寒风，骑马沿着羊肠小道向山顶进发。

好家伙，爬山无数次，这山着实厉害，连马都走不动了，几个人下来牵着马一步一步艰难攀登，感觉呼吸愈来愈短促，像患上气管炎，每走一步，都感到有什么东西哽住喉咙，两眼昏黑，胸脯憋得话都说不出来。自己的脸看不到，但能看到周得茂脸庞发黑，嗓子眼里发出“啾啾”尖叫声，嘴里不停地流口水。

半前晌，山头上突然起风了，费尽九牛二虎之力，于晌午时分到达雅者鲁玛峰的垭口处，人畜已经精疲力竭。此时，定睛一看，冰川就在眼前，显然已经走到“雪线”，不曾想到如此近距离接触冰山。蓝蓝的天空，似乎就在头顶，跳一跳就能触摸到。我不顾疲劳独自丢开马的缰绳走到冰峰下，呈现在面前的是旷世已久形成的一堵气势恢宏的冰墙，我抚摸洁白如玉的冰川，抬头仰望，冰峰峭立，势如刀劈，仿佛鬼斧神工刻过一般，顶端被云雾缠绕，蔚为壮观。

溜达到山脚下，与前往昆仑乡的强巴、周得茂分道扬镳。于是，南木加我们俩孤苦伶仃地在一座座的雪山之间向西快速穿行，寒风萧萧，一路都是无人区。临近傍晚，终于辗转来到如莎乡一队，约莫十多顶帐篷撒落在雪山之间，旁边是一条结着厚冰的小河。天上飘着雪花，牧人们赶着牛羊匆匆忙忙向羊圈而来。盘着一头辫子的乡革委会主任边巴次仁，笑容满面地将我们迎到乡会计吉美家的帐篷里，这便是我们即将展开工作的地方。

清晨，太阳出来了，冰天雪地，寒风通过帐篷旮旮旯旯吹在脸上，如针刺一般。坐在帐篷里彻骨地寒冷，只好穿着皮大衣两手拥在袖筒里，一刻不愿伸出来。心想，这一个月怎么能熬得过去，简直度日如年。确实太冻了，从早到晚浑身没有暖和的时候，暖和的地方，仿佛二十四小时蹲在冰窟里。

吉美妻子一早为我们打好了酥油茶，乡革委会和各生产队负责人骑马踏着积雪先后来到帐篷开会，个个袖着手，嘴里、鼻孔里吐着白雾，南木加同志把我们的来意和农牧分配的具体做法、步骤逐一细说。

分配采取一个队一个队过，因为语言不通，由南木加唱主角，我只能充当个配角，比如我了解分配方式，比较精通算盘，帮助他们出出主意、算算账，加减乘除还能凑合。其实，分配的本质不就是算算账嘛！没有太复杂的事情。但是，老百姓脸上的喜怒哀乐我能看得出来。

粮油分配似乎变成我们三个人的事，在寒冷的帐篷里埋头算账，吉美负责提供一切数据，我只负责打算盘，南木加负责记账，还要负责翻译。达旺一句汉语不会说，我呢，一句藏语听不懂，每提供和询问一个数据都要经过南木加翻译，一来一往，事倍功半。几个人虽然全力以赴，但是没有想象的那么顺利，不是这个地方对不上账，就是那个地方算错了，几个小时下来，身上冰得如凉水浇过一般，直打哆嗦，每每到了这时候，头发乱蓬蓬的吉美冲着妻子恳切地说：

“阿姐啦，煮新鲜牛奶给玛米和‘本部啦’驱驱寒哪。”

新鲜牛奶是我的最爱，吃一堑长一智，吸取在武工队的教训，每次烧牛奶前务必提醒老乡奶中掺水，然后加点自带的白糖，喝在肚里真叫爽。南木加特别钟情酥油茶，牛奶变成我一个人的专供。

我们三人蹲在帐篷里埋头算了一周的账，总算把乱麻一般的各类账目理得清清楚楚。吉美喜形于色，吩咐妻子煮糌粑、奶酪稀饭犒劳南木加我们俩。

第二天，正式以真金白银直接面对群众，每户一人相继涌到帐篷里。由南木加宣布分配结果，大部分群众表情淡定之中露出喜悦，把分到为数不多、沾满污垢的人民币卷成一卷，顺势塞在怀里。

实物除去平时分配，差额部分由生产队逐户兑现。不经意察觉，牧民金钱观念出奇地淡漠。究其原因，一方面，牧民过着自给自足的游牧生活，远离文明社会，与旧社会受剥削，被奴役相比，对物资生活的追求满足于温饱即可，几乎看不出有发家致富的意识。所到之处，每家每户除了维持生计所用的火炉、烧茶的锅和茶壶、酥油碗、酥油桶之外，没有什么让人眼前一亮的家具。铺的是羊皮，盖的是随身藏袍。另一方面，处在偏远牧区，有钱买不到东西。当初区里仅有的一个商店，只定量保障供应群众日常所用的坨茶和火柴等，一般都是由乡、队干部在区里开会时顺便带回，别的几乎一无所有。

把用不完的钱存起来压根无此概念，区里没有银行和储蓄所。因此，纵然有几个钱成天随身揣在藏袍里或羊毛袋子里，东摸西摸，纸币脏兮兮的连上面的字都看不很清楚。

在一队积累了一些可资借鉴的经验，接下来以此类推，照抄照搬。

最后，在如莎乡四队收官。队长是乡革委会主任的弟弟琼巴。一个整日笑容挂在脸上、矮墩墩的小伙子，皮肤黝黑，胸肌发达，朝气蓬勃。看到我们来了，笑得眼睛像弯月，一把抱住我高兴得又唱又跳，仿佛久别重逢的故交。

同样仅有十几顶帐篷的生产队，在穷巴的带领下，群众性娱乐活动红红火火。每到夜晚，将羊群赶回圈里后，所有牧民聚集在帐篷外草地上围成一圈，冒着严寒，精神抖擞地跳起具有藏民族特色的锅庄舞，又像踢踏舞，边唱边跳：

“什么亚古都，

同志你说什么亚古都？

毛主席亚古都，

就是亚古都；

什么亚古都，

同志你说什么亚古都？

共产党亚古都，

就是亚古都；

什么亚古都，

同志你说什么亚古都？

金珠玛米亚古都，

就是亚古都。

……”

旋律婉转，节奏明快，雅俗共赏，具有浓郁的藏民族特色，歌词通俗易记。我冒着严寒在旁边全神贯注，冷不防穷巴一把将我推到队伍中间，示意一起跳，我诚惶诚恐地挣扎出来。心想，集体舞讲求整体性，一步踏不对，就会踩上别人的脚，严重影响大家的情绪。遂恳请琼巴在圈外一步一动地教，舞步比较简单，但是节奏感强，几个回合便掌握了基本步法和旋转的要领。起初不可避免有些拘谨，到后来越跳越熟练。之后每到夜幕降临便和大伙一块儿翩翩起舞，一跳便是一个多小时，感觉浑身热乎乎的，额头沁出丝丝汗水。嘹亮的歌声、雄壮的踢踏声响彻旷野，令人心旷神怡，同时也助我驱走严寒，一举两得。

时值数九寒天，整日从头到脚穿得严不透风。几乎没有洗过脸，刷过牙。别奢望洗洗内衣、袜子什么的。用镜子仔细一照，浑身上下油污斑斑，没有多少原来的模样，御寒防冻成为头等大事。感激琼巴提供了跳舞机会，乘着身上的热乎劲，赶忙擦了一把脸。

这一天，完成农牧分配，终于从南木加嘴里听到一个“走”字，不禁喜出望外。

多杰莫名其妙死亡

辗转回到区里，周得茂告诉我一个爆炸性的消息：称阿木雄乡二队队长多杰失踪多日后被找到，裸身暴尸荒野。闻之，深感事情来得突兀。

几次与多杰短暂相遇，给我留下深刻印象，其音容笑貌犹在眼前。多么乐观向上，热爱生活的藏族同志。前不久，自告奋勇带领牧民们到农区农牧交换，溘然离开人世，让我无论如何难以相信。

一时间，众说纷纭。有人说，他生性爱面子，自尊心强，神情忧郁而自戕。有人说，小人嫉妒，使阴招将其暗算。也有人说，纯粹阶级报复，被阶级敌人杀害。

对于自戕一说，我丝毫无法苟同。多杰一家系翻身农奴，新旧社会完全两种截然不同的境遇，好不容易过上幸福生活，兄弟姐妹都是基层骨干和积极分子，对党和政府感情甚笃。多杰本人性格开朗，为人处世落落大方。担任生产队长年轻力强，很有冲劲，深得区乡两级组织和牧民垂青，不存在自戕的任何内外部因素。

区革委会尼玛次仁主任和安秀康在阿木雄下乡，想必案件缠身，一时半会儿回不来。据传闻，派人报告昂仁县革委会保卫组，县保卫组称派不出人来，要求依靠群众，独立办案，查清真相，严惩凶手。

我的乖乖！一推六二五，苦了尼玛次仁主任和安秀康，不知他们有何妙招。

不出所料，几天后，尼玛次仁主任派人从阿木雄传来口讯，称办案人手不够，要求再派人壮大“革命队伍”。

季排长考虑再三，决定派我和周得茂临时去堵枪眼，协助尼玛次仁主任挖地三尺，把罪犯揪出来。

天哪！我们没有经过一天的专业培训，就去办什么案子，纯粹瞎子养儿干凑数字，和滥竽充数差不离。

然而，不懂装懂的人多着哩，毛主席的战士最听党的话，党叫干啥就干啥。区里从查孜一队借来两匹枣红马，在一名向导带领下，二话没说，骑着马儿就出发。

不料，天公不作美，在离开查孜的那一刻，狂风大作，卷着沙土遮天蔽日，天空一片灰黄。一阵又一阵怒吼的狂风在地上形成巨大的旋涡向我们扑来，酷似龙卷风，马儿立即停住了脚步，行进的速度严重受阻。

中途在避风处吃了点糌粑、酥油茶，大约下午 5 点，越过大拐弯处，来到高坡上，虽然天空飞沙走石，视野模糊，但阿木雄一队的帐篷隐约可见。

一会儿，风渐止，天空骤然飘起了小雪，远方的视线一片模糊，适才看到的帐篷转眼间不见踪影。仰望茫茫天空，云层越积越厚。无疑走偏了，走的不是直线，心里有点着急，大声责问向导：

“你把路带到哪儿啦？”

向导是位不折不扣的汉语盲，不管你如何着急上火，他一句话听不懂。

原来寄希望马儿有自找门路的天性，这时候也不灵了。向导的称谓有些言过其实，纯粹是马夫。

天上的雪愈下愈大。独自纳闷！恁地听不到狺狺犬吠，该叫时不叫，难道都死光光了？摸着黑夜、迎着雪花又走了一程，透过朦胧夜色，影影绰绰看到前方山峰显现，毫无疑义迷失了方向，不愿发生的事终于发生了。打着火机看了一眼手表，时针对准晚 12 点。面对现实，只能就地露宿，不能再走。否则误入冰湖，后果叵测。

脚下是夏天被融雪和洪水冲开的水沟，示意向导绊好马腿，然后拉开背包，就势铺好被褥，扣好雨布，抱着枪支憋着一肚子气钻进被窝蒙着头，做好挨冻的充分准备。由于年纪轻劳累了一天，不知不觉堕入梦乡。

半夜里，睡得迷迷糊糊感到身上热乎乎的，以为在做梦。一觉醒来，太阳出来了，照得眼睛都睁不开，感觉额头上冒虚汗。一骨碌爬起来，原来被窝上盖着厚厚一层雪，怪不得越睡越暖和，犹如神助。从此得出一个结论：露宿不可怕，就怕不下雪。

环视左右，马儿低着头，好像没事似的。小周脑袋埋在被窝里，还在酣睡。向导盖着随身藏袍，在水沟的窝窝里蜷缩成一疙瘩，几乎被大雪掩埋。

我急忙穿好衣服，疾步走出水沟，向东南方向极目远眺，我的个天哩！阿木雄乡第一生产队就在前方不足 2000 米处，在太阳光照耀下，帐篷上方云烟氤氲。

我兴奋至极，连忙唤醒小周和向导，收拾好行装，直奔阿木雄一队。老百姓远远看到清晨来了“金珠玛米”，惊奇得一阵大呼小叫。

尼玛次仁、安秀康从帐篷出来了，见我们一大清早风尘仆仆赶来，料定事出有因。当听我们细说缘由后，心情郁闷的尼玛次仁主任一改往日温和而谦卑的脾气，当着我们的面对向导一顿训斥，虽然一句听不懂，但肯定无疑不是什么好话。只见向导羞愧难当，双手合十，手触额头表示歉意。我当即拉住尼玛次仁主任的手，劝其息怒：时过境迁，安然就好。

达旺一家为失去亲人而极度悲伤，性格腼腆、少言寡语的妻子在一边掩面而泣。

尼玛次仁主任将多杰同志死亡的来龙去脉给我们一一道来：一周前的上午，工作组和乡革委会在阿木雄一队达旺主任家帐篷召开乡队干部会。会毕，各回各的家。三天后，多杰的妻子措姆来达旺家找多杰，称几天没有看到多杰的人影。大伙一听，一种不祥的预感涌上心头，遂发动群众四处寻找。果然，翌日下午噩耗传来，三队牧民在湖滨放牧，听到猎狗狂吠，循声走向石窟，惊恐地发现多杰赤身露体躺在地上。

接到牧民报告，工作组和达旺主任立即赶往湖滨，察看、保护现场，确认当事者已经死亡。但是死尸完好，找不到有什么作案的痕迹和外伤。

工作组一边立即派人报告县革委会保卫组，一边和乡革委会一起，对多杰不明真相的死亡进行认真分析，初步认定为他杀。经过连日来缜密的走访排查，逐步收紧嫌疑犯范围，锁定阿木雄乡三队革委会成员尼玛和四队富牧丹巴为重点怀疑对象。

尼玛妻子与多杰的妻子是亲姐妹，内地人称一担挑。虽属亲戚关系，但尼玛心胸狭窄，一贯阳奉阴违，当面一套背后一套，长期以来对多杰耿耿于怀，明里暗里打击嫉妒，阳奉阴违，形迹可疑。经过多次短兵相接，忽全盘坦白，说的和真的一样；转而又推翻得干干净净，前后情节牛头不对马嘴，亦真亦假，难以确认。丹巴身为阿木雄一带剥削阶级的代表人物，表面上卑躬屈膝，老老实实接受改造，但骨子里盼望有朝一日改变天日，一贯以来行踪诡秘，有作案的嫌疑。多次约谈，矢口否认。

说罢，我们随即再次来到湖滨石窟，多杰尸骸依在，直挺挺一丝不挂。石窟又低又浅，地表布满碎石，尼玛次仁主任随手挪动尸体，被冻得梆硬。死者双面紧闭，无痛苦状，像睡着一样。

离开湖滨石窟的路上，回想起刚才看到的点点滴滴，不禁疑窦丛生：无论是自戕，抑或他杀，何以不见伤痕？莫非嫌犯使用剧毒；倘若他杀，从二队到湖滨必须途经四队，胆大妄为，难道不惧别人发觉；凶手既然杀人灭迹，办法多样，为何不掩埋，或者扔到湖里，却要放在石窟里，意欲何为；死者身上的衣服哪去了，剥掉衣服的动机何在？

此时此刻，多么需要有一名具备专业素养的侦破高手，帮助解开困扰着我们的种种谜团。

我暗自思忖，破案是一门科学啊！可不是逗着玩。眼下没有半个专业公安保卫干部，我们几个弟兄非但不曾做过公安保卫工作，连破案的边都没沾过，隔行如隔山啊！

有人说，不懂就学呗，学而知之嘛！这话说起来简单，哪是边学边干的时候？案件拖后一天，破案工作就会增加一分的难度。

严酷的事实摆在面前，靠是靠不住的；等，更不现实，也不负责任。只有不等不靠，打主动战，才是唯一的出路。真是该来的没来，不该来的却来了。

尼玛次仁主任一开始便义愤填膺，咬牙跺脚，决心借此揭开阿木雄乡阶级斗争的盖子。我们三人也是同仇敌忾，情况不明决心大，要为多杰同志报仇雪恨。但是，空有热情，办法寡鲜。没有任何侦查手段，我们三人语言不通，无法单独开展工作。于是一步不离跟随着尼玛次仁主任，逐户走访，重点摸排，一路浩浩荡荡，阵容确实可观。案件本身太过蹊跷，阿木雄的藏族群众如梦中醒来，所到之处，一问三不知，没有摸到一点有价值的线索，难道是群众的觉悟低吗？

尼玛次仁主任自信满满地说，主席讲过，阶级斗争一抓就灵，群众也需要教育嘛。于是，集中几天时间逐队开展阶级斗争教育，发动群众忆苦思甜，狠批“阶级斗争熄灭论”。尼玛次仁主任以多杰同志被害为例，摆事实，讲道理，大谈阶级斗争新动向，引导群众擦亮眼睛，积极主动为工作组提供线索，逮住阶级敌人的尾巴。

从早到晚谈话、询问，一家一户排查，不知不觉半个月过去了，十八般武艺统统耗尽，没有查找到一点蛛丝马迹和有价值的东西，甚感诧异。多杰妻子和亲属为失去亲人而极度悲伤，一双双失望的眼神充满着期待。

案件扑朔迷离，毫无新的进展和线索，不能无限期拖延下去，打开窗子说亮话，该到一锤定音的时候了。

从诸多信息反复综合分析，嫌疑人仍然锁定为丹巴和尼玛。在尼玛次仁主任眼里，似乎非此即彼，铁板钉钉。

经工作组商定，先从丹巴头上开刀。那天上午，我们四人迎着残留在草原上的积雪，骑马来到阿木雄四队队长家帐篷，对丹巴进行整整一个上午的讯问。

这厮论年龄 40 岁上下，却老态龙钟，一副可怜巴巴的熊样。坐在地上，将脑袋耷拉在两腿之间。回答问题时，哭丧着脸，对是否作案连连否认。话语之间处处打悲情牌，称自己出身不好，身患严重淋病，纵然有这个心，也没这个胆；即使有这个胆，也没有好身板。自称素来老实接受改造，安分守己，并把前后几日活动情况交代得滴水不漏。据群众反映，丹巴作为富牧后代，性格怯懦。近几年来，重症缠身，不能从事重体力劳动。综上所述，经反复推断，作案概率微乎其微。

于是，把一线希望押在尼玛身上，辗转回到一队达旺家帐篷，火速提审尼玛。

形销骨立的尼玛被民兵排长摁着来到帐篷，一双狡黠的小眼滴溜溜望着在场的每个人，翘着山羊胡子的尖细下巴微微颤抖，在尼玛次仁对面战战兢兢地坐下。沉静片刻，尼玛次仁主任直奔主题，厉声说：

“尼玛！”

“啦索（汉语，是）。”故意做出一副可怜相，慌慌张张地回答道。

“坦白从宽，抗拒从严，是党的一贯政策，你可明白。”

“哈荷，哈荷（明白，明白）。”

“那好，今天给你最后一次机会。必须老实交代杀害多杰同志的犯罪事实，悬崖勒马，争取宽大处理。”尼玛次仁两眼盯着尼玛，态度严肃地说。

尼玛不敢与尼玛次仁和大家对光，斜眉吊眼，缄默不语，似乎思想深处在激烈斗争。一会儿，神情一阵慌张，低着头两眼不停斜视帐篷外，好像发现了点什么。

突然，多杰妻子、姐姐和妹妹三人蜂拥而入，乘我们不备，揪住尼玛痛打落水狗，边打边骂：“帕夏洒觉。”俗话说，三个女人一台戏。一瞬间尼玛被几个女同胞修理得嗷嗷叫，吓得浑身发抖。

我们几人始料未及，连忙站起身来予以制止，迅速将她们拉开，并婉言劝走。尼玛次仁再次要求其老实交代。

尼玛眨巴着狡黠的眼睛，支支吾吾，对之前交代谋害多杰的犯罪事实全盘推倒。

几经开导，尼玛忽而缄口不语，忽而矢口否认。

经过几天的短兵相接，尼玛这厮千年狐狸变成精，心中已经九曲十八弯，不知道绕了多少道道，似乎悟过来点什么，任你软硬兼施，心急上火，他死活不肯张嘴说话，气得尼玛次仁主任一时丧失理智，竟然将酥油碗照着其脑袋砸将过去，亏得没有砸着。

连续不断轮番轰炸，大伙心力交瘁，工作组毅然决定打道回府，将尼玛押解到查孜，继续审问。

只是多杰同志那颗曾经火热的心与他的躯体一道，被冻成冰块，兀自搁置在无人看守的湖滨寒窟。

几天之后，尼玛被民兵押解到区政府。

解放干部

解放干部，建立“三结合”领导班子的号角如一股和煦的春风，吹到寂静的查孜地区。

与此同时，传来连队发生人事调整的新闻：邓连长、王指导员“比翼双飞”，破格擢升。邓连长任本团边防营营长，重返反回窜斗争第一线。王指导员调军分区干部教导队任教导员，重任在肩，携手走向重要领导岗位。副指导员调八一医院任政治处干事。我们排长终于十年媳妇熬成婆，提拔到运输队任队长。不鸣则已，一鸣惊人，同样破格提拔。美其名曰运输队，却没有一台运输车辆，长年累月担负伐木任务，为各连队、机关解决做饭燃料。二排副孙金成、机一班长调军分区司令部任见习参谋，前景看好。一霎间，一个小小连队为上级机关和兄弟部队输送了这么多的干部，说明连队人才济济，领导有方，风清气正。同时，我的老班长王一平以及原炊事班班长冯喜生从原岗位提拔为排长，现任炮班长张学明提拔为四排副排长，连队建设后继有人。

查孜区解放干部该是何许人也？大伙心照不宣，非强巴莫属。

然而，眼下解放干部有一套不成文的规则，并不是说解放就能马上解放。站出来工作之前，必须经过一番疾风暴雨式的洗礼，接受革命群众的再教育，获取大多数群众的赞许，方能“亮相”重新工作。不说体无完肤，好歹让你设身处地再一次感受群众才是真正的英雄，以及重新工作的不容易，使其更加珍惜自己的领导岗位。

在事先精心安排下，强巴做了充分的准备，着重对“文革”前执行所谓的修正主义路线进行自我剖析。

那天，寒风萧萧，早饭后区干部云集小会议室，扑哧哧的牛粪火把屋子烧的暖烘烘的。季排长主持会议，首先组织大家学习伟大领袖关于干部政策、干部路线的指示，边读边宣讲。其间，卓玛多嘴多舌，几次插话，在没有排长授意的情况下，将生疏的名词翻译给大家，以显示其不俗的汉语功底，令在座的每个干部无不嗤之以鼻。排长无奈之下，愤愤地说：

“你为什么总喜欢打断别人讲话，唯你特殊。”

“哈哈……”排长一句话引得满堂喝彩。

本来大伙对卓玛平日里以一把手夫人自居，颐指气使、口无遮拦的做派颇有微词，但慑于尼玛次仁主任的权位，在背后指指戳戳，冷眼眄视。谁料，今日排长敢于在刺头身上拔毛，为大家发泄了长期积郁在心中的不满。

其实，排长也是可忍而孰不可忍，被她无端置喙弄得心里不快不是今日才有，只是顾及尼玛次仁主任面子，不愿撕破脸皮罢了。

排长一句话触到卓玛的痛处，让她羞得满脸绯红。待回过神来一肚子委屈，嘴里絮絮叨叨说个不休，埋怨排长故意给她小鞋穿。

向来与人为善的季排长下决心挫其锋芒，二人你一言我一语，武装思想会议变成二人唇枪舌剑的辩论会。尼玛次仁主任如坐针毡，多次呵斥卓玛住嘴，仍然不见收敛。后来，越说越激动，对区里的人和事含沙射影，多有诟病，似乎洪洞县里没好人。

尼玛次仁主任实在按捺不住，蓦地站起身来不顾一切拽着妻子东倒西歪回到宿舍。不料，卓玛终究不是省油的灯盏，借题发挥，又哭又闹，嘴里骂骂咧咧，什么“走资派要解放了”“要反攻倒算”云云。

上午，会议草草收场。大伙听得清清楚楚，分明对解放干部心怀妒忌。因为其他两名副主任各有情况，实质上区里权力形成一人独大的态势。潜意识不希望打破这种平衡，妄图独揽大权，一人说了算，作为夫人自作多情，大可不必。

第二天上午复会，经过尼玛次仁主任苦口婆心地吹“枕头风”，卓玛情绪逐渐稳定，上眼皮肿得像灯泡。首先，由强巴做检查，毫无骄矜之气，态度谦卑，对大家的每一个批评都洗耳恭听，用心记录，不论是有是无从不推卸解释，一切都往自己怀里揽，主动上纲上线。

经过两天的深刻反省和群众评议，总算涉险过关，县革委会正式任命其为区革委会第一副主任。不久，副主任次仁也重新工作，提拔到县里重要位置上任职。随着解放干部的步伐加快，罗列在其他干部头上莫须有的罪名被一一推倒，全体区干部心情舒畅地战斗在自己的工作岗位上。

然而，同为副主任的旺堆，其命运远远没有主宰在自己手里。名义上位高权重，而桃色新闻没有完全撇清，扛着沉重思想包袱闷闷不乐。看到强巴被解放，心生郁闷。有一天傍晚，从中央民族学院分配来查孜区工作不久，与旺堆同住一个寝室的穷巴扎西慌慌张张跑来报告，称旺堆有自杀举动。闻之，尼玛次仁主任与季排长我们几个大踏步跨进旺堆房间，只见其屈身蜷坐在铺上，双臂紧抱冲锋枪，脑袋顶在枪口上，额头冒汗，生死悬于千钧一发之际。尼玛次仁主任见状，不由分说夺过枪支。此时，旺堆仿佛完全置身度外，脑袋下垂，充满血丝的眼睛怔怔地盯着双腿，神情烦躁不安。

季排长和尼玛次仁主任坐在其左右，季排长一手搭在其肩膀上，面带笑容，像兄长一般恳切地开导：

“扎西主任，你接受过很好的教育，党的一贯政策是实事求是，你应该很清楚，‘不放过一个坏人，不冤枉一个好人’，民间老百姓有一种说法，‘走得端立得正，不怕半夜鬼叫门’嘛，你要相信区革委会会把事情调查个水落石出。作为领导干部，我们要主动配合，不应该采取走极端的方式来说明你的清白，要挟组织。否则，黄泥巴掉在裤裆里，是屎也是屎，不是屎也是屎。”

寥寥数句把旺堆说得口服心服，只见他慢慢仰起头，眉宇逐渐舒展开来，以疲惫的眼神望着排长，嘴唇发颤，激动地说：

“我向排长保证，我扎西绝对没有干那些缺德事。如果说谎，天打雷劈，愿意接受任何处罚。排长啦，有人故意栽赃陷害，落井下石，与我过不去。”

是谁与他过不去？有人怀疑是指尼玛次仁夫妻，纯粹子虚乌有。但是，若要人不知，除非己莫为。

之前，排长派我与扎西前往查孜二队，找到仁增的妹妹询问，从外表上看纤细弱质，面容姣好，正患有严重的风湿性关节炎，行走困难，一副病态，其母搀扶着回答我们的提问，口中“啊丘”“啊丘”不停叫疼，感觉态度还算诚恳。

当前，当事人各执一词，无其他人证物证，问题的难点就在于此。

当晚，区革委会、军宣队毅然决定，卸去配发给旺堆的枪支，交给强巴保管使用。

不日，组织决定调季排长去军分区生产科工作，不但成为令人羡慕的机关干部，而且在相对低海拔的日喀则工作，不知道要多喝多少氧气。排长是1963

年入伍的老同志，从我补到连队那一天起，目睹其兢兢业业，平易近人，与战士同甘共苦，深受大家爱戴，始终没有提升的机会，能熬到这个份上，实属不易，大伙不约而同向老排长送上祝福。

季排长临阵调走，把临时负责的担子交给了我，并传达了连队决定，不日将由一名到任不久的副连长率领三名战士，组成新的军宣队，接替我们回去。这意味着我们几人的支农工作行将结束。

一天下午，天色还早，听到老百姓的呐喊声由远及近，我独自走出大门，一位身穿战士装的陌生军人牵着马向大门口走来，眼睛直勾勾盯着我一声不吭。我礼貌地迎上前去帮助牵马，并询问身份。来者一脸的不屑和傲慢，冷冷地甩下一句说："我是你们连的副连长。"

我们连？你是哪个连的？边防军人都明白此为一句牢骚话。

我的娘哩！真是奇葩，您怎么能穿着战士装，真是点子多，难怪我有眼不识泰山，纯粹给我下绊子。我慌忙从他手中接过缰绳，颤巍巍地询问其他同志现在何方。

"在后面。"不屑看我一眼。

让我一头雾水，好像前世有仇，后世来报。揣摩半天，心想，大概又是一个四川人所说的"二球货"。身为一般战士，多少有些心悸。

一会儿工夫，后面几位同志赶来了，全部熟面孔。

我们自己动手为他们做了面疙瘩加罐头肉当晚餐，几个人仿佛从旧社会过来的，一声不吭狼吞虎咽吃得精光。饭后，副连长的脸色顿时由阴转晴，露出一丝笑容，原来是肚子饿得不轻，多有见怪，不待我们请求便自我介绍一番。

由于区政府的住宿生活条件无法容纳两套人马，客观因素不允许继续停留。晚上简单地向副连长汇报完工作，随即收拾行装，准备次日启程返回连队。

子夜，淡淡的月光洒落在窗户上，躺在铺上翻来覆去睡不着，头脑像乱麻一般。半年来，几多艰辛，几多收获。欣慰的是结交了如此众多善良、朴实、勤劳的藏族朋友，不失为一笔骄人的财富。遗憾的是大多数藏族同胞生活还很原始很艰辛，还有多杰无辜死亡一案久拖未破……人说有遗憾是完美的，我却认为是苦涩的。

翌日，晨曦如一层明亮的薄雾，笼罩在区政府屋顶之上，区里干部和附近生产队的群众闻讯赶来，聚集在大门口，为我们送行。

区里特意备好了马匹，并派了一名向导随行。与干部、群众逐一热情握手道别，情意绵绵的藏族群众恋恋不舍地把我们扶上马。此时此刻，我们三人的眼眶湿润了。再见，亲爱的藏族同胞们！千言万语都无法表达感激之情。

第八章

连队建设波浪式前进

重病缠身

沿着老路策马扬鞭向昂仁县方向挺进，三人都有一种怅然若失的感觉，谁都不肯开口说话。半年多来，与藏族干部群众朝夕相处，对这里的一切充满了感情。虽然牧区气候寒冷、生活艰苦，内心却弥漫着不舍的情结。是的，不管走到哪里，只要有藏族同胞，就不会缺少温暖。此时此刻，领悟到人世间人与人的情谊比什么都珍贵。

一路迎着寒风，当日歇宿阿木雄乡巴桑家。乡亲们纷纷闻声赶来，一时间把帐篷挤得密不透风。多杰的妻子也来了，目不转睛看着我们，晶莹的眼睛里闪动着忧伤，禁不住低声啜泣，泪珠儿像断了线的风筝扑簌簌而下。我们几人心如刀割，恨不能把罪犯立即揪出来再踏上一只脚，一时想不出用什么词来抚慰其受伤的心。

翌日，直奔桑桑兵站。查孜的一切深藏在我们心中，耳朵里似乎还有干部群众熟悉的声音，说不准有一天我们还会回到这里。

红日高悬，碧空如洗。虽然残冬的寒意仍然笼罩在五月的藏北草原，却微微感触到春天向我们走来，经过漫漫长冬，热切地期待拥抱春天。一种惜春的情结令我迫不及待脱掉棉裤，换上绒裤，以期行动方便，展现年轻人的魅力。不料，就是这自作主张，超越季节的换装，一场大感冒悄悄向我袭来，险些断送了我后半生。

薄暮时分抵达桑桑兵站，送别随行向导，感到鼻孔酸酸的。半夜睡在被窝里，突然浑身冷得像打摆子，连忙叫醒周得茂帮我加盖两块被子。一会儿工夫，大汗淋漓，热过之后又冷得牙齿打战，反反复复折腾到天亮。早晨起床后，随便向兵站医生讨了些退烧药，自我感觉轻松了许多。

第三天，乘过路便车在卡卡兵站下车。接着，转乘兵站马车抵昂仁县招待所。

招待所仅有一排 10 间左右平房，但院子被高高的围墙包围，过往入住者寥寥无几。

我们连队干部战士途经昂仁大都喜欢在这里歇脚，几乎成为军人接待站。其中一个重要原因是，招待所仅有的一名 40 来岁藏族女工作人员曲吉，负责接待登记，夫妻俩有一股莫名的军人情结。曲吉本人是一位翻身农奴，和平解放后，入了党，当了干部，进步神速，曾经担任过亚木区委书记，丈夫是一名青海藏族，因为丈夫的哥哥逃往国外，“文革”时期株连到夫妻俩。其丈夫亦是县里中层干部，发配到县政府食堂当了一名炊事员。曲吉身患贫血，二人膝下无子。夫妻俩把军人当亲人，只要住进招待所，点点滴滴照顾得十分周全，使官兵像回到家一样。久而久之，战友们把曲吉视作大姐姐，无比信任，有什么知心话愿意向她倾诉，不便随身携带的“贵重物品”毫不犹豫交给她保管。招待所没有食堂，来来往往都在县政府食堂就餐，若赶不上开饭时，她在招待所的家里给大伙做酥油茶、糌粑和面疙瘩吃。

有的战友给家里寄物品、汇款，连队一般不准假，就设法带到昂仁，托她帮助代办。不管是谁，事事热心、周到，不嫌麻烦，官兵们亲切地称招待所为“春来茶馆”，把曲吉大姐称作“阿庆嫂”。

由于吃药坚持得不够连续，体温时高时低。托别人带口信，连队派来马车接我们。回到连队，受到战友们英雄般的热烈欢迎，大伙围拢在一起问长问短。唯有调来不久的指导员背地里颇有微词，说什么“支个农，自恃功高，还要派车接，自己摸不着路”？

我们几个装作没有听到，权当耳边风，谁要我们是小兵呢！

日月如梭，离开连队一睁眼大半年了。韦老兵，朱花豹、张忠诚、机三班长等一拨风雨同舟的老同志、老战友已经脱下军装，退伍返回故里。亢文山因患高山性贫血和那位自称革委会副主任的一道，在我们同期兵中第一批退出现役。他们临行前或为我们寄来了书信，或为我们留下一声问好。而我们没有能够为他们握手送别，道一声再见，内心深感歉疚，好像缺少了点什么。

连队从上到下人事几乎换了一茬，新人新办法呀！我担任三排九班班长，排长为我的老班长王一平。新提拔的李指导员来自五连，方连长来自骑兵连。有趣的是，他们俩与邓连长、王指导员分别是同年兵，明显慢了一拍。

战士们闲下来热衷于对连队干部评头论脚，是非曲直大伙心里有杆秤。听战友们说，新任连长兵龄较长，为人谦和，容易接近，与邓连长形成强烈反差，各级感到思想压力一下减轻许多。而指导员个性尖锐，长于鼓动，有军事干部的特质。我却以为，人哪，长短不一者多，兼而有之者少，谁都有优缺点。

此时，康莎地区春意盎然，青草吐露尖尖角，山坡上、田埂地头泛起了一片片朦胧绿意，布谷鸟回来了。连队不误农时，正在夜以继日地春耕春种，拖拉机在田间日夜轰鸣，紧张地翻地，播种青稞。

我排接防一排，单独驻扎在康莎村附近。从回到连队当晚，又像打摆子似的，天天如此，无法带领全班参加劳动。卫生员从营部卫生所培训回来不到半年，谈不上什么医术，摸不清病情。一周左右，顿觉腿关节酸痛。早晨起来，拉起裤腿一看，关节红肿。依照卫生员的吩咐，每天早饭后，独自坐在院子里花坛上卷起裤腿晒太阳，用太阳紫外线驱寒消毒，几天下来，病情越发加重。

排长看我病得不轻，经请示连队，派马车送我到昂仁县就诊，吃住在县政府小招待所。县革委会几位领导支农时相识，吩咐炊事员尽量满足我的要求，想吃什么做什么，提供一切方便。当时，地方同样缺医少药，经过十多天治疗，稍微有所好转，感觉一人在外，十分寂寞和不便，随即搭乘赴昂仁办事马车回到连队。

排长见我身体状况没有明显好转，一脸的不高兴，没好气地说：

“我说得明明白白，把病彻底治好再回来，病没有治好，回来干什么？当前排里有你不多，没你也不少。”

一句话说得我忍不住鼻头发酸，几乎掉下泪来。

不料，一觉醒来，双脚关节又红肿热痛，膝盖长出小疙瘩，坐骨神经疼痛难忍，放电似的，翻不过身来，行走十分艰难。

届时，听说农场来了一位团卫生队医生，排长派人请来为我医病。该医生闻讯，特地手拿银针，为我做特殊治疗。当时，全国上下正在贯彻毛主席6·26指示：“把医疗卫生重点放到农村去。”掀起针灸热，所谓“小小一根针，走进千万家”。这位医生刚刚从军区总医院学习归来，恰好在我身上做试验。他用手指压迫臀部，如果我有放射性疼痛的感觉，他便用钢笔画个圈儿。以此类推，记不清画了多少个圈儿。然后，挥动银针进行针灸疗法。一周下来，尽管扎了无数个针眼，仍然不见好转。

后来，排长觉得一方面排里没有卫生员，不方便治疗；另一方面，整天睡在铺上影响班里内务卫生，索性派马车把我送到连队本部继续加强治疗。炊事班长王金山是我同乡，征得连队同意，把铺盖卷搬到炊事班。突然，连队李指导员破门而入，王金山热情地做了介绍，这是我第一次见到大名鼎鼎的李指导员，便慌忙艰难地撑着身子坐起来。

“怎么样？”李指导员背着手，一脸淡然地问。

我简单地向指导员陈述了当前病情。说罢，指导员转身走出炊事班，钻进厨房。

打这之后一日三餐劳驾王金山打回宿舍吃，大小便亦由他或炊事班的同志们背去背回，内心十分不安。常言道，在家靠父母，出门靠朋友。连队不少战友、同乡抽出时间前来问候，帮我倒水洗脚，背我晒太阳、上厕所，争相帮助我解决实际困难。虽然病入膏肓，但战友情、同志爱，不断鼓舞着我与疾病做斗争。

有一天夜深人静，大伙都在熟睡，小便告急。不好意思打搅王金山，费了半天劲艰难地从铺上爬起来，扶着墙壁独自一人拖着沉重的身子踉踉跄跄走出炊事班，顿觉天旋地转，心慌气短。在房子门口边一只手不离墙，勉强解完小便，然后，扒着墙像蹒跚学步的孩子一步步挪回宿舍，前后用了近一个小时，这时候才意识到什么叫奄奄一息。

从开始患病到如今接近一个半月，都说西藏感冒发烧不能超过一周。体温始终稳定不下来，关节、坐骨神经每况愈下，终日不思饮食，恹恹欲睡。忽而大汗淋漓，忽而瑟瑟发抖，昏昏沉沉，四肢无力，身体一天天憔悴消瘦。为了尽量不给战友们增加麻烦，尽量少喝水。反反复复不见好转，几乎丧失了与疾病做斗争的勇气。

正处于水深火热，几近绝望时，万万想不到救星来了！

感受白求恩精神

一日，日喀则汽车独立营给连队送主副食，老连长回内地休完假乘便车顺路回连队看望大家，心系每一个战士，听说我染重病卧床不起，十分不安，径自快步来到炊事班。

突然看到邓连长披着棉袄出现在门口，像久别重逢的亲人，一股暖流向周身迅速散布开来。正试着爬起来，连长一步跨过来连忙一把压住我，口称“别动”，要我好好休息，关切地嘘寒问暖，见我一副病态，语气沉重地说：

“立刻送八一医院，千万不能耽误，事不迟疑。”

老连长面带焦虑，悉心安慰，让我感到非常亲切，似乎脸上每一个部位都与以前大不相同，格外和蔼慈祥。说罢，转身走出炊事班来到连部，对指导员讲：

“小刘病成这个样子，还不赶快送到日喀则八一医院，要是耽误了，对不起人家啊！”

指导员旋即通知司务长、卫生员办理住院有关手续，带足伙食费和粮票，派给养员小戴跟车护送我到日喀则住院。

翌日早晨，我们搭送主副食返程的解放牌卡车驾驶室，直奔日喀则八一医院。

7月的日喀则正是万物生长的黄金季节，下午三四点钟汽车从扎什伦布寺旁边的石子路擦过，一溜烟抵达八一医院，或许是心理作用使然，一眼看见带着红领章红帽徽的白衣天使，顿时有种浴火重生的强烈感觉。

小戴将我背到门诊部的油漆长条木椅上坐下，当值医生一看是急诊，急忙迎上来，询问病情。一位体态丰盈的年轻女护士帮我以最快的速度办完住院手续。铺着干干净净白床单的手推车已经准备好，停在我的身边。

医生告诉护士说：“推到内二科，住91床。”

医生、护士和小戴把我扶上手推车。小戴试图推车，护士用胳膊肘一挡，脸色严肃地说：“不行，这不是你的工作。”

小车吱吱啦啦沿着内走廊推到内二科，走廊上一位老护士见来了重病号，高喉咙大嗓子冲着走廊另一端呵叫：

“出来哟，来重病号了。”

话音刚落，走廊两边病房先后拥出5名护士、护理员，跟随着手推车来到病房。

到了病床前，我正欲自己试着下车挪到床上。不料，其中一位护士大喝一声：

“不准下来。”

大伙不由分说，抬腿的抬腿，抬臂膀的抬臂膀，七手八脚把我抬到床上，并帮我脱下鞋子。

值班护士立即进来量体温，依然达到40℃。一会儿，主管医生和主治医生进来了。主管医生是位女同志，大伙都称其何医生，40来岁年龄，面目清癯，身体瘦弱，帽檐下露出些许短发，显得十分干练。二人询问了发病经过，仔细察看了病灶和两只胳膊肘，用听诊器进行了胸检。初步诊断为：风湿热。由于久烧不退，引发风湿性关节炎。听医生喁喁私语，说没有并发风湿性心脏病，是不幸之万幸。否则，将遗患终身，让我心有余悸。

主管医生当即决定加大药量，当务之下尽快退烧，体温高居不下才是万恶之源。并实行特护，吩咐我务必卧床休息，减少走动，进食、排泄一律由护士负责。

当日晚饭后和睡觉前先后两次用药，每隔几小时，护士进来量体温，查房。熄灯之前，一位老护士进来抽血，询问完病情后，反复叮咛："大小便盆均在床下，夜晚不许出去排解，记住没有？"

我频频点头称"记住了"。

半夜醒来，顿感浑身舒服非常，体温明显下降，头脑不再晕晕乎乎，身子骨硬朗了许多。毫不费力地从床上翻身起来，从来没有这么轻松，不禁喜出望外。

这时候，感觉需要排解，两天没有解大便，室内还有其他病友，哪好意思在室内解决。于是，试着下地走两步，虽然关节有明显痛感，但与先前比较，能够迈出步子，症状明显改善。直觉告诉我，大医院医疗技术到底不一样，药到病除，简直神了。

厕所在病房外200来米处，独自一人迈出房间，走廊上灯光璀璨，自感底气较足。于是，壮着胆子小心翼翼地来到厕所，排解完后毫不费劲地回到病房。

清晨，还是那位老护士进来量体温。不为人注意地扫了一眼床下便盆，问我：

"91床，你晚上怎么没有解手？"

我不敢撒谎，讷讷地如实回答："解了。"

"解了，解到哪儿啦？"两只眼睛一瞬不离看着我，脸色阴沉，感觉凶凶的。

我自感理屈词穷，没有勇气与她对视，只是低头不语，妄图采取拖延战术，不了了之。

“说呀，解到哪啦？”谁料她打破砂锅问到底，不弄个水落石出不收兵，嗓门进一步提高。

我看到老护士表面上柔情似水，做事却出乎意料地执拗刻板，事到如今若不实话实说，恐怕难以蒙混过关。于是耷拉着脑袋如实交代，颤巍巍地说：

“上厕所了，不想给你们添麻烦。”

“啊！居然自己上厕所，好大的本事。医生怎么吩咐的？我昨天晚上怎么对你说的？这叫添麻烦？你知道你患的啥子毛病？怕添麻烦为啥子要来住院？”老护士说话像打连珠炮，一声高过一声，居高临下，像老大姐教训小弟弟，愈说愈激动，满脸通红。一连串的质问，让我哑口无言。

“从现在起必须听医生、护士的吩咐，下不为例。二回要是再深更半夜跑到外面，看我怎么修理你。惹火了，把你赶出去，不信试试。”

对面以及隔壁房间的休养员听到老护士的训斥声，纷纷跑到门口带着好奇的眼神向屋里张望，以为发生什么了不得的事情。

我自知做得不妥，向她投去无限感激的一瞥，连连点头称是。

早饭后，何医生和护士长一道来查房，看到我短时间内体温下降，病情明显好转，证明诊断准确，治疗方案有效，要我坚持吃药。另一方面，她们也知道了我夜间私自上厕所一事，不像老护士态度那么严厉，而是语重心长地告诉我，坚持卧床休息，目的是加快恢复。目前，关节有严重的炎症，走早了不仅延缓关节痊愈，还会影响到心脏，必须防止并发症。

医生、护士的话句句在理。从此，不再自作主张，严格依照医务人员嘱咐行事。

医务人员对工作精益求精，对病人极端负责任的态度，深深拨动着我的心弦。她们的一举一动让我设身处地领悟到革命队伍里同志、战友之间那种纯真的友情。她们像白求恩那样，对同志对人民倾注满腔热忱，把病人当亲人，不嫌脏，不怕累，把医好每一个病人当作义不容辞的责任和追求。

起初，与其他重病号一样享受特护，每日六食。除了一日三餐，上、下午和睡觉前另外添加牛奶、水果罐头和红枣稀粥。护理员送饭到病房，并监督吃完，不许浪费。吃完后，把每个病人的碗刷洗得干干净净，放在桌子抽屉里。

对面病房一名病友来自分区独立营，双臂功能完全丧失。年轻的护理员每天用小勺子一口口地帮其进食，一边喂，一边说说笑笑，频繁互动，完全当作亲兄弟，脸上始终挂着笑容。

科里有几位重病号，饮食起居不能自理，护士、护理员每天帮助他们洗脸，擦洗身子，换洗衣服，扶到外面晒太阳，等等。有的由于长期卧床，发生便秘，很痛苦，护士用手指抠，帮助排泄。很多护士尤其是护理员年龄很小，还没有结婚、恋爱，看不出一点矜持和羞涩，事事精心护理，照顾得十分周道。当年，再重的病员都不允许派人陪护，入院后一切由医务人员负责。

查房为医院的一项经常性工作，病人休息后，护士进出病房时总是蹑手蹑脚，轻轻走过，仿佛生怕踩着地下什么东西，惊扰病人休息。有几回半夜里，护士趴在耳边轻声轻气提醒我盖好被子，防止感冒，方才知道护士进来查房。熄灯后，通常一晚查房两三遍，为让病人休息好，值班护士有电灯不开，竟然提着马灯查房。看到有的被子被蹬开，轻轻地帮其盖好。发现有的病人翻来覆去睡不着，关切地询问究竟，有的放矢助其排除精神障碍。

饭后半小时左右为吃药时间，护士进来挨个检查病人是否按时吃药，发现床头药杯有药，当面责成喝下去。要是三番五次不听招呼，或者借故弃吃，态度严厉得让你无话可说。

有的病人久治不愈，或者患上慢性病，思想包袱沉重，医生、护士和护理员急病人所急，及时关怀引导，或循循善诱，晓之以理，帮助克服心理障碍，激励其积极主动与疾病做斗争；或经常来到病床前故意说些笑话、俏皮话，逗其开心，转移其注意力，让其无忧无虑，在欢乐中驱散心理阴影，保持良好的精神状态。

于细微处见精神啊！使我更加明白“伟大来自平凡”“做好每一件简单的事就是不简单，做好每一件平凡的事就是不平凡”的个中道理。

医院在治病救人的同时，十分注重在精神层面鼓舞伤病员的革命斗志，重燃大家对新生活的热爱和保卫边疆的不懈追求。适逢八一建军节，医院拟召开庆八一联欢会，以医务人员为主，吸收少数有一定文艺特长休养员参加。病人统称休养员，各科室竭尽其能，把休养员中间的好人好事尤其成边事迹编成三句半、快板和小品，颇具创意。八一建军节晚上，医院小礼堂灯火通明，所有

医患人员济济一堂。令我深有感触的是，那些重病员在医务人员的关心帮助下，有的拄着拐杖，有的推着轮椅齐集礼堂，和大伙一样，脸上带着甜蜜而幸福的微笑，看到兴奋时和大家一样欢呼、呐喊，完全忘却疾病带来的痛苦，感觉医院就是伤病员的家。

有一天，军分区文艺宣传队来医院慰问演出。在礼堂为我们表演了喜闻乐见、风靡一时的现代京剧片段。尤其《沙家浜》选段“你待同志亲如一家”，郭建光、沙奶奶对唱，情真意切，激起广大休养员感情上的强烈共鸣，许多休养员回想起入院以来，医务人员视自己如亲人，精心治疗，精心调理，把鲜活的生命从死亡线上挽救回来，身体日见康复，不禁感激涕零。台上台下交相呼应，满堂喝彩，掌声经久不息。

之后，驻日喀则独立师、总后日喀则大站等单位相继前来慰问演出，使我们这些身处哨卡的边防战士，一次次荣幸地享受到精神大餐，浑身产生无穷的力量。恋恋不舍送走这些令人羡慕的文艺战士，回到病房依然余音绕梁，心情久久不能平静，不由得浮想联翩。

每周六的晚上，小礼堂无一例外为休养员放电影，传说又有现代京剧和新的战争片上映，这些影片在边防上不易看到，大家早早地在礼堂门口徘徊。放映开始，医务人员推着轮椅，扶挽着重病员，同大家一起分享精彩的电影艺术，让积劳成疾的边防官兵在医院愉快地度过每一天。

住院期间，在日喀则工作的王指导员、桂副指导员、孙金成等老领导得悉我患病，多次在百忙之中抽出时间前来探望，问寒问暖。

有一天，在医院政治处工作、原我连桂副指导员突然来到病房，望我片刻打趣地说：

“小刘，你这样长期来住下，只怕是心也宽，体也胖，路也走不动，山也不能够爬。”

亲切而诙谐的一段样板戏台词，恰到好处，让我听着很舒服，深信不疑身体恢复不少。

说罢，把我带到办公室，与素不相识的本团政治处干事陈达聪邂逅。原来，医院开展教歌、唱歌活动，约我们俩帮其将歌谱、歌词刻在蜡纸上，印发给各科室。第二天，又应约到医务人员食堂办板报，只见墙上用水泥抹了一块黑板，我们奉命将医务人员中救死扶伤的好人好事用粉笔写在黑板上。事后，吸引了众多医务人员驻足观看。

寓医于乐，寓医于文，形成了浓厚的政治氛围。

患难病友

入院以来，所见所闻驻藏部队官兵积劳成疾，一个个动人心魄的故事，始终无法摆脱地在脑海萦回。

同病房小韩是某独立师炮团仅仅入伍一年的河南兵，年纪轻轻因感冒发烧治疗不及时诱发风湿性心脏病。在我卧床休息的那几天，经常帮我打洗脸水、洗脚水什么的，特别讨人喜欢。小伙子一天到晚低着头，脸上很少有笑容，思想负担沉重。每到晚上气短心慌睡不着觉，黑夜里欠起身子压低嗓门冲着我说道：

“老兵，陪我聊会儿天。”

于是，两个经历着同样困惑，有着同样感慨的年轻人，海阔天空东拉西扯，聊得很久。直到我睡眼惺忪时，他一个人还喋喋不休。听说患上风湿性心脏病在内地不易治愈，难以胜任重体力劳动，不由得胡思乱想，为日后的生活严重担忧，老是问我今后退伍回乡日子怎么过？不谙世事、同病相怜的我，不知如何作答。

由于长期睡不好觉，精神疲惫，小韩走起路来晃晃悠悠，无精打采。每到夜晚为睡不着觉苦苦发愁，可怜兮兮地与值班护士索要安眠药。年纪轻轻就对安眠药有种强烈的依赖。为防止副作用，后来护士总是以要请示主治医生为由搪塞推诿，这使他独自生许多闷气，不时在黑暗中发出一声声叹息，或者冷不防拳头在墙上狠狠砸一下。

有一天深夜，自感呼吸困难，还在唠唠叨叨时，小韩突然大喝一声，心脏病严重发作，脸色铁青，人事不省。有生以来不曾遇到过这等事情，把我吓得浑身发软。顾不得穿好衣服，连忙叫来值班医生，紧急输氧抢救。费尽周折苏醒后，他微微睁开双眼第一时间握住我的手，泪水从眼角簌簌而下，上气不接下气地对我说：

“老兵，若是我有个三长两短，告诉我的父母是高山缺氧而走的，千万不能说得了什么心脏病。否则，老人家会难受。”

生怕我听不明白，一字一句顿开，好像是临终嘱咐。事后，我反复琢磨，耐人寻味，多么懂得疼爱父母的小伙子。一年前参军离开家乡时活蹦乱跳，到了部队突然患上心脏病，要是老人家获悉情何以堪？从此，每到夜晚，只要他感觉呼吸困难，我不由分说从值班室要来氧气袋插在他的鼻孔，以防不测。

隔壁病号小顾是他的同乡，可谓同病相怜。小伙子粗粗壮壮，长得威风八面，虎背熊腰，乍一看，绝对是条汉子。谁料不幸因高山缺氧，患上严重的缩窄性心包炎，右手老是捂着左胸，发作时呼吸困难，脸色发黑，从早到晚离不开氧气袋，属一级护理。小伙子活泼开朗，十分乐观健谈，生性好动，病情稍事稳定，便东走西窜，动辄喜欢与别的休养员掰手腕，好像没有生病似的，压根不把自己的病当回事。但是一激动便喘不上气，隔三岔五进行紧急抢救，让医务人员伤透脑筋。

为了让他休息好，病区特意安排他独住一个房间。一个人独守空房，寂寞就像一窝毒虫，啃噬着他强大的内心。乘医务人员不备，抱着氧气袋一溜烟来到我们病房唠嗑，只要有口气，屁股上犹如钉了钉子，赶都赶不走。值班医生、护士不间断查他的房。时间一长，摸清其去向，拽着他回房间休息。

后来，听说要转到成都军区 78 医院做心包剥脱手术，经常噘着嘴问医生何日送他回内地。医生告诉他，日喀则距离拉萨机场两三百公里，就目前状态，一路颠颠簸簸，恐怕到不了机场就要见马克思。要求他配合治疗，创造条件，只有等病情稳定后才能出藏。医生的话如鲠在喉，希望和失望交织在一起，教他既忧心如焚，却又心怀侥幸，整天急吼吼的，心情不好时，还会一个人暗自垂泪。

病号如流水你走我来，每天下午大伙不约而同聚集在病房外树荫下长条木凳上聊天，像医生上班一样，几乎雷打不动。

这是一个病员之间交流信息，抒发感想，加深友谊的平台，免不了相互打听来自何方，住院缘由。长此以往发现，病号大部分来自边防哨卡，多数是由于高山缺氧，天气寒冷引发不同的并发症，以及天灾人祸等。另外与职业、岗位有很大关联。如患胃病者以汽车兵居多，常年奔波在青藏线上，不能按时吃饭，饱一顿饥一顿，热一顿冷一顿；患高山病者，仲巴县驻军偏多；冻伤、冻残者，驻守在中尼边界一线的连（分）队较多。蹊跷的是，里孜边防站藏族干部边巴也同样患上高山病，与我住在同一病区，令我好生纳闷。经了解，原来出生在西藏昌都，工作在海拔相对较高的仲巴县，虽属西藏同胞，同样也因为海拔高低不同而未能幸免。

有一天上午，在病房走廊散步，与桑桑兵站炊事班甘肃庆阳籍战士小高相遇，几次夜宿桑桑兵站与其一起打篮球相识。他 1968 年入伍，身高一米八左右，是位篮球场上的健将，生性乐观，浑身充满活力。

只见他一只手叉着腰，步履维艰，面色苍白，与我前不久支农回连队途经桑桑兵站相见时判若两人。连忙上前询问，自称劈柴火时不慎把腰扭了，腰部右侧疼痛难忍，看其神态疼得厉害。心想，伤筋动骨一百天，年轻人假以时日慢慢会好的。

不料，时隔几天，有休养员说前些日子叉腰的那位病人瘫痪了，在病房痛哭流涕。我不敢相信是真的，慌慌张张跑到其病房，恰巧护士推着他从急诊室回来。我仔细一瞧，愣住了，好端端的一条大汉，突然变成这副模样：下半身赤裸盖着被子，浑身上下看不到一点血色，四肢肌肉萎缩，蓝蓝的血管如沙漠中的溪流清晰可见，骨瘦如柴，大腿细得像麻秆。我不顾一切迎上去握住他的手，连连问道：“怎么啦？怎么啦？”

只见他无神的眼眶里充满了茫然，苍白的脸上挂着忧伤和疲倦，眼角留着泪痕，嘴唇一股劲地翕动，发不出声音。

护士告诉我：“他不能说话了。”

我怔怔地端详着他可怜巴巴的样子，恨不能相助，内心有股说不出的酸楚。

之后每过几天前往病房看望他，总不见好转，让我万般失望。

不久，听说小高转院，被人用飞机专程送到成都治疗。我闻讯再次赶去病房时，果见人走床空。从此，再没有听到关于他的任何音信。

相隔时间不长的一个下午，独自提着暖水瓶从开水房出来，经过外一科病房西侧，冷不防一阵凄厉叫声传入耳际。

一会儿，三三两两的休养员围拢在急诊室门口伸长脖子往屋里张望。受好奇心的驱使，胆战心惊走过去看个究竟，映入眼帘的一幕惊得我汗毛直竖：一位年轻战士踹开被子，赤身露体横卧在病床上全然不顾，胸部以上血迹斑斑，面部血肉模糊，满口牙齿脱落，双目紧闭，翻来覆去大声号哭，惨不忍睹。年轻护士、护理员正小心翼翼为其擦拭血迹，用酒精对伤口进行消毒。

年纪轻轻，遭此不幸，不禁令人喟然长叹。大伙不明究竟，个个面面相觑。

片刻，值班护士出来，吆喝大伙统统回各自病房休息，不要围观。

休养员中也不乏包打听，原来是某边防连队一名炊事员，在蒸米饭操作高压锅时，米粒堵住了气孔，凭其直觉自以为锅里的气已排完，便勾着脑袋扭开阀门，不料威力强大的气压冲开锅盖，直接打在其头部、肩部位置，酿成撞伤、烫伤合二为一的惨剧，满口牙齿所剩无几，鼻梁严重骨折，听来让人毛骨悚然。尽管各级领导经常苦口婆心地强调，然而此类不幸在驻藏部队炊事班时有发生，稍有一点点疏忽，便会酿成大祸。

之后，每打外一科经过，其揪心的惨叫声音犹在耳。

这时候，本人已称得上老病号了，虽然时间不算最长。有位湖北籍 1970 年兵进藏后因高山不适应，还未到连队报到便一头扎进医院，高山病迟迟不见好转，一住不走，拟安排来年从医院直接退伍，名副其实的老病号，真是小巫见大巫。小伙子年龄小，活泼可爱，很讨医务人员和休养员喜欢，护士、护理员遇到体力活忙不过来，喜欢带着他一起干。聊起来年退伍之事，不由得伤心下泪。高高兴兴当回兵，没有打过枪站过岗，不知道紧张的连队生活是啥模样，空有其名。

日喀则 7、8、9 月降水量充沛，而且多夜雨，白天日光充足，气候暖和，气温在 12℃至 26℃之间徘徊，冬无严寒，夏无酷暑，不冷不热，格外舒服。医院坐落在日喀则的边缘，环境幽静。院子东边是一片遮天蔽日的林卡，凸起的小山包上耸立着挺拔的白杨树，树丛铺满了如茵的绿草。西边是一片开阔的台地，稀稀拉拉长着浅浅的青草。晚饭后，清风徐来，休养员们结伴在此无忧无虑地尽情漫步，望着眼前旖旎风光轻轻低语，尽兴吮吸大地散发出沁人心脾的夏日气息，快乐得像活神仙。

感觉日子过得飞快，每天都有新的内容，充满乐趣。然而，医院毕竟不是久留之地，9 月 13 日，突然传来全军进入一级战备的消息，一时间战争阴云密布。医院动员痊愈的休养员尽快出院，各种议论、揣测纷至沓来，主流传说因爆发印巴战争，恐城门失火，祸及池鱼。也有说盘踞尼泊尔回窜分子蠢蠢欲动，趁火打劫。殊不知，轰动国内外的“9・13”事件悄然发生。

经过科里三个月精心治疗和多次检查，证实关节痊愈。国庆节过后的第二天上午，何医生、护士长一行来房间查房，何医生十分和蔼地说：

“小刘，你可以出院了，还有什么要求和困难需要帮助？”

我想病都治好了，还能有什么要求，人不能这么不知足，回何医生道：“没有，非常感谢！”

何医生指着我对大伙说：“你们看他现在多神气，真是红光满面，精神焕发，入院时的情况大家还记得吗？”

护士长只是点头没有说话，冲着我笑了笑。倒让我很不好意思。

是的，几个月来，医务人员精心治疗，精心护理，既治好了我身体上的疾病，又从医务人员身上吸收了丰富的政治营养，千言无语也无法表达感激之情，将要重新返回梦寐以求的火热军营，别说心里有多么激动！

滑坡

独自背着背包，回到久别的康莎，忍不住立在路边面对眼前熟悉而陌生的一切心潮起伏。望着幽深的蓝天，吸吮着高原晚秋的气息，不禁长长舒了一口气。连队，我终于又回来了！

战友们看到我突然出现，个个惊叹不已。住院期间，连队将我的东西带到日喀则，就剩枪支弹药还没有来得及上缴。大伙满以为我此去不会再归来，在医院终结军旅生涯。没有料到不但回来了，而且比原来结实了许多。纷纷拉住我的手，问长问短。

盖房子用的土坯

冷不防张学明从身后一拳打在我肩胛处，环顾左右大声调侃道：

“乡亲们，我胡传魁又回来了，有没有共产党，八路军？老实交代。”逗得大伙笑得前仰后合。

“好人总会有好报，大难不死，必有后福。身体养好了，大伙好好在一起摸爬滚打，为国家多腾几个大米袋子。”张学明接着诙谐地说。

阔别相见，战友们有说不完的知心话、离别情。

晚上，排长把冲锋枪和子弹、手榴弹归还于我。语重心长地吩咐我继续履行好班长职责，保持“四好班”荣誉，再接再厉。

“是，请排长放心。”我坚定地回答。

重新接过手中枪，倍感亲切之余，觉得肩上有份沉甸甸的担子。

从当军宣队员离开连队一转眼又一年过去了。其间，老连长、指导员痴心不改，率领官兵们利用去年秋后农闲时间，自己动手，盖起土坯结构的宿舍，住进了新居。虽然从外观上看很土，毫无美感，但是较之活动房子，其保暖性、舒适性上了几个台阶，居住条件进一步改善，从大家言谈举止和脸上的表情，可以看得出来非常知足了。

全排仍然单独执行农副业生产任务。翌日，前往连队送出院通知书。之前，与指导员只有一面之交，相互不甚了解。耳闻指导员钢牙利齿，十分强势，心里不免有些紧张。在门口踌躇片刻，神经绷得像拉满的弓弦，硬着头皮闭住眼睛一声“报告”，心事重重地走进指导员房间，正在坐着抽烟的指导员，面带淡淡的微笑，喝了一口茶热情地说：“出院了？”

“是”，我端端正正行了一个军礼，在指导员目光投来一瞬间，感觉脊背一阵发紧，血流加速。

“怎么样？都好啦？”指导员笑呵呵地询问。

“痊愈了，出院通知书有详细说明。”我拘谨地回答，一边把出院通知书递到指导员手中。

“一点没有疼痛？”指导员一边看，一边关切地询问。

“没有，与原来一模一样。”我说。

“那好。病好了，可喜可贺，回来好好工作，马上就要收割，正是需要人的时候，具体任务你们排长交代没？”

“都已经交代过了。”

走出连部，感觉指导员与人为善，并不像大家传说的那么恐怖。

穿过宽敞的操场，径直来到坐落在院子另一端的炊事班，路遥知马力，患难识知己，真正的友谊在落难的时候才能体现出来。在我厄运当头，处在水深火热之中，最需要帮助时，炊事班同志们伸出了有力而温暖的手臂，让我渡过难关，侥幸躲过并发症一劫，这份情谊让我永生铭记。滴水之恩，当涌泉相报。我紧紧握住王金山的手，用世界上最美好的语言无法表达感激之情。从挎包里取出在日喀则买的奶糖让大家分享、品尝，衷心感谢战友们无微不至的倾心相助。

不料，有一天下午，查孜区革委会副主任强巴一行 3 人骑着马风风火火来到我排驻地，老友相见格外亲热，大家不由自主拥抱在一起，只是憨笑，不知道说些什么。原来我患重病的消息传到查孜，曾经朝夕相处的藏族干部群众忧心忡忡，默默地为我祈祷。听说我痊愈出院，利用在县里开会的机会特地前来看望我，并带来了我喜欢吃的酥油、糌粑和羊肉，让我永生难忘。之后，南木加、扎西、旺堆等同志借机相继来连队看望我，使我切身感受到藏族同志最讲感情，虽然没有多少甜言蜜语，但就像一壶老酒，味醇、绵长。

所在班共有 9 名战士，以一到两年兵为主，副班长陈元，是我在炮班工作时同班战友，几年来成熟老练了许多，埋头苦干，处事沉稳，在连队首长心目中，是一位任劳任怨、吃苦耐劳的好兵。在我住院期间，一个人团结带领全班全力以赴，各项工作顺水顺风。

和去年一样，在收割之前，连队抽出一周时间，组织全体官兵爬上北山砍柴，囤积柴火，这是出院后遇到的第一个硬仗。全班排除万难，顽强拼搏，圆满完成任务。打柴火进入最后一天，即将大功告成，鸣金收兵。然而，厄运悄然袭来。

这天天高气爽，风轻云淡。中午过后，顿感口干舌燥，躬下腰瞟了一眼手表，时针对准 16 点，欲借送柴火之机，公私兼顾，回连队讨口水喝。于是背着柴火越过铁索桥，在不远处与机二班长迎面相遇。清风拂面的他提前完成任务，表现出异乎寻常的兴奋，乐呵呵地对我说：

“学生，我们下河洗个澡吧。今天是最后一天，过了这个村，就没有这个店了。”

“不行，任务还没有完成，还要跑一趟。”我随口应付道。

谁知其出乎意料地认真，说：“那好，我等着你，慢慢吞吞，给我快点！”

自从来到连队与他相识，感觉其仪态端庄为人精干，逢人说话彬彬有礼，与我同是篮球爱好者，其骁勇的风格令人敬畏。平素，彼此间以诚相见，不乏共同语言。相逢时总喜欢称我一声“学生”，让我受宠若惊。

可是，无论如何都想不到，这一面竟然是我与他的永诀。

回到连队将柴火充公，喝完水，来不及歇一口气，掉转头向河对岸折返。刚刚走下弯弯曲曲的水渠，突然听到路边青稞地打麦场方向有人大声惊呼：“出事了！”由于距离较远，我下意识捂住一只耳朵，屏气凝神倾听。

原来是铁索桥附近传过话来，称机二班长掉进江里，被江水冲走，要沿路一一传话，迅疾报告连首长。

消息来得突然，我转过身来向还在门口附近徘徊的战友大声喊话，之后一股脑儿向多雄藏布江冲去，到达铁索桥边，只见机三班长、王金山等头十名战友神情慌张，焦急万分，在铁索桥下游段江的两岸，两眼直瞪瞪对着奔流不息的江水来回搜寻。

“人呢？”大伙个个默不作声，摇头示意。

顷刻，方连长特意骑着马赶过来了，李指导员、二排副排长以及其他几位排里领导也匆匆忙忙跑来了。

据王金山等同志回忆：机二班长折返到铁索桥上游不远处的乱石边，先后吆喝了机三班长、王金山等四五名战友嬉水。多雄藏布江同样发源于冈底斯山冰峰雪岭，水温低不适宜洗澡。加之河里遍布大大小小的鹅卵石，大一些的都露出水面许多，从河边经过很不安全。大伙有说有笑，不约而同脱掉袜子和外衣，冲冲脚，擦擦背，以期洗掉一身汗臭。谁料，洗到兴头上，机二班长脱掉外衣，唐突地径自走向河里，心想痛痛快快洗个澡，没有走几步，一不留神踩上河底卵石，脚下一滑，重心不稳，被汹涌的江水冲走。当时不少人背着柴火过桥，这一段水流异常湍急，透过澄澈的江水，大伙目不转睛地紧追不舍，眼睁睁看着机二班长被江水冲过铁索桥，瞬间在下游水流平缓处消逝得无影无踪。

依据目击者的叙述，方连长、李指导员率领二排官兵沿着多雄藏布江下游两岸搜救，大伙两只眼睛紧盯着江的两岸，引颈期盼奇迹发生。

不知不觉黄昏来临，满天的彩霞与江水柔和地交融在一起。忽而天边雷声虺虺，搜救无果。连长、指导员带领二排的同志拖着疲惫的身子回来了，机二班长没有找到，战友们心里明白，水火无情，这一回凶多吉少，全连又一次弥漫在一片阴霾之中。

康莎的夏天云谲波诡。深夜，大雨瓢泼，仿佛天公在哭泣；早晨起来，潇潇雨歇，云开雾散。早饭后，连长、指导员带队继续沿江搜寻，活要见人，死要见尸。中午时分，终于在距铁索桥下游十几公里的江中间一块不大的沙滩边上，发现了一具赤身露体的疑似死尸。

李指导员不由分说，迅速脱掉衣服，将事前准备好的牦牛绳子一端交到二排长手上，另一端系在自己腰间，非常娴熟地纵身跳入江中。只见他爬上沙滩后，疾步上前，仔细端详一番，确认无疑是机二班长。接着将绳子在尸体腰部缠死，沉入水中。大伙听指导员一声招呼，奋力将尸体拽出水面。

翌日，机二班的战友们含泪为其擦干身上的污泥浊水，从他自己包裹里取出一套崭新衣服，穿在他的身上。墓地选在连队山后面沟壑的高处。平时有沟无水，遍地沙石，寸草不长。大雨袭来，山洪暴发，裹着泥沙、碎石四处漫溢，地表年年悄然发生变化。

机二班长命运多舛啊！满腔热忱入伍来到边防，弟弟遭遇不幸，前年因当众顶撞领导处以留党察看，察看期刚满，便与世长辞，21 岁就告别了苍白的人生，死难瞑目。

还未开镰，便损兵折将，是一个不祥的兆头，事故报告很快呈送团营党委，令连长、指导员脸上很不光彩，团里一位副团长率领团机关实地调查，对连长、指导员提出严肃批评。这些日子李指导员心情落寞，脾气明显急躁了许多，整天看不到一丝笑容，大伙说话、做事像小脚女人走路格外小心。

不多日，全连开始紧张的秋收。我排独自为阵，一部分人挥动镰刀收割青稞，就地扎成捆，马拉人背运到打麦场。战士大部分来自农村，吃苦耐劳，干农活轻车熟路。一部分人收割蔬菜，如刨洋芋，挖萝卜，砍莲花菜、白菜等。由于生长期短，气温低，菜心几乎包不起来，呈伞状，好歹也算新鲜蔬菜，挂起来晾干，为过冬储存绿色蔬菜。

最费事费力当属给青稞脱粒，没有机械，没有电，没有连枷，只有一个手摇风车。采取人海战术，用脚踩，棒子敲。麦场有个石碌碡可以派上用场，可是连里仅有一匹骡子，主要用来拉马车，为重点保护对象。大伙冥思苦想出个办法，每到夜幕降临，附近村庄老百姓的牦牛、犏牛成群结队来麦场偷吃青稞，晚上轮流派一个班照看麦场，乘机逮住个把，套上碌碡碾轧，其效率要胜出人工脱粒许多倍。后来，被排长发觉，断然制止。

经过一个多月辛勤劳作，抢时间赶速度，青稞颗粒归仓。原农场会计一脸失望地说，收回来的青稞还不够种子，真是脸上无光啊！在生产是中心工作的情况下，团里下达的生产任务没有完成，就像打仗没有消灭敌人一样，令每一个热爱连队的官兵无不感到汗颜，大伙一下傻眼了，怎么自圆其说呢？

青稞收割完毕，谷地里绿色褪尽，裸露的大地重新变得荒凉无语。

紧接着，进行冬灌，确保来年土壤墒情。可是，康莎仅一条灌渠，且军民共用，常常因为争水发生不愉快。连队事先与沿灌渠生产队协调，统筹兼顾。为方便群众灌溉，防止军民纠纷，与民争利，大部分时间安排在夜晚。西藏高原冬天来得早，约 4 公里的水渠结上一层薄冰。为赶在严寒到来之前灌溉完毕，晚饭后借着朦朦胧胧的月光，派出一个班扛着铁锹，带着手电筒，穿着皮大衣沿渠看护、巡视，严防死守，彻夜在灌渠上来回奔波，防止溃渠，或有人断水。

冬灌画上句号，部队基本进入休农期，劳累了一阵子之后，渐渐清闲下来，主要安排学习、训练。业余时间各班不失时机外出拾捡过冬的烤火牛粪。康莎不同于里孜牛粪随处可见，农区人多牛少，干牛粪奇缺，不论是军人，还是老百姓，傻傻地跟在牛后面等待牛拉屎，只要是牛粪不管是干是湿，捡回来或者贴在墙上，或者晾晒在地上。等待晾干后，或填装在破麻袋里，或统一归拢在一个地方。只有备足牛粪，冬天才能高枕无忧。

由于连队忙于生产，不再直接遂行反回窜任务，所以军事训练从时间到内容大打折扣，整体军事素质退步当在意料之中。

冬天，室外寒风刺骨，每次训练，连队干部大多数时间不再像过去身体力行出现在训练场。各排各自为战，自己组织，层层分解，最后落实到班，缺乏严格训练，严格要求。常言道，人无压力轻飘飘。连队首长把军事训练当作副业，在思想上彻底解除了武装，殊不知导致后来训练事故频出。

不日，连队乘农闲见缝插针组织手榴弹实弹投掷，落实团里部署的年度训练计划。那天，队伍迈着整齐有力的步伐，列队来到山后面荒无人烟的狭窄沟壑里，乱石遍地，寸草不长，为连队临时确定的训练场，没有战壕、没有掩体，只有一条能够供一个连队隐蔽、夏日被洪水冲开的狭长水沟，作为临时投弹使用无可挑剔。

部队行进到距投掷手榴弹阵地约200米处停止前进，被认为是安全地带。连值班员简明扼要讲解了与每个人戚戚相关的安全常识及注意事项。接着一声令下，全连官兵闪电一般跃入水沟里席地而坐，原地待命。

手榴弹投掷既是个力气活，同时也包含有一定的技巧。依我的切身体会，臂、腰部力量为决定因素。既有先天条件，更靠后天训练，爆发力也很关键。在里孜时，连队除了每周组织两个半天手榴弹投掷训练外，各班排利用晚饭后休息时间自行组织练习，自觉性非同一般，连队整体投掷水平令人仰视。训练时，迎面站成两排，彼此拉开六七十米左右，这样的距离一般来说在安全范围内，并兼顾多数人的投掷水准。

手榴弹投掷为单兵动作，训练时一律使用与真弹重量相当的无药木柄手榴弹。当指挥员发出“投手榴弹”的口令后，像汽车发动机一样，加大油门，经过一段猛烈冲刺，突然左脚急刹车，利用前冲的惯性，猛然蹬腿，侧身后仰的同时，用尽全身力气将弹瞬间投向远方。

在对方把弹投过来的一刹那，每个人必须全神贯注，以防不测。军事训练中的意外事故有时候防不胜防，是一个世界性的顽疾，在确保训练质量的前提下，强调安全第一，尽量避免不必要的伤亡。像王世全、张学明、马升民等战友力气过人，能投出60余米甚至70米开外，手榴弹从头顶“嗖嗖”飞过。若是漫不经心，一旦出现意外，其后果不堪想象。当听到指挥员发出“捡手榴弹”的口令后，方才允许出列捡回手榴弹。作为军人，只有和平时期严格遵守训练纪律，战时才能严格遵守战场纪律。

通过训练，各班排对每个人的能力悉数掌握，尤其投掷水平出众和成绩较差投不了几米的，所谓两头冒尖。规定及格成绩为30米，是通过实战检验后确定的。有少数同志在训练时不仅达不到及格线，甚至投不出25米，接近手榴弹爆炸半径，弄不好会伤及自身，无奈只能取消其投弹资格。

实弹投掷开始了。

经常说，平时多流汗，战时少流血。平时与战时的根本区别在于后者是真枪真弹，刺刀见红。练为战的道理人人都懂，但是真正到枪炮响起的时候，心理承受能力要经受一番考验。尤其第一次独自完成训练任务，面对剧烈的爆炸声，抑制不住心脏“突突突”跳，浑身血流加速。

连队安排每两人为一组，有两位排长现场组织，当指挥员喊到某一个人名字，便迅速跑到水沟外的指定地点，由值班排长发给一枚手榴弹，指导其小心翼翼打开手榴弹盖，将木柄内引线环套在小指上，并做好投弹的充分准备。听到指挥员一声令下，便严格依照平时训练要求将手榴弹使劲投向正前方，然后纵身跳下水沟隐蔽起来，直至手榴弹爆炸片刻，再听到指挥员口令后，方可站起身来。

等待投弹的同志们必须老老实实蹲在水沟里，不可露出脑袋。时间长了，石块垫的臀部有些疼痛难忍。在手榴弹响过瞬间，偷偷站起身来四周张望，舒展舒展筋骨，要是被干部发现，大喝一声，立刻像草原鼠一般，迅速缩头、曲身蹲回水沟。

全连除了几位达不到最低投掷水准的战友被拒绝投弹外，一人不落，就连炊事班的同志们也赶来一试身手。为了不耽误做饭那点事，连队特意把他们放在前头。震耳欲聋的爆炸声连续不断，整整一个上午。

最后，由勤杂人员和连排干部画句号。首先是连长的通信员小李，小伙子从表面上看精明能干，十分机灵，皮肤白白嫩嫩，长得像女孩儿。殊不知年纪轻轻心理发育不全，手榴弹还没有出手，便吓得两腿发抖，一不留神手榴弹从手中滑脱，径直掉在脚下，只见雷管导火线冒着黑烟发出“啪啪啪”的声音。在这千钧一发之时，负责现场组织指挥的一排副排长见状，来不得半点犹豫，大步扑过去，毅然迅速捡起手榴弹，奋不顾身抛向前方，并大喊一声“卧倒”，不顾一切将小李原地扑倒。

手榴弹爆炸了，真是老天有眼，二人安然无恙，侥幸躲过一难，差点儿一个王杰式的英雄诞生了。

这一义无反顾的举动，有效避免了一场意外事故，让连长、指导员惊出一身冷汗，素来很少吹胡子瞪眼的方连长脸色铁青，双目一瞬不离地怒视着小李，恨不得上前当场给他两记最响亮的耳光，但这又不是连长的一贯作风。只见其长满胡楂的脸颊不停地揞缩，一副惊魂未定的模样，半晌好不容易憋出两个字：

“肉头！”

通信员小李吓得魂不附体，心像火烧一样，两眼含满泪水，敛声屏气地呆立在连长身后，像一个做错事的孩子，哭丧着脸等候大人进门一脚。

一排副排长不仅拯救了通信员小李，也拯救了连长本人，是他在现场总负责。要是事态向相反的方向发展，首先问责追究的非连长莫属。大伙感叹连长福如东海，贵人辅助哇！

其他勤杂人员眼巴巴地等待过一把投手榴弹瘾，连长当机立断，决定终止投掷，部队带回。

在此之前，机一班一名战士在投掷时严重偏出方向，将弹投在右前方的斜坡上，幸好手榴弹下滑过程中及时爆炸，要是滚到水沟里其后果不难想象。连长并不糊涂，当兵十几年对军事训练的规律摸得清清楚楚，深谙苦练出精兵的道理，由于部队平时缺乏系统严格的训练，仓促上阵，要是硬着头皮再投下去，还不知道要捅出什么样的娄子，弄得不好吃不了兜着走。

投弹完毕，不出所料成绩果然没有达到团里下达的指标要求，令作为主官的方连长、李指导员大跌眼镜。

事隔不久，方连长从来不曾这么果断，心一狠，牙一咬，毅然决然把自己从新兵中一手挑选的通信员，调整到四班当了一名普通战士，让其扎根一线，锤炼过硬的军事技能及心理素质。

除去低水平的训练，便是放任自流的政治学习，时下正在兴起“认真看书学习，弄通马克思主义”的新高潮。什么黑格尔，费尔巴哈，拉萨尔；什么反杜林论，哥达纲领批判。这些属于大学哲学系本科生、研究生学习研究的东西，让仅有小学、初中文化程度，甚至文盲的战士弄懂弄通，实在是赶着鸭子上架，勉为其难，大多数人包括我自己对其中的许多基本名词都搞不懂，学习理论犹如擀面杖吹火，纯粹无用功。

连队每个月派人去昂仁县取一次报纸，学习变成念报活动。有的班长自己识字也不多，念起来磕磕巴巴，于是找个文化相对深一点的战士来读。这边读，那边在打瞌睡。但聊起天来话题广泛，滔滔不绝，较多剑指连队主官。

这段时间连长、指导员双双在位。连长是老好人，都说新官上任三把火，时间过去大半年了，哪怕是星星之火不曾点燃一把。指导员却不嫌累，精力过人，大小事一人揽。几名副职优哉游哉，无所事事。在大家眼里，主官没有默契，支部“一班人”缺乏战斗力。

自从回到连队，耳闻目睹连队作风纪律悄然滑坡，深感痛心，但又无可奈何。

有些老兵等待退伍，借口看病，请假外出住在日喀则军分区、昂仁县招待所，逃避紧张的训练执勤和繁重的体力劳动，逾假不归也无人问津，任其在外逍遥自在。一些班长、骨干见群众抽烟心切，经常偷偷外出，用香烟换老百姓鸡蛋煮着吃。

提起连队伙食，更是唏嘘不已。秋天萝卜大丰收，占据蔬菜生产的优势，顿顿红烧萝卜，吃腻了看到就烦，战友们有苦难言。不知什么时候连队干部时兴饭菜打回宿舍吃，或者开小灶，很少到饭堂与大家同餐，战士们想些什么、吃得怎么样，很少有人关心，难怪和老百姓换鸡蛋吃。

像邓连长、王指导员当家时每隔一些日子给大家做豆浆、煮醪糟喝，已经成为美好的回忆。茶余饭后，每每提起前面两位主官，大家无不伸出大拇指深深怀念，有比较才有鉴别呀！

但是，天下没有不透风的墙，有道是好事不出门，坏事传千里。凡此种种，被通过各种信息通道，反馈到团营党委、机关。

有一天下午，全排前往连队本部饭堂聆听李指导员做报告，第一次听他讲课，让我崇拜得五体投地。战友们都说指导员能说会道，果然伶牙俐齿，口才了得。两小时的报告，仅仅一个提纲，几乎没有重复，没有结巴，头头是道，滴水不漏，把枯燥的哲学观点讲得浅显易懂，引人入胜。中间夹着典故、歇后语，让你百听不厌，回肠荡气，简直是一种享受。凭这张嘴，可以走遍天下。

转眼之间又迎来了一年一度的年终工作总结，在各班、排总结评比的基础上，指导员召集全连班、排长集中汇报。末了，由文书整理连队全年工作总结报告，并拟上报营、团党委论功行赏。

相对于连队全面建设而言，指导员对总结材料看得出乎想象的重，自以为做得好不如说得好，说得好不如写得好。几易其稿都与其要求相差甚远。万般焦灼的他束手无策，招来张学明、冯喜生等几位连排干部集思广益，大家一致推举我帮助整理。接到通知，我惶然不知所措，担心写不好丢丑，与文书挑灯夜战两宿，第三天清晨送达指导员手中，不料歪打正着，得到首肯。

连队年终工作降下帷幕，不日，党支部做出一个严重的决定，由我担任文书兼杂务班班长。说实话，内心很不情愿，因为前两任文书兵龄都比我短。

不久，一个意料之外，情理之中的不祥消息从团机关传来，全团年终总结评比，我连“四好连队”的桂冠旁落，你说背不背时，全连怨声载道。我本人由于大半年疾病缠身，第一次也是最后一次与“五好战士”的荣誉失之交臂，心里甚为失落。

常言道，火车跑得快，全靠车头带。显然是车头出了问题。在远离党委的情势下，理应不负众望，带领官兵阔步前进。相反，一个好端端的四好连队被白白葬送，对上对下均不好交代。一石激起千层浪，一向能说会道的指导员瞬间蔫了，整天悒悒不乐。他心里比谁都清楚，重新打翻身仗，把红旗夺回来谈何容易，逆水行舟不进则退，不沉下身子，脱几层皮，掉几斤肉，是万万不可能扭转的。凭借我的观察，指导员缺乏这种韧劲。果然，翻过年收割前夕，借故家中有急事，提早回内地休长假，鞋底抹油溜了。

不料，福不双至，祸不单行，收割后的某一天，拖拉机因年久失修，分区派来装载车，拟拉到拉萨大修厂修理。

连排干部都是步兵连队出身，不懂什么车辆卸载，在一边袖手旁观看热闹，一切依靠拖拉机班自己蹦跶。因平时疏于训练，加之装车前缺乏安全意识和周密的组织指挥，把复杂的事情过于简单化。篮球场旁边有一土台阶，装载车停靠在台阶下，打开后车厢挡板，基本与车厢板平行。拖拉机班长平时性格细腻，精精明明，在车厢板顶端面对车尾指挥装车，一时脑子进水，站位明显不符合要求。

副班长从兰州市工厂入伍，理应懂得机械性能，由他驾驶拖拉机上车，也是一个稀里糊涂的主，拖拉机本身制动性能差，车厢板呈前低后高态势，拖拉机上车后凭借惯性直接撞向班长，并将其抵在车厢上，将骨盆挤得粉碎，下身大出血，惨不忍睹。

连队火速用担架抬到昂仁县抢救，途中因失血过多而和这个世界永别了。与机二班长一道，埋葬在山后面的碎石沟里，俨然一根藤条上的一对苦瓜，好歹有个伴。

班长是干部预提对象，刚从内地休假回来，新婚不久，天有不测风云。甜蜜的小家庭生活刚刚开始，便遭遇此不幸，死得如此惨烈，从此与心爱的妻子阴阳两隔。

还没有从“四好连队”旗帜倒下回过神来，不幸出现严重的责任事故，团、营党委震惊了。

营长临危受命

很快，坊间传出消息，新任营长高乃斌即将来到连队蹲点，闻之全连官兵人人自危。

高营长，人称高跛子，一位 1955 年入伍的四川汉子，参加剿匪腿部受过伤，走起路来有些微瘸。由于连队长期远离营部，从来不曾见面，但是其名声显赫，在全营官兵中新闻不断，自诩“天安门前站过岗，喜马拉雅山睡过觉，雅鲁藏布江洗过澡，冈底斯山撒过尿，布达拉宫照过相”。是全团出了名的铁汉，性格火暴有点目中无人。据称是中央警卫团出身，接受过正规严格的步兵专业培训。组织军事训练嗷嗷叫，每一个动作必须过硬。具有高超的军事技能和雷厉风行的军人作风，睿智实干，鄙视平庸，孤傲的外表下隐藏着一颗百折不挠、难以被外力征服的心，说一不二，浑身长满锋芒，剋起人不分场合，语言尖刻的让你当场掉泪，全营官兵无不敬而远之，在他眼皮底下工作普遍有种压迫感，务必时时当心。其带兵能力和苦干实干精神全团公认。

当副营长期间便一言九鼎，亲自带领驻守郡加方向的五连、六连、骑兵连及营部搞营房建设，在执勤训练间隙打土坯，挖地基，他本人一马当先；盖房子，他手拿铁铲亲自干泥瓦活，脸被风吹得黢黑，没有一点干部的模样。几个月的工夫，营部和三个连队在全团率先告别木板活动房子，没有向上级伸手要一分钱，对边防建设所做贡献有口皆碑。

那一天，康莎地区风沙弥漫，天地之间灰蒙蒙的一片，狂风将炮班、拖拉机班屋顶盖掀出十来米远。两位素不相识的军人牵着马从大门口进来，其中一人背着手枪，一看就是个当官的，身材高大，魁梧挺拔，威风凛凛地出现在大伙视野里，浑身散发着一股英武之气。方连长闻风快步走出连部，口称“营长”，“嘎”一个军礼，我一听是营长，与很多战友一样吓得转身跑回宿舍。

晚饭后，副指导员唤我送一份连队人员花名册到连部，高营长要亲自过目。闻讯，我的心在“怦怦”乱跳。当时，高营长就住在指导员宿舍。我颤颤巍巍走进门口，门缝透出微弱的烛光。

“报告。”

“进来，进来。”显然是高营长陌生的声音。

我跨进房间，高营长满脸笑容，声音洪亮，问：

“你就是文书？”

“是的，报告营长。”说罢，连忙把花名册递到营长手里，并静候营长指示。

“坐下。”笑声格外与众不同，给人绵里藏针的感觉，同样使我感到恐惧。

借着蜡烛光亮看上去，营长黝黑发紫的脸庞像藏族同胞，那双摄人心魄的眼睛扫到谁身上都有一股不怒自威的刚毅和震慑。

我怔怔地望着他，大气不敢喘。

一会儿，高营长抬起头来询问武器弹药消耗和库存情况，我一一作答。营长满意地连连点头：“不错，不错。”

不料，营长话锋一转，询问连队有什么小说。我红着脸半晌答不出来。因为“文革”的原因，大部分小说视为毒草，新作寥寥无几。加之连队地处偏僻，交通闭塞，无处购书，团机关去年发下来几本诸如《艳阳天》《金光大道》之类的书籍早被大伙传看得面目全非。

高营长看透我的心思，问我看过什么小说。

我说，入伍前在学校看过《烈火金刚》《敌后武工队》和《林海雪原》等。

想不到营长对这些小说滚瓜烂熟，对其中的主人翁如数家珍，令我眼前一亮，原来其并非我先前想象中的一介武夫，而是一位颇有内涵的基层指挥员。尤其聊到《林海雪原》最高指挥官少剑波与卫生员白茹在残酷的剿匪斗争中，从友谊到爱慕转化所表现出的浪漫、理想化革命爱情时高营长羡慕不已。同时，他又对他们在不同寻常的环境中共同培育起来的爱情无疾而终深感惋惜。看得出来，营长不仅具有兽性般原始的一面，也有人类经过进化后儿女情长的一面，绝非冷血动物。

第二天起，高营长不听汇报，专事调查研究。我陪着他走访县、区政府。

连队通往县城的峡谷结上厚厚一层冰，我俩骑着农场的马冒着严寒在峡谷里缓缓而行，马掌的铁环打滑数度导致人仰马翻，让我惊出一身冷汗，连忙跳下马来欲将营长扶起。而他居然觉得好玩，出人意料地纵情大笑，像个孩子一样天真烂漫。

天气冷憋不住尿，一上一下麻烦多多，很不方便。见四下无人，他索性踩着马脚蹬立起身子若无其事地撒完了事。虽然有伤大雅，但其离经叛道的鲜明性格给我留下深刻印象，令我越发心生敬畏。

经过一番走访和连队内部谈话了解，营长对连队存在问题的症结了如指掌。自从连队班子更换后，两个一把手形不成合力，干部表率作用差，对部队管理教育不严，官兵关系没有原来密切，久而久之，连队建设全面滑坡乃是口水流到肚子里——自然而然的事。

连队召集支委会，分析原因，统一认识。营长敏于思而捷于言，以素来讲话言简意赅，思考问题快捷敏锐，处理事情果断干练著称，方连长主持会议话音刚落，他便用领导人那种不容置疑的口气一针见血地指出：

“四连的问题秃子头上的虱子明摆着，就是班子问题，兵都是好兵。俗话说，兵熊熊一个，将熊熊一窝。说穿了，就是两个主官没有尿到一个壶里，什么样的干部带出什么样的兵。”

李指导员远在千里之外的内地休假，俨如桃花源中人。方连长在家主政，满脸的挫败和愧疚，好像幼儿园犯了错误的小孩儿，任凭营长指指点点。

“同样的连队，同样的兵，人家邓连长、王指导员当家时连队建设蒸蒸日上。团党委高度信任，才把连队换到昂仁单独执行任务。多好的机会，多好的一个连队，不到两年的时间整得稀稀拉拉，东倒西歪，怎么向营团党委交代？成事不足，败事有余。”

说到这里，营长愤懑地涨红了脸，双目移向方连长：

“老方，作为一位有多年连队工作经验的老同志，理应挑起大梁，用事实证明老同志更能有所作为。然而，非常令人失望，老和尚的帽子平塌塌，用战士们的话说‘大权旁落’，说白了，就是失职。”

连长被营长的批评触到痛处，悔恨交加，支支吾吾词不达意：

“是的，我想指导员年轻、能力强，精力旺盛，有冲劲，什么事情都推给他。这样可以避免矛盾。”

连长说的也是实话，指导员的强势，正好迎合了连长的惰性。

营长怒不可遏，仿佛说话的声音提高了八度：

“自我开脱，难辞其咎。老同志！啥子叫境界，党性到哪里去了。多一事不如少一事是共产党人应有的态度吗？党委把一个连队一百多号人交给我们，要主动担当起这副担子，真抓实干，不尚空谈，才能无愧于组织，无愧于官兵，无愧于自己的良心……”

营长习惯性喝了一口茶，接着说：“伟大领袖毛主席怎么说的？‘共产党人不是要做官，而是要革命’。当官不干事算老几？是摆在那好看的？老同志，成绩是干出来的，四平八稳导致啥子结果应该明白了吧。”

接着，营长脸色阴沉，把批评的矛头对准指导员：

“连队退步到这种程度，指导员作为支部书记要负主要责任，没有把‘一班人’很好地团结在一起，单打独斗，自我感觉良好，辜负了组织的培养和重托。”

同时，营长对各位支委放弃原则，保持一团和气也给予严厉批评。

之后，连长做了深刻检查，各位支部委员也做了自我批评。

最后，营长强调理论联系实际，关键言行一致，不尚空谈。大伙一致表示重新振作精神，同心协力，积极进取，全面建设连队。

支委会像一针强心剂，通过自我解剖，使支部委员卸下沉重的思想包袱，轻装上阵。方连长痛定思痛，深挖思想根源，自从职务提升后，不思进取，反而认为职务到顶，革命到头，深感对不起组织的信任。会后，带头放下面子，端掉小锅小灶，与战士们同甘共苦，主动挑起连队全面建设重任。

冬天，气温骤降，不冷不热不练兵，连长发挥自己的军事技术特长，安排大块时间进行军事科目训练，把枪往肩膀上一挎，精神抖擞地出现在训练场，亲自讲解示范，和战士一起摸爬滚打，早操集合站队站在排头位置，从早到晚和战士打成一片。

对不良风气敢抓敢管。机二班有一名1968年入伍的老兵，因为年少轻狂，口无遮拦，从边防一线调整过来后，时常以老兵自居，我行我素，成为连队首屈一指的“重点人”。有一天因为集合站队，不服从值班员招呼，谁制止和谁对着干，甚至用枪威胁班长，自以为各级领导软弱可欺。

方连长见状，一反息事宁人的一贯做派，当机立断，命令卸了他的枪，当众宣布关禁闭一周，直到思想认识上有了悔改之意才回到班里，既避免矛盾激化，又有力地震慑了不良现象。同时，对人员外出，群众纪律做出严格规定，带头检查督促。

哲人说过：“一个实际行动胜过一打纲领。”方连长老当益壮，简直换了一个人。各级指挥员、骨干谁还敢打马虎眼，走歪门邪道，纷纷向他看齐，连队建设若奔驰不息的列车向正确的轨道疾驶。

鉴于二线部队和地区没有安装电话，春节将至，根据团党委旨意，营长欲回扎东向团首长汇报整改情况。

康莎距离扎东约400公里，需要前往卡卡兵站搭顺便车。接近年关，加之天寒地冻，每到这个季节，路上来往车辆寥寥无几，难以预料在兵站要待多少时间，半个月、二十天不足为怪。营长摸着脑门直犯嘀咕，春节为时不远，要是一时间搭不到车，后面的事情接踵而来，怎么办？我陪着他在院子里转来转去，突然看见连队从农场接收过来一台手扶拖拉机，躺着睡大觉，便临渴掘井，打起了手扶拖拉机的主意。

营长问我开着手扶拖拉机去扎东怎么样？

康莎距扎东路程遥远，道路蜿蜒崎岖，途中要翻越好几座大山。想法太唐突，我不假思索地说：“那怎么能行，没听说手扶拖拉机能跑长途，没有驾驶室，路上要冻死人。”

据之前从营部回来的人们异口同声地说，营长是个爱车不要命的人，在步校学会开车，平时特别注意与汽车部队的同志们套近乎，只要汽车部队送主副食到营部那边，营长反复叮咛炊事班用好吃好喝款待驾驶员，使尽浑身解数，百般逢迎讨好，把驾驶员伺候得晕晕乎乎，想方设法从驾驶员手中讨到汽车钥匙，借机给连队拉柴火，运土坯，顺带过一把开车瘾。而汽车部队的同志往往抵御不住营长一番热情，知道他驾驶技术说得过去，不惜投桃报李。

俗话说，爱什么好什么。几天来，营长围着手扶拖拉机转来转去，抠着脑壳冥思苦想，给人以“咬定青山不放松”的强烈感觉。

终于，有天上午营长按捺不住激动的心情，把副指导员刘国栋、二排长张学明和我召集到一起，郑重其事向我们宣告一个大胆而唐突的想法，即开着手扶拖拉机去团里汇报工作。拟把连队平板车固定在手扶拖拉机座后，再在平板车上搭一个简易棚子遮风挡雪，与副指导员同行，轮流驾驶。

副指导员司务长出身，因工作之便也曾偷偷开过汽车。驾驶手扶拖拉机，连队干部再找不到第二个人。

营长素来言必行，行必果，我们几人只能随声附和，唯命是从，没人斗胆站出来发表不同意见，与其唱反调。

副指导员一脸苦笑，他清楚这是桩苦差事，没有开汽车那么风光。尤其眼前这位首长更是不好伺候，说翻脸就翻脸，六亲不认，一路寒风凛冽，坎坎坷坷，稍有不慎便会成为其“出气筒”。

说干就干，分工张学明率领排里几位战士进行改装，用粗铁丝将平板车固定在手扶拖拉机后面，边改边试，解决了转向和冲撞的问题。接着叫来一班长“李木匠”，用木条、帆布在平板车上搭建简易棚子和座位，反复试验比较。

埋头捣鼓了一周，一切如愿以偿，两人带着鼓鼓囊囊的背包和打气筒、备胎、大肉、蔬菜罐头、汽油桶等，吃的用的一应俱全。穿着皮大衣，戴着皮帽子、皮手套、风镜，将身体裹得严不透风，驾驶着手扶拖拉机，冒着严寒，“突突突”向扎东而去，多少只眼睛情不自禁地向他们行“注目礼”。望着营长、副指导员远去的背影，我在敬佩之余暗暗为他们捏一把汗。

经过近一周长途跋涉，两人历尽千辛万苦，终于抵达扎东。消息风一样迅速传开，一时间成为团部人人皆知的新闻。

第二天，便马不停蹄找团首长、机关汇报整改情况，代表营党委做自我解剖，从这家门里进，那家门里出，笑呵呵的，像凯旋的将士。

团首长、机关同志见一营之长饱受寒冷、缺氧、饥饿之苦，一路翻山越岭，从遥远的昂仁亲自驾驶手扶拖拉机来团里汇报，冻得鼻青脸肿，皮大衣脏兮兮的，胡子拉碴儿，好像刚刚从威虎山下来的，感到很吃惊、很心疼，团长带着不可思议的表情关切地说：

"老高啊！远远路程，天寒地冻，您怎么吃得消？我的个老天哪！"

他装得和平时没有什么两样，一本正经地说："谢谢首长，不要紧，咱当兵的还怕这点苦，就是上刀山，下火海，也要按时给您首长汇报，不然就是失职。"话说得很中听，无可挑剔，细细琢磨是这么回事。

俗话说，一俊遮百丑。所有的人都为其身居要职，爱岗敬业，吃苦耐劳的"铁人"精神所折服。明知道违反规定，却用欣赏的眼光静观其行，把优点无限放大，没有哪位领导提出非议，哪怕给予一个善意的提醒。以其明显的优点，掩盖、包含了明显的缺点，并为后来驾车肇事埋下隐患。

半个月过去，营长、副指导员从扎东兀自开着手扶拖拉机如期归来。临行前团长、政委亲自为其送行，千叮咛、万嘱咐多加保重，安全第一。瞧两人憔悴的模样，仿佛从珠穆朗玛峰归来的登山勇士，脸黑得像从烟筒里钻出来似的，只有牙齿才是白的，鼻头、脸蛋上的皮脱了一层又一层，露出鲜红的细皮嫩肉，嘴唇裂着一道道血口，眼神疲惫，明显睡眠不足，拳头肿得像发面馒头。

副指导员绘声绘色地向我们详细叙述了两人不平凡的坎坷行程：抗风雪、战严寒，日出而行，日落而息，大部分吃住在道班，每日两餐酥油、糌粑，几次冒着大雪，遭遇道路打滑，轮胎爆裂，手扶拖拉机侧翻，一路颠颠簸簸，担惊受怕。

营长则不然，无论汽车，还是手扶拖拉机，反正都是带轮子的，结结实实过了一把开车瘾。带着副指导员，一路指手画脚，吆三喝四，俨然师傅教训徒弟，苦却快活着。同时不失时机汇报了工作，一举两得。在一旁看热闹的方连长试着打听其途中艰辛经过，他只是淡淡一笑，内心平静得若一泓湖水，只字不谈“辛苦”二字，若无其事得像串了一回亲戚。

春节前夕，连队特意从各班排抽调 10 多名同志，不失时机排练文艺节目，欢度新春佳节。在副指导员的率领下大伙自编自导，热情高涨，有舞蹈、快板。我仍然主要负责舞蹈，虽然水平不高，但是自编自演，自娱自乐，有较好的群众基础。加之平时文化生活枯燥，久旱遇甘露，且歌曲耳熟能详，喜闻乐见，深受大伙欢迎，演出气氛异常热烈。后来不仅在连队演，还到煤矿区演出。

春节期间，开展拥政爱民活动，高营长、副指导员率领我们前往县里慰问演出。在县政府小礼堂，干部和藏族群众挤得水泄不通，可见人民群众对于丰富多彩、健康向上文化娱乐活动同样向往，尤其借此密切了与地方政府和人民群众的鱼水情谊。

这一天县里主要领导都来了，与营长的手紧紧地拉在一起，热情洋溢。高营长眼中流露出无法掩饰的喜悦，当着地方领导的面做了诚恳的自我批评。

地方领导很感动，盛赞我连干部素质高，战士纪律严，军民相处和睦，一下拉近了与地方的关系。

事后营长总结经验教训，深有感触地说：

“多帮助，多走动，亲戚越走越亲。”

第九章

重上仲巴边防

由战士到机关干部

营长、副指导员从扎东汇报回来，带回改变我一生命运的一纸调令，团政治处决定调我到组织股工作，任见习干事。全连上下并未感到惊讶，之前早有传闻，由于患重病住院，传言未能变为现实。

当日晚，营长传我到连部，正式宣布团机关的决定，并对我今后走好人生每一步语重心长地指出了许多真知灼见，句句话耐人寻味。

春节过后，连队用马车送我到卡卡兵站转车，战友们你惠赠一个主席像章、笔记本，他惠赠一块毛巾、香皂，作为临别纪念。在那物资匮乏的年代，几毛钱的东西都是战友们省吃俭用抠出来的，可谓礼轻情意重。怀着恋恋不舍的心情，挥手告别尊敬的领导和风雨同舟的亲爱战友。

途经昂仁县城，特地向在招待所工作的曲吉大姐夫妇话别，巧遇从查孜区政府代职归来的昂仁中学教师扎西，获悉区革委会主任尼玛次仁夫妇调离查孜，到阿里地区工作。据说因为大雪封路，交通不便，只好居家绕道成都、乌鲁木齐，辗转前往阿里任职，多么不容易啊！近在咫尺，却兜了一个天大的圈子。还听说，阿木雄乡巴桑与琼巴扎西成婚，并且有了自己的小“皮萨（藏语，小孩儿）”。副主任旺堆重新工作，即将调县革委会重要岗位任职，看来问题已经澄清。我由衷地为他们高兴，为他们祝福。

从卡卡兵站搭上便车，夜宿桑桑兵站，于第二天傍晚抵达扎东。

担任文书期间，多次来团部报实力，领弹药，对扎东的角角落落并不陌生。团部坐落在沙窝窝里，即使夏日也看不到绿草和潺潺流水，举目一片褐黄色，若不是军营里活跃着一大批朝气蓬勃的热血男儿，难免会引起视觉疲劳。

跨进团部大门，是一百多米长的沙石斜坡路，团卫生队、炮连和收发室分布在两旁。进入院子的操场，尖尖的碎石、圆圆的小卵石满地皆是，为团机关和直属单位出操、训练和球类活动的唯一场所。操场南面是大礼堂，主要供团机关和直属单位平时开会、演出、看电影所用，同时为团机关饭堂。电影队、机关炊事班宿舍、伙房分布在礼堂内两侧。操场西侧为团后勤处机关，其南面是发电房，负责扎东部队和仲巴县政府机关照明用电。东侧为军分区驻扎东指挥部，团首长、司令部、政治处以及特务连等直属分队宿舍。

团机关、直属分队宿舍千篇一律的“干打垒”，灰蒙蒙一片。为防止屋顶被大风掀跑，屋顶上普遍压着硕大的石块，或者把石块装在麻袋里，用绳子系好，吊在屋檐四周，可谓扎东御风的一大发明。

政治处独门独院，唯一的小门刚好高过头顶，用罐头箱木板拼凑了一扇门，进进出出都能听到“噼里啪啦”刺耳的闭门声。

院子全封闭，好歹也算四合院，南北两排，房门遥遥相对，窗户一律朝南。宿舍同时兼办公室，院子中间自己动手开辟了一块小菜地，夏天种点小白菜，除了自己烧点汤尝点新鲜外，更主要是当绿篱、鲜花一样观赏。顶头摆着一副不够尺寸、破烂陈旧的乒乓球桌子，一看便知是找木工做的。没有球网，一根木棍搭在两端的砖头上，尽管简陋无比，每天吸引了一大批乒乓球爱好者一展身手。

夜晚，透过厚厚的窗户纸亮起了星星点点橘色灯光，茫茫黑夜隐现出一座兵城，到处弥漫着浓浓烟雾，呛人的牛粪味扑鼻而来。两月前，冯喜生排长被破格擢升为炮连指导员，老班长王一平任副指导员。考虑到天色已晚，不便打搅，便把背包、行李搬到炮连连部，打算就此过夜。不料，消息不胫而走，组织股李明远股长、何大权副股长与黄明理干事闻风赶来，帮我将背包、行李扛到组织股。

当时部队团以上机关机构改革，将组干合并，统称组织股，3 间宿舍分布在院子北端。7 名在编干部仅有两名在位，陈达聪干事与我在八一医院住院时相识，回内地休探亲假，另外两名干事在内地接兵。走进宿舍，灯光幽暗，里面套间为股长卧室，偌大的外间沿墙边摆着 3 张木床，窗户边并排摆着两张办公桌，屋子中间安放着烤火炉，四周墙壁和窗户缝间贴着厚厚的报纸。遵照惯例，没有特殊情况，每天晚上 10 点半发电机房停止工作，副股长遂催促我尽快解开背包休息。

政治处编制 20 多名干部战士，主任、副主任均为 50 年代初参军、具有战斗经历的老同志，旁人看来凡是在政治处工作的同志都是“文化人”，具有良好品德修养和宽阔的胸襟。事实也正是如此，大伙和睦相处，相互尊重，互相帮助，被渐渐融入这个大家庭，觉得心情格外舒畅。

干部家眷都在内地，清一色的单身汉，除了主任、副主任、股长外，几个人合住一间屋，宿舍同时为办公室，居住、办公合二为一。其时，司令部与政治处为一个伙食单位，统一在大礼堂就餐，由于没有配置桌椅板凳，空空荡荡的，大伙索性把饭菜打回宿舍围在一起吃，边吃边聊，一日三餐天天如此，二十四小时“全天候”在一起，同甘共苦，过着类似军事共产主义生活。谁有个喜怒哀乐、头昏脑涨，甚至家中的长长短短相互之间几乎被透视得一清二楚。伙食与连队一样，顿顿“老梭镖”，甚至不如连队，虽然是机关食堂，但标准和连队一样，全部供给制，不缴纳伙食费，只管吃，而且管理头绪多，自然漏洞大，又不搞养猪种菜，所以压根谈不上什么改善生活。连队每过些时日给战士们会个餐，而机关从来没有听说过，大家舌尖上很辛苦。于是，八仙过海，各显神通，想方设法拉关系搞点肉罐头藏起来，再弄点四川榨菜什么的，自己做成榨菜肉罐头汤，或者干脆把肉罐头放在火炉上直接烧开吃，这就算很奢侈了。大家有福同享，不论谁赶上趟不讲客气一起分享，不分彼此。夏天，院子里长着有巴掌长的小白菜，烧点小白菜罐头肉汤，大家围坐在一起倒像会餐。

股长是 1960 年入伍的老同志，关系多，路子广，有要好的同乡在拉萨和运输单位工作，每到冬天，千里迢迢给他带一两麻袋冻白菜，冻莲花菜过来，让许多人看着眼红。吃饭之前，我们帮他剥一些叶子洗干净放在烧水壶里煮熟。然后，把固体酱油用开水泡开，从食堂打饭回来，蘸着酱油当时令蔬菜吃。虽然油水不多，但在一般人心目中算新鲜蔬菜，维生素无疑比“老梭镖”要多得多，吃着甜丝丝的，口感明显不同。我们大家随龙王吃贺雨，跟着沾点光。后来，消息传到司令部、后勤处，一些相好的同志端着碗也赶来分几口。

工作间隙，从主任到战士，唯一娱乐方式便是围着那张简易乒乓球桌切磋球技，厮杀得汗流浃背，热火朝天，个个争强好胜，对输赢看得不是一般地重，经常会为一个球争得面红耳赤，甚至像小孩子一样互不相让。打完球，大伙哈哈一笑，该干啥干啥，个个都是快乐的单身汉。

作为一名机关新兵，领导指向哪里打到哪里。开初，股里分配我整理全团营以下干部档案，分正副本装订成册，须在一月内保质保量完成。接过任务，无人指教，我反复学习领会有关文件精神，不舍昼夜，一份一份逐一审核，认真填写，精心装订，由慢到快，不但按期完成任务，而且对全团营以下干部现实状况了如指掌。从中发现，当年干部文化程度出乎意料地偏低，小学毕业或肄业者占 80%左右，文盲大有人在，初高中毕业生不超过 20%。大学毕业生几乎为零，偶尔来了个把，也是临时来镀金、接受锻炼的，翅膀还没有硬起来就飞走了，与建设“现代化国防”的目标要求相去甚远。

政治处为全团政治工作的领导机关，上情下达，下情上报，直接面对基层营、连，施行面对面的领导，政治工作任务繁重。

最令人头痛的是交通不便和通信不畅，严重制约办事效率。团指挥机关到各个边防点没有固定的汽车往来，分区派驻扎东指挥部的战备值班车，只有在紧急情况下才能派遣，团里无权直接动用。

团部仅有一台北京吉普车，再无任何机动车辆，哪怕是自行车。主要保障团长、政委及其他团领导前往军分区开会，到边防点检查工作使用。团卫生队没有救护车，边防点要是有特别严重病号，也要当救护车使。边防连队大多在数十公里之外，想深入下去了解和掌握第一手资料，只有瞅机会搭乘拉主副食顺便车，下去却一时半会儿回不来。

电台作为战备联络主要手段，全力保障反回窜斗争需要，日常通信联系主要依赖有线电话。然而当年使用手摇电话机，要通过里孜维护连总机接转，仲巴地区一年到头刮大风，电线杆被吹得摇摇欲坠，电话里嘈杂刺耳的声音令通话效果差到极点，通知一件事情往往喊破嗓子，急得挠头抓耳，费尽九牛二虎之力，打电话成为一种精神负担。往往通知完一件事情，嗓子几乎哑了。

组织股任务繁重，干部、党务、组织、青年工作、奖惩等，分工明确，各管一摊或几摊。干部工作还包含任免、调配、福利。当初干部福利主要体现在逐月发放一定数量奶粉和维生素、蜂王浆，补充营养，增强体质，由组织股代行管理分发。开始是听装的牛奶奶粉，味正人人爱喝。后来，换成散装的羊奶奶粉，膻味重，并给分发带来不必要的麻烦。

由于干部编制少，且轮流休假，实际在位人数寥寥无几。所以。分工是相对的，既有明确分工，又有密切合作，叫作分工不分家，往往一人身兼几职，故要求大家熟悉业务，熟悉情况，样样精通，亦称通才。

同时，作为团党委的主要办事机关，总结经验，宣扬表彰先进，剖析反面典型等被视为重中之重，这些都离不开一定的文字形式来推动，客观要求在组织股工作须具有一定的文字写作和抽象思维能力。所以，整理文字材料无疑成为组织干事的基本功和组织股工作的重头戏，通俗的说法叫作“爬格子”。股长和老干事整天钻在文字材料堆里挖空心思，辛辛苦苦“爬格子”，头脑昏昏沉沉。若是三番五次过不了关，或者被推倒重来，顿时心灰意懒，一脸的无奈。

当时，反回窜斗争进入最后解决阶段，党中央、中央军委审时度势，运筹帷幄，下决心毕其功于一役，铲除毒瘤，使边境长治久安，两国人民友好往来。外交上加大了与邻国磋商力度，军事上拟进一步扩大我团编制，在兵员、装备两方面对回窜分子形成优势。

同时，成都军区派内地部队来到我边防连队承建标准化营房，把党的温暖、人民的关怀送在边防官兵心坎里，激励指战员志在边疆、建功立业。军分区党委紧跟形势，快马加鞭，决定召开全区学先进赶先进表彰大会，大力表彰在反回窜斗争中涌现出的英雄模范人物，鼓舞士气，积蓄能量，推动反回窜斗争取得最后胜利。

股里领导分配我整理八连一位藏族副连长反回窜斗争中的先进事迹。这是我第一次接受此项任务，心中惴惴不安，担心完不成露馅。设法翻阅了类似文字材料，潜心摸索其中的写作方法和套路。在此基础上，与该副连长促膝交谈两天，掌握了大量的第一手素材。伏桌一周埋头起草，反复推敲，事迹材料拟好后，一次性通过各级首长审阅签发，并首次变成铅字，打印上报。独自兴高采烈，一种无法形容的成就感油然而生。从此，信心倍增。

然而，随着敌我双方力量对比发生质的变化，回窜分子回窜次数越来越少，规模逐年减小。在大好形势面前，有的干部滋生了麻痹轻敌思想，认为此消彼长，大势已定，练兵热情下降。虽然只是个别现象，但危害性极大。

最具代表性的是，骑兵连一位主持工作的副连长组织连队手榴弹实弹投掷，理应严格训练，严格要求，严密组织，把训练当作实战。相反，自作主张，弄虚作假，把部队带到雅鲁藏布江边，用训练弹炸鱼改善生活，事后虚报冒领，瞒报成绩，严重违反训练纪律。

获悉此消息，团里派我、黄明理干事和作训股张玉忠参谋实地调查了解。黄明理同志与陈达聪同志都是“文革”前最后一届军校学员，为股里资格最老、

团首长唯一的座驾，背景为炮连营房（左一穿补丁裤者为作者本人）

工作经验最丰富的干事之一，张玉忠同志是司令部作训股资深参谋，都深得领导信任，经过我们与该营、连调查核实，证明情况属实，把严肃的军事训练当作儿戏。回到团里向首长汇报后，令在座的首长十分震惊，党委认真统一思想认识，总结经验教训，为警惕轻敌麻痹苗头在全团滋生蔓延，研究决定给予该副连长行政警告处分。并责成由我起草一份通报，要求全团基层指挥员从中吸取教训，引以为戒。

接受任务后，我从中归纳了四点教训。上报下发后不久，被军分区政治部转发到所属部队、机关学习借鉴。坏事变成一桩好事，从中彰显了团党委敢于正视问题，勇于揭露矛盾，纠正错误的坚强决心。团首长感到很提神，很光彩。

如果说起初起草文字材料还处在模仿阶段，那么可以说从此开始基本摆脱了模仿这一窠臼，有了自己的独到见解。

我心目中的团首长

到机关工作之后，与首长直接接触的机会多了，那种与生俱来的神秘感、畏惧感渐渐退去，代之以平等、尊重和敬畏。对大官的莫名崇拜，由盲目逐渐变得理性。有一天上午，正在埋头工作，忽然听到门外有人说杜团长来了，思维定式还停留在对前任团长修仁道高山仰止的刻板印象当中，不由得心跳加速。

回想入伍第一年，全团在里孜进行战术演习。午饭前，连队战友们远远瞧见团长修仁道挺着肚子从营门外昂首阔步走来，参谋长王建英及警卫员牵着马紧随其后，大伙惊慌失措，呼啦一声拔腿跑进宿舍，纷纷把门扣上，好像窥见老虎下了山一般。

团长，胶东人，身材魁梧，大腹便便，干部、战士暗地里称其“修挎肚子”，言下之意长着一副“将军肚”。据称，解放战争期间从胶东火线入伍，年轻有为，魅力超群，任过松宗步校大队长，35 岁当团长，军事指挥才能了得。其个人魅力足以让大伙为之倾倒，越崇拜越是畏惧，似乎是一条定律。

连长、指导员紧跟在左右，显得十分拘谨。走到连部门口，团长突然停住脚步，回过头来环视连队宿舍，偌大的院子空无一人，战友们趴在屋子户牖透过玻璃隔窗相望。我时任连队通信员，想躲而躲不掉，无人替我端茶倒水。

团长像一座铁塔屹立在门口，一会儿转身进入连长、指导员的房间，我战战兢兢地跟随进去，行了军礼，团长面带微笑，点头示意。

我瞬间瞅了团长一眼，只见其器宇轩昂，光脑袋剃得锃亮，在这寒冷高原恐怕绝无仅有，浑身透出威严和冷峻，气场强大得像泰山压顶一般。尤其那双浓黑的眉毛下铜铃般的眼睛，让人不寒而栗，设法尽量避开其犀利的目光。

午饭后，不愉快的一幕出现了。在离开团部之前，团长、参谋长心系基层，吩咐警卫员不要忘记顺便带上驻里孜部队的书信、维生素等，谁知参谋长的警卫员一时疏忽，竟忘之脑后。瘦骨嶙峋的参谋长用一种不解的眼神望了警卫员几秒钟，像连珠炮似的批评警卫员迷迷糊糊，做事心不在焉。警卫员毕恭毕敬地立正站着，一声不吭，满脸愧色，让置身一旁的我不由得打了一个寒噤。

顷刻，宣传干事刘世泰陪着杜团长边走边聊，迈着蹒跚的步履来到我们房间。久闻大名，未见其人。我连忙站起身来行了军礼，拿过凳子请坐，两眼怯生生望着团长，乍一看感觉没有前任团长那么威严，中等身材，宽胸厚背。外面气温低，胡须上结了一层白霜，上眼皮微微下坠，两只胳膊向后将手揣在袖筒里，刻意挺胸收腹，一脸的朴实憨厚相，说起话来口齿清楚浑厚，并不停地干咳。

副股长把我介绍给团长，不料，团长还沉浸在与刘世泰热烈讨论对曹操究竟应该怎么看的兴奋之中，在房间踱来踱去，旁若无人地倾吐自己的一己之见，仿佛我压根不存在似的。

时下，全国正在批林批儒，开展儒法斗争大讨论。历代文学作品和戏剧把曹操渲染成一代奸雄，瞬间摇身一变被报章描绘成扭转乾坤的大法家、大英雄。没有料到团长身处复杂的反回窜斗争第一线，重任在肩，还能沉下心来看《三国演义》，并有自己的独到见解，令我刮目相看。

不久，成都军区一位副政委辗转来到边防考察，在作战室听取团长汇报，所有在位的常委都参加，我与肖剑秋干事负责记录。老首长从战争年代枪林弹雨中走过来，如此一把年纪能亲临仲巴边防勇气可嘉。初来有点高山不适应，频频喘粗气，中间欲休息片刻，在外面走动走动，随口问团长：

“几点啦？”

团长满脸通红，只笑不答。

首长有些诧异，两眼紧盯着团长，再一次追问：“我说几点啦？休息一会儿。”

团长难以掩饰内心尴尬，一脸沮丧地说：“我没有手表。”转过头反问我现在几点。

是忘记带了吗？首长将信将疑。

团长是位实在人，实话实说，毫不隐瞒，告诉首长他真的没有手表。

“啊？一个作战部队的团长竟然没有手表，恐怕我军都罕见。”副政委感到非常吃惊，满脸不悦。说罢，两只眼睛一动不动盯着桌子。

团长无奈之下，毫不顾忌自己的身份地位，当着首长的面叫起苦来：“不行啊！家属、孩子还在安徽老家，上有 70 多岁的老母亲，三个孩子还未成年，正在读书，家属没有工作，困难哪！没有办法。”

现场静悄悄的，副政委无语了，嘴里叼着香烟，再没有吱声。

不料此事很快走漏风声，一时间在团机关传得沸沸扬扬，议论成了一窝蜂，成为热点话题。大伙以不同的视角进行解读，有的人讥笑团长太过寒酸，不上档次，与自身地位不符，故意哭穷装可怜，有失体面。而大部分人了解团长的为人处事，深表同情。团长是抗战时期入伍的老同志，参加过解放战争，在西藏边陲奋战 20 多个春秋，年近五旬，作为堂堂一团之长，大名鼎鼎，处境如此尴尬，完全出乎一般人想象。

其实，类似情况岂止团长一人。7 名团领导皆为新中国成立前入伍的“老革命”，家属大部分在农村。人到中年，拖家带口，背负沉重的家庭负担，正处在人生最艰难的年龄段。边防不许家属来队常坐，全部分居两地。有的家属虽然办了随军，但老人没有人照顾，只有固守在农村老家，成为吃商品粮的农村人。有的随军后住在成都、兰州等内地办事处，没有工作，脱离了土地，纯粹在家里吃闲饭，生活拮据还难以启齿。他们虽然身居高位，却过着与普通干部战士一样的单身生活，除了工资，没有其他特殊待遇。与家属子女相距千里，同样一年半载休一次假，一切实际困难依靠自力更生。为了边防建设和反回窜斗争，身体力行，为人师表，我几次随同团领导下到基层连队，都与战士同吃同住，从来不曾谋求特殊照顾。官兵一致，在大家看来是很正常的。有的长期在高原工作，身体不好，连队干部心想给首长单独炒一个菜，被其当场厉声喝止，始终保持普通一兵的本色。团领导与基层官兵心连心，足迹遍布边防哨所，其姓名在边防战士中如雷贯耳，普遍有着良好的口碑。

当时，任何一位团领导去一线边防连队蹲点、检查工作，一般少不了带两样东西，一是书信，二是到了夏季，设法带点新鲜蔬菜给官兵们吃。这个传统一直延续到以后。有一年，一位团领导前往吉隆四营检查工作，随行机关干部忘记带了，这位团首长立即下令从 90 公里外的加加兵站返回团部。

从入伍补充到连队起，在全团官兵中广为传颂着副团长盛永琛被回窜的叛乱分子残酷杀害的悲惨遭遇。虽然时隔多年，其英勇善战，不怕牺牲的精神屡有传闻，深受官兵敬仰和怀念。

调团机关工作之后，听曾经与其一起共事的团首长回忆，盛副团长系胶东人，1941 年底参加八路军，侦察兵出身，是有名的战斗英雄。1958 年进南京军事学院深造，1959 年西藏叛乱时进藏，曾几次带领侦察排、警卫排等精干小分队突袭敌巢大获全胜，威震敌胆。

1961 年 10 月 25 日，盛副团长率队到吉隆、萨嘎执行任务乘吉普车返回扎东，途径牛库山坳时，不幸遭到众回窜的叛乱分子伏击，终因情况来得突然，措手不及，5 名同志全部壮烈牺牲。消息传来，官兵们义愤填膺。

多少年来，干部、战士换了一茬又一茬。这一惨烈牺牲始终鼓舞和激励着全团官兵同仇敌忾，用生命和鲜血誓死保卫边疆安宁。

第一次休假

团部的精神文化生活比连队好不了多少，工作之余，大伙围着仅有的一张简易乒乓球桌打发业余生活，可是扎东地区恰好处在风口上，实际打球时间有限。

寂寞是年轻人的死敌，闲得无聊时像蹲在夏天的沙漠里，火急火燎，在卫生队工作的同乡邓永贵从四医大学成归来，李波在县中队任给养员，闲暇时找他们漫无边际地聊天，填补精神上的空虚。在家主政的王姓副主任为保卫干部出身，长于侦探，大伙叫他“王保长”，心眼特细，没事挨个宿舍转悠，几次检查发现不在宿舍办公、学习，便跟在后面盯梢，发觉我老喜欢往老乡堆里凑，认为这厮乡土观念严重，不安心工作，屁股坐不住，通过股里领导向我提出口头警告。

自知若不收敛后果相当严重，于是改变一种方式，用打篮球来消遣时光，难道打篮球也要兴师问罪？

迈出政治处小门几步远便是高低不平的沙石篮球场，炮连战士每天下午顶着风沙打半场篮球，一派热火朝天，较整场篮球省力些。便想方设法与他们拉近距离，几次下来终于被他们接纳。每日活跃在篮球场上，虽然明显感觉高原缺氧，身心疲惫，但是年轻人争强好胜，玩到开心时把所有劳累都抛在了脑后。

万万想不到乐极生悲，高山病悄然找上门来，半个月下来，感觉脑袋瓜晕晕乎乎，头顶隐隐作痛，眼珠发胀。随着时间的推移越发严重，晚上睡在床上仿佛有一块石头在脑袋里面翻滚，翻身时痛感强烈，常常半夜醒来之后翻来覆去难以再次入眠。

起初，总以为没有睡好觉的缘故。有一天政治学习，李主任和其他同志发觉我脸色紫得不正常，我找来镜子一照，不禁大吃一惊。连忙跑到卫生队取血化验，结果：红血球、血色素超过正常人一倍，确诊为“高红”，即高山性红血球增高，血色素增多。医生告诉我目前没有好的治疗方法，更没有特效药，只有离开高海拔地区便不治自愈，让我眼前一黑，陷入一片苦恼之中。

我没有把化验结果告诉领导，此种疾病为高山反应所致，在扎东的干部、战士中间屡见不鲜，只是程度不同而已。但是要想长期在仲巴工作，身体承受的代价和风险是可想而知的。

转念一想，迄今入伍四年多，提了干，该到可以休假的时候了，借此机会到内地调整一下身心，或许会有所改变。

当时，干部休假由两年一次改为一年半一次，对新提拔干部基本参照此规定执行。但是考虑到婚恋等实际问题，第一次休假可以灵活处置。眼下在新提干部中流行一种潜规则，即家里必须有所谓的天灾人祸，说穿了就是制造一种借口，才能顺理成章地提前放行。于是匆匆忙忙给父母去信，要求家里发一个电报，谎称有急事。父母望子心切，心领神会，一个半月左右，通过仲巴县邮局送来一封急电，称："父亲病重，速回。"

接到电报，我自己心里清楚是善意的谎言。但是必须假戏真做，手拿电报装成异常焦虑的样子，找到政治处领导果然好使，一向平易近人、德高望重的李主任十分关切，仰着慈祥的面孔百般安慰，让我心里暖暖的。接着，二话没说，当即挥笔签字，批准休假四个月。

我喜出望外，回眸经历过一个个不平凡的日日夜夜，四年是多么漫长而不易。四年，对于我而言，实现了人生的嬗变，从年轻幼稚、一无所有的农村青年，到人民供养的军队干部。想到父母为岁月所催日益衰老，此时此刻归心似箭。但是，冷静一想，置身西藏边防而不是内地，接下来要靠自己想办法找车，回家的路很漫长。

连日里，一方面费尽心机，四处打听有无顺便车，只有找到车子才是硬道理；另一方面费尽心力准备东西，诸如带上通行证，当年军人通行证是身份的象征，没有它将寸步难行；备足通用粮票。持有通用粮票，方可不受地域限制，随心所欲购买粮食、食品，解决温饱问题；四年来积攒下来多余的衣服鞋帽等，带回去给家里人穿，略尽涓埃之力；还有钞票，除了存款，还可以预借半年工资、往返路费和伙食补贴。同时，想到内地物资紧缺，特地给家里带了白糖、花生米和节省下来的奶粉，用方块雨布捆绑在一起，足有百把斤。

1973 年 7 月 15 日，难以忘怀的日子。终于如愿以偿搭乘汽车独立营敞篷汽车，带着沉重的行李，离开扎东，迈出漫漫回家路的第一步，压抑多年的心绪得到尽情释放。

当日，绕道康莎拉军马饲料，又回到阔别半年多的老连队，战友们拉着我的手有说不完的知心话，好像分别好久好久。

连队班子做了调整，李指导员接到转业通知，正在收拾行装与部队说再见，军装还没有舍得脱掉，领章帽徽仍然挂在上面，看得出来对部队满怀不舍之情。

我特意到他宿舍拜访，相互问候之后，冲着我长长地叹了一口气，让我不由得心生怜悯。干部战士众说纷纭，主流民意以为李指导员年轻有为，聪明能干，本是一块好料。但是远离党委，没有很好发挥集体的作用。事实证明，个人能力再强毕竟是有限的，只有借助团队的力量，才能产生“井喷效应”。

方连长调煤矿当矿长，成为名副其实的“煤老板”，亦军亦工。

团党委选贤任能，擢升张学明同志为连长，他那股虎劲派上用场，嗷嗷叫，官兵精神面貌焕然一新，军营一派生机勃勃，田间青稞、蔬菜郁郁葱葱，连队建设蒸蒸日上。

翌日抵日喀则，回家的路告一段落。下一目的地为拉萨市，还有 370 多公里的路程，心急火燎进入新一轮找车子的战斗。

日喀则不同于弹丸之地的扎东，军分区招待所距离汽车单位都在四五公里之外，没有公共汽车。于是不顾连日来旅途疲劳，迈开双脚奔波于找车的路上，每每满怀希望而去，垂头丧气而归。虽然四处碰壁，脸上灰溜溜的，但是想起回家，浑身充满能量。

当兵几年，也算见过世面，深谙“人在屋檐下，不得不低头”的个中道理，涎皮赖脸地跟司机死缠硬磨。尽管常常遭遇别人冷脸，仍然锲而不舍，拿出香烟万般逢迎和讨好，不管是不是老乡，都要称一声“老乡”，是不是班长，都要叫一声“班长”。功夫不负有心人，逗留 10 天后，好事多磨，在别人驾驶室讨到一个座位，能坐上驾驶室心里快活得简直无法形容，令很多人羡慕。

四年前入伍进藏时，从羊八井直插日喀则，遗憾与拉萨背道而驰。第一次亲临慕名已久的自治区首府拉萨，逛一回新城，心情万分激动。

此时，正是青藏高原的盛夏，晚上大雨如注，清晨碧空万里。汽车沿着年楚河河谷一路急驶。途经英雄城江孜，矗立于宗山上的白居寺、抗英遗址神秘而幽静。

辞别江孜，峰峰相连，岭岭相接。下午，车过浪卡子兵站不久，西藏三大圣湖之一——羊卓雍湖一湾碧蓝映入眼帘，在群山环抱下露出娇艳迷人的面容。俄顷，天空细雨霏霏，羊湖笼罩在一片雨雾之中，呈现出烟波浩渺般意境。

汽车在岗巴拉山小憩。雨倏然而逝，太阳从云缝中钻出。山巅上，一座用红瓦砌成的房屋和雷达天线高入云端，直觉告诉我，是报章屡屡宣扬的空军甘巴拉雷达站，海拔 5300 多米。官兵们长年累月战斗在“生命禁区”，担负进出藏航班、专包机、航空兵驻训等飞行的引导保障任务，把青春热血奉献给祖国的航空事业。

沿着犹如飘带一样的盘山公路疾驰，跨过雅鲁藏布江唯一的钢筋水泥结构桥梁——曲水大桥，到达拉萨已是满天星斗。街道上灯光璀璨，映照着冷清的马路和低矮的房屋。借助橘黄色的灯光，富丽堂皇的布达拉宫出现在眼前，雪白的城墙上，金顶在黑夜中闪烁。

当晚入住军区第二招待所，接待人员宣称客人爆满，大多为等待出藏的军人，只好被安排睡地铺过夜。经受过多年边防历练，条件再苦再差也没有过不去的坎。

十几个人挤在一起，大伙素不相识，但是有一个共同目标，即搭车、乘飞机出藏。规定副连以上干部才有资格乘坐飞机，然而一周才有一两班伊尔 -18 客机，一次仅可以搭乘 80 多人，同样要排队等待，常常一等便是一个多月，还不如汽车来得快。相互之间诉说等车待机的苦衷和烦恼，感叹在西藏当兵进不来，出不去，当得好辛苦。有钱买不到汽车、飞机票，禁不住声声叹气。

天亮了，空气格外清新，那蓝的有点发黑的深邃天空坦坦荡荡。从幼年起，《逛新城》《北京的金山上》等美妙动听、久唱不衰的西藏民歌深入骨髓。早饭后，把找车回家的事暂时搁置在一边，相约两位休假同伴漫步拉萨街头巷尾，一睹拉萨尤其是布达拉宫的不俗风姿。

20 世纪 70 年代的拉萨简单而朴实，虽然贵为首府，城市规模像内地的小镇，仅有一条公交车线路贯穿东西。因为地处高原，无制造业，空气质量好，透明度高，万里长空一碧如洗，使整座城市宁静中透着一股质朴。

高音喇叭从早到晚播放那些十分耳熟的颂歌，也是一个喇叭响全城，仿佛生活在一个院子里，亲切入耳，百听不厌。

主要街道和景区行人熙熙攘攘，秩序井然，半天时辰在拉萨百货商店和八廓街转悠一遍，紧接着再一次进入找车攻坚战。闭着眼睛将可利用的军地关系悉数排队，马不停蹄逐个走访，回答皆是："等着，一旦有消息告诉你。"

每天傻傻地蹲在招待所静听佳音，守株待兔，设身处地感受到：求人办事难，求人帮助回内地更难啊！新兵进藏一路走来，感觉西藏与内地相隔千山万水，好在有一个人性化规定，假期从到家那一刻算起，以车票为准。途中时间不计入假期，有感于制定政策者善解人意。然而回家心切，终日望眼欲穿。

一眨眼半个月过去了，杳无音信，心急火燎。突然间，山南军分区侦察连一位同乡像个孩子似的从外面跑进来，大吼大叫：

“军区后勤部派班车送休假干部去西宁，上午登记卖票，弟兄们快冲！”

宁可信其有，不可信其无。受此种心态的驱使，我拔腿紧追其后，不顾一切跑到设在军区大门口的后勤部运输处值班室，果然不假。凭借军人通行证如愿以偿买到车票。

第二天清晨，大伙兴高采烈乘坐大轿子车离开拉萨，沿着青藏公路直奔1700千米外的西宁市。

车子每日朝发夕停，夜宿兵站。由于通信不畅，无法提前预约，跑到哪里便在哪里歇脚。此时广袤的世界屋脊万物复苏，蓝天白云下微风习习，雪山、绿草、溪流、牛羊，时不时有野生动物出没。虽然气温在十几度徘徊，一早一晚离不开棉上衣，但是没有严寒暴雪，没有风沙肆虐，举手投足不需缩手缩脚，加上回家的感觉，大伙的情绪始终沉浸在轻松愉快的气氛之中，一路谈笑风生。

经过连续六天的快速奔波，顺利抵达西宁市。不顾旅途疲劳于次日下午乘火车离开西宁，所不同的是此次乘坐旅客列车，不再是闷罐车，舒适程度和生活品质上了一个台阶。心想，应该享受享受啦！

火车于傍晚10点许到达甘肃省会兰州，欲顺便看望分别十多年的姐姐，匆匆在兰州西站下车。此时，整座城市亮起灿若星河的灯火，格外炫目。从小在农村山沟里长大，从边防上下来，突然来到兰州这样的大城市，犹如刘姥姥走进荣国府，摸不清东南西北。

兰州市东西长几十公里，先后有三个停靠站。在西站匆匆下车后仔细打听姐姐单位，恍然大悟，方知提前下车。深更半夜独身一人，只好在附近客栈休息，等待天亮。

伏天的兰州，天气燠热，兀自穿着棉袄，背着沉重的大背包，右肩前后挎着两个鼓鼓囊囊的大提包，左胳膊夹着皮大衣，跌跌撞撞走出车站，面前是一条几百米长的泥土石子路，黑灯瞎火，再往前才是灯火辉煌的大马路，没有人同行帮助，人生地不熟，心里暗暗叫苦。

咬紧牙关，走一程歇一会儿，浑身大汗淋漓宛若刚刚从洗澡堂走出来一样，头上的汗珠像小溪一样纵横漫流，迷糊了的双眼半睁半闭，被汗水淹得火辣辣的痛。只消 10 分钟的路程竟然走了半个多小时。走出黑咕隆咚的泥土路，对面马路上“建兰饭堂”的招牌清清楚楚，迈开双脚使尽全身力气拼命跨入饭店，不管三七二十一把重若千斤的行李往地上一扔，脱掉棉上衣，忙不迭地擦揩干脸上的汗珠。饭店的工作人员诧异地目睹大热天穿着棉袄，带着皮大衣，汗流满面，脸色黝黑，一阵窃窃私语：

“十有八九是从草原上下来的，不然不会这副模样。”

待我把撂在地上横七竖八的行李往一块捋时，饭店一位好心的中年男子主动迎上前来搭讪：

“解放军同志，是从草原下来的吗？看汗水淌成这样，你去登记住宿，行李由我们帮你看着。”

我顾不得说声感谢，登记妥住宿，感觉浑身的力气消耗殆尽，遂分两次将行李背上三楼房间。当时的宾馆没有洗澡设备，开水定时供应。心想，在西藏四年多没有洗过澡，不见少胳膊少腿。索性脱掉所有外衣，顿觉浑身如释重负，浓重的困意席卷而来，便一头倒在床上，不知不觉之中酣然入梦。

一觉醒来，天已大亮。不顾一切挤上公交车四下寻找姐姐单位，几经周折终于找到昼夜思念的亲人。姐弟俩阔别相见，诉不尽的离别情，说不完的知心话。

姐姐奉父母之愿，要帮我在兰州瞅个对象，盼望日后姐弟在兰州团聚，身边有个陪伴。但是，眼前“黑不溜秋靠边站”，哪个姑娘看到不被吓跑。姐姐从长计议，吩咐我暂时蹲在家里改变改变脸上的颜色，再谈瞅对象之事。

于是，急匆匆找到一家浴室痛痛快快泡了个澡，四年多了，身上的污垢有些厚重的“光荣”历史。然后，跑到照相馆照个半身、全身相，这是入伍以来第一次戴着红领章红帽徽照相，内心的满足感无以名状。

大约一周过后，脸色逐渐黑里透红，看着没有那么令人恐怖，先前的心思便又蠢蠢欲动了。70 年代第四年，“文化革命”硝烟虽然未散，人们的婚恋观念依然比较传统，仍然兴个“父母之命、媒妁之言”。第一波肯定是父母出面，觉得差不多才把女儿引上前台。人家乍一听说是在西藏，什么“仲巴县”，不由得心里咯噔一下，压根就不曾听说过，过于生疏，趴在 1：10 万地图前找了半天没有找到。

一位河南籍的家长是位马大哈，心不在焉，误把“仲巴”听成“不中”，手持地图边找边不解地说：“哪里还有叫‘不中’县的，啥名不能起，怎起这名？”后来，再告诉他真实地名后，终于找到了，一看都到边边上了，一步跨到国外，手一挥“不中，不中，太远了”，再无下文。完全可以理解，几个做父母的愿意让女儿嫁一个一年到头见不到面的丈夫？

半月过去，相了几个记不清，均因两地距离太远被对方一票否决。父母年迈在家，兄弟姐妹五人远在外地工作，膝下无子女陪护，婚姻之事终究急不得，姑且放在一边，决定启程回家，免得父母思念。

从兰州出发，坐火车，转汽车，当满载客人的大轿车翻过吕梁山脉，与陕北黄土高坡隔河相望时，我百感交集，这是一片为民族解放事业散发出巨大能量的热土，虽然还很贫瘠，却一样让我激动和亲切。

9 月初，灿烂的太阳美好地照耀着陕北高原，离家越来越近了，漫山遍野的枣树叶绿果红，似乎向我频频点头。村头那条浪花飞溅的母亲河，流水潺潺，仿佛吟唱着永不疲倦的歌……

不经意间小时候读书的小学校出现在眼前。啊！家乡，永远让我依恋的故土。

蓦然，身后传来父亲熟悉的声音，连忙掉过头张望，父亲的身影出现在眼前，一股说不出的甜蜜和温暖一霎间涌上心头，忍不住鼻子一酸，几乎要哭了。不待我开口讲话，素来秉性峭直的父亲喜忧交集，大声说：“在你离开部队后，战友们给你写来的信，我们收到都有好长时间了！”

我知道父亲话中有话，分明是在责备自己，抱歉地回禀父亲道：

“在西藏的路上找不到车，兰州休息了几天。”

父亲嗔怪我不该回不来也不及时通风报信，让家人不由得担惊受怕，无事生非尽往坏处想。

原来，在我离开扎东后，同乡的几位战友顺屁股寄来平安书信。不料，我途中走了 50 多天。父母看到从遥远边陲寄给我的书信，而迟迟不见儿归来。母亲是个多愁善感之人，整天站在硷畔上望眼欲穿。半夜醒来，独自坐在炕头面壁而泣。心想，途中肯定出事了，不然不可能如此长的时间不见人影。父亲纵然是铁石心肠也坐卧不安，家里本来二人世界，变得毫无生气。

我在前面走，父亲跟随在后唠唠叨叨，不知不觉走到村里古庙东侧，母亲闻讯早已在此静候。母子睽别四载蓦然相见，母亲禁不住掩面哭泣，这是惊愕的泪水，也是激动的泪水。看到日夜魂牵梦萦的儿子完成了人生嬗变，作为母亲能不喜极而泣？

见母亲流泪，父亲越发感同身受，不乏诮呵之词。母亲破涕为笑，反过来埋怨父亲得理不让人，多嘴多舌，心疼地说：

“人已经回来了，说那些没用的做啥？快回家。”

此时此刻，我仔细端详一番，父母虽然精神矍铄，但是饱经风霜的脸庞两鬓白发展露，皱纹层层叠叠，承载着多少难以想象的生活艰辛和对子女的不尽思念，令我深感愧疚和心痛。

归队途中

光阴似箭，转眼四个月时间在身边溜走，又一个寒冷的冬天悄然来临。假期已满，要打道回部队，母亲精神怅然若失，朝夕相处几月的儿子宛若鱼游水中，倏尔远逝，忍不住独自偷偷落泪。晚上，睡梦中感觉有人轻轻摩挲我的头发，朦朦胧胧中晓得是母亲温暖而粗糙的手。一觉睡到天亮，母亲静静地坐在枕头边看着我，行李端端庄庄摆放在老式木箱盖上。

村里河沟的岩崖上挂满一串串冰柱，早饭后，与在家休假的同乡战友李波、邓永贵结伴而行。神情落寞的母亲挺着单薄的身体和父亲及众乡亲站在院子外那株槐树下，目送我离开村子，悄无声息。

一路西行，抵达西宁的第二天便是1974年元旦，街道上冰天冻地，满目萧然，行色匆匆的市民满怀信心地跨入新的一年。高音喇叭连续不断播放“两报一刊”元旦社论，播音员声音浑厚，慷慨激昂。我们一字一句认真聆听，新的一年也不轻松啊！

天气寒冷，进藏的车子越发稀少，等车的确也是一种煎熬，从早到晚一分一秒眼睁睁地期盼，一等又是半个多月。

来自四面八方的进藏军人聚到一起，为找不到车而怨声载道。大伙明白，晚回部队一天，意味着下次休假推迟一天。既然已经离开了温暖的家，倒不如尽早回到仲巴，进入下一次倒计时。在西藏边防军人眼里，休假是价值最高的福利。有的人等了一个多月没有着落，神志简直要崩溃。有的干脆掉过头转道成都改乘飞机，同样也要等待，或许时间更长，就像病急乱投医的病人。此时此刻，再一次意识到在西藏当兵是多么艰难！

恰巧日喀则军分区新兵团抵达西宁，组织进藏，有幸邂逅本团接兵干部。经交涉，同新兵一道，搭乘解放牌卡车踏上漫漫返藏征程，又一次亲身体会新兵进藏的艰苦滋味，万般无奈。所不同的是，上一次为春天的四五月间，这一次恰好是隆冬腊月，青藏高原风雪弥漫的季节，简直王小二过年一年不如一年。身着皮大衣蓬头跣足地蜷缩在车棚里，摇摇晃晃，寒风透过缝隙吹得手脚麻木，鼻涕长流，浑身瑟缩成一团，不由得蓦然回首在父母身边的那些日子，遂产生强烈的心理落差。

在格尔木兵站休整四天，不期而遇几位前往日喀则方向探望夫君的四川军嫂，年轻漂亮，芊芊弱质，滞留格尔木数天，情绪恍惚。由于不识高原真面目，仅仅穿着棉衣，没有准备足够抵御严寒的衣物，贸然离家，叽叽喳喳要跟随新兵的车子进藏，初生牛犊不怕虎，个个都是“孙大胆”。接兵干部见其衣着单薄，吓得连连谢绝，悚惧途中冻伤责任重大，谏言不妨来年气候转暖再进藏。

不料，出发那天，几位执着的军嫂哭哭啼啼堵在新兵团首长门口，誓言不见丈夫不回头，你要咋地就咋地。坚韧绵长的爱情感动了每一位司乘人员，新兵团首长毅然拍板调整原来座位，让她们优先乘坐驾驶室，并号召干部轮流捐赠大衣，帮助其防冻御寒，渡过难关。一不留神接兵的同时接来一批“军嫂”，在满目萧森的世界屋脊真还有些养眼。

中午，部队在纳赤台兵站就餐，饭堂里热闹非凡，青海省歌舞团管弦乐队慰问演出，令进藏官兵沉醉在优美动听的歌曲当中，一时忘却饥寒疲惫。午饭后，部队整装待发，当晚赶往五道梁兵站歇宿。这时，天空飘起了一片片雪花，天色晦暗，大部队迎着风雪严寒急匆匆登车出发。不好，突然发现我们乘坐的汽车驾驶室冒着熊熊火光，大伙一下蒙了。驾驶员惶然不知所措，慌忙跑过去打开车门，将火扑灭，方向盘被烧得只剩下铁环。

汽车营、连的领导气冲冲走上前来查看事故究竟，追根溯源。原来，吃饭前副驾驶使用完喷灯心不在焉，未将余火彻底熄灭，顺手放在驾驶室径自跑去食堂吃饭，想不到厝火积薪，点燃驾驶室可燃物，造成失火，所幸只烧坏方向盘。

汽车连长当着大庭广众，发疯似的把两位驾驶员猛剋一顿。大部队继续向前进发，安排另外留一台车陪着我们修车，两位驾驶员一脸扫兴。

傍晚，格尔木方向送来方向盘，换好后紧追大部队。一路大雪纷飞，寒风呼啸，气温骤降，我被安排坐在驾驶室。三个人穿着皮大衣，拥挤不堪，驾驶员吩咐我紧贴车门，腾出空隙，以免妨碍驾驶。

贴在车门越走越冷，浑身透凉，似乎身上的衣服一点不起作用，酷似抱着一个大冰块，承受力达到极限。驾驶窗外面的雨刮都结上冰，路面打滑，轮胎上的铁链子轧得冰雪嘎巴嘎巴响，驾驶员戴着皮手套驾驶，饥寒交加，眼睛一点不敢眨，凌晨3点之后抵达五道梁，个个心力交瘁。

大部队已经进入梦乡，四野阒然。狂风卷着雪花扑打在身上，吹得眼睛睁不开，双手无法伸出来。我们一伙踏着齐腿的积雪，呼喊着战友们的姓名，大半天摸到住处，房间黑黢黢的像冰窟，什么都看不见，个个冻得瑟瑟发抖，无奈只好脱掉皮大衣将就和衣而睡，一二十人挤在木板通铺上，就一块被子轻飘飘的，感觉不到一丝丝热气。一夜闭目假寐，被窝始终没有焐热，要不是“小伙子睡凉炕，全凭火力壮”，准定被冻成冰棍。

五道梁是青藏高原线上最难迈的一道坎，一夜暴雪，早晨起来天空灰蒙蒙的，山野铺上厚厚一层雪。高山反应顿感明显，两次途经五道梁，都被折腾得要死不活。许多新兵哼哼唧唧，一副苦脸。最狼狈不堪的是那几位可怜的军嫂，寒风凛凛下身子缩成一疙瘩。

李波见几位从身边走过，不由得轻叹一声，讪讪地笑着说：“谁要你们嫁当兵的，没事找罪受。不安逸吗？”

或许由于话题太过敏感，虽然轻声轻气，却被军嫂们听得清清楚楚，一位性格火辣的军嫂怒不可遏，冲着他来了一个绝地反击：“吃苦受罪我们愿意，安逸不安逸关你屁事！”

弄了李波一个大红脸，让我们几个人有口难辩，我真服了这些四川妹子。

早晨气温降到－40℃，将汽车水箱、发动机完全冻实，汽车部队的同志们冒着严寒用喷灯烤，打来热水浇。一大早“嘎吱嘎吱”摇发动机的刺耳声音持续不断，驾驶员冻肿的手上、嘴唇上裂开一道道血口。有的迟迟发动不起来，只有靠人推车拉，不时看到新兵连干部组织新兵推车、帮助发动的场景。

一路风雪兼程，伤筋动骨，于大年三十前夕纵横约两千公里，进抵军分区所在地日喀则。同行的几位军嫂与我们一样，忍冻受饿坚持下来了，个个冻得鼻青脸肿、四肢僵硬。下车后一瘸一拐，行动迟缓，显然两只脚冻得不轻。看样子几天都没有梳妆，蓬头垢面，也顾不得什么淑女形象。迎接她们的丈夫和同乡见状，连忙将皮大衣脱下来裹在她们身上，只见几人泪珠潸然而下，是激动的泪水，也是委屈的泪水。望着她们千里寻夫可怜兮兮、不屈不挠的模样，我真佩服西藏军人的妻子同丈夫一样坚强。同时，再一次印证了爱情的巨大拉动力。

为避免途中在兵站过年，我们决意与本团新兵连分道扬镳，另外找车择日返回扎东。于是，结伴入住军分区招待所。

除夕夜，仅有区区 5 人住宿，孤苦伶仃，招待所特意为我们做了四菜一汤，让我们喜度新春佳节。不巧又遇照明电路故障，三人早早躺在被窝，对着黑乎乎的房顶，畅谈回家的感想，不禁黯然神伤。

大年初五，公路上又忙碌起来，我们乘坐扎指值班卡车，昼夜不息，于次日深夜赶赴扎东。此时此刻，风停了，扎东的夜晚静悄悄。

翌日，领导和战友们风闻我休假归来，纷纷赶来，问我家中亲人近来可安好，问我家乡变迁有多少，问我未婚妻找得怎么样，我一一细说，唯有未婚妻一项有悖于战友们期望。我拿出从家乡带回的红枣、瓜子等土特产请大家品尝，一会儿工夫吃得精光。

休一个探亲假整整消费了七八个月的宝贵光阴，“时间就是金钱”的不朽论断被颠覆得体无完肤，有人戏谑为“新长征”，无法预测下次休假会怎么样？

一月过去，脸色又开始发紫，经抽血化验，证实红血球、血色素又退回到出藏前的状况，设身处地领教到高山病的“顽固”。

老连长的“小品”

长期脱离部队生活，乍一回到团里对部队发生的细微变化都感到新奇，令我百思不解的是，处在反回窜斗争第一线的邓营长，也是我景仰的老连长，因为弄虚作假，酿成恶劣影响，成为近期来几乎人人皆知的热点话题。

在我的心目中老连长一贯谨小慎微，坚持原则，严于律己，想必脑子一时进水，怀着同情心焦急地向同事求证。

原来，去年夏天，根据常态，军区后勤军需部门急边防所急，不失时机运输主副食到边防连队，囤积过冬物资。军区后勤派工作组赶先一步，到该营等边防点实地考察，以期准确忖摸边防连队库存主副食状况，有针对性补充品种、数量。

邓营长在家掌舵，与几位副职一道，自以为机不可失，密谋为全营干部、战士谋点福利，争取多调拨些主副食，把生活调剂得好一些。于是，在工作组莅临前夕，暗示各个连队解放思想，开动脑筋，打些埋伏。

各个连队心领神会，雷厉风行，落实不过夜，执行不走样，并有所创新。一方面把主副食隐藏在柴火堆等不易发现的地方，让仓库基本腾空，躲避检查；另一方面在工作组来到连队后，顿顿炒黄豆或盐巴水泡米饭，以此来款待工作组，也叫“请客吃饭”，让工作组同指战员“同甘共苦”，给工作组造成“弹尽粮绝”的假象。

作为一名主官关心群众生活值得赞许，但几个连队四五百号人也不是铁板一块，战士们不了解营、连的意图，顿顿吃盐巴水、黄豆米饭，吃得好辛苦，工作组前脚刚走，有人鼻子一酸一纸状告到军区后勤机关。工作组旋即转身重返该营，一个回马枪，令邓营长和班子成员措手不及。经过明察暗访，果然与反映情况基本吻合。

经两级机关专题调查定性，指出在家主管全面工作的邓营长三点错误，即欺骗组织，弄虚作假，削弱部队战斗力。

在突出政治的年代，面对反回窜，三条“罪状”刀刀见血，任何一条足以让其仕途戛然而止。邓营长自知弄巧成拙，把所有责任揽在自己身上，在营团党委会上，感受到一种从未有过的孤立，回味自己坎坷的人生道路，痛定思痛，为辜负了党组织的培养和信任而万般歉疚，并深挖思想根源，表示虚心接受组织处理。

邓营长自以为心里揣着全营指战员，为大家着想，犯下如此低级纰缪，在全团上下沦为笑柄。兢兢业业、浑身充满激情的老连长，万万没有想到该营成为其军旅生涯的滑铁卢。

不久，来扎东开会，抽身来到我的住处寒暄，表面上平静如常，内心却万般痛苦。彼此刻意回避这一不愉快话题，与一年前相比，陡然间憔悴了许多，双颊塌陷，身体更加消瘦。想必发生此事对他心理打击不小，凄苦的心情得不到片刻的温暖，无人自告奋勇站出来为他分担。下级耻笑他无能，上级责怪他无知，同级评说他无聊。老部下都知道老连长性格耿直、不擅长通融，只懂靠拼命工作给以平衡和弥补。他还像在连队一样，反复叮咛我要努力工作，不要虚度年华。

然而，党组织对每一位干部都是公正、公平的，基于事情本身发现及时，没有造成严重后果，以及本人对边防建设所做贡献，从爱护干部出发，对其进行严肃的批评帮助，免予纪律处分，让其本人和能够理解他的部下一场虚惊。

与此形成鲜明对照的是，这一年相继发生了两起鼓舞士气、振奋人心的事情，让团首长、机关扬眉吐气。

卫生队断指再植受到医学界广泛关注。

成都军区某部队奉命来我团帮助里孜等连队搞营房建设，一名老战士在使用电锯时不慎将一只手的 4 个手指截断，手指末端粉碎性骨折，仅有少许皮肤相连，情况危急需要接指。扎东距离拉萨和内地大医院遥远，无法及时送到外地救治。一般人看来，要想在扎东把断指接好几乎是痴人说梦，一是团里卫生队没有做过类似手术，缺少先例；二从客观上讲，高寒缺氧，卫生队设备简陋，不具备做此类手术的起码条件。

人们经常说，谁拥有人才，谁就能占领制高点。卫生队副队长张俊耀，1959 年入伍，非科班出身，一贯潜心学习医疗技术，爱动脑，肯钻研，重实践，自打其任副队长以来，团里干部、战士但凡患上诸如急性阑尾炎、小的烧伤、烫伤等，需要紧急治疗，基本足不出团，为官兵生命安全上了一道保险。

看到兄弟部队战士手指被截，必须立刻做断肢再植手术，他顿觉事不宜迟，若是错过时机，将会给战士造成终身难以挽回的痛苦。第一次接触此类手术，张俊耀没有想别的，一心一意治病救人。

接诊后，他率领从某军医大学毕业学成归来的几位医生，组成抢救团队，从麻醉开始，每个环节一丝不苟，争分夺秒对接骨头、血管，缝合、整形碎裂皮肤，用细铁丝做成与手一样大小的模型架子，把骨头固定起来，几个人在手术室整整奋战一个通宵。

由于胆大心细，遇事不慌，在没有高倍显微镜，医疗条件简陋的情况下，凭借精益求精的技术积累和对战友极端负责任的工作态度，成功地施行了再植手术，断指奇迹般地成活了，创造了西藏高原缺氧条件下断指成功再接的先例。

断指再接成功，完全出乎援建部队首长的想象，患者感激涕零。之后，援建部队师参谋长不论走到哪里，都不忘啧啧称赞、热情宣传卫生队精湛的医疗技术。

那些日子，团机关、直属队的同志办事、散步路过卫生队，经常可以看到一位老战士，披着褪了色的军大衣，打着绷带，在卫生队病房外晒太阳。大伙揣摩，八九不离十是那位援建部队断指再接的同志，为其逃过厄运而暗暗庆幸。

在此之前，援建部队一名战士施工时不慎从房顶上摔下来，脾脏破裂酿成大出血，生命垂危，只能就地手术，张俊耀同志亲自操刀。伤者失血过多，必须交叉配血，经报告团首长，从三连调来一个排 30 多名战士，为其配血，经过全力抢救，伤者转危为安。从此，一发不可收拾，地方有什么急重危难病人，第一时间想到的便是卫生队。

由此看来，在当时条件下，一个团的卫生队医疗技术达到如此精湛的程度，我以为已经超越了自身。

团党委认为，张俊耀同志几次成功救死扶伤，不仅仅在于医术高明。从更深层次分析，来自于他热爱本职，安心边防，刻苦钻研，不甘寂寞，敢为人先和尊重科学的创造精神及态度，值得每一位官兵学习借鉴。将事迹通报全团，号召向张俊耀学习，并给该同志荣记三等功一次。由于德才优秀，医术高明，他不久就被调某团任卫生队队长。

在高海拔条件下成功完成断指再植，引起医学界权威人士的高度关注。不久，中国医学科学专家一行来到边防考察论证，访问了该团政委柳世棣，认为在没有高倍显微镜情况下进行断指再接，理论上不可想象。何况在西藏高原，高山缺氧，气候寒冷，更是不可思议，并表示怀疑。

柳热情地接待了专家一行，他说："理论上存不存在我们不懂，但是断指成功再接，真真切切，不容置疑。我们不但相信理论，更相信实践，理论来自实践，实践创新理论，实践出真知呀！”

一句话说得专家们乐了，连连点头表示认同，并详细聆听了张俊耀同志的汇报。

之后，张俊耀高超的医疗技术广为流传，被同行称为“边防一把刀”。

有一年回陕西老家休假，几家地方医院劝他放弃卫生队长的职位转业地方工作，给予高职高薪。

张谢绝好意，不无遗憾地说：

“内地条件好，比我技术高的人不难找；边防和藏族群众更需要我，西藏是我家，我还得回去。”

有人问他：你不要高职高薪，图的啥？

他说：“图的是边防安定，图的是良心安宁。”

同时，偏吉乡民兵连被授予“高原英雄民兵连”光荣称号。

消息传开，仲巴县广大军民欢欣鼓舞，奔走相告，极大地激发了全县上下奋不顾身反回窜，军民团结保边疆的坚定革命热忱。

驻守在西线的三营官兵与驻地偏吉乡开展军民联防，发挥了军民一致保卫边疆的巨大威力，多次给予回窜分子以重创，威震边防。

近几年，回窜分子基本放弃武装袭扰部队，通过乔装打扮，穿着当地老百姓一样的服装，挎着同样的枪支，越境到偏吉乡等地疯狂抢劫群众财产，杀害藏族干部群众。

1969 年，特务连侦察排和三营九连协助偏吉乡成立了近 70 人的民兵连，与部队一起开展军民联防。民兵连发挥自身优势，常年战斗在边防一线，积极协助团营共同完成巡逻、守卡任务，始终保持高度的警惕性，屡建功绩，先后毙敌 10 余人，俘敌 41 人，缴械大小枪支 50 余件，发挥了地方民兵在反回窜斗争中的独特作用。

1974 年初，一伙回窜分子入境骚扰抢劫，被偏吉乡民兵发现，一举击毙 6 名回窜分子，抓获多名，严厉打击了回窜分子的嚣张气焰，被国防部授予“高原英雄民兵连”光荣称号。

不久，军分区政治部徐兆刚科长一行陪同西藏军区政委任荣同志，专程来到偏吉乡慰问民兵连。

这是自治区党委书记、革委会主任任荣（右三），副书记天宝（左二），
军区司令员郄晋武（左三）等领导接见民兵连连长时的合影

10 月，西藏自治区革命委员会、西藏军区在拉萨召开表彰会，自治区党委、革委会，西藏军区主要领导同志代表国防部向民兵连颁发了奖状，并合影留念。

边防一线行

1974 年初，军区对我部完成适度扩编，使本团成为全军较大的步兵作战团之一。

全团防区做了延伸，吉隆方向希夏邦马峰以西的连、分队归属本团编制，按照编制序列组建成新的建制营。全团部队驻守在西起马依木山口，东至希夏邦马峰 760 公里的边防线上，预示着人员、装备增加，防区范围扩大，反回窜任务加重。团机关直属分队增编了汽车连，有了自己的运输手段，各营编配一台指挥车，部队的机动性大幅度增强。

7 月上旬的一天，团长派参谋长王克中带领作训参谋张玉忠我们 4 人，前往接防不久的区域勘察地形，检查边防一线战备工作。当日乘坐配发不久的大屁股北京吉普车抵达贡当，荒凉的边境进入夏季，青草稀稀疏疏。

基于所要勘察的地段大部分不通公路，第二天，全部改作骑马。从贡当出

发首先前往樟村，为防回窜分子袭扰，随带一个加强班保障安全。一行 16 人翻越海拔 5200 米的樟拉山，一路为骡马道，坎坎坷坷，行走异常艰难，翻过樟拉山，一匹战马不知何故突然倒地暴毙。

第三天从樟村到娘村，翻越娘拉山，联想到前几年两名战士在此跌下山崖，参谋长吩咐大家下马改作步行，务必小心谨慎，当晚夜宿娘村废旧营房，空寂无人。夜晚，皓月当空，自己烧水做饭，大家席地而坐高高兴兴地拉家常，王克中参谋长以自己的亲身经历，讲述自卫反击战的一些战例，大伙听得津津有味。不到晚 10 点困意袭来，早早摊开背包睡觉，以逸待劳。

第四天到达塔勒提山口，对着地图校正方位，大伙兴高采烈地在此合影留念。罢了，当晚返回娘村。

第五天，从娘村到柠村，翻越柠拉山，山上竟然飘起了雪花，真真切切感受七月飞雪的滋味。好在事先早有准备，棉袄始终不离身，大衣随身带，没有什么大惊小怪的。

第六天，从柠村到敏村，夜宿四营十二连，不再露营。鉴于上一年发生了惨绝人寰的雪崩，几十名官兵殉难，我不禁心有余悸。彻夜脑子里总是胡思乱想，始终没有睡个安然觉。

第七天中午到了拉穷山口。突然间，一阵狂风袭来，一不留神把参谋长手中的军用地图刮脱，全凭张玉忠同志眼快腿快，顺着屁股穷追不舍，好在捡回来了，差点吹到国外，成为政治事故，让大伙虚惊一场。在边防连队，《解放军报》都被确定为秘密件，若是被风卷跑必须设法捡回来，否则要向团机关及时报告，丝毫不得含糊。晚上回到敏村十二连休息。

第八天马不停蹄从敏村翻山越岭回到贡当，辗转数百公里，足迹踏遍 34、35、37 号界桩，经过塔普勒、塔勒提、拉青和拉穷等山口，几乎每天连轴转，风餐露宿。

令人费解的是，所有经过的地方往往美其名曰这个村、那个村，实质上是一种望梅止渴般美丽动人的愿望和幻想，没有什么想什么，有村没有人，大部分地方童山濯濯，空无人迹。勘察的目的是与军用地图比照，了解地形、地貌和各边防点、山口以及重要军事目标所处方位，对各种与作战有关的情况做详细记录。对于此防区归建本团后，熟悉掌握所属边防点位置，防御纵深，各点之间协同作战和后勤支援等第一手资料，建立一本“活地图”，做到胸中有数。

在贡当休息一天，掉过头沿郡加、曲康义、巴巴扎东、茶柱方向检查战备情况，包括战备训练、执勤，武器弹药存有量，官兵思想、健康状况，等等，对边防连、分队进行全面检查帮助。

出发之前，团长、政委指示，要抱着虚心帮助基层的态度，发现问题能够帮助解决的给予承诺，解决不了的把问题带回来研究。

所到之处，虽然条件艰苦，但是官兵们士气高昂，一路检查，一路受教育。喜马拉雅山横卧中尼边界，一线边防点分布在喜马拉雅山北麓极寒地带，大部分为无人区，驻地海拔均在 4750 米以上，哨所大多设在 5000 ~ 6000 米左右高山之巅。指战员们用血肉之躯，为祖国的西南大门筑起了一道钢铁长城。这里是记录他们人生最瑰丽篇章的地方。

经过岗久、茶柱，久闻这里有许多鸟岛。果然百闻不如一见，令我十分惊讶。雅鲁藏布江上游马泉河流经岗久乡时，由于地势开阔平缓，草原与河道几乎形成一个水平面，河道宽阔，水草茂密，远远望去似湖又似大海。在这片水域大约有十几个岛屿。其中，鸟岛最负盛名。

我们从最大的一个鸟岛旁边经过，岛上万鸟齐鸣，好不壮观。司机停住车，大家下来争先恐后用望远镜隔河观景，相距大约一两百米远，岛上的一切尽收眼底。惊奇地发现，岛上竟然住着一位看守鸭蛋的老人，帐篷边还放着一只羊皮筏子做成的简易小船。

据曾经上过岛的张参谋说，产蛋期间，老人一直和大灰鸭在一起，由政府负责他的供养，他负责把鸭蛋拾到一起，等待来人运走。

沙土地上到处是被灰鸭刨出的坑，每窝都有不少的鸭蛋，恨不能过去捡些带回煮着吃。

片刻，三名自称负责运鸭蛋的人来了，身着羊皮藏袍，能说简单的汉语，据他们介绍，眼前这个鸟岛是最大的岛，东西长 400 米，南北宽 200 米，岛上只有大灰鸭一种鸟，个大体肥，约有上万只。每年深秋大灰鸭成群结队越界飞到国外过冬，一个个养得肉肉的，来年春暖花开又飞回中国产蛋。

最后一站为昆木加边防队，这是有军人据守，全团海拔最高，距离国界最近的边防点。此时，自然形成的道路积雪已经融化，泥浆、雪渣飞溅在汽车轮胎和底部，给驾驶员清除污垢带来不少麻烦。

汽车驶入连队院子里，战士们闻声一窝蜂迎上来将我们团团围住，以延颈企踵的眼神询问有否带来家信，当我们把塞得满满一麻袋报纸家信交给连队司务长时，战士们“哇”一声欢呼雀跃，脸上洋溢着甜蜜。

昆木加在全团的战略地位早有所闻，哨所距离边境仅 4 公里，处在反回窜前沿阵地，东西两侧雪山连绵，南北呈一条走廊，四周宽坦，皆无屏障。当面便是尼泊尔木斯塘，中间无大山阻隔。国界线对于回窜分子无任何约束，他们可以肆意践踏两国的主权，进行回窜骚扰，骑马越过国界一二十分钟即可抵达昆木加。每年十月大雪封山，连队与团部、友邻部队完全隔断，处于孤军奋战之势，每时每刻都处在战备状态。同时，旁边科里山口是骡马道，为两国边民通商、越境放牧的主要通道之一，终年人来人往，双方有外交协议，给反回窜平添许多复杂元素。

昆木加，在我心目中充满神秘感，不仅仅是曾经发生在这里不同凡响的一些往事使然，更主要在于连队在反回窜斗争中屡有建树。我们一行穿过铺满碎石的地下掩体，来到哨所极目远眺，方圆几十千米阒无一人，蓝天白云下残雪覆盖着枯草、沙丘，没有灌木，听不见鸟鸣，风打着哨音呼啸而过，构成一幅色彩单调，自然天成的旷野莽原图。

前方不远处便是国境线24号界碑，镌刻着激动人心、红彤彤的“中国”字样，它是祖国主权的象征，是军人心中的圣碑，边防队的官兵常年踩着吱吱作响的积雪在我方一侧巡逻，留下一串串坚实的脚印。界桩依稀可见，界桩两边代表着不同的两个国家。据战士们讲，相传自从回窜分子盘踞木斯塘之后，邻国军人好像突然从地球上蒸发，再未出现在战士们的视野里，可怜的主人被凶残的回窜分子取而代之。

边界不远处那座如利剑出鞘般的雪峰，曾经让我叹为观止。遥望经过多少个世纪冰雪覆盖下的莽莽西山，不由得勾起我对武工队一段冰冷生活的回忆。

忽然，一名身材高大的战士，背着冲锋枪，身着大衣，左肩斜挎弹药袋，迈着坚实的步伐，从营房方向走来。大衣，翻毛皮鞋已经褪色，望其脸色略显憔悴苍老，脸、手背脱着皮，浑浊的眼睛紧盯着我们不放，面带微笑，一眼认出肯定是位老兵。

换岗后，我们主动上前搭讪，原来是一位甘肃籍的老战士，在昆木加戍边5年，从宿舍到哨所再到巡逻线，一步不曾离开过连队。听说我们是从扎东来的，眼神流露出几丝艳羡。几句寒暄后，内心话和盘托出。

他说，分到昆木加后，再没有去过扎东，问我扎东有什么变化。

我如鲠在喉，不知说什么好，真是对不起老兵，我理解您几乎与世隔绝的痛苦，但难以满足您了解外界的渴求。以我之见，除了人员进出如流水般发生变化外，其他方面非常惭愧，房子还是原来的房子，路还是原来的路，烟筒还是那些烟筒，牛粪还是那些牛粪。

临走时问老兵有什么事需要帮助?

老兵说，帮他带几封写好的家信到扎东的邮局投递，让家人尽快看到远方亲人的消息。一位很懂父母心，富有亲情、责任心的战士，态度是如此地恳切。

挥手离开昆木加，又拎着沉甸甸的一麻袋家信，所不同的是，这回送给的是邮局。

营长最后的军旅生涯

秋冬之交的一天上午，寒流过早席卷仲巴高原，股里同志们正在埋头处理公事，新任副股长陈达聪同志带着一股寒气，急匆匆从团长宿舍回来，垂头丧气地对大家说：

“不好，二营高营长出乱子了。”

“怎么啦？”一句话语惊四座，几双明亮的眼睛一起向他瞟过去。

“刚才二营发来急电，说高营长开车拉柴火，把一名战士摔死了。司令部马上派人去二营调查处理善后。”陈达聪焦急地说。

屋子里顿时鸦雀无声，所有的人都惊得像石雕一般呆在自己的座位上。

我心神不安地放下手中事情，陷入凝思：上级对驾驶员车辆肇事处理非常严厉，而非驾驶人员驾车肇事，无疑情节更加严重，暗自为高营长担忧。

隔日，司令部工作组归来，顺便将战士的死尸拉回扎东，放在卫生队太平间。股里通知我负责处理死者的一切善后，这样一来，营长开车肇事铁板钉钉，不容置疑。

原来，汽车独立营给郡加几个连队送主副食，乘驾驶员吃饭、休息的当口，一贯嗜好开车的高营长，从驾驶员手中索要到钥匙，借机带领五连几名战士为该连和营部拉柴火。由于坝子里汽车轮子自然碾出来的公路高低不平，柴火装载过高，返回时汽车颠簸厉害，坐在上面的五连一名四川籍战士不慎从车上摔下来，当场不省人事，送到营部卫生所抢救无效而死亡。

第一次处理死难战士善后工作，心里不免有些慌张。首先，从仓库领来新军装，从卫生队唤了两名卫生员，给死者换上新军装。太平间阴森肃穆，看到摔死的战士横躺在门板上，灰头土面，双目紧闭，鼻孔、嘴角留有残血，脸上有明显痛苦状，衣装沾满尘土。端来一盆热水，为其洗净脸上的污垢，将乱蓬蓬的头发梳理一番，让战友更体面地走向天堂。当日下午做好棺材，炮连派公差挖好墓坑。第二天下午，在团首长的带领下，团直各单位派出约 50 余人，用板车护送到山后面的烈士陵园下葬，向死者致哀。然后用木牌写上死者的名字，插在坟堆上。

接着，清理遗物。与该连文书一道，将所有遗物钱款不管贵贱好坏，新与旧一一清点登记，人民币零零整整加在一起有60多元。然后，用一块白布打成包缝起来，连同死亡病故通知书一并寄往当地民政部门。

事故报告上级，惊动两级领导机关和军事法院。高营长多年来呕心沥血，扎根边防，心无旁骛地为边防建设所做贡献有口皆碑，是一位能干事、愿干事，有事业心，敢于担当的基层主官。但是，心存侥幸，置三令五申于不顾，非驾驶人员开车肇事，人命关天，功不掩过。不久，接上级批复，责令停职检查，等候军法处置。

一天下午，室外寒风呼啸，听到门“吱”一声响，高营长突然走进我的房间，面带沉重的负罪感，怅然若失地看了我一眼，一声不吭，没有了往常威风凛凛、意气风发的模样，料峭的寒风吹得脸、手皱巴巴的，灰头土面。一位战士背着硕大的背包，紧跟在后面。紧接着政治处和保卫股的领导也进来了。

哦！我明白了，原来高营长停职检查，离开营部，安排与我同住一个寝室。我与1968年入伍、分管干部工作的肖剑秋干事合住一间屋子，肖干事近日下部队蹲点，另外还有一张床空着。有幸与久仰的老领导住在一起，虽属于待罪之人，也觉机会难得，打内心深表欢迎。仅仅片刻，保卫股、政治处领导与营长瞬间交换了一个眼神，一句话未说便退出了房间。看来事先有默契，大伙心里都明白接下来各自要做些什么。

其他人退出后，屋里仅剩我们俩。两人呆立着四目相对，无言中表达了双方万千心绪。我注意到营长褐色的脸庞一下变得灰白，眼珠充满一道道血丝，想来担惊受怕几夜没有休息好。此时的神态好像是遇见了妖魔鬼怪或比这更可怕的东西，刹那间变得这般苍老憔悴，觉得怪可怜的。一位面对一切艰难困苦从不言放弃、性情狂放的基层主官，突然变得灰不溜丢，让谁都多少会心生悲悯。

我不知道说什么好，连忙帮助营长解开背包，铺好床铺。此刻，营长眼圈发红，讷讷地说：

“小刘，我搞死人了，他们会怎么处理我？”内心如波涛汹涌。他为自己难过，更为不幸殉难的战士难过。

我终究是一位机关新兵，对有关量纪量刑问题一无所知，不宜乱发议论。但坚信党给出路的干部政策，不会以一眚掩大德，置一个老边防于死地。以苍白的语言安慰老首长面对现实，控制情绪，切记保重身体，争取宽大处理。

一向精力过人，对边防充满无限眷恋的高营长，在人们眼里是一条硬汉，前程普遍被看好，瞬间沦落为肇事犯，面临锒铛入狱，全团无人不为之感到惋惜。

但是，看得出来，营长虽然经受一次深刻教训，但是大旱望云霓，仍然没有失去永不熄灭的热情和追求，几次与我敞开心扉交谈到深夜，对自己选择的道路无怨无悔，对边防建设满怀期待。白天，坚持不懈看书看报，钢笔在笔记本上沙沙作响，始终处在工作状态，日思夜盼尽快回到自己的工作岗位。停职检查期间，组织上没有限制其人身自由，与我们一样，一日三餐自己在机关食堂打饭吃，为避免给领导添乱，整天蜷缩在房间看书、看报、写检查，或闭目凝思。

随着时间的推移，当他意识到难以再回到战士们中间时，一种难以承受的挫折感涌上心头，神情日见低落，到后来心中升起一股说不出的绝望，整日神情恍惚。晚上熄灯后，常常独自木然地坐在床头喃喃自语，经过三番五次相劝才上床休息，心事重重地在床上翻来覆去。半夜醒来，常常听到他将头埋在被窝里唉声叹气，有时像孩子嘤嘤啜泣。作为老部下，回忆那流逝的往事，再看到眼前这种状况，十分揪心，恨不能变个魔法，帮其抹掉过失。

时隔两月，终于接到军区法院一纸判决，虽然“文革”期间法律被废除，但犯罪的有关条文是明确的，依照当时的规定，构成肇事犯罪。念其在边防反回窜斗争中成绩斐然，判处有期徒刑一年，监外执行。军分区决定，安排其临时担任军分区某机关食堂管理员，主抓伙食管理，在工作中接受劳动教育。我以为，这是一个原则性与灵活性完美结合的判决，既维护了军纪的严肃性，即违法必究，人人平等；又体现了惩前毖后、治病救人的一贯政策，功过分明，让当事人口服心服。看得出来上级在拍板定夺时权衡利弊，很纠结，也很高妙。

营长含泪离开自己钟情的边防，从此梦断仲巴，伟大的理想与沉重的精神枷锁被同时砸碎。那天，寒风瑟瑟，我和肖剑秋干事帮他打好背包，收拾好行装，整个家当简简单单，一个背包、一个挎包，一个用破网兜装、掉了瓷的洗脸盆。早饭后，我们俩送他上车，三人心情都非常沉重。汽车启动了，此时此刻的他表现得非常淡定，身上没有了丁点官气，用四川话说“寡兮兮”的，像打了败仗的指挥员去接受军事法庭的惩处。

不久的 1974 年底，我调军区政治部工作途经日喀则，同样自己找车前往拉萨，借机特意谒见高营长。士别三日当刮目相看，见尊敬的老领导精神抖擞地回到战士们中间，两只袖子挽得老高，穿着白色工作服，从早到晚一刻不闲出现在饭堂和伙房的角角落落，把内心的痛苦埋在紧张的劳动和工作中，俨然战争年代一名老炊事班长。与过去一样，美滋滋地坐下来一支接一支抽烟，毫无保留地向我倾吐工作当中遇到的每一件乐趣，说到高兴处，忘情地开怀大笑，让我清楚地窥视到他身上有一种无比的舒畅和惬意，精神状态如此超脱，作为老部下能不感到由衷的欣慰。

第十章

血肉之躯震妖魔

血祭麦拉扎青山

离开仲巴前线，边防的一切如影相随。五年艰苦的边防生活让人感慨万千，倍感纠结的是，恶劣的生存环境像一只桀骜不驯的怪兽，让一个个鲜活的生命瞬间倒下。用战士们的话说，叫作：“活着的艰难和死的容易。”

雪崩为边防部队最凶恶的敌人。从60年代中期以来，几乎每隔两三年都有一些战友在雪崩中遇难。

1973年初春，一个黑色的春天。仲巴、萨嘎、吉隆等地普降暴雪，一下就是十几天，一千多公里的边防线上，草场被封、道路受阻、帐篷被压垮，牧民和牲畜被大雪围困，人民生命财产面临严重威胁。通向吉隆沟的马拉山积雪厚达五六米深，救灾物资运不进去，成为“孤岛”。仲巴县偏吉、帕羊等乡与外界隔绝，救援受阻，人畜告急。就连生存能力极强的高山动物如羚羊、雪豹、野牦牛、野驴等也招致雪盲无法活动而任人抓捕。

雪灾惊动了敬爱的毛主席、周总理，首次在西藏西部派飞机实施紧急救援，把食品和畜草及时空投到灾区。由于山高谷深，气候复杂，加之数万平方公里的地面白茫茫一片，无任何参照物，飞机识别目标非常困难。接上级命令，江北副团长带领群工股工作人员和100多名干部、战士奔赴灾区，为飞机机组指示目标，协助地方找寻、分配空投救灾物资，对受灾群众实施人道主义救助，前后达一个多月。

与此同时，一个惨绝人寰的消息从吉隆传来。

2月27日0时2分，驻扎在希夏邦马峰区域8号沟麦拉扎青山口的某部六连哨所遭遇骇人听闻的雪崩。据原日喀则军分区政治部徐兆刚科长实地了解后记述：驻地对面高耸入云的千年雪山，终于不堪连日暴雪的重负而发生崩塌，雪崩发出山呼海啸般的吼声，卷起的雪雾淹没了周围的山岭沟壑，数十万方的积雪从相对高度2000米的山顶坍塌下来，以排山倒海之势填满沟沟坎坎，其势极其恐怖。

在惯性的作用下，积雪冲向对面60多米高的山坡，将某部六连连部、一排、重火力排厚达一米的六栋营房墙基席卷而去，灌进敏村近五公里的沟壑后凝结成坚硬的雪块。这一切只发生在两三分钟内。由于速度快并形成巨大的冲击波，犀利的雪流所到之处，如同摧枯拉朽，风卷残云一般，形似牦牛大的巨石随着雪流滚滚而下，直径数十厘米的桦树被拦腰截断，凝结时雪流最厚处达到 20 余米。在这场灾难中，指导员钟其祥、副连长靳国荣、旺堆和 50 多名战士被雪流无情卷走。

后来，我巧遇在这场雪灾中立下汗马功劳的一排副排长唐伟同志，据他回忆：

25 日起，营区周围开始下雪，雪片如树叶一般大，3 个小时积雪厚达一米。当时，有一排、四排、杂务班和炊事班驻在连队。雪崩当晚干部战士的情绪说不清道不明地异常亢奋，唱歌跳舞狂欢不止，普遍不想睡觉，从来不曾有过这种现象。炊事班班长给大伙讲“三国演义”，时间已经很晚了，兴趣始终不减，时针马上对准 12 点几次赶他回去仍然不走。最后，还是指导员来了下死命令，大伙方才回到宿舍，钻进各自的被窝里。

半夜，睡得迷迷糊糊，猛然听到“轰隆”一声巨响，以为是隔壁弹药库爆炸了。闭目静听，再听不到一点动静，心想不碍事，摸到手电筒欲下地，雪流涌进房间，与床铺一般高。用手电筒一照，房门被风雪冲开露出 50 厘米左右高的缝隙。挣扎着刨开积雪，爬到外面定睛一看，天哪！大地白茫茫一片。

突然，约 200 多米处传来呼救声，连忙用手电筒照射，看到雪地里居然露出一个手指头，这时候才意识到发生雪崩，四排、杂务班、炊事班的房子看不到了。赶忙顺着指头从雪地下把人刨出来，定睛一看，原来是机要员石生根同志，由于时间短，埋得浅，拍打拍打身上的雪，安然无恙。

排长被眼前的一切惊呆了，禁不住掩面呜呜痛哭。唐伟见状，脑海浮起一股异样的坚韧，连忙拉住排长胳膊，提醒其救人当紧。顺手从兜里掏出哨子，迅速紧急集合，一会儿从幸免于难者中一共集合起来 13 名干部、战士，大家分成三组，实施紧急营救。没有任何工具，只能用手刨。同志们想到埋在雪地里的连首长和战友，不顾雪崩再次发生的危险，冒着严寒，在雪地里连续奋战了 10 个小时，手指磨破了，手脸冻肿了，全然不顾。与后来赶来参与抢救的藏族群众一道，用双手刨出 10 余名战友，指导员、副连长等 24 名战友不幸罹难。

部分不幸罹难的官兵，都是被强大的雪流掀垮一米厚墙体和屋顶，从房子

剩下的营房残垣断壁

里掏了出来，然后腾云驾雾般抛掷到几公里长的山沟里。炊事班战士潘某连人带床被抛出六七十米，锁骨被摔断，经过营救，竟然奇迹般地活了下来。抛得最远的当数晚上兴奋睡不着觉的炊事班班长，也是与床一起抛出三四百米，直至44天后的4月大雪消融，方才找到遗体。死亡人数最多的是连部、炊事班和杂务班，几乎无人生还，其主要原因是，受地形位置的影响，正好处在雪流冲击最强一侧。

雪崩后，房顶垮下来将火箭班班长和新战士小李两人压倒在屋子里，人虽清醒，但动弹不得，班长对小李说："我喊一二，咱俩拼命往外挣扎，试试看怎么样？"结果丝毫无济于事，原来被大雪压垮的铁皮屋顶上的三角钢架将他们的腹部穿透，等救援人员刨开后，肠子裸露，抬到尚未破坏的地堡里，经过抢救治疗，将其二人从死亡线上拉了回来。虽然大难不死，却十分惨烈。

雪灾发生的准确时间起初众说纷纭，据当时站岗战士说："刚睡下，叫我起来站岗，我以为前一班的人哄我，接岗后跑到连部看到底几点。走进连部一看刚刚12点过两分，便迈步走出连部。这时好像炸山般一声巨响，更像是打雷一样，只见头顶一亮，房顶不见了，后面发生了什么一概不清楚。"这位战士因为背着枪，枪刺露在雪地外面，被营救人员发现得早，刨了半米多深，将他从身上穿的皮大衣中拉了出来，毫发无损。

灾情发生后，电台被毁，无法及时与上级取得联系，而最近的友邻部队也在几十公里外。望着茫茫雪海和仍在不断滚落的雪流，副排长唐伟当机立断，决定迅速派人将雪崩的信息报告上级。战士们争先恐后地要去完成这一最艰巨任务，最终挑选了三名共产党员担当此任。他们把存物单、家庭住址和小包袱交给班排，做好随时可能牺牲的准备，将生死置之度外。唐伟将三人送行2小时，千安排万嘱咐须小心谨慎，确保安全。三名同志在齐腰的大雪中艰苦爬行了10

慰问团的同志来看望拉旺老阿妈

多个小时，终于安全到达友邻部队，将灾情报告上级。由于过度劳累，全部出现虚脱。

出事的当晚，连队原本没有安排活动，但战士们情绪激昂，夜不能寐，熄灯号吹过，大家仍然不愿睡觉。藏族副连长旺堆养着一匹白马，当晚几次冲出马厩，跑到半山腰一个废弃的碉堡里，旺堆几次将它拉出来，又被它挣脱跑回碉堡里去了。最后，旺堆牺牲了，而他的白马却幸存下来。更为离奇的是在清理遗物时，居然发现副连长给他的爱人写了一封遗书，时间正是当晚。事后，日喀则分区政治部文化科徐兆刚同志前去采访时，该团政治处主任由群生透露了这一讯息，经向幸存者询问，证明事情确信无疑。说明在大灾大难降临之前，有些诡异事情和异常之举，古今有之。

雪崩无情人有情，在距离连部下游六公里的地方有一个叫敏村的村庄，住着只有 20 多户藏民，平时军民关系水乳交融，村民们有个头疼脑热，婚丧嫁娶的事，都请战士们帮忙。连队军马饲料运不上来，烧水做饭的柴火断顿时，村民们雪里送炭，及时帮忙接济。雨雪天的巡逻都是由有经验的群众带路当向导。长期的休戚与共，敏村群众和连队官兵情同手足，酷似一家人。这天夜里，年近七旬的老阿妈拉旺听说连队遭遇雪崩，禁不住失声痛哭。她与最早发现雪崩的村民一起叫醒全村群众冒险赶到现场救灾。虽说是雪，但从高山上掼下来，铸得十分坚硬，下面埋着人，又不敢使用工具只能用手刨。拉旺老阿妈一边嘴里念叨着："孩子，我来救你！"一边用已经流血的双手一个劲地刨，在坚硬的雪块中寻找亲人。

雪崩将连队所有的给养物资席卷一空，我问唐伟同志雪崩后指战员们吃什么？他说，是当地的藏族群众救了我们。

敏村、夏村群众热爱军队，视解放军为亲人，在公社革委会和村干部带领下，及时主动将自己家存放的糌粑、酥油、马料、柴火等生活必需品送到连队，有的还将自家的桌椅板凳砸碎给部队煮饭取暖。夏村生产队女队长普则带着群众抢险救灾，守在连队五天五夜不肯离去。雪崩后的最初几天，有的战士看着躺了一地的遗体，站岗放哨心有余悸，老阿妈搓着红肿的眼睛，天天陪着这些战士，同时也天天守着遇难战士遗体，一会儿给他们擦脸，一会儿帮他们盖被子，并不停地为战士祷告。正因为藏族群众的无私无畏，患难与共，及时伸出援助之手才使部队渡过难关，许多战士生命得以挽救。

雪崩引起成都军区、西藏军区和地方政府高度重视，抗雪救灾指挥部应运而生，动员一切力量，举全区之力奔赴灾区展开救援。但是，封山已经几个月的马拉山像一座不可逾越的屏障，将两边无情阻隔。公路上积雪数米厚，加上道路崎岖狭窄，纵有千军万马也难以施展能量。

救援中的开路先锋无疑是推土机，在吉隆县政府全力以赴打通马拉山的同时，日喀则地区也调来推土机，从外围向里推开一条通道，大部队只能跟在后面亦步亦趋，像蜗牛一样慢慢爬行。由于积雪太厚，每天只能推进一二十公里。当时佩枯湖百里冰封，被大雪覆盖后，与周围戈壁连成一体。由于驾驶员不熟悉这一带地形情况，一台推土机在茫茫雪原行进时，看不清道路迷失方向，结果误入佩枯湖的湖中心，冰层承受不住推土机的重压，发生坍塌，推土机连同司乘人员一起不幸落入冰湖。

运送救灾物资卡车翻越马拉山

噩耗从吉隆传到扎东的那一刻，窗外正飘着苍茫的雪，不禁让我浑身打个寒战，老天哪，你何必要与芸芸众生过不去！反反复复地无情折腾。接下来的事不敢想象，谁都晓得当时的西藏根本不具备施救条件，佩枯湖到底有多深，谁能说得清楚，不是见死不救，纵有吃天的本领也无法下手。一边是执行施救任务而遭受不幸的遇难者，另一边是见死不能相救的残酷现实，此弱彼强，严重地不对称，令任何一位有良知的人都深感无奈和彻骨的痛惜。一直等到盛夏坚冰融化，从内地调来潜水员方才把遇难者的尸体打捞上来，而没有生命的推土机永远沉睡在静静的湖底，作为文物百年后留给后人去打捞。

雪崩发生后的第六十天，马拉山公路刚刚开通，日喀则地区革委会、日喀则军分区领导率领地区、军分区慰问团赶到连队，看到听到发生在眼前的一切凄凄惨惨，心就像绳索绞着似的疼痛，忍不住簌簌泪下。

旋即，部队和地方政府安抚、慰问死难者家属。起初，家人思想上难以接受，只见过水淹死人，没听说雪能压死人，横竖不愿相信。

时隔半年许，该连归属我团。在这次灾难中临危不惧、坚定沉着指挥营救的唐伟副排长，荣立二等功，并被破格提拔为我团十二连副连长。

冰山上的雪莲

山高路险，高寒缺氧，风雪弥漫，构成了西藏边防的地理、气候的独特性。指战员扎根边疆，战天斗地搏回窜分子，不畏艰险，视死如归，谱写出一曲曲惊天地泣鬼神的英雄赞歌，像雪莲花一样圣洁美丽。

娘村，一个鲜为人知的地方，山高谷深，四下荒无人烟，某部一营一连连部包括三个排常年驻守在这里，另外一个排驻在北端 10 公里左右的樟村，与团部天各一方，地势险要，不通公路，只有官兵们天长日久踏出的便道。最险要处必须派侦察兵攀岩上山，固定绳索，将官兵们一个个吊将上去。这里离国境线只有不到 10 公里，匪徒多次利用浓雾掩护偷袭我哨所。为此，团里特意组建了骡马队，专门为不通公路的连队运输所需战备、生活物资。每年 10 月大雪封山，这里变成孤岛。所以，赶在大雪封山前，把物资从团部运到各个连队，是骡马队义不容辞的任务。

可是，战士们赶着骡马从荣哈出发历经千辛万苦，用两整天的时间才能到樟村可行走处，最后阶段要靠一线官兵自己背。再用一天的时间才能到达娘村。

往返一次往往要一周的时间。遗憾的是，这段路途中没有人烟，只好夜宿一个叫鸽子洞的地方，为必经之地，需自带行军锅，自己动手做饭吃，年年如此。所谓鸽子洞，是指大山下的一个天然洞穴，一次可供一个排过夜，洞里常有鸽子栖息，顾名思义称鸽子洞，唯有此洞能避风挡雨，为露营官兵们的“特别招待所”。

1971年初冬的一天，骡马队5名战士在班长带领下，赶着牲畜兴冲冲往娘村、樟村运主副食，像往常一样一路说说笑笑，走走歇歇，夜宿鸽子洞后的第二天，当行进到距离樟村还有10公里左右的地方时，老天爷突然变了脸色，狂风卷着鹅毛般暴雪铺天盖地而来，刹那间大地被白茫茫积雪覆盖，人畜睁不开眼睛，看不清道路，无法继续前进，想躲都没有合适的地方，只好在石崖下避雪。谁料雪越下越大，持续不停，气温随之骤降。半夜，驻樟村的一连二排通过电台接到团里通知，奉命前往接应，实施紧急营救。

两个班摸着黑夜踏着积雪跌跌撞撞艰难前行，脚陷在深深的雪地里迈不开步子，天蒙蒙亮时好不容易找到骡马队。看到几位战士蜷缩着身子，靠倒在山边，一个个变成雪人，冻成冰雕。马匹和2名战士已经冻亡，四肢僵硬。另外3人身上还有热气，不省人事。大伙背着奄奄一息的战士奋力前往驻地抢救，走了没有多远，1名战士呼吸停止，另外2名战士尚处在昏迷状态，后来经过长时间抢救虽然脱离危险，但已经严重冻伤手脚，留下终身残疾。

之前，在这个连队先后发生了两起匪夷所思的不测事件：

1961年初，1958年入伍的四川江津籍班长钟欣文率本班6名战士外出侦察敌情，在此不远的山洞里因雪灾遇难。经过部队最初一年多搜寻不见踪影，之后几年也杳无音信。直到1967年8月，该县公安下乡清查户籍，意外发现七副骨架怀抱冲锋枪。经查，枪支号与失踪的7名战士生前使用的枪支完全吻合，确定是钟欣文等无疑，于是立即补发了烈士证明书。六年啊，在那个“以阶级斗争为纲”的年代，其家人不但承受了失去亲人的悲痛，还要顶住舆论的猜忌与攻击，忍辱含垢。他们遭受了怎样的磨难，无人能体会到。六年，真相终于大白于天下，亲人终于在悲痛中自豪地接到安抚，烈士的英灵终于得到安息！

无独有偶，1968年11月，同样在这个连队发生了骇人听闻的“高建军事件”。有一天，二排准备进行实弹射击，排长指派副排长高建军带领新战士李志贵前往娘村的连队本部领取实弹。从该排驻地樟村到连队本部隔着一座娘拉山，山大路险。之前，沿喜马拉雅山脉一带刚刚下过一场大雪，因为道路积雪较深，平时只消三小时路程要走上五六个小时。两人走后悄无声息，夜不归营。第二天也不见回来。排长慌了，火速报告连队，连队用电台逐级报告营团首长、机关。团首长经过慎重分析判断，为防止不测事态发生，当机立断命令一营迅速封堵山口，然后不舍昼夜进行地毯式搜寻。经过一个月努力，活不见人，死不见尸。此间各种道听途说纷纷扬扬，以讹传讹，有人说是迷恋资产阶级生活方式，携枪叛逃到尼泊尔了，也有人说逃到印度了，莫衷一是。

好事不出门，坏事传千里，揣测和谣言通过同乡战友传回家乡，传到父母兄弟耳边。后来，当地政府取消了两家军属待遇，瞬间由军属变成反属，恶名远扬。人背时喝凉水也能噎死人，李志贵家在四川农村，一家人心情郁闷，其哥在一次卖猪途中不幸溺水身亡，家中唯一的顶梁柱倒了，年迈的母亲和嫂子、妹妹三个女人相依为命，含辛茹苦守护、支撑着这个支离破碎的家，度日如年，要像男人一样下地干活，养家糊口。夜半更深，失子的悲痛啮噬着母亲的心，常常独自流泪到天亮。日子拮据暂且不说，人言可畏，还要承受来自社会上各种流言蜚语和舆论压力，随时接受公安机关和政府部门的监视和问讯，遭受莫须有的屈辱。抬头仰望天空，亲人们脸上布满不尽的愁云。

三年以后的 1971 年夏季，雪融花开，团里杨副政委带着警卫员骑马前往娘村检查指导工作，途经娘拉山，因这一段山势陡峭，从马鞍上溜下来，牵着马顺着仅有的一条曲曲弯弯山腰小道经过，一侧是嶙峋怪石的峭壁，另一侧约 50° 左右斜坡下是深渊，足有两三百米高。地下土质松软，不慎马失前蹄，可怜的枣红马坠入山崖，两人惊惶万状。

军马笃定粉身碎骨，但马鞍列入装备，必须找回来上缴。副政委派警卫员绕道下到沟底寻找马鞍。不料，发现现场有两堆白骨和一支自动步枪，两个弹夹。另外还有一条人字呢马裤，两只胶鞋，以及一些空弹壳，枪支已经锈迹斑斑。遵照副政委吩咐，警卫员将遗物连同死骨逐一拾捡起来，装进小麻袋，带回团里甄别。

消息传开，一片震惊。擦拭干净枪支铁锈，仔细辨认编号，经过严格核对，与配发给李志贵使用的那支半自动步枪枪号一个字不差，此时才真相大白。正是军马不幸跌入深渊，才为死者洗刷了蒙在头上的不白之冤，挽回名誉，平反昭雪，两个不幸的家庭犹如重见天日。但是，亲人已经远去，留给他们的是永远的遗憾和伤痛。

事后，经过现场分析推测，那一天两人踏着积雪，携手欲从娘拉山山腰小道穿过，不慎双双滑倒后连人带枪坠入山崖。沟底下积雪不知道有多厚，其中至少一人当时神志还清楚，但陷入积雪不能自拔，遂鸣枪求救，可惜四野阒无一人，子弹打光也无人发觉，无奈在铺冰卧雪中走向生命终点。

鉴于娘村、樟村生存条件差，地理环境恶劣，不适合部队长期驻守，在客观分析了反回窜斗争形势后，1974 年接上级命令，连队整体撤离，换防到条件相对优越的地域。

麦拉扎青哨所亦然，一年四季冰雪覆盖，山高坡陡，公路只能通到山脚下。每年 5 ～ 9 月无雪季节，战士们像牦牛一样从山底下往山上背运主副食等物资，早晨天麻麻亮出发，太阳落山才能返回营地，披星戴月。由于高寒缺氧，每人只能负荷 30 多斤的重量。战士们每走三五十米就要停下来喘气，有的嘴角鼻孔经常出血。为了止血，棉袄前襟下边的棉花都被掏空了。早出晚归，日复一日，年复一年，有的战士因患感冒得不到及时治疗引起肺水肿、脑水肿，永远地倒在边关。

冬天是许多动物的冬眠期，也是战士们最难过的日子。最早的时候，他们住在半地堡式的冰洞里，用冰雪化水煮饭，坚持执勤戍边。大半年时间与外间几乎隔断联系，看不到报纸，收不到信件，甚至连广播都听不到，就这样一直要待到次年冰雪融化季节才能打开外出通道。

贡当防区距离团部最远，却紧邻国界。在顺顺利利的情况下运输主副食的卡车从团部出发起早摸黑要跑一天，山高路远，道路崎岖不平，驾驶员只要听说往贡当送主副食头皮就会发麻。1971 年 11 月下旬的一天，日喀则汽车独立营一连，在陕西定边籍赵排长率领下，5 台解放牌卡车满载主副食辗转萨嘎、吉隆前往贡当某团一营，汽车行驶到强拉山，突遇暴风雪，其中三台车不幸遭遇雪崩，翻下山沟被巨大的雪流掩埋。此地距离一营部大约还有 30 公里，前不着村，后不着店，赵排长组织剩余两台车的驾驶员几次相救，终因势单力薄没有工具而徒劳无益。渐渐积雪封锁了道路，山野白茫茫一片，车轮被埋在深深的雪地里，无法继续行驶。天色逐渐暗淡下来，夜晚气温降到零下 30 多摄氏度，几个人冒着鹅毛大雪几度试图步行突围，由于积雪太深，夜色茫茫无法辨认方向，身体极度虚弱等原因，未能如愿。无奈只好把汽油点着烤火取暖，渴了抓把白雪塞到嘴里，顽强地与寒冷、饥渴抗争，等待天亮再与部队联系。

临近傍晚，一营在家主持工作的副营长李秋章得到团机关紧急救援电报通知，派营通信班徒步火速前往强拉山方向接应，救人于冰天雪地之中。半夜时分杳无音信，于是，带领营部书记李德国和仅有的几名干部战士，乘着茫茫黑夜骑马外出搜寻，莽野阒然，不见车队和通信班的下落，营长便斗胆破例鸣枪联系，还是没有回应。当时，雪停了，除了银白色的积雪，大地一片漆黑。搜寻无果，遂返回营部。

黎明前，通信班亦无果而返。早饭后营部官兵全部出动，贡当区革委会闻讯，派民兵同部队一起组织了三四十人的救援分队，手拿铁锹等工具前往强拉山紧急营救，随后汽车独立营救援部队绕道扎东也赶来了。大伙奋力刨开厚厚的雪流，6 名战士已经全部壮烈牺牲，其余两台车的官兵严重冻伤，紧急送往医院治疗。为了表彰官兵与风雪严寒抗争的大无畏精神和视死如归的英雄壮举，决定给所有平安归来的干部战士分别立功嘉奖，授予死难者革命烈士称号。

榜样的力量是无穷的，日喀则大站、独立营和军区后勤部把他们的事迹编成快板和舞台剧，在日喀则驻军和边防部队巡演，一时间“风雪强拉山”的故事在边防家喻户晓，成为激励边防官兵扎根边疆，报国守土的活教材。

后来一个偶然的机会，有幸结识了赵排长，多次打交道后由于性格相投又是一个地区的乡党，成为好朋友。听他细说当初，称战士们在汽油完全烧干的情况下，凭借坚定的信念、超人的毅力战严寒斗风雪，与死亡顽强抗争，坚持到最后一刻，令我十分敬佩，感叹官兵们个个都是英雄铁汉。

1974 年冬天，一营百余名退伍老战士翻越强拉山顶时，突遇暴风雪，老兵们甩掉行李，不顾一切拼命狂奔下山，有 10 多名老战士冻掉手指和脚趾，终身残疾。直至翌年五月山顶道路积雪融化，派骑兵连搜寻老兵行李，发现雪里不仅埋了老兵衣物，还撒有不少人民币。经过上级批准，从此老兵退伍时间再次改回到四月底、五月初之后。

横亘在边界的喜马拉雅山大大小小分布有几十个山口，通过山口可以直抵木斯塘。除了两条终年可以通行的骡马道，其余大多是季节性小道，每到冬季道路受阻，无法通行。仅少数山口有正式地名，其余的为了在执行任务过程中，便于军用地图上查找，从西至东按照顺序统一用数字排列成1到10号沟。这些山口既是回窜分子回窜的通道，同时又是我军反回窜的重点目标。地形复杂，气候异常恶劣。

例如，尺马敦方向防御空隙大，海拔高，曾经是回窜分子回窜的重点区域之一，坚守在这里的六连哨所设在5200米的高山上，登高望远，可以直接观察到1、2号沟垭口和果子沟的动向，同时俯览郎荡沟。1967年9月13日，在这里发生了让回窜分子心惊胆战的郎荡沟战役，一举击溃大规模回窜的回窜分子。

这一天凌晨5时，离破晓大约还有两个半小时，我二营五连刚从埋伏了十四昼夜的六连接手伏击任务，便与一股500余名骑匪突然遭遇。

连长张兴才当机立断，亲率机枪班和炮班抢占制高点，各种火器一齐开火，压得匪众抬不起头。敌教官（相当营长）气急败坏，亲率“敢死队”轮番发起12次集团冲锋，伺机反扑。

就在五连炮弹打光，枪弹所剩无几的危急时刻，外出巡逻的骑兵连和撤出不久的六连闻讯赶来增援，展开围歼。为了抢时间，全歼回窜分子，骑兵全速追击，5匹战马当场暴毙，打得敌人鬼哭狼嚎，抱头鼠窜，抛下几十具尸体和几十支“八粒快”步枪狼狈而逃。

由于夜暗，到底消灭了多少敌人谁也搞不清楚。当部队正在为没有全歼该敌、创造辉煌战果而懊恼总结教训时，收到了周恩来总理代表中共中央和中央军委发来的嘉奖令，称赞我团部队英勇顽强，歼敌百余，打掉了敌人的嚣张气焰！那种沮丧的神情才一扫而光。

从此，尺马敦方向郎荡沟及1、2号沟理所当然成为我营重点盯防目标。每年9月冬季来临，四、五、六连轮流来到这几个山口查踪、设伏，骑兵连作为战备值班分队时刻进入临战状态。

面对恶劣的自然条件和死亡威胁，官兵们临危不惧，勇于牺牲。许多人虽然侥幸地从死亡的阴影中挣扎出来，却留下终身残疾。

一天，六连奉命前往郎荡沟设伏，为了赶在天亮前占领阵地，以防暴露目标，晚饭后官兵全副武装，带着麻将饼干、压缩干粮，水壶盛满开水，从连队徒步行军，一路荆棘丛生，艰难地到达伏击地域。指战员们伏在山脊的雪地里，一卧就是一整天，不能野炊，不许走动，一直待到天黑才撤出。阵地上寒气迫人，许多人冻得手脚失去知觉，尤其是从南方入伍不久的新兵，第一次面对极寒挑战，有些吃不消。

六班班长李小平平时待兵亲如兄弟，有福同享有难同当，帮助新战友趴在雪地连续站岗3小时，回到营地双脚麻木，渐渐没有知觉。第二天拂晓前部队撤出阵地，发现其站不起来了，两腿发黑。连长一边让战友们背着他撤出阵地，同时及时与连队联系，派来战马将其驮回尺马敦。随即报告团机关，团里紧急派车辗转送到日喀则、拉萨治疗。经过检查，确诊肌肉坏死，只好锯掉双腿，再未返回边防。

1969年11月，获悉回窜分子有大规模回窜迹象，连队奉命前往2号沟设伏14昼夜。临行前，营长华来生想到尺马敦海拔4900米，官兵一年四季吃不到新鲜蔬菜，于是从营部不到6平方米的简易玻璃地温里拔光自种的小白菜仅一小麻袋，派通信员郑鑫专程送到连队炊事班。连队满编有一百四五十号人，这点菜不够全连塞牙缝，连长李斯同吩咐炊事班做了一大盆小白菜罐头肉汤。开饭前李连长心情万分激动，当着全连指战员慷慨陈词：

“同志们！营党委、营首长心里时刻装着我们全连官兵，在我们即将奔赴二号沟设伏前夕，特意将他们亲手用汗水种植小白菜送给我们吃，而自己却舍不得用，这不是一般意义的小白菜，是连接官兵之间，上下级之间感情的连心菜，凝集着我们革命队伍内部互相爱护，同甘共苦的深情厚谊。我们绝不能辜负营党委、首长的亲切关怀和殷切希望，掉皮掉肉不掉队，风雪严寒志不移。是英雄是好汉设伏阵地比比看，只要回窜分子敢于露头，保证要龟儿子有来无回，同志们能不能做到？”

“能。”

呐喊声震耳欲聋，在雪山之间回荡。这既是一次活生生的官兵团结友爱的教育课，又是简短的战前动员。

说罢，连长亲自掌勺，逐个盛到大伙碗里，一人大半碗。最后轮到连长，菜汤没有了。

战士们看到连长辛辛苦苦半天，平时心系连队，与大伙如胶似漆，心有不忍，没有喝完的不由分说嘁里哐当倒回盆里。大伙慷慨激昂，执意要求连长重新分配，必须有属于连长的一份。

连长见状，激动得不知道说什么好，战士们如此可爱！感情如此真挚！只好尊重大伙的意见，最后自己也盛了半大碗。吃在嘴里，甜在心间。

一盆小白菜汤，成为凝聚全连战斗力的黏合剂，产生如此大裂变效应，让连长万万不曾料到。

当日傍晚，连队开进二号沟，设伏地域积雪厚达 30 多厘米，连续 14 个日日夜夜伏在雪地里，连队炊事班黄昏前用保温桶送来热腾腾的饭菜，一天一顿热饭，偷偷摸摸地吃，其余时间趴在雪地里吃压缩干粮。天寒地冻，长时间站岗观察，手脚、耳朵被冻得疼痛难忍。为防止冻伤，帽子始终挎下来系好带子，睡觉时相互拥抱在一起取暖。脚趾最容易冻伤，有的脱掉大头毛皮鞋，将脚放在战友的腿窝驱寒。

但是，由于遭受持续严寒，冻伤的事在所难免，七班战士王某，早晨从观察哨下来，感觉左耳疼痛过后一片麻木，卫生员发现其耳朵发黑，遂涂了些药水。第二天，耳朵淌黄水，皮肤愈来愈黑，于是用棉花药球帮其擦干净，并做了包扎，连夜送到郡加营卫生所治疗，仍然不见好转。后来，送到日喀则八一医院，确诊耳朵冻坏，无奈做了左耳切除手术。后因严重影响听力，不适宜继续在边防遂行反回窜任务。依据有关规定，在做好思想工作和评残的情况下，第二年确定退伍离开连队。

在六连，还广为传颂着连长把战士抱在怀里御寒取暖的故事。

1971 年冬天，连队在塔布勒山口设伏，1968 年入伍的战士胡文山站岗回来冻得不省人事。身高一米八五的连长王俊林，身材魁梧彪悍，穿着大衣将战士搂在怀里捂，小胡的身体就像一片寒风中的树叶，在连长的怀里瑟瑟抖动着，直至神志清醒。撤出伏击阵地后，火速送到团卫生队治疗，脚趾已经坏死，后送至军区总医院做了截趾手术。

1974 年夏季的某一天，偶遇来政治处组织股与老乡寒暄的李某，他 1969 年入伍，是四川中江县人，在一营二连任班长，与我彼此在咸阳新兵训练时有一面之交。阔别多年，突然间相遇，分外眼热。细细端详，发现其两眼睥睨，其中一只眼珠子直视时明显偏移中间线，眼角不停流泪，忐忑不安地询问缘由。

原来，连队调防到里孜后，作为团机动分队，踏雪查踪、设伏是寻常事，两次患上雪盲，由于交通不便，错过最佳治疗时机，引发视网膜衰弱，其中一只几近失明，另一只降到只有0.5。几次转院，治疗效果不尽如人意，刚刚从成都住院回来。据他说，医院根据当时医疗条件和病情发展判断，必然会株连另一只眼睛，只是时间问题。太恐怖了！说得心里直打战，不由得心生怜悯，为其今后生活严重担忧。

看其虽然眼睛不好，身体倒越发壮实，说话脸上笑盈盈的，精神状态不减平时，好像没有发生过什么不幸，依然对未来充满快乐和幻想。医院针对其病情建议入住荣军院，便于日后有人照料。这次回来，通过各级机关，办理有关手续。之后，将永远告别雪域边防。讲到这里，他诙谐地说：

“你们各位前程远大，一天天走向光明。我呢，一天天走向黑暗。下次若有缘相见，恐怕看不清老弟的面目了，只能听其言不能观其形。不识庐山真面目，只缘妖雾又重来哦！”

说罢，为避免伤感，刻意转移话题，拿起桌子上的解放军报全神贯注，自我解嘲地说：

“你说这林彪，他为什么把无产阶级硬要读成无产阶（gāi）级，该，该，该你入地狱。”

我用欣赏的眼光看着他，深深为其豁达和淡定喝彩。有感于人生命运多舛，人生的道路曲曲折折。但是，人生态度掌控在自己手中，只要看淡得失，泰然处事，什么样的人生均能出彩。

山中那五十六座坟

在扎东团部低矮的山背后避风湾处，有一块坡地，一座烈士陵园坐落其间。说是陵园，却没有围墙和铁丝网等保护设施，更没有花草树木与英灵相伴，有的仅仅竖了一块木牌，上面字迹已模糊不清，甚至有的墓碑也找不到了。戍边军人换了一拨又一拨，天长日久大多数成为无名烈士墓。乍看上去，与穷山僻壤普通百姓家的老祖坟差不多。烈士们长眠在荒漠沙丘之下，逢年过节没有家人凭吊，看不到祭品、鲜花，任狂风肆虐，大雪纷纷，始终与雪山永存，与日月同辉。

在这片荒凉孤寂的墓地里，埋葬着五十六位忠魂，每一座沙土堆都有一个痛彻心扉、催人奋进的感人故事。他们中，除了剿匪勇士，近一半是在执勤训练中，因为高山疾病、意外伤害等原因而殉职边关的。

通往贡当哨所必须经过一个叫老虎口的悬崖，几乎是从绝壁上拐了个急弯转到另一头，站在老虎口的石头尖上向下观望，深不见底，让人心惊胆战倒抽一口冷气。有一年春节前，几个北方籍战士出差去营部驮运过节物资回哨所。返回路上，准备偷着尝尝鲜，结果打开箱子连着敲碎几个变蛋全是黑的，尝了一口挺难吃，以为是坏了扔了许多。于是，又拿出冻得硬邦邦的苹果，硬得啃不动。直到后来他们才知道，在高寒地区吃冰冻水果，必须首先放在凉水盆中浸泡一小时许，等脱掉冰后才能食用。没有尝到鲜，小伙子们一肚子扫兴地继续赶路。

当他们来到老虎口时，从石缝里流出来的水结成冰，形成了45度斜坡，对过往人畜构成威胁。面对险情，他们召开诸葛亮会议，最后决定从各自的马背垫和棉衣前襟角上撕下一块棉花，紧紧地裹在马蹄子上，防止铁掌打滑跌落悬崖。一切准备就绪后，前边的人牵着马，后面的人拽着马尾巴，像玩杂技一样小心翼翼地穿越冰坡。当将要走出险区时，不幸发生了，中间一匹马突然滑倒，还没等拽着马尾巴的战士反应过来，连人带马滑落万丈深渊。其他几人呼唤着战友的名字哭喊着叫了半天，回答他们的只有山谷中的嗡嗡回音。刚才还活蹦乱跳的一个年轻生命，一眨眼不见了。天，还是那样邈远；风，还是那样凛冽；山，还是那样岿巍。这一切好像根本不曾发生似的。听老兵讲，自从部队驻防这里后，时不时发生翻车摔人事故。

1969年初，我所在连队前往2号沟执行设伏任务，几天来，大雪纷飞，从宿营地到观察哨山陡路窄，积雪达一米多厚，两边悬崖峭壁。据说山崖下有数不清的鱼化石，有半个巴掌大。百闻不如一见，营长华来生抽空带着通信员郑鑫来到山崖下试着寻找，果然鱼化石到处皆是，顺手捡了几个回来，大家闻讯感慨万分，足以说明亿万年前2号沟还是一片海洋。

这天轮到机枪二班甘肃籍战士高志文同志站岗，小伙子1968年怀着满腔热血入伍来到连队，因为身体结实，耐力好，当了一名机枪手。天麻麻亮，他与另外两名战友拄着棍子带着干粮爬到海拔 5000 多米高的垭口隐藏起来，从早到晚，眼睛一眨不眨地紧盯着山沟。黄昏前换岗，几个人高高兴兴背着枪下山，山陡路滑，积雪冻成硬硬的冰碴。高志文同志走在前面，穿着毡靴一不小心绊倒在地，顺着陡坡迅速下滑，瞬间意识到保护武器，把手中的自动步枪扔到石头缝，自己没有来得及拽住巨石，坠入山下深渊。

战友们惊得目瞪口呆，万般焦灼地溜到山崖下将其轻轻扶起，已经不省人事，一侧耳朵被山上的石头刮掉，另一侧头皮蹭掉一大块，血肉模糊，鲜血染红了雪地。

天已黄昏，没有交通工具，不等背到营地，遗憾地停止了呼吸。战友们含泪为其擦掉沾在身上的雪渣，洗干净脸上的血迹。第二天，目送拉尸体的卡车缓缓离开 2 号沟，看到天真烂漫的战友当兵不到一年便遽然离去，设伏的全体指战员的心像火烧一样痛。

长期生活、战斗在雪域边防，艰苦的生存环境，恶劣的自然条件，落后的医疗设备，塌方泥石流，雪崩，车祸，突发性高山疾病和事故等，都是高原杀人恶魔。

通往边防哨所的公路都是官兵们逢山开路，土法上马，用十字镐、铁锨一镐一锨挖出来的，没有技术人员指导。平坝子上的路面基本上自然形成，没有固定路线，没有专门养护队伍，疏于维护管理。夏季冰雪融化，把路面冲出一道道沟沟壑壑，大部分年份冰雪路滑，遂成为车祸频发地带。

车祸猛于虎，让多少优秀人才倏然而逝，家庭惨遭不幸。

二营副营长杨清海也是众口一词的优秀带兵干部，四川人，1956 年入伍，人称小钢炮，个子虽小，虎虎生风，性格不屈不挠坚如铁，能打仗，会管理，从排长岗位一步步干上来，具有非凡的领导才能和很强的实干精神。干起事来风风火火，嘁里咔嚓，见不得半点斯斯文文。1969 年担任副连长的他，奉命带队执行维稳任务，足智多谋，老奸巨猾的匪首仓皇逃窜。为不给敌人以喘息之机，他率领连队官兵在平均海拔 4300 米的昂仁、谢通门、拉孜三县交界处跟踪追击，不避艰险，废寝忘食，徒步快速行军三天三夜，迂回包抄，终于使骑马逃窜的匪首及其随从疲惫不堪，乖乖束手就擒，因此荣立二等功。在庆功会上有人问他：

“你明知敌人有水有粮有马骑，你们缺水缺粮还步行，为什么还要紧追不舍，就不怕敌人跑掉吗？”

他笑了笑说：“马在短时间有优势，但是在群众基础这么好的地区，在穷追不舍的情况下，就不一定是优势了。再说当年我们的老前辈敢和敌人的汽车轮子赛跑，一样消灭敌人，谁能想到？我们追他的马又算什么！”

久闻大名，未见其人。调团机关后方才与其初次相识，果然其貌不扬，小号棉裤穿在腿上裤口还要向上挽一截，满脸铁青色，嗜好抽烟。然而，人不可貌相，海水不可斗量，从机关到连队没有一人因为其矮小而低瞧一眼。个子虽小则形象高大。因工作关系，几乎每月都能碰面，每次相见都心生敬畏，不由得毕恭毕敬地向其行上一个标准的军礼。

1974 年之后，边防一线生活、工作条件逐步改善，里孜所属连队盖起太阳能新营房，有一个连队在吉隆沟执行任务。夏天的某日，营党委派其带车检查工作，下马拉山汽车一路下行，山陡弯急，驾驶员处置措施不力，造成翻车并连人带车坠入汹涌澎湃的吉隆河。周围群山连绵，没有人烟，直到后面运输物资的车队经过才被发现，报告附近部队紧急组织营救，但副营长和驾驶员、通信员早已溺亡。

一位没有倒在敌人枪口下的优秀指挥员，竟然冤枉地死于一场意外的车祸，令人痛惜。

宣传干事刑建康，1969 年与我同期入伍，六六届高中毕业生，从咸阳一路进藏，在新兵连就展露出出众的才华，能书会画，博学多才。担任新兵连文书，连队唱歌由他负责教，负责指挥。新兵团标语口号由他书写，简直无所不能，鹤立鸡群。相比之下，我们一个个像傻瓜。抵达扎东新兵分配，不出大伙所料成为炙手可热的“抢手货”，机关近水楼台先得月，留在政治处电影队当了一名“机关兵”。仅仅一年的工夫，脱颖而出，在我们同年兵当中先拔头筹，义务期未满，第一个提干，前程普遍看好。不久，调到军分区政治部，分管宣传教育，后担任团汽车队指导员，工作如鱼得水，样样出色。当兵时间不久，经历可谓不俗。

这样一位羡煞旁人的青年才俊，在执行任务途中不幸遭遇车祸，英年早逝。噩耗传来，全团上下无不扼腕叹息。

骑兵连是全团唯一的骑兵分队，机动性强，在高原反回窜斗争中的地位举足轻重。副连长杨某，文武兼备，年轻有为。连长擢升，他是上下公认的不二人选。在参加团里组织的军事干部集训完毕，一心一意回到连队抓好全面建设。

这一天，有解放牌卡车往郡加二营方向送给养，除了集训人员外，还有政治处电影放映队，押车战士和部分休假看病人员等一并搭乘该车。放映队徐德松同志带着设备专程为郡加的部队放电影。大家挤在一台车上，一路摇晃颠簸。中午时分汽车到达云格巴拉山半山腰发生机械故障，传动轴断损，汽车无动力导致一路下滑，驾驶员呼喊大家跳车，顿时车上乘员一片惊慌，纷纷不顾一切纵身跳车逃生。杨某落地时未站稳，身体倒向车轱辘，头部碰出大血包。一会儿，车被一个土包挡住。杨某自感头痛头晕，大家把他扶在路边，片刻昏迷不醒。没有担架，大家绞尽脑汁用步枪、背包带做成简易担架，七八个人轮换着抬，向扎东方向前进，用了十多个小时到达里孜，终因缺医少药，伤势过重而惨死在担架上。

壮志未酬，死不瞑目，消息传到团部，当晚派车到里孜，将尸骸拉回扎东，安葬在荒漠的烈士陵园。

仅仅列举数例。据消息灵通人士透露，全区部队每年因车祸伤亡导致自然减员不下一个连队。多么恐怖的数字！

因为缺少燃料，西藏宝贵的木材资源和牛粪为边防部队做饭、烤火的主要选择，然而二者都离不开助燃物，在寒冷的气候条件下，主要依靠废旧书报和汽、柴油，大伙经常为找不到助燃物而抓耳挠腮。因而，各类食堂以及机关和直属单位的干部以及少数勤杂人员为了生活方便，八仙过海各显其能，纷纷囤积数量不等的汽、柴油，主意是汽油，由此逐渐发展到直接用汽、柴油做燃料，更直接，更方便，不少人设法购置煤油炉，在家做饭、烧水。

由于柴油较紧缺，实质上大多数用汽油做燃料，并通过驾驶员以及其他渠道，用蛋粉桶囤积汽油，成为生活中不可或缺的一部分。后来发现有的人用汽油洗脏衣服。虽然三令五申禁止使用汽油助燃，但是在没有电没有替代物的情况下，禁令是多么苍白。所以，每年由汽油引发的大大小小火灾防不胜防，成为各级领导的心腹之患。

1973 年 4 月，全团老战士退伍，在离开部队的前一天晚上，团机关食堂工作的郝利生等几位即将退役的同乡，心情激动，凑到司令部管理股的小房间聊天，房间没有电灯，点了半截蜡烛照明。

聊到即将熄灯，感觉肚子饿弄来大肉罐头，用煤油炉煮面条吃。一会儿工夫，煤油炉的油被烧干，在小灶食堂当炊事员的小李子顺手提起装有汽油的蛋粉桶，给煤油炉添加汽油，由于光线幽暗，一不小心倒在外面。另一位老乡防备意识差，竟随手打着火机为李照明。由于距离太近，不料“啪”一声将汽油点燃，瞬间烧到小李子手脸，李疼痛难忍，忙中出错，将油桶摔翻在地，火势迅速蔓延，几个人束手无策，慌忙开门逃生，想不到门把手被熊熊大火烤得发烫，几次试着将其扭开，终因无法触摸而作罢。南面有两扇窗户，为防大风侵袭，平时用钉子钉得死死的，无力打开。

眼看几个人要被活活烧死，在强烈的求生欲望驱使下，有的钻在桌子底下，有的把床上被子裹在头上，皆于事无补，哭天叫地拼命呼救，外面无人经过，几个人乱作一团。情急之下，郝利生急中生智纵身跳在桌子上，用大头毛皮鞋拼命踢碎窗户木框和玻璃，钻出去从外边使劲将门几脚踹开，里面的几人才有幸逃过一难。此时正巧管理股协理员和几位参谋出现在院子里，一起将火扑灭。

第二天早饭后，团机关和直属单位的退伍老战士集中在大礼堂外统一乘车离队，我放下手中的事情为荣归故里的老乡送行，一眼看到几个人手上缠着纱布，脖子上挂着绷带，耳朵、鼻子尖烧伤吊着圆圆的水泡，像冰糖葫芦，苦着脸，灰不溜丢，一副窘态，令我惊怵不已。

连忙走上前询问究竟，方知原委。一些相好的同志劝他们留下来治疗，等痊愈后再走，防止感染。除小李子伤势较重住院外，其他几人回家心切，决意同车离开扎东。

上车之前，唐副团长在礼堂外面态度严肃地通报了发生在昨夜的火灾事故，说到动情处浓浓的眉毛不停地抖动，似乎心有余悸。对不听招呼的行为进行了无情抨击，对负有责任的领导毫不留情点名批评，基于火灾没有造成死亡，集体财产损失甚微，个人遭受皮肉之苦，不予追究当事人的责任，但责成管理股领导做深刻检查。

望着他们离去的背影，心情沉甸甸的，不禁为几位老乡担忧，天气寒冷，坐在敞篷车上长途跋涉，要是不幸伤口感染，后果莫测。回到家乡，父母看到儿子退伍归来是这等模样，心里是何种感受？

时隔一年秋冬之交的一个下午，狂风怒号，团机关、直属单位还在忙碌地工作、训练着，忽然“嘭”一声巨响，一刹那团后勤处发电房上空燃起熊熊大火，风助火势，火光、烟柱直上云霄，发出猎猎声响。由于没有救火设备，听不到警报嘶鸣，看不到消防、救护车的身影，烈火熏烤使得几十米外的官兵手、脸炽热难忍，不可向迩。团首长紧急调来炮连、一营三连两个连队，手拿洗脸盆跑到三四百米开外的水井接水灭火，战士们冒着危险冲过去将一盆盆凉水扑向火焰，无异于隔靴搔痒。

一会儿工夫，眼看专供扎东地区照明用电的唯一发电房即将化为灰烬，团长的心像刀子戳一样难过，铁青着脸，逮住后勤处几位领导，不分青红皂白一顿痛斥，恨不能把其皮扒掉。

发电机同样以汽油做燃料，不仅供平时照明用电，还供战备、作战指挥紧急用电，具有照明、战备两种功能，发电设备作为战备物资由军区直接配发，列入装备，其军事价值不言而喻，一眨眼化为灰烬，直接影响到反回窜斗争任务的顺利完成，无疑属于重大事故，团首长、机关深知事情的严重性。

当晚，整个扎东地区一片漆黑，偶尔听到犬吠声。

原来，年复一年，发电机常年运转，年久失修，加之极寒低温，摇动点火约需半小时之久，马达点火不慎点燃泄漏在机壳外汽油，最终导致发电房汽油桶爆炸，遂火势锐不可当。

当晚必须立即报告军分区首长。后勤机关负责拟写密电文稿的年轻战情参谋缺乏公文写作经验却自以为是，刻意卖弄文骚，渲染气氛，什么“浓烟滚滚，火光冲天，爆炸声、救火声连成一片”。一点不考虑团首长心理承受程度和公文的严肃性，文过饰非，让谁看都有点过了，不值得咬文嚼字。

后勤处的领导也六神无主，没有心思研究推敲，电文稿直接送给团长审阅，团长一看这厮书生气十足，故意渲染描写，一股酸溜溜的味道。本来近几年里枪械走火致人伤亡事故时有发生，屡屡走上被告席，引起上级严重不满，搞得灰头土面，暴露出某些环节管理松懈，执行规章制度不严格，作为一团之长负有不可推卸的责任，脸上很没面子。窝了一肚子火没处发泄，不曾想到半路上冒出一个愣头青，顿时怒发冲冠，用标准的安徽腔指着其鼻子大发雷霆：

“烧袦（出风头的意思），事到如今还故意煽情，好端端的机器让你们这帮王八羔子一把火烧了，百分之一百二十的败家子，成事不足败事有余，还说那些没有用的话跌我的像，这是什么光荣的事，值得你浓墨重彩？似乎有些幸灾乐祸，搞什么搞？叫你们后勤处长亲自给我起草。”说罢，没好气地将电报稿撕得粉碎，扔入火炉。

该参谋吓得两腿发软，走也不是，站也不是，费力不讨好，原地愣了片刻便灰溜溜退出门外。团长气得吹胡子瞪眼，半大天没有说一句话。身边工作人员见状，谁也不敢进去打扰他。

后勤处分管助理员恰好是我连队杂务班战友，曾经用香肠拿我开涮的发电员朱国强，因为人缘好、性格开朗，大家都习惯称其“猪（朱）儿”。火灾发生后再也看不到其身影，想来担惊受怕，吓得不轻。相隔几日的一个傍晚，出于对战友的同情，跑去宿舍看望他，只见其呆呆地坐在床边两眼盯着窗户发愣，头发长了也不知道梳理乱蓬蓬的，一向爱说爱笑的他彻底无言了，精神落魄，一副狼狈相。桌子上的一碗饭菜吃了不到一半，早就凉了，上面还插着一双筷子。看来吃饭不香，睡觉不甜，可谓惊恐万状。

见其思想负担沉重，作为老战友能不深表同情？事后心存忏悔是有责任心的表现，但本身体质一般化偏下，患有哮喘病，一旦犯病，声声咳喘。若是一口气上不来，把身子急坏了又是一个事，便安慰道：

“猪（朱）儿，想开些。事到如今没有回头路，只有吸取教训继续往前走。像你目前这副状态下去是很危险的，想一想家里还有老婆孩子和年迈的父母亲。发电房可以重建，身体垮了是你自己的，可能难以挽回，你要搞明白啰！”

说到这里他似乎有所开窍，若有所思地抬起头用无神的双眼向我投来渴求的一瞥，有气无力地喃喃自语：

“一个好好的发电房一把火烧得尽光，简直撞上鬼了！造孽哦！损失这么大，领导能放过我吗？不把我的皮剥光才怪了，总得找个替罪羊嘛。”然后以一种无奈的口吻对着我说：“老战友！这次你可要帮我一把啰。”

我毫无思想准备，说：“开什么玩笑！我能帮得了你什么忙。”

他满脸不悦，突然气势汹汹地对着我说：“龟儿子，算啥子老战友嘛！该到需要出一把力时，给老子摆臭架子。你看着办嘛！”

说话的口气带着些许绝望和悲凉，让我颇觉尴尬。

我想也有道理，便顺着他说："只要我能办得到，定办不误，你看我这力气，能帮你什么忙？尽管说来。"

"你老弟有这个能力，少耍一会儿帮我写份像模像样的检讨，要写得巴巴适适的，多上点纲上点线，让领导看到我的态度还算老实沉恳。捎带点一下我出身贫农，家境贫寒，或许能够引起领导的同情，千万不能把我一下子全搂了，否则这老老少少一大家子怎么办哟，拜托老弟。"语速慢慢悠悠，让谁听了都会心生同情。

我顿时感到身上担子不轻，独自难以胜任，说："我一定尽力而为，你老兄首先搭个框架，我来添砖加瓦。"

"要得哦！"说罢，嘴角在微微颤动，我知道他平素爱哭鼻子，不敢直视，生怕他流下泪来。

果然，在接下来进入组织处理程序时，未视其为主要责任人，躲过了严厉惩罚，无碍饭碗。

就在团长带着遗憾转业离开扎东不久，更加惊心动魄的火灾接踵而来。

次年的 5 月 7 日，一个黑色的星期六，团里召开安全动员大会，要求全体人员防火、防盗、防止意外伤害。首长讲话余音未散，结果第二天便发生了令人震惊的"五八"特大事故。

后勤处、特务连四位入伍不到半年的河南籍战士聚会后勤处，一边聊天一边洗衣服，因为衣服上的油腻很难清除，便倒了少半盆汽油当洗涤剂用（因买不到洗衣粉和肥皂，许多人经常用汽油偷偷擦洗衣物）。旁边有一个汽油炉子正在烧水。正当他们兴高采烈边聊边洗的时候，搓衣服的汽油星子溅到正在燃烧着的汽油炉子上，一瞬间洗衣盆与炉子连成一条火龙。几个年轻幼稚缺乏经验的战士不懂得用被褥遮盖火源，而是害怕被人发现，关起门窗拿起扫帚和水桶胡扑乱打，结果在忙乱中踢翻了脸盆和汽油炉，屋里顿时变成一片火海。

大火烧着墙上贴的厚厚报纸，越蹿越高，当他们意识到大火危及生命需要呼喊时，由于严重缺氧，已经无力发出声音，门窗也在热浪的烘烤和冲击下，变形膨胀无法打开，只有一个战士挣扎中砸碎玻璃，从窗户里爬出来。

当部队发现火灾赶到现场救援时，三位战士已经奄奄一息。参加灭火的官兵经过 10 多分钟的紧急扑救，大火虽然被扑灭，但是三个年轻生命经过两三天的奋力抢救，终因呼吸道烧伤，严重窒息而亡。

生活、战斗在雪域边防的指战员虽然没有创造出特别惊天动地的事业，可能大多死得并不壮烈，甚至死于事故。然而，他们是反回窜斗争不可或缺的一部分，为反回窜，为祖国边疆的安宁奉献着自己的忠诚，他们像雪莲花一样美丽。

值得一提的是，他们原本都有温暖而幸福的家，瞬间母亲失去了儿子，妻子失去了丈夫，儿子、女儿没有了爸爸。令他们伤感的是，由于边防遥远和不便，戍边亲人在离开这个世界后，没能见上一面（遗容），第一时间看到的却是一张牺牲病故通知书和遗物，突然之间成为永诀，心里一时难以承受。

也正是由于一茬又一茬边防军人披肝沥胆，忘我牺牲，用血肉之躯筑起一道钢铁长城，才换来反回窜斗争的最后胜利。

回窜武装的最后覆灭

经过长达十几载不屈不挠、固若金汤的封堵，并通过外交努力，我部、友邻部队与尼泊尔对回窜分子形成合围之势。1974 年末，四面楚歌的“四水六岗卫教军”穷途末路，无力与我军对决，企图向东突破尼军防线逃往印度，遭遇尼军奋起追击，回窜分子大部缴械、被歼，司令旺堆被击毙。这支由美国中央情报局秘密豢养，对我西藏边境军事袭扰长达十几年，擢发难数的反华武装从此一朝覆灭。

尽管讯息姗姗来迟，作为曾经战斗在反回窜战线一员的我，不由得拍手称快，激动得几夜未眠。

共和国的缔造者毛泽东同志曾经有句掷地有声的名言：“捣乱，失败，再捣乱，再失败，直至灭亡——这就是帝国主义和世界上一切反动派对待人民事业的逻辑，他们决不会违背这个逻辑的。”是的，回窜分子也不例外，同样逃脱不了失败的可耻下场。

1965 年 4 月，在认真总结以往教训的基础上，敬爱的周恩来总理明确指示：“堵上两年，不叫叛乱分子进来，这样可以促使叛乱分子内部、叛乱分子和尼泊尔的关系发生变化。”

落实总理的指示，基于当时战斗需要，团党委对骨干的保留十分怜惜，1960年至1963年入伍战士，大部分服役到1968、1969年才退出现役。从20世纪60年代中期起，随着我边防部队力量的扩展和封堵打击力度的不断强化，木斯塘回窜分子回窜次数逐年下降，回窜与反回窜的激烈较量，始终朝着有利于我方倾斜。

1965年初春，敌企图攻占曲登佩卫边防点，上级获悉这一情报后，命我三营部队在要道预设了伏击阵地。敌未进预定目标几成合围之势。这股敌人狡猾无比，边行进边用望远镜观察，发现蛛丝马迹回马便跑。我三营岂能让其溜之大吉，有来无往非礼也，骑兵、步兵全速追击，追得敌人马匹暴毙（每匪两匹马），丢盔弃甲，有的甩了望远镜，有的甩了枪支。我方许多战士都累得吐血。八连骑兵排一直追到平都山口国界线附近。此后多年，回窜分子再也不敢到此区域袭扰。

1965年春，一股回窜分子在吉隆卧马地区突袭了为一线运输作战物资的汽车十六团四营十二连，炸毁我汽车一台。该连官兵奋起还击，我四连藏族连长赵云山听到枪声密集，率部及时赶到，打得敌人四散奔逃，击毙回窜分子5人，我无一伤亡，敌人抢掠我物资的阴谋未能得逞。

1965年2月，上级获悉敌企图偷袭曲康义边防点，命昆木加边防队一排50人顺东山沿曲康义沟搜索前进，以保障运送弹药车辆和增援部队安全进入。

当部队行至曲康义沟口，在边界附近潜伏的匪徒放过尖兵，一阵排子枪打将过来，3名战士应声倒地。由于当时狂风怒号，大家根本听不到枪声，通司（藏语，翻译干部）穷达还以为战士不慎摔倒，伸手扶时沾上满手鲜血。于是部队立即改变战术，冲上山脊，奋力反击。东山至曲康义18公里，该部走走打打，先后与匪敌交火12次，毙敌多人。

1965年3月，特务连连长白路率侦察排、工兵排由帕羊向西查踪，在乌木顶地区与敌遭遇，雪越下越大，特务连官兵越战越勇，敌毫无招架之功，仓皇出逃，3人被俘。

1965年秋，一股回窜分子在强拉山下伏击了我前往贡当前线运送战备物资的运输队，致多名官兵伤亡，所幸负责押车的机枪班长王树才占领有利地形，依托牧民羊圈封锁敌下山要道，使敌抢夺枪弹和物资的阴谋未能得逞。王树才荣立二等功，被官兵称为“羊圈英雄”，后来破格提拔为副连长。

1966 年夏，昆木加边防队派四班长带 10 人到拉嘎部落了解敌社情，边民报告有 4 名回窜分子潜入附近帐篷，激战随即展开。两名回窜分子当场被击毙，匪首仍然负隅顽抗。四班长喊话一个多小时，匪首拒不投降，眼看太阳即将落山，班长瞄准其右肩将其打翻在地。立功心切的班长善待俘虏，背起匪首回到连队治疗，不料在离昆卡 500 公尺时，匪首苏醒后咬掉了班长的半个耳朵，演绎了一次当代农夫与蛇的真实故事，气得班长将匪首一把掼在地上。

1967 年元月 31 日午夜，回窜分子越过科里山口，在道尔比公路埋设地雷，将司令部王参谋长乘坐的吉普车炸毁，仓皇出逃。参谋长双腿受重伤，其余 5 人轻伤。

1967 年 9 月上旬某日，有情报称回窜分子将进攻巴巴扎东，七连连长王克中奉命在勒双设立隐蔽观察哨，三营副营长石泽义率八连、九连在两翼活动。中旬的某日，一股骑匪抵近勒双时驻马观察，王克中要求哨所人员沉着冷静，放近再打。

话音刚落，狡猾的敌人从望远镜里发现了点什么，掉转马头撒腿便跑。王连长立刻下令开火，八连、九连从两翼一齐杀出，重机枪、轻机枪等各式兵器响彻云天。终因距离太远，骑匪逃之夭夭。查踪仅发现一个文件包，一支驳壳枪，两匹死马和一路流向边境的罪恶血迹。

军民联防

1967 年 10 月郎荡沟一战，严重打击了回窜分子嚣张气焰。

由于回窜分子回窜屡无建树，自然引来主子的冷落。这之后，美国基本停止了对回窜分子的援助，美国中央情报局也取消了训练计划。据首任木斯塘营地回窜分子司令巴巴益西向记者透露：“没有援助时苦不堪言，得到援助时更难，中情局的命令一个接着一个，要求打进西藏，天天在那里催。”他只好派人入藏搞了一次突然袭击，返回者说摧毁了中国军车。美国中央情报局马上要求报车号，这些人又说不出来，结果被中央情报局官员用不堪入耳的话臭骂了一顿。

所以，从 1966 年起，美国中央情报局一再削减对木斯塘的援助，由于中国的国力提升和对外关系的发展，同年尼泊尔政府关闭了允许美国军机降落的机场，空投就此叫停。

从 1968 年起，再未发生大规模入境骚扰事件，回窜分子一般不轻易暴露或与我边防部队发生正面冲突，大多以零星出现，即三五人编成一组，最多也就一个班的兵力，佯装成当地边民，骑着马，背着猎枪，鬼鬼祟祟，主要采用游击战术分散出击。手里虽然有美式装备，但是入境后为了隐蔽身份，不敢轻易携带。回窜的目的由武装袭扰我部队哨所、运输车辆为主，变为武装抢劫人民群众财产，维持苟延残息的生活。

边境各主要牧区均被洗劫过，尤其是偏吉乡受害最深，匪众不仅多次抢走群众牛羊，还经常轮奸藏族妇女。1969 年初，匪众劫持了一位 13 岁的幼女，惨无人道地轮奸后告诉其“快回去给玛米报告”。当父亲领着女儿抽抽噎噎来帕羊向侦察排报告时，鲜血湿透了小孩儿的藏靴。这也是侦察排和九连全力培训偏吉民兵连的原因之一。

回窜分子总归是一帮乌合之众，各流亡组织明争暗斗，各怀鬼胎，矛盾重重，在此之间先后发生过两次内部火并，元气大伤。

1965 年，木斯塘营地为瓜分争夺美元首次发生血腥冲突，首任司令巴巴益西被赶下台后，派手下 20 多人企图携款逃跑。“流亡政府”委任的新司令旺堆嘉措获悉，立刻派人追赶，将这些人全部击毙，并把钱如数抢回。

1968 年两派发生更大规模的火拼。激战几天后，一败涂地的巴巴益西率领几百人下山向当地政府投降，得到该国国籍和安置地。

1969 年，美国从企图拉拢中国对抗另一个超级大国的战略需要出发，正式下令停援“康巴游击队”。1972 年其总统访华，从此结束了“冷战”时期的敌对状况，决定终止资助达赖“流亡政府”，两国关系“解冻”，美国中央情报局的秘密支持也随之停止。

木斯塘回窜分子失去援助，武器弹药、生活来源没有了着落，还有家眷经常要忍饥受饿，除了向待在印度的“流亡政府”求得少量钱款外，主要靠向当地居民强征或劫掠度日，强占草场和土地，勒索群众财物，经常干些烧杀掠抢的勾当，引起尼泊尔政府和民众的严重愤慨。所以，回窜分子长期盘踞在木斯塘地区，不仅是中国边境地区的一大祸害，也是尼泊尔政府和人民的心腹之患。回窜分子不除，永无宁日。这也是尼泊尔政府最终下决心铲除这一毒瘤的根本原因。

1973 年，比兰德拉继承王位，首次以国王的身份来华访问，受到中国政府的热烈欢迎，毛泽东、周恩来等国家领导人亲切会见。周总理在接见时与国王严肃地讨论了木斯塘回窜分子的问题，并希望该国政府采取行动剿灭这些危害中国安全的“毒瘤”。国王当即向中国领导人承诺解决木斯塘回窜分子问题。

回国后，比兰德拉国王召集会议，立即做出清剿决定，派官员向回窜分子下达了最后通牒，要求他们在一个月内缴械投降。并约法三章印成藏文，在木斯塘县四处张贴，同时派出官方代表和警察前往尼尔吉里山，深入到回窜分子驻扎的十多处营地，直截了当地告诉他们：“我们的山这边是老虎（指中国），山那边是豹子（指印度），我们夹在中间是只羊羔，对谁也不想得罪。你们若还想在这里住，就必须把武器交出来。”

这一消息后来转达给正在尼泊尔首都医院治病的末任司令旺堆嘉措后，这个好战的匪首情绪低落，没有表示任何态度，企图采取拖延战术。通牒后来又延长 15 天，一直不见回窜分子投降。

见这股在其国内占山为王的匪徒不肯就范，比兰德拉国王下令展开军事围剿，考虑到回窜分子有美式武器装备，一直以来得到美国中央情报局等国外势力训练和支持，长期活动在山区，擅长山地作战，担心会有一场恶战。所以，政府极为重视，国防部下令第三旅出动 3500 名士兵，另外动用了约 2000 名警察，在数量上对回窜分子形成高压态势。

1974 年初，比兰德拉国王接见了从回窜分子中分裂出来并已率部投降的前回窜分子司令巴巴益西及其侄子，要求他们率 300 人前来配合并带路，条件是打完仗后，给他们手下人土地、安家费，可以加入该国国籍。

巴巴益西与旺堆派的矛盾由来已久。随着国际格局的微妙变化，他们更加感到“西藏独立”无望，长期缺吃少穿的游击生活使其产生厌倦，满口答应。事实上，此时回窜分子真正的作战兵力不到 2000 人。

1974 年秋冬之交，军区联络处一名贵州籍副处长来我团视察在政治处寒暄，称对面尼泊尔军队对木斯塘营地形成合围之势，我方密切配合，回窜分子即将灭亡，要防止敌人漏网后狗急跳墙。当时，我将信将疑，以为随便说说而已。

巴巴益西与尼泊尔政府军合作共剿残匪的消息传到旺堆营地后，引起一片哗然，导致军心浮动，各自谋求新的出路。随着包围圈的不断缩小，旺堆率领的回窜分子自感前途渺茫。这时候，在印度达兰萨拉的“流亡政府”为保存力量，派顿珠朗杰和第十四世达赖二哥嘉乐顿珠的秘书，带着第十四世达赖本人的录音，找到尼泊尔政府，希望能够手下留情。同时给回窜分子播放第十四世达赖关于不要同东道主对抗并转为和平居民的讲话，最后绝大多数士兵因不愿意再打仗，纷纷缴枪投降。

不甘心失败的匪首旺堆嘉措仍然选择了垂死挣扎，企图逃往印度去找“流亡政府”。于是率领 37 名死党向印度方向突围，出于安全考虑，将人马分散成四五拨，每天昼伏夜行，前后相隔一两个小时。而旺堆本人则随时变换位置，选择的逃亡路线是边境线的空白地带。有时进入中国境内，有时又绕回尼泊尔，试图以此甩掉尼泊尔军队。

尼泊尔政府军获取这一情报后，出动 800 名士兵紧随其后，最后阶段还动用直升机和无线电通信设备跟踪行迹，终于在该国、印度和中国交界的三角地带，追上旺堆残部，双方展开激战，旺堆残部几乎全军覆灭。

为了澄清匪首旺堆是否被击毙，该国军队用直升机将巴巴益西接到现场。经他辨认，证实这个早年在印度学英语、后来又曾到美国受训几年，罪大恶极的回窜分子头目确已被追剿的尼泊尔军队击毙。

末任匪首旺堆及其残部的灭亡，标志着回窜分子对我西藏边境地区有组织武装回窜骚扰的彻底终结。盘踞在木斯塘地区长达 16 年的“四水六岗卫教军”寿终正寝，并将永远钉在历史的耻辱柱上。

近 2000 名回窜分子缴械后，尼泊尔政府为表示惩罚而未给予其本国国籍，只当作难民在当地安置。之后几年，零星回窜分子在我党的政策感召下，来我边防部队缴械投诚，全部移交地方政府安置。

或许因为喜马拉雅山太高，木斯塘太过封闭之缘故，回窜分子犹如胎死腹中奸夫荡妇的“弃儿”，死得无声无息，在国际上几乎没有引起多少反响。当年美国深陷越战泥潭，自顾不暇，媒体对此鲜有报道。国内，忙于“文革”那些事，对于回窜分子是否彻底消灭信息闭塞，一时难以定论，以致没有隆重“庆祝”“表彰”之类活动，并随着时间的推移，逐渐在人们记忆中淡忘。

但是，有一个人没有淡忘。他，就是第十四世达赖喇嘛，时隔二十年后的1995年11月，十四世达赖喇嘛在印度北部的达拉萨兰会见了已经退休的美国中央情报局官员，当年负责空投的约翰、肯尼迪、克瑙斯。回顾两个人从前合作往事时，第十四世达赖几声凄厉，无可奈何地说：“×国政府卷入西藏事务并不是为了帮助西藏，而仅仅是冷战时期对付中国的战术需要。”这倒是一句实话，在十四世达赖喇嘛心目中，正是美国的西藏政策，才使他成了这场角逐的牺牲品。这是一个向西方反华势力摇尾乞怜者的无奈哀鸣和自我注释。

此时此刻，我只想告慰于长眠在九泉之下为反回窜斗争英勇捐躯的每一位死难战友，您为之奋斗的事业业已完成。您用鲜血和生命书写了对祖国的忠诚，您不屈不挠、视死如归的大无畏精神万古长存，祖国感谢你们，人民感谢你们。

1978年，粉碎“四人帮”后拨乱反正，恢复军事院校，组织决定调我到正在组建中的某军事院校工作。从此离开了战斗生活了整整十个春秋的第二故乡——西藏高原。但是，永远离不开的是根深蒂固、浸透到血液里的西藏情结。十年的西藏岁月，漫长而短暂，虽然付出了艰辛，却砥砺了意志，荡涤了心灵，锤炼了品格，充实了人生。

多少年过去，回首往事，所走过的每一程、每一步，经历过的一山一水、一草一木依然记忆犹新，永生难忘。风雨同舟、心心相印的首长和战友，热情朴实、勤劳好客的藏族朋友的音容笑貌无时无刻不在我的脑海里闪现，每每相见在梦中。

记录这段远去的历史，是战友们赋予我义不容辞的责任，是献给仍然战斗在雪域边关将士们的一份礼物，也是对永远留在雪山下的每一位英烈沉痛的缅怀，虽然还不尽如人意。

如今的中尼边界成为和平、安宁的边界，战斗在喜马拉雅山沿线的边防连队完成了历史使命，大部分移防到生存条件相对较好的区域，履行新的使命。后来，随着国家经济建设的飞速发展，中尼边界边防部队建起了阳光保暖房，采用风、光互补和燃油等多套发电系统；有了便携式制氧机，随时可以吸两口，被战士称为“氧吧”。还配备了专职医生，定期发放高原安、红景天、丹参滴丸等预防高原疾病，调整身体机能的药物。据称昆木加等哨所不仅利用地下掩体和太阳能温室种出了新鲜蔬菜，而且成功栽活了几棵小树。这些被老西藏认为是痴人说梦的事，如今变成了现实。

祖国像风驰电掣的高速列车，突飞猛进，一日千里，一切都在与时俱进。但是“苦了我一人，幸福千万家”的老西藏精神将会一代一代传承下去，西藏的明天会更加美好。

2014 年于合肥

附录一

边防新观

惠碧成（团原副政委）

回忆，是对往事的复制，也是一种心灵的感应。拜读老战友的这部新作，使我浮想联翩、感慨万千。它又将我带回到那个魂牵梦萦、激情似火的年代。

时光荏苒，岁月流逝。本书描述的人和事虽然距时代的列车渐行渐远，但是圣洁的雪山、忠诚祖国的信念、献身边关的精神将会成为铸造民族魂魄的基因。作为历史见证人，这一切已逝的故事仿佛就发生在昨天，始终在我的脑海里轮回上演。在此，我衷心感谢老战友用自己的心血，把一个个鲜为人知的戍边故事展现给世人。

本书主要记述的是西藏军区最西部的边防某团曾经发生的许多可歌可泣的故事。这个团是正宗的十八军的嫡系后代，即抗日战争时期彭雪枫的部队。在边防对敌斗争最严酷的时候，其编制曾达到 5000 多人，也是全军团级建制海拔最高、人数最多的一个团。

1974 年底，以旺堆嘉措司令为首领的西藏叛乱武装被击毙后，长期盘踞木斯塘地区的西藏叛乱武装"四水六岗"卫教军宣告彻底覆灭。

此后，边防部队进行大规模缩编整合。20 世纪 80 年代初，团部从扎东移防在某地。过去坚守在"悬崖峭壁"和"野兽无踪迹、飞鸟难寻觅"的高山边防哨所（卡），也大面积收缩后撤。边防部队从以"反回窜"斗争为中心，转移到正常的戍边防务上来。虽然对敌斗争的性质发生根本性变化，但是，边防部队捍卫祖国主权和领土完整的神圣使命始终没有改变。

撤点后的局部防线，有的交给边防武警值守，有的交给边防派出所值守，有的交由当地武装民兵承担巡逻执勤任务。整个西部边陲已经由过去传统的陆军守卫正在扩展为空军、二炮、陆军组成的多维、近远程精确打击齐备的立体边防。

今天的西藏西部边防，虽然高寒缺氧、荒凉寂寞的恶劣自然环境无法改变，但是与30年前相比，边防部队在物质、文化、交通、通信等各方面都已经和正在发生着重大变化。有些变化在20世纪六七十年代的边防军人看来，简直是痴人说梦。下面我们摘录几个片段通过对比，感受这种变化带来的喜悦。

吃——当年，由于道路崎岖漫长，运输困难，在大雪封山季节里，部队实行定量供应，只能节衣缩食应对严冬的考验。而且供给边防的军粮大多是战备仓库的陈旧谷米，待长途跋涉运到边防，有的发黄变质，有的沙土掺杂。尤其对北方籍战士来说，最大的痛苦莫过于几个月都吃不到面食，更别奢望吃到新鲜蔬菜和水果。有的战士从入伍到退伍，几年时间里，除了军装甚至连绿色小草都没见过，当退伍告别雪山来到日喀则后，见到柳树就像见到亲人一样抱住痛哭。战士们常年与干菜结缘，与罐头为伍，一年四季只能吃海带、粉条、黄花和砖头般的压缩干菜（老梭镖）。由于看不见绿色，吃不到新鲜蔬菜和水果，长期缺乏维生素，普遍患有指甲盖下陷、嘴唇发紫干裂，嘴角溃疡，脱头发和绿色饥渴症等疾病。

如今，在总部、成都和西藏两级军区努力下，依靠生态科技和自力更生，边防部队已经告别吃菜难时代。从1995年起，结束了边防部队吃脱水干菜的历史。西藏军区生产基地“拉萨农业生态试验站”建成后，先后从国内外引进科技含量高的名优特稀品种和标准化生产模式。实行“洋菜中种、南菜北种、夏菜冬种、野菜家种”，使国外优质绿色蔬菜在边防雪域高原安家落户。不少边防部队还建有养殖场、糕点烘烤制作房，包括海拔4900米的昆木加哨卡都修建了0.7亩温室大棚。西红柿、黄瓜、西瓜等新鲜瓜果蔬菜长年不断。逢年过节，战士们欢聚在暖洋洋的阳光保暖室内，开心地吃、尽情地唱，处处充满欢乐。他们还从阿里移植栽活几棵耐寒树种，把绿色和希望播种到高山雪岭，成为战士的精神寄托和生命活力的象征。

从吃不到蔬菜到结束吃脱水干菜，再到能吃到绿色无公害瓜果蔬菜，这是一个里程碑式的跨越；这是一个具有战略意义的转变；这是一个历史性的突破。主副食变化也很大，一是食品质量等级大幅提升，粮油豆均达到国家质量等级最高标准；二是品种丰富，目前已达 120 多个品种，高原耐缺食品边防巡逻等功能性食品相继配发边防；三是工艺大幅改进，拆装使用更加方便，运输消耗明显减少。

住——当年边防一线部队绝大多数开始住帐篷，后来居住在活动板房内，春季风沙弥漫，晚上睡觉用面袋子把头部蒙上；夏季下雨又变成“水帘洞”；秋天蚊虫叮咬得浑身起疙瘩，奇痒难忍；冬季又怕大雪压垮房顶，专门派人站岗警戒。20 世纪 70 年代初，开始修建简陋的干打垒营房。80 年代逐渐将边防的干打垒营房改造成为砖混结构的永久性营房。为了防风御寒，窗子普遍较小、光线阴暗。牛粪是冬季取暖的主要燃料，做饭则牛粪和汽油交替使用。

如今，团部原来的土坯房更换成水泥预制砖的永久性营房。有的改造成二层小洋楼，窗明几净，光线充足，通风通气，宽敞明亮。哨所有了阳光保暖房，采用风、光互补和燃油等多套发电系统。有了便携式制氧机，随时可以吸两口，被战士们称为“氧吧”。与此同时，还配备了专职医生，定期不定期地发放高原安、红景天、丹参滴丸等预防高原疾病、调整身体机能的药物。过去那种由于交通不便、缺医少药，因感冒得不到及时治疗而引发的肺水肿、脑水肿，最终导致死亡的现象已经一去不复返。

行——20 世纪六七十年代，西藏边防部队流行“进藏难似上青天”“出国容易出藏难”的说法。从内地到西藏虽然有青藏、川藏、新藏、滇藏四条公路连接，但是除了青藏公路基本能够保持常年通车外，川藏公路因自然灾害频发经常发生塌方而中断；新藏、滇藏两条线路属于“便道式”边境公路，由于地形复杂、高寒崎岖，冬春冰雪，加之线路长、沿途无加油站和食宿设施，基本没有车辆和人员通行。当时空中航线只有成都至拉萨一条航线，而且规定军人只能乘坐军航进出藏。后来开通了兰州至拉萨、西安至拉萨两条航线。每次从边防哨所出、进藏，单程至少需要一个多月甚至两个月以上（包括候机或找便车，当时规定探亲路程消耗时间不计算在假期内）。其焦急之情可想而知。许多军人家属因此一二十年没敢进藏探过一次亲。

如今，通往西藏的四条公路早已拓宽改造，青藏和川藏已建成国家二级黑色等级路面，成为进出藏的大动脉。其他两条公路也随着旅游业的发展，各种探险旅游、经商的内地人员络绎不绝，彻底改变了过去千里荒漠走几天见不到一个人影的情景。黑色路面通达境内各县，境内219国道横贯萨嘎东西，边防哨所除了封山季节均可通车，人们完全可以控制和安排进出藏时间表。

2006年青藏铁路正式通车，实现了人类铁路建设史上亘古未有的穿越，不仅彻底改变了西藏的交通状况，而且把繁荣和现代文明送上高原。

空中走廊开通10多条航线，繁忙的拉萨贡嘎国际机场每天接待着数千国内外游客。如今的西藏，交通十分便捷，各种交通工具任其选择，进出藏两三天就能打个来回，这种立体交通现状，彻底结束了大雪封山、与世隔绝的状态。

乐——当年，边防部队文化体育生活极度枯燥，大自然对人体的摧残无法抗拒，而文化与精神生活的严重缺失往往导致人的精神恍惚和心理变态。身处封闭的环境里，看不到报纸、听不到广播、长期与世隔绝，使有的战士大脑萎缩、思维退化，语言功能出现障碍。雪山上除了行令划拳、下棋“拱猪”（四川籍战士的一种玩法），没有别的文化娱乐设施可供利用。最开心的事就是收家书、看电影。有个哨所在大雪封山季节里，缠住团电影组连续放映10多场《洪湖赤卫队》，直到汽油烧干才善罢甘休。正因如此，边防一直流传着“白天兵看兵，晚上数星星”的说法。

如今，团部所在的某县城，全方位对外开放格局已经形成。引进千万资金改造完成格桑街，极大地提升了民族特色为主的城区面貌，赢得和享有日喀则西部小香港的美誉。县城里电影院、商场、歌舞厅、健身中心、文化活动中心一应俱全，与过去仲巴县唯一的“毛板”（藏语称商店为毛板，仅供砖茶、毛巾、蜡烛、牙膏等）形成巨大反差。闭路电视网络24小时转播电视节目。

雪山哨所建成了功能齐全的娱乐室，有大屏幕彩电、影碟机等音响设施，建立了影碟库，有的还建成局域网。西藏军区还不断吸收现代科技成果，拓展文化活动领域，先后投资为一线哨所建成“网络俱乐部”，配置了“边防文化信息”设备，这种集网上书屋、网上艺苑、星空影院等20多个文化项目于一体的网络军营文化平台，使军营文化活动更具时代特点和吸引力。

在边防连队俱乐部内，官兵们坐在电脑前轻点鼠标，就可以从“边防文化信息共享工程”系统看到当天的新闻，随意选择自己喜欢的电影、电视节目，下载流行歌曲、阅读各类文艺类、知识类书刊，官兵们足不出户就可尽情享受到丰盛的“文化套餐”。

信息——当年，一些高山边防哨所被称为无声无色世界。因为这里除了风沙声、狼嚎声、口令声和演习枪炮声，再听不到与现代信息有关的声音。茶柱边防点，全连只有一台熊猫牌收音机，归连长、指导员轮流专用，而且由于信号失真常常要紧贴在耳轮精心收听。这里除了冰雪覆盖，就是风沙弥漫，花红柳绿的美景只能在梦中飘过。在这样的环境里，即使家中亲人去世也无法及时获得消息，更不用说尽孝道。

20世纪90年代，在总部关怀下，边防哨所终于看上了电视，当时由于设备水平局限，只能收看一两个频道，而且由于天气严寒，设备故障率高，驻守人员少的执勤点仍三天两头看不到电视。随着通信科技的发展，总政针对边防一线条件艰苦、环境恶劣，接受设备和电器易损坏的情况，赠送了一批“村村通”数字电视接受设备。现在，驻藏边防无论几十人的哨所，还是几个人的执勤点都可以通过卫星电视设备接收到中央电视台的节目，连级以上边防点可以收到20多个频道的节目，从而极大地丰富了官兵们的精神文化生活。

全区所有边防连队、哨所实现了电视“点点通”，完成了图书室、俱乐部、电脑室等设施配套建设，连队图书室平均藏书2000册以上，订阅报刊四十余种，有影视光碟500余套，为基层文化活动的开展奠定了坚实的基础。

通信联络也发生历史性巨变，哨所可以通过通信卫星与内地沟通联络，甚至使用微信和视频跟家人交谈，或者为孩子辅导作业。过去那种靠鸿雁传情、邮差送信的时代已经结束。这样的跨越在老边防看来简直就是天方夜谭。

能——当年，由于文化娱乐生活极其匮乏，边防哨所除了军事训练、战备执勤、打柴拾粪、往山上背送给养外，剩下的时间就是黑灯瞎火吹牛聊天，或在昏暗的烛光下玩牌、掰手腕。虽然部队也组织一些学习培训，但是受训率和受益面非常有限。有的战士在雪山哨卡当了几年兵，除练就一身肌肉，其大脑空空，没有学到什么知识和技术，复员回到内地后，有的近乎一个“废人”。

如今，部队把培育军地两用人才，作为部队建设的重要内容列入议程。除组织文化、专业、科技知识培训外，还特别注重文艺、体育和多种情趣、特长培养。采取集中培训、以老带新、以赛代训以及走出去请进来等多种办法，加大基层文化骨干培训力度。确保每个边防连队都有 8 名以上各类文化活动骨干，改变了过去“少数人搞、多数人看；骨干不在，活动瘫痪”的被动局面。同时，通过制度建设营造雪域边关文化的春天。给予书法美术、文艺创作等方面成绩突出的战士立功受奖，有的被转为士官，对有突出贡献的文化活动骨干被直接提干。过去曾被看作是“天外来客”的“废”人，如今复员或转业到内地后，成了众人抢手的“香饽饽”。

今天的数百公里边防线上，虽然依旧雪山耸立，大风肆虐，但是，科学的春天正在融化着千年冰雪；信念，正在为新一代边防军人注入永恒的活力。

附录二

扎东，心中的丰碑

遥远边陲一座城，
不见马路不见灯，
红男绿女尔何在？
六成是咱解放军。

清晨军号划长空，
“一二三四”冲云霄，
军营男儿练兵忙，
杀声阵阵士气旺。

茫茫沙海吻军营，
终年风沙愁煞人，
驻地拔海四千七，
缺氧不缺精气神。

啃干菜呀泥土房，
四季身上裹棉袄，

牛粪烤火油点灯，
官兵一致歌如潮。

境外窜匪遥相对，
铜墙铁壁抗敌攘，
多行不义必自毙，
一朝覆灭皆称好。

边疆安宁祭英烈，
不朽丰碑竖扎东，
惊闻兵城埋沙海，
难以泯灭记忆中。

鸣　谢

退休赋闲在家，与久别重逢的老战友聊起当年戍边往事，大伙依然记忆犹新，谈兴甚浓，始终意犹未尽。深深感触到，对边疆的那份感情历久弥坚，永远难以割舍。虽然年事日高，但十分怀念那段艰苦生活的岁月，便萌生把这段历史记录下来的念头，至少让自己的子孙后代从中得到启发，有一个正确的做人做事方式。

2012 年决意重新拿起拙劣的笔试试身手，想法得到当年一起戍边的老战友交口赞同。这些同志长期建藏，边疆为家，大部分在雪域边防工作 20 个春秋左右，始终奋战在边防一线，不少战友后来担任了部队主官。目前，虽然彼此分居在祖国各地，但现代发达的通信手段将我们距离拉近，并紧紧联系在一起。有的发来短信、微信，有的打来电话，有的直接寄来厚厚的书信，向我提供需要的各种素材，因为人多，不能一一致谢，谨表歉意。正是战友们的满腔热忱和无私帮助，为我发奋写书提供了不竭的动力，坚定了信心。

老战友、宝鸡市气象局长刘世泰同志、第四军医大学宣传处处长罗奋堂同志牺牲休息时间对书稿进行了认真的修改和校对。

日喀则军分区政治部文化科原科长徐兆刚在分区政治部工作期间，爱岗敬业，走遍了日喀则的边防哨卡，拍下了大量有文献价值的宝贵照片，为本书增加了浓郁的生活气息，增强了时代感。

书稿交付出版社之后，成都军区政治部宣传部宣传处的同志、军事科学院中国人民解放军历史研究室陈传刚研究员、西藏军区党史军史办公室冉启培主任在百忙之中，逐句逐段进行了一丝不苟的审读。陈传刚、冉启培两位同志是我军著名的党史、军史研究专家，在这一领域有着极深的造诣，同时又是优秀的作家。在作品史实把握、内容取舍和技巧的处理上高屋建瓴，直截了当地提出了很多极其宝贵、具有真知灼见的修改意见，让我刮目相看，受益匪浅。军委政治工作部宣传局出版处冷国伟副处长、成都军区政治部宣传部宣传处陈伟平副处长不辞辛劳，做了许多穿针引线、雪中送炭的工作。

可见，此书能够如期出版，与读者见面，无疑是集体劳动的成果，集体智慧的结晶。在此，一并表示由衷的感谢！

作者

2015 年 12 月 26 日